ゲットーの森

La forêt de guetto

蜷川泰司

河出書房新社

ゲットーの森

挿画＝風間博子

1

僕は何も思い出せない
悲しみは
あまりに深すぎて
感じることさえできない。
（ジョン・レノン　一九六二）

冬の朝、時は凍てつき、隼《はやぶさ》が住まう異国の町の境界もいよいよ白銀《しろがね》の中に終《つい》えようとしていた。外に出ると、「ナンバー9《ナイン》……ナンバー9……」と呟《つぶや》くように粉雪がちらついた。気にも留めないふりをして、隼は愛用の自転車に跨る。中古の、黒一色の、フットブレーキの、病みつきである。初めはブレーキレバーのない小ざっぱりとしたハンドルに違和感を覚えたが、今では指先から足の先まですっかり飼い慣らされてしまった。むしろハンドブレーキに乗っていても、思わずペダルを逆回転させるくらいだろう。

今朝もまた、いつものサイクリングに出かける。そこへまた「ナンバー9」と、時の声ならぬ粉雪からの呟きがもれる。寒波に応える白一色の通奏低音「ナンバー9」、第9番。「第9だって?」と、最初のペダルを低く漕ぎ出しながら自らに呟きを返す……交響曲かい? 第9番といえば、辞世の曲を招き寄せる……ベートーヴェン、ブルックナー、マーラー、シューベルトも……「ならば絶筆じゃないか」と声にも出さず、隼はゆっくりと言い含める。

町外れに向けて、ヒトの限界をめざして、いつもの道をひた走る。水の流れは絶えず傍らにあるのだが、今なお橋を渡ることがない。渡れば最後、流れそのものが滞るかのように、あるいは途絶するかのように、季節を問わず、隼はいつもの決まった道筋をたどる。

川筋のこぢんまりとした教会堂。前にはお決まりの車が並ぶ。礼拝に訪れたもの、近隣在住のもの、その時々の配置は異なっても、石畳の道路脇に設けられた公認の駐車スペースを分かち合う。聳《そび》える塔が十字架を戴き、冬の強風にもなびくことはないが、家屋の周りの草地、水路を浮かべた牧草地をのぞいて樹々の緑は軒並み消え去っている。だから、葉っぱをなくした枝振りばかりが凍えていく。トッ、トッと、隼の故地でも見るような常緑の広葉樹はいたたまれず、針葉樹もまた遠のき、草原があまねく薄霜に被われていく。ペダルを漕ぐ足は重苦しいが、ぶ厚い手袋に守られた指先はむず痒《がゆ》くも心地よい。両耳は毛糸編みの帽子に覆われても、剝き出しの両目にはあるがままの寒冷が突き刺さる。そこにゴーグルでもはめたいところだが、ふと見ると小橋の向こうの家の前庭には、花も葉もない枝振りに囲まれてただの一本、鮮やかな紅葉を抱いて低木が身を寄せていた。

……ナンバー9……その家はもう、町の外側なのかい……

やがて家並《やな》みも途絶え、ゆるやかな坂道を上ると、そこにも水の流れが待っている。干拓地の容貌は至る所なだらかに捩じれて、運河はしばしば頭上を流れる。辺りは一面の牧草地で、町外れもいよいよ深まるのだが、夏場なら水辺に近づいて、ゆったりと喉を潤す乳牛たちの姿も今はない。野営をしながらビーチパラソルに身を寄せ、釣糸垂らす人影も、過ぎ去りし秋の懐にでも抱かれ消え去っている。

なおも人力二輪にいざなわれ、静かに堤防の上を往く。いずこにも人影はなく、空間という空間は大空と大地に等分され、ヒトを含めすべての流れは立ち所に遠近法の消失点に通じてしまう。その中でも時間だけがうねり返る消失を免れるかのように、季節という名の移りゆきによって細々と贖《あがな》われていく。

「ナンバー9……ナンバー9……」とまたしても、「絶筆」からの呟きが畳みかける。その彼方から壊れた風車がやってきた。同じ堤防沿いの向かい側に、四枚の羽根はとうに剝がれ、その下の遺物のような小屋の窓ガラスが冬の光を受けとめる。空に向かって底知れぬばかりのゆとりを見せつけ、いともたやすく同じ空を撥ね返してみせる。すでにそこいらは町の外部なのか。それともいまだ内部に甘んじるのか。いずれの問いにも拠り所なく、何よりも橋を渡らないことには外部へと抜ける陸からの道は切り開かれまいと、なおも隼のみならず町の誰もが信じている。

その橋はまだ先だ。しかし、もうまもなくだ。道の両側に並び立つのはユリノキだろうか。枯枝の絨毯が林立する。時には、輪舞する。近辺の水たまりは選ぶところなく氷結し、川の流れにも際立つところがない。語りかけようとする者には耐え難いばかりの寡黙を望み、通りすぎようとする者には聞きとり難いばかりの囁きが揺り戻す。危うく、遣り場をなくしたかのように隼もまた声には出さず「ナンバー9」と繰り返す。その反復、これを受けとめるもの、この反復、それを打ち消すもの。ハンドルは凍え、タイヤも軋むばかりにすべては「ナンバー9」とともに、同じ内面からの声が冬枯れた水路の果てによみがえる。変わりのない寒気にも耐えながら、隼は再びなだらかな坂を上る。ようやく待ちかねたように、真冬の橋梁が深い眠りの中にあっても眼《まなこ》を閉ざすことなく、いとも立ち所に差し迫るのだった。

その橋が町の最果て、少なくとも陸路におけるひとつの限界点にあたることは、隼にも十分わかっていた。だからいつもここから引き返してきた。町の住民でここまで足を運ぶ者は滅多にないが、多くの人びとがそのことに勘づいているのではないかと、隼自身は思っていた。というか、そのことを等し並に弁《わきま》えているからこそ市民たちは、不測の事態を恐れて近寄らないようにしているのかもしれない。それほどまでに川筋の流れとそこに棹さす一本の橋梁は、枯木立とも相まって、なおも朝ぼらけのような静寂を極めた。

であれば、何故に隼はここまでやって来るのか、やって来られるのか。それは自分が一時滞在の外国人だからと、一方的に認識を深めてきた。自らの立ち振舞いが周りの理解や了解を得られるかどうかは始めから蚊帳の外へと追い払いながら。お気に入りのコースをこの橋までサイクリングするのだが、終着点でヒトに遭うことはめったになかった。たまさか何者かに遭遇しても決して言葉は交わさず、黙視のやりとりがせいぜいで、橋のこちらから向こうへは言うに及ばず、向こうからこちらへと渡ってくる人物にも荷物にも、出会った試しがなかった。

珍しいことに、この日の橋上には人影が見えた。だけど隼は、冬の静寂に目を奪われたものか、心も魅入られて深々と仕舞い込まれたものか、珍奇なるその人影になかなか気づかない。漕ぐのを諦めて自転車を押していく彼の目を何よりも引きつけたのは、未凍結の氷点下に体を預けジッと息を凝らす、ささやかな水面上の波乱である。天《そら》を映しとる鏡面、蒼白の内懐に抱かれた、円い異質の一点だった。

紛れもなく、そこにマネキンが浮かんでいる。それも頑迷なまでに仰向けを貫く頭《かしら》なのだ。姿を見せるのは顔面ばかりで、薄目を開けた辛そうな瞳が星夜を仰いでいた。マネキンはいずこにも青空を認めない。近在の水面ともども一点にふみとどまって動く気配を見せない。それでも断じて死体の遺棄ではない、生身のマネキンである。だから冬の認証を伴い、夜空の想念を身にまとった。隼はその表情の移ろいだけは見逃すまいとさらに目を凝らしながら、最後の坂道を一挙に押し上った。橋の中央にたどりつくと、自転車のスタンドを立てて橋の欄干に両手をつきながら、なおもマネキン頭《がしら》の監視だけは怠らなかった。

「何だよ」

誰の口元からこぼれたものかわからない。突如として水上の異物は、泡を立て始めた。隼の立ち振舞いに目一杯抗《あらが》うかのように、マネキンはゆっくりと沈んでいく。泡は口元が水没する前からもくもく生じたが、口元といわず鼻腔も水面下におさまると、どちらからも噴き出していることがよくわかった。

沈みゆくマネキンへの惜別とともに隼は、粛々と執行される我が事でも眺めるようないたたまれぬ共感にとらわれた。だがその刹那、いま一つ背後からやってくる別人の気配を察して振り返った。そこには、反対側の欄干に両手をついてやはり運河を見下ろすドス黒い男が立っている。何やら時間《とき》をふみこえており、橋下に凍りつかんとする水たまりの中へ言い淀んでいくようだ。いかにも懐かしげに、それでいて忌まわしくもなるような旋律の香りに包まれて、秒針分針のリズムに打ちのめされていく。先刻来佇んできたのだが、そちら側の水面にはマネキンの気配がない。黒の革ジャンパーを着込み、黒の手編みマフラーを二重に巻きつけ、何とか寒さを凌いでいる。ズボンはジーンズというよりも、着古した工場労働者の作業服と言ったほうが似つかわしいような、汚れと染みの目立つ厚手のコットンだった。腰周りなど要所要所は真鍮の鋲で打ち固め、牛革ひも式の短いブーツをはいている。少し色の入った円眼鏡もかけているが、隼はまだ後ろ姿しか見ていない。それどころか、革ジャンとマフラーの上にあるべき肝心の頭部がなかった。少なくともほかの部分ほどには明瞭に確認できなかった。

「何だよ」

これは間違いなく隼の思いが口走った。冬の最中の勇み足にも近かった。時ならぬもう一体の「マネキン」、それも頭《かしら》なき人間《ひと》の出現にはさすがに肝を潰した。思わず顔をそむけるように自分の側の川面に目線を戻すと、すでにマネキンは消え去り、水泡からの最後の名残りも息途絶えようとしていた。いま目にしたものが半ば過ちにも近い幻影であったことを期待しながら、再び人影のほうを見遣ると、例の男はなおも同じところにいて、しかもマネキンの消失に呼応するかのように、今度は頭部もはっきりとらえることができる。なるほど背後から眺めてもどこかに見覚えのある風姿だ。水没したマネキンの頭部が死の代弁者なら、橋上に現われた人影はかけがえのない自らの予知能力を来たるべき全生涯に振り向けようとしている。黄金の鶏冠《とさか》をかぶるが、それだけは隼もふくめて誰にも目にすることができなかった。

それがジョン・レノンである。それも生まれる百年前の未熟な体を縮めて、歴史の只中にしゃがみこんでいく。彼ひとりの未来に賭けて、〈JL〉とイニシャルだけで呼ぼうかと思う。

男は欄干にもたれ、流れざる冬の水面を見下ろし、絶え間なく呟いている、祈っている、膨らんでしまう。時折醸し出され、旋律も伴う歌の一部のようにきこえる。後ろ姿だけを見ても、到底素面《しらふ》の所業とは思われない。トロンとした目付きまでもが肩越しに想像の秋波を送り届ける。その波風はいずれの川面をかき乱すこともなく、隼が一人ごちる。「何だよ、朝っぱらから、この酔っ払いは。おまけにこんな真冬の起きぬけに、凍死を免れただけでも有難いと思えよ」。幽《かそけ》くもそこいらには、見知らぬ想念の簾《すだれ》が何枚も垂れ下がるかのようだ。

そのうち男が一、二度咳込むと、隼にもよくわかる言葉で（但しそれはこの土地の言葉ではなかったのだが）「ちょっと呑みすぎだよな、やりすぎだ」と自嘲気味に呟くのが聞き取れた。そこでようやく隼も見知らぬ男の背中に向かって、ひと言かけてやる気になった。

「ここで、何してんの？」

男は存外落ち着いた調子で答えた。「川を見てる」と。

ところが、こちらの答えが皆目わからない。地元の言葉でもなければ、今しがた自嘲気味に囁《ささや》かれたもう一つの言語でもないように思われた。その狭間を縫い取り、理解不能の音声だけが良心を擽《くすぐ》るばかりの曼荼羅模様を想い描いて、宙に浮き上がる。ゆくりなくも、かかる事態にだけは手の施しようがなかった。

「何だって？」

「ハハ、わかんないか」と言いながら、男は初めてにこやかに振り向いた。細やかな気遣いも潜ませ、さほど酩酊の気配がなく、「だから、オレは、川を、見てたんだよ」と再び隼にもよくわかる言葉で冷ややかに言い改めてみせた。

それに応えるまでもなく、隼はわが目を疑った。円い鼻眼鏡をかけた男の顔が世にも名高いあのグループの唄い手にして作曲家、そして詩人に瓜二つだったからである。近づくと微かにではあるが、落葉の匂いがした。男の笑みがいよいよ嵩にかかって膨らみを増していく。

「オイ、何見てんだい？　川はこっちだよ、ホラ、ホーラ、こっちもだよ」と、またしても謎の言葉で畳みかける。勢い余って笑みも弾ける。隼は隼で、相手の言葉などお構いなしで問い返した。「何だよ、アンタ、そっくりじゃないか、ホラ、ＪＬ……まだそこに生きてるみたい、まるで生き写しじゃないかって……言われるだろ」

男には隼の言うことがよくわかるらしい。首を横に軽く一往復させた。それからニコリともせず、何やら苦しみを倍化するような応答を、理解不能な言語にのせて投げつける。

「いいや……いいや……言われたことないよ、そんなこと、今まで一度だって。アンタを除いてどなたにも……だって、こう見えても僕は、まだ生まれる前なんだから」

男はいくらか甲高く畳みかけながらも、自らの語調に、その権勢に、もろくも躓《つまず》くようによろめいた。すると足下からは、落葉ではなく、何やらサッカリンの臭いが立ち込める。股下一寸の三角関数にも微妙な狂いが生じる。思わず欄干を握り直した男の有様に、単なる酔っ払いでもなく、コヤツはもっと高雅なヤクブツの賜物かと、隼も勘繰った。

ソウダ！　こうなると涎を垂らした男の舌先は手製のピックに様変わりする。それまでの飢えた爪弾きになり代わり、少しは耳慣れたメロディでも奏でようとする。何度も握りしめるその手すりはこの先の百年、いやそれ以上にもわたって愛用されるギターの棹以外の何物でもあるまい。だから、「さあ、誰か早く、調弦師を呼んでくれ」って、悪魔紛いの囁きが今一人の轟《とどろ》きを伴って、世紀に跨る新たな裁定を巡らし、果ては隼の脳裏にまでも着想の渦を巻く……「調弦師よ」……男はますます妖しい目付をぎらつかせ、半ば突っかかってくるのだ。

「それに、アンタ、生まれる前でも、ホラ、こうやって立派に生きてるんだよ……生きてるみたい、じゃなくて……現実に……現実……すごいだろ」

その口ぶりは小気味のよいビートまで刻むが、それは次のように繰り返していたのかもしれない。われらが、アイランド……かれらが、インランド……って。

とらえがたい朝靄の言葉にとりつかれ、旋律なき恐れまでも抱かされた隼は思わず叫んだ。

「何者だ！」と。

すると男は理解可能な言語に立ち帰って宣言する。そこにはなるほどＪＬらしきものの尻尾も見え隠れする。いや、むしろ狡猾にも露出させる。

「ぼくはね、タマゴに憑りつかれた、海豹《あざらし》なんだよ、あんたお忘れかね」

それから逆手に欄干を握りしめると、骨ばった腰をむずがゆいばかりに揺らしながら背中をのばし、ほんの一節だけをアカペラでものの見事に唄い上げた。その手はいつしか持ち場を離れる。歌のバックをとるストリングスの一員となって架空のセロ（Cello）でも弾いているようだ。リズム感といい、言葉運びといい、尋常ならざる巧みに隼は目を瞠った。

何だよ、こんな真昼間に、いや、朝っぱらから……あのレノンの幽霊かよ……

委細構わず歌が終わると、「どう?」と首を傾げるＪＬがいた。

いや、むしろ亡霊かい、あのジョンの……

ＪＬの目ときたら、どう見たってラリってる。それでも、いや、それだからこそか、隼は気圧され、思わず知らず手を叩くのだった。ＪＬはささやかな拍手に対して賑々しくも頭を下げる。唄い上げたばかりのナンバーのエピローグをなぞるように、十把、呪場、呪場、ジッパ、ジュバ、ジュバ、と唸りも上げる。そこにまた理解不能な言葉も織りまぜながら、境界線の橋の上をうろつき出した。これ見よがしに跛行《はこう》するかと思えば、顔を殊更に作り改め、「知的障害児」の表情まで念入りに象る。数々の乱行を尽くしてふらふらとよろめき始めると、今度は盲目の楽士もよろしく、当座の手がかり求めて元の欄干にたどりつく。何やら肩で息をつきながら、最後には感極まり、凍えた橋の表面《おもて》に昏倒する。それでも勘所はおさえて、頭部への痛打だけは回避しながら、全身を隈なく痙攣させて白眼《はくがん》を剝き出す。おまけにその口元からは巧みに唾液も泡立たせて唇の縁《へり》へと吹きこぼしてみせた。それから一転、「正常な」目付に戻してみせると、これで祭典も終幕とばかり立ち上がり、隼に向けてニンマリと微笑みも被せ、別の歌からまた鮮やかに一節を唄い上げた。

そらそらおっかないこと
ビビること
死ぬような想いで白目を剝いて
そらそら疲れること
バテること
命も遠ざけること
山場を迎え
あとはひとえに墜ちるところ……

唄いおさめるとＪＬはまたも白目を剝き返し、泡吹きと歯ぎしりも交互に織りまぜ執拗なまでに繰り返してみせた。とても生々しく、ある意味生き生きとしている。

それでも隼自身は抑えようのない怒りに駆られ、目の前で倒れた男の首筋から後頭部にかけて、鋭く蹴り上げた。たちまち男は一回転する。隼もシマッタと思ったが、男は痛がる様子もなくて、なおも目の前に立ち塞がる相手を見上げ、切々と己が窮状を訴えた。

「何だよアンタ、いきなり驚くじゃないか」

って、改めて切り返した。

隼は素直に詫びようかと思ったが、妙に悪びれたところのない相手の口ぶりがむしろツンと癇に障

「お前こそ何だ、今のは」

「おやおや、お気に召さなかったかい」と、男は衣服の汚れもはたき落としていそいそ立ち上がる。

「それぁ、お生憎だけどね、僕はよくやるんだ、こういうの、一種の気晴らしに、小さい時からね。おまけにそのうち、あの黄金《こがね》の虫ビートル（Beatle）の一員にでもなろうものなら、至るところ客席の最前列にゃ、そういうヤツらのための招待席が用意される……ステージが跳ねてからも楽屋辺りに押しかけ、ヒト様の体に触りたがる……いい気持ちなんかするもんか……だからストレスがたまってしまうと、どんな場違いでもこんな真似事平気でやってしまう……要するにこれも貴重な鬱憤の捌け口さ。ヤクと同じようなもんかな……どうかな……ヤクならさ、ドイツのハンブルク辺りに行けば、ライヴやってるクラブのウェイターがいくらでもくれる……一晩に八時間はつとめるんだから、なけりゃとても持たないだろ？……ハハ、だから、必需品にもなるんだろうさ？……」

橋上のＪＬはすぐに気を取り直し、また平気でアカペラを続ける。冷たい七面鳥にだって、素朴な愛を捧げることができる。上辺は選りすぐりの極道を装いながら、いつしか組織というものは見事なまでに崩れ去り、あとは実りのない細胞という名の無政府主義にわが身を委ね、終りの見えない旅に出かける。

女王陛下のアナーキスト
ニーチェも怖がるアンチクリスト

凍えた鳥はインフルエンザ
生かすも殺すも人間《ひと》様次第
食べるも捨てるも人間《ひと》様次第

不覚にも隼は聞き惚れた上に声までかけてしまう。「うまいネ、それならぴったりだ」

「ホウ、こっちは気に入ったかい。お気に召したかい」

「ああ、それに、僕もヤクが要るんだ。もっとも、アンタと違って、僕はステージじゃなくてネ、時々、数時間、教壇に立ってるだけなんだけどサ」

「教壇って……アンタ、先生かい」

「ここの大学で、コトバ教えてる」

「そいつはどうも……で、やっぱりキツイかい、ストレスって、ものすごいかい」

「スゴイ、キツイ、こともある……だから、どうしてもヤクが要る。生活必需品なんだ。何しろヤクがないと、ヤクが切れると、ヒドイ時には人目も憚らずに倒れてしまう。一度ならず救急車で搬送されたこともある。だから、ヤクが要る。ただし僕のヤクはアンタみたくウェイタージャない。専門医の処方で薬剤師が出してくれる。保険だって立派に効く。だから安心といえば安心さ。やってる限り、ヤバイことがない、とまでは言えないとしても、相当に回避される。アンタのようにやったらヤバイんじゃなくてさ……いや、どのみち同じようなもんか……」

するとは男は困惑を隠すこともなく、ややすまなさそうに隼の顔を振り返り見つめた。それから片目でウィンクをくれると、「そうか」と呟いて、また川面を眺めた。背中を向け、半ばハミングをするように唄うのは、イ、ナ、ゴ、畑の夢の最中にうずもれたあのナンバーの一節。その声はもう生きたＪＬそのもので、当人を除いて何者も異議を唱えなかっただろう。

イナゴ畑はすっからかん
一糸纏わぬなけなし絶品
野菜だって果物だって
麦だって食べ尽くされて
何も残らぬと言うじゃない
気候変動、人知もこえる
飢えた男に
餓えた女
実りを知らない
子どもが宿ると
災い転じて福となす

隼は男の背中にそっと問いかけた。

「その、草木も生えないイナゴ畑っていうのは、どこなんだよ」

「ちょうど百年後に生まれる。まだ誰にもわからない」と、ＪＬはあの理解不能な言語で返した。それから満を持して体を回し、隼のほうの欄干に移ってくると、そこにも両手をついて同じ水面を眺めようとした。あるいは捜し求めようとして滑らかに住みついた。冬枯れてもなお往き交うばかりの心の細波が、流れという流れに罠をかけ策略をめぐらし、蟠《わだかま》りの見えない純白の歴史をせきとめようとしている。

「Etes-vous épileptique?（あなたもご病気ですか？）」

何を思ってか、ＪＬはそこだけを丁寧にフランス語で尋ねた。

隼は無感動に何も答えない。肯定もしなければ否定もしない。ＪＬはまた言語を戻して速やかに詫びを入れる。

「悪かった（sorry）」

「アンタの周りには、アンタが思ってるよりもはるかに多くの、色んな患者が取り巻いて、色んな症状を抱えながら生きている。そんなかれらにアンタは、ご親切にも、かれらが自分では一度も目にしたことのない、ある典型的な病態を演じてみせるというわけだ……もっとも今じゃ、心強い薬があるからね」

「そんなの、まだ先の話だろう？」

この応答が理解できない。隼には受け止めようがない。男はかまわずに続ける。今度は傍らの隼の愛車にも目を配りながら。

「それにしても、僕にとってのもう一つの驚きはコイツだ……ここいらで、もう乗ってる人がいるとは……驚異……スゴイ」

「どういうこと？」

「ホラ、ペダル式の、これ、自転車って言うんだろ……直に見るのは、ボクも初めてなんだ。やがては世界の街路を席捲することになる自動車（auto）っていうのも、すでに心の片隅には転がっているんだけど……だってこれって、このBike、確か去年、鍛冶屋のカークパトリックだっけ、そいつが第一号を試作したばかりなんだぜ」

「?……おい、アンタって……いま何年だよ」

「そっちこそ、妙なことときくなぁ。ボクもアンタも、いまは一八四〇年の冬じゃないか。アンタはどうだか知らないけど、ボクはちょうど生まれる百年前」

隼は急にバカバカしくなって、そそくさとその愛車に跨ると、元来た道へ戻ろうとした。男はすぐに言葉をかぶせて制止する。

「そうだよ、白状するよ。さっき君が口走った通り、ボクは君もよく知る、あの黄金の虫の一員JLだけど、ただしね、このJは生まれるまでにまだ百年かかるんだよ」

その男は、だから生誕百年前のJLは、四十がらみの憂いの立ち勝る、それでいて十分にゆとりも落ち着きもあるまなざしをさしむけ、大気をむさぼり、静かに行く手を遮《さえぎ》った。

「驚いたかい」

「唄声を聞いたとき、すぐにそうだと思ったけど……」

「そりゃ、どうも、ありがとう……で、アンタのことは何と呼んだらいい?」

「オレ?……だったらF、Falcon（隼）のFだ」

「Falcon?……へへー、素早くてイカスんだ」

「どうかな」

「どこから来たんだい」

「ボクは……アイヌだよ」

隼はどうしたものか、こんな答えを投げつけていた。この嘘っぱちにだけは、何のためらいも含まれていない。

「どこだい、それは」

「広いユウラシヤの、東の果てに浮かぶ小さな島」

「っていうことは、あのどでかいシナのまだ向こうかい」

「もちろん。だから、あちらの大海原への出入口にもあたる」

「そうか！　じゃ、長らく門戸を閉ざしたままの、あの黄金《こがね》の島か」

「いやいや、アレとは違う。オレのクニは確かにあのすぐ近くかもしれないが、アレとは全然違う」

「でも近いんだ」

「近いといえば近いが、遠いといえばこの上もなく遠い。友は遠くにあって想うもの、なんて言うけど、そんな間柄でもない。第一あちらとこちらとは海によって隔てられている」

「ということは……ここいらの、インランドとアイランドみたいなもんかい？」

「……どこだって？」

「だから、ボクの中にも渦を巻く二つの言葉だよ。そのうちの一つは、アンタにもよくわかる。こうやって話してるんだからね……ソウダ！　お近づきの標にいいものあげようか」

ＪＬはジャンパーの内ポケットをまさぐり、真新しい二枚の小さな紙切れを取り出した。

「切手……」と、それを目にして隼も口ずさむ。

「へえ、驚いた……よくご承知だね」とＪＬは、袋にも収めず剝き出しの二枚をそのままに手渡した。

そのとき少し風が出てきたが、長方形の肖像画はびくともしない。

「ご指摘のとおり、来たる五月一日」

「メーデーだ」

「何て？」

「そのうちそんなふうに呼ばれる日付だよ」

「その日に、世界で最初に発行されるペアの切手、黒いのは一ペニーで、青いのは二ペンス。どちらにも女王陛下ヴィクトリアさまの横顔が刷り込んであるだろ」

「これぁ……値打ちもんだよ……ほんとに、いいの、いただいて」

「どうぞどうぞ、まだあるし……でも正直言うと、どう使ったらいいものか、もうひとつピンと来ないんだけどね」

「そう言えば、J……一八四〇年っていうのは確か、いまアンタの言ったシナ（中国）で、ヤクをめぐる大きな戦さが始まった年だよな」

「ヤクって、阿片だろ」

隼の入れた探りを事もなげに切り返すと、JLは再びイナゴ畑からの一節を口ずさむ。その唄声をききながら、隼は自転車を下りた。

「なるほど、アンタの言葉はわかったりわからなかったりする」

「だろ。アンタにも解るインランドは唄うときの言葉、でもその前に、正体不明のアイランドこそが歌を作り出すための言葉。まずはアイランドでこしらえる、そいつをインランドで唄い上げる……こうやってボクはヒット曲を用意して、かけがえのないエネルギーを消費する。さんざっぱら消費したその挙句に、今からちょうど百年後にご誕生を迎えるという寸法だろう。それが一九四〇年の十月九日。たぶん、雨が降っている。太陽が出ていようと、夜のはざまに隠れていようと。いま、目を閉じていればこそ、ボクには生まれてからの人生がはっきりと見通せる。でも、それまでの百年間の歩みについてはほとんど予測が立たない。メカニズムが違う。そしていよいよ、一九四〇年のその日を迎えると、わが生涯への広々とした見晴らしは消去されて、リセットもされて、〈それまで〉と〈それから〉の一切は星の中に書き込まれてしまう。これをムゴイと言うならば余りにもムゴイ。その時のボクにはもはや前と後の区別もつかないのだから……」

そんな星々が瞬く合間にも、夜明けの巷をのべつ転がるようにまたしても「ナンバー9……ナンバー9……」の囁きが流れた。同じ囁きがすぐにも冷ややかな石の声に転じてJとF、両者の中程辺りを駆けぬけていく。あとには、誰にも測ることのできない小さな温もりが残される。

水が揺れ、揺らめき、揺すぶられて流れ出す前に、決まって爆撃でも食らったように息を切らしてはしゃいでみせる。そのくせ遠くから本物の爆音が届くと、水柱一本立てることなく耳を塞いで黙りこくってしまう。とどまるところを知らない欲望の流れでもなく、生と死を分け隔てながら見知らぬものばかりを繋ぎとめる水路が、産業の隆盛に頬かむりして、マネキンの廃屋を浮かべるが、それは乗り込む者たちも絶えて久しい奴隷船のなれの果てかもしれない。

一八四〇年、ニュージーランドが栄えある植民地に列せられ、カメハメハ戴くハワイでは王国憲法が発布される。大西洋の奴隷船では反乱が起こり、翌年には無罪判決が下される。「帝国」をめぐる情勢は世界各地でうごめきひしめいていく。いかなるたたかいといえども、もはやとどまるところを知らない。

「ウィリアム・アームストロングだ」とＪＬは橋の上から何やらお目当ての名前を探しあてた。やにわに差し出されたその固有名詞を、隼は聞き覚えのある自らの記憶へとたぐり寄せた。

「え……アポロ11号?……月面軟着陸の」

アームストロング……船長……アポロ計画……ナンバー11……ベトナム戦争……ナンバー9……ナンバー9……

「ああ……」とＪＬ。「あの黄金虫の音楽隊が終焉を迎えようとするころのお話だね。もはや断末魔の僕らは肩を寄せ合うこともなく、それでも列をなしてアビイロードの横断歩道を押し渡る。中の約一名は何故か靴をはかないんだけど」

「知ってますよ……写真を見たからね……というか、そのジャケットのアナログ十二インチ、ＬＰレコードを今でも持ってる」

「アナログ?」

「デジタルではなく」

「それはそれは……いたくご執心のご様子で何よりです……でも、ボクの言ったアームストロングは、ちょっと違うナ。そんな遥かな未来じゃなく、只今のお話だよ……何と言ったっけ……そう、思い出した、水力発電。そいつを、今年アームストロングが発明した……足下を流れるこの水で、いやもっと勢いよく流れるやつで、エレキとやらを作り出す……去年は自転車、今年はもう発電……文字通り目も眩むばかりなんだけど、ゆくゆくはわれらが黄金虫の楽隊も、このエレキでもってガンガンと、ギターにベースもやるんだろ……いや、ヴォーカルもか……ドラムスだって……こよなくも破壊的に」

生誕以前のＪＬはここで間髪入れず、『大理石の男』の出だしを口ずさんだ。今からちょうど百三十年後に発表されるその曲には、エレキとやらの欠片も見出されない。与えられては失われるべき肉体の先取りでもするように、彼の押し当てる腰骨だけが鋼鉄仕立ての橋の欄干との間で、激烈なショートを繰り返した。

キミが生まれて世を去る日まで
キミは英雄、キミは奴隷
主人になれる見込みだけがなかった
いま遺されたキミの亡骸
硬く冷たく触れる者もない
大理石の男
労働者階級の生ける屍
ツワモノどもが夢の最果て
痛くて重くて担える者もない

その時、垂れ込めた雲が分かれて鉄のカーテンが押し開くと、薄淡い冬日が存分に射し込んだ。遠方の水路がいちめん夏の盛りのように照り輝き、水ではなくて光が流れ出す。いまだ見えざる望郷の書き手からの意図を、光は余すところなく汲み取りながらも、要所要所で楯をつく。筆先から力能が取り除かれ、あとに遺されるのは煤けた風景という名の物言わぬ文字の連なりばかりとなる。ふと目を凝らすと、立ち昇る厳冬最中の眺望からは世俗化以前の闇雲なる啓示がもたらされた。

「なるほど、まだ生まれてないんだな。あくまでも今は、誕生以前なんだな」

「だから伝説にも、偶像にも、アイドルにもなりようがない、恵まれた、完全なる自由を謳歌している……と、少なくともボク自身は固く信じている……一九四〇年までの百年に限っては」

「そして、十月の九日だね」

「所構わず爆撃の音で、いよいよ目を覚ます。リヴァプールという港町。海の向こうはアイランド。それまでの百年間の一切合財が消し去られ、巨大な戦火が置き去りにされる。差し出がましくも神様からの見えざる手がおごそかに告げ知らせる……百年前には、すぐ手の届くところにあるように思われたオマエの言葉も、それを育み慈しむオマエのクニも、今では目路も遙かに遠ざかる。オマエが生まれ落ちるこの島はオマエのクニ、でもなければ、ワタシのクニ、カミノクニ、でもない。思えば意欲という意欲を絞め殺すのに、コトノハに立ち勝る匠はないのだからって」

それはＪＬの生誕をめぐる捩れた預言となり、告げられたのは二重の喪失である。弔いの鐘もなく失われるのは、今から生まれるまでの百年間と、唄を恵み与えるアイランド、もうひとつの島、汲めども尽きせぬ宝のヤマにほかならない。

「取るに足らない、ほんの一握りの、世界戦争に、ユウラシヤは至るところ巻き込まれてしまう。大陸と言わず、ボクの島も、キミの島も、それを浮かべる大海原も、どこにいたって爆撃される。家にいたって、学校に逃げたって、たとえ運よく病院に収容されても、軍事拠点からの遠近なんて何の手がかりにもなりはしない。軍事拠点とは、ごくごくひそかに誰かの心の中にこそあるもんだ。そこに隠されているわけでもなく、うっかり足を踏み入れたが最後、一歩たりとも脱け出すことはかなわない……JLよ……キミが生まれ落ちる島には、ロケットの走りみたいな花火が飛んでくるが、片やFよ……アンタんとこには、ドエライもんが落とされるっていうじゃないか。ただし、アンタとボクはそのころ敵と味方になるんだろ。哀れなもんさ兵隊なんて……あはれ……こんな物言い、無辜《むこ》の民には使いたくないな」

　隼はこのとき奇妙な反感にとらわれる。

「ちょっと待った。確かにお説の通りかもしれないが、アンタの言うドエライもの、というのは違うんだ」

　ほう、どんなふうに。

「それは原爆だろ？」

よくは知らない。やがてそんなふうに言うのか？　とにかく、ピカ！

「ドン！　と、もう跡形もなくなる」

いやぁ、おもしろい。いや、すごい。

「何だって？」

過ぎたるは及ばざるがごとしと、単純には行かないところが興味をそそる。

「正確に言うとボクの島ではなくて、すぐ近くの島々に相ついで落とされた」

自らの出身にまつわる虚言に、隼はどこまでも拘泥する。

「週を置かず、二度にわたって」

それから後も弾頭はみるみる増殖する。どの島に落ちたところで同じようなもんだ。

「同じころ、鉤十字を刻みつけたロケットが飛来するのは、キミのアイランドかい」

ＪＬは沈黙を守った。故郷喪失を告げ知らせるあの捩れた預言によって、沈黙を余儀なくされた。およそ二十年をへて、彼はものの見事に〈黄金の虫〉へとなりおおせ、稀代の成功を収める。唄声は次から次へと、この世の中の津々浦々に至るまで轟き、鳴り響くことになる。何の乱痴気騒ぎかと、眉をひそめる輩も少なくないが、キミたちの唄声は、歓声に伴われたその美声と騒音は、世代を重ねる度に魔力に満たされ沁みわたる。

「えらく物知り顔にまくしたてるけど、そういう話は、今から見通しがついたとしても口にはしたくないもんだ。だって楽しみがなくなるんだから……アンタはその黄金虫とやらのサクセス物語にいたくご執心のようだけど、そんなもん、当事者にとっては何ら誇るべき事柄じゃないんだよ。もっとも今から百年も先の話なんて、アンタには想像も及ばないだろうがね」

ＪＬはチェッと舌打ち、眉間に寄せられた皺を何とか緩めようとする。体面を慮ってか、やむなく追い払おうとする。それでも、眉間の皺こそがいよいよ縦横無尽にもの語る。雄弁この上もなく……ボクが黄金の虫とやらになるためには、血へどを何度も吐きながらもグッと歯をくいしばり、文字通りのイヤなヤロウ、下劣な人間を貫くこと、これしかありません。黄金の虫けらがこの世で最高の成功者だと言うんなら、ヤツらは同時にこの世で誰よりもイヤなヤツらにならざるをえない。いいかな。

誰からも愛されるものがのし上がり、それがためにとんでもなくイヤなヤツになってしまうのか、それとも始めから嫌悪されるべき者たちが、誰からも愛されることを狙ってのし上がるだけなのか、その答えはボクにも誰にもわかりません。ただ、黄金の昆虫たちから流れ出す音曲は誰からともなくロックと呼ばれ、くだらない物事などどこにも入らないばかりにプリミティフ、根源的、原始的にもなることでしょう。黄金の虫けらどもに残された良心のひとかけら、実像と生み出す音楽との間に生じた解決不能のズレ、リズムまでも奪い去られた無用の軋み、それらのうえに長くもがき苦しむなんて口で言うのは、いかにも簡単なことでしょう。
　朝を迎えるとボクらは、この広いユウラシヤのどこにでも転がっているような汚泥《ぬかるみ》の都市《まち》の小さな売春宿から四つんばいになって這い出してくる。そいつに備えて今からボクは、この冷たい橋の上を這い回って修練を積む。でも、やがていつか……いつか？　やがて？……まるで壁紙のように目立たず、だからこそ強靭この上もない音楽を作りたいというのが、今から二百年近くの前方にまで担保されたささやかな願望、にも似た、これは剝き出しの欲望ではないのか。そのころ老境にさしかかったボクは、しっかりと貯めこんだ狂気の円盤を耳に押しあて、アイランドの海を眺めている。ようやく取り戻したそのアイランドに、麗しくも崩れかけた館を構え、悠々自適とばかり海原を見渡す。海のどよめきは何をおいてもその円盤からきこえてくるのだ。ＪＬは隼の肩口を軽々と叩いた。その裏側ではひそかに叩きのめした。ただし、ボクはボクでボクなりに、これから百年の物語については予め得意の歌に書き残し、歌い残しておくつもりです。何せそれらは、もはや誰にも読み取られないアイランドの言葉を介して紡がれていくのだから。もっともアンタらから見ればそんなもん、あのエレキ仕掛けの紙芝居（テレビジョン）と何も変わらない……ＪＬの眉間の皺がまた歌った……今度は、敗残者よ、と……

敗残者よ
恋に憂き身をやつそうにも
わが敗残者よ

姿を映せる面がない
鏡はたやすく持ち去られ
中身と外見もすり替えられた

中身と外見が違うのはこの歌の「敗残者」ばかりじゃないんだよ。かくのたまうボクの言葉《ことのは》、ボクの唄にしてからがそうなんだから。中身はアイランドにして外見はインランド。黄金虫になったボクが相棒と作り出す、数々の恋唄もまたこの例にもれない。外見は恋の唄でも、中身はいつでも違うことを歌ってる。なのに、いや、だからこそか、人はみな憑りつかれたように腰骨を揺らす。どれもが恋唄って呼ばれる。ボクらの唄が誰かの恋を産み出し、同じその恋を踏みにじっていく。時に木っ端微塵に叩きつぶすことだって厭わない。恋唄になるのは、ひとえに聞き手の願望に基づいている。本当に恋を歌うなら、恋唄などとは呼ばれない。

いつか
恋が破れたとき、
恋唄の影に怯えながらも、その影の中にだけ、
恋唄の真相は隠されているのに、
恋に破れたものにはそんな正体など、
うかがい知る由もない

今ではひとり、
恋について歌おうとする者だけが、
恋の隠れ家からも弾き出され、
初めから、
遠くはるかに、
追放される

恋の唄は、恋を歌わず、
歌うものは、恋を寄せつけず、
コトバはその重みにも耐えかねて、
せめて崩れ去る前にと、息の根を止める

ナンバー9……白鳥の唄ではなくて恋の唄が……
ナンバー9……すべての、愛するものたちの……

眉間の皺は複数から単数をめざし、ため息をついて殊更に揺らめく。「敗残者」と、そんな揺らめきを受けとめてやれるのは、もはや元通りのJ・レノンではありえない。隼も怯まず切り込んだ。いかなる毒虫の世迷い言であろうと、得難い滋養と見定めて呑み下す。「で、キミは今どこにいるんだい。恋の隠れ家からも追放されて」

アイランド、生まれるまでは何が何でも、百年経って生まれ落ちたが最後、インランドのあの海べりの港町にでものがれるしか、生き残る道はなくなるんだからなおさらにね、ボクはアイランドに固執する。腕を捥がれてもしがみつく。所々に岩肌も剝きだす内陸を求め放浪を続ける。アイランドの民は昔から、町というのが大の苦手だ。町こそは入植者のシンボル、侵入の証し。そこに向かって原野から反抗を試みる。首尾よく町を奪い取っても住みつくようなことはしない。丸ごと焼き払い、お座なりに棄てておく。殖民の記念碑、朝《あした》に唾する、夕《ゆうべ》には至るところ齧《かじ》りつく、骨の髄まで蕩《とろ》け出す……

ＪＬも橋の欄干に喰らいついた。横走るしなやかな鉄の棒に嚙みつくと、泡《あぶく》の浮かんだ涎をたらす。みすみすこぼれ落ちた男の体液は冬晴れの路上に縮こまり、今にも凍えんばかりの見知らぬ表象をここでも揺らめかせた。ホッとひと息ついて、ハラハラと白煙も吹き上げると、おもむろに頭巾を外す。たちまち長い髪がこぼれ出す。一八四〇年の冬空を、このとき一機のジェット戦闘機が真一文字に切り裂いていく。ファントム（幽霊）、ファントム（亡霊）と繰り返すが、爆撃もなければ爆音も届かず、ただ一本の筋雲だけがこの長い髪の男の吐息を吸い上げてくれる。あとには何も遺さない。だからボクは、ずっとこの橋の上に立って、往き交う人はないものかと思案に暮れた。数知られぬ恩恵にもあずかってきた……

「その長髪にヒゲをたくわえたらもう完璧だ。完成だよ。そのままアンタはベッドに入る。新しい彼女と褥を共にする。一九六九年の三月二十一日。ようやくアンタは一匹の黄金虫に戻る」

いいえ、くれぐれも戻るのではありませんよ。むしろ永きにわたる蛹の殻をようやく破って、いわば念願のベッドインを果たすのです。

「ユウラシヤの港町、アムスのホテルで」

駆けつけた報道陣で部屋は瞬く間にいっぱいになる。足の踏み場もない、長い髪に、長いヒゲに、長い口づけに、長いベッドイン。

「ようこそマスメディア……どれもこれもが……いまもヒトゴロシに手を染めていく」

あのヒルトンで、七日間にわたる、ささやかなベッドイン……あれはナンバー9……ベッドイン……ナンバー9……ベッドイン……（このまま繰り返していけば「ベッドイン」は必ずや「ベドウィン」にも転じる）

長髪と言っても、黄金虫の専売特許じゃない。ヤツらはステージを重ねるにしたがって、何かにとりつかれたように髪をのばしてく。そこには深い因縁も気取られる。いにしえよりアイランドの民は長い髪を慈しんできた。昨日今日に始まったことじゃない。それが、これから百年が過ぎ去って舞台は移り、かのインランドの真っ只中で同じことをやってみせたら、驚天動地、インランドはおろか噂は唄の円盤にのっかって燎原の火のごとく拡がる。瞬く間に世界中が現を抜かす。馬鹿馬鹿しいにもほどがある。そんなら同じこれからの百年間、ボクはボクで、歌うけれども話はしないゾ。所詮ボクの言葉がわかるヤツなんか、この先いなくなる一方なんだから。

「百年もの間、いったい何を歌うんだい」

何もかも、何もかもがあの壁紙のような調べをたくわえてしまう……やがてリタイヤしたボクは、黄金虫の羽も脱ぎ捨て二足歩行を身につけ、アイランドの海辺に立ち帰る。それまでの曲を取り出しては一つまた一つと見えない壁に貼りつける。古くて新しいボクらの館には誰も耳にしたことのない音楽が満ちあふれる……それでも断じて、外に洩れ出すようなことはないんだよ。

ここはユウラシヤ。アムスのベッドインについては得々と語られても、インランド・アイランドあたりから大海原をこえた向こう岸の町には知見が及ばない。入植の当初、町は「ニューアムステルダム」と命名されたが、今から百年はおろか百四十年も前方《さき》の、ひとりのミュージシャンをめぐる死の影であればなおさらのこと、まだその片鱗も見当たらない。むしろ現在、一八四〇年のJLこそが初めての老境にさしかかろうとしていたのかもしれない……

そろそろ往こうかな、とJLが声をかける。彼はお箸を立て、スプーンも投げて自らに問う。同じ言葉が誰かへの誘いに転じるのを封じるためにも、すぐに答えを用立てる。次に誰か来たら、もう渡ろうと思ってたんだ。本当の答えは行動を伴って示される。隼の来し方と正反対の方角へ、だから町の外部に向かって数歩のところでまた唄がきこえた。人知れず唸るがごとくに舞い上がる、あの海豹の唄だった。記念碑としてその歌詞も書き写しておこう。

タマゴに憑りつかれた
オイラは一頭のアザラシ
早く産めよと抑圧やまず
資源保護にとあとを絶たず
おい、おい、待てよと言いたい、アザラシはね
海に名だたる哺乳類で
タマゴは母の子袋でかなえられる

おまけにオイラはオスの一頭
生産増産求められても
かなえる術なく意志もない
戯言《ざれごと》うたう命知らずが
絶滅危惧種の落涙しきり
断種の嵐もどうにか耐え忍び
人の笑顔には黄色い水も吹きかける
塩気のない、真水の果ての汗の結晶
プランクトンが渦巻く時
人でなしの
人でなしの
なおも血潮を浴びながら
タマゴに憑りつかれ
タマゴに嚙みつかれ
オイラはいつでも嚙み砕かれた

バキッと、物事の壊れる音がした。橋を渡り終えるはずの最後の一歩が確かに何かを踏みつけた。他でもない、それは男愛用の眼鏡だった。丸眼鏡が、一回踏まれただけなのにすっかり血塗れになっている。

すぐに悲鳴が上がる。上げたのは男ではなくて、踏みしだかれた眼鏡だ。だからヒトの声ではない。男には何の物音も届かず、ただ唄の化身をつとめているだけかもしれなかった。むしろこれを契機に静謐なる水面がみるみる氷結をとげ、両岸からの膨張の圧力にも耐えかねて、中央辺りでひと息に盛り上がった。そのままひと連なりに、おそらくは下流をさして走りぬけた。

眼鏡を踏んで橋を渡り終えた男はのどかに呟く。町の外部だ、アイランドだ……そして吸い込まれるようにしてどこかに姿を暗ました。すると入れかわって死体が目に入る。姿を消した男も隼も、共にまだ足を踏み入れたことのなかった橋上の一角に見知らぬ兵士の亡骸が仰向けに転がっている。精神は置き去りにされて、その肉体はどこから見ても辱めを受けていた。両手の親指は付け根のところがギターの弦で厳重に結わえられ、喉仏辺りの守りにつかされる。髪は短く刈り込まれ、顔のない頭部には黒いギターのピックが一本突き立つばかり。破れた迷彩ズボンの裾からのぞきみえる右足のふくらはぎには、中身の入っていない空っぽの注射器が一本突き刺さっていた。よく耳をすますと、注射器は微妙な出し入れを繰り返しながら音曲も奏でる。もっとはるかに遠ざかってみると、兵士の体からやがては橋の全体が同じ調べを唄い上げる。

壊され砕けた丸眼鏡とともにそこだけが世紀を跨いで、一九八〇年の十二月八日にさしせまった。ニューヨーク市の街頭にも橋が架けられ、道往く人びとが渡り切れずにいつまでも立ち騒いでいる。そのうち、生きる目標を見失ったような者たちの中の、自暴自棄のひとくされ、ふたくされが身をひるがえし、まだ橋の上に佇む隼を見つけると、世にも悪しざまに声を上げる。コイツだ、コイツが下手人だ、コイツを早くつかまえろ！　精神鑑定なんて目じゃないゾ！　裁判なんかヌキにして、今すぐ吊るせ、と。あの日の銃声はまだどこからも聞かれないのに……

男が再び姿をみせたのは、橋桁の真下に近い向こう岸の川べりだった。橋上の喧騒などいずこへともなく遠のいてしまう。隼はそれまで気づかなかったが、橋桁の下に一人乗りのヨットが繋留されていた。男が手際よく舫い綱を解いて引っ張ると、船体は軽々と何事もなかったかのように滑り出した。ヨットは初めから水に浮かんでおり、薄弱な結氷が立ちどころに打ち破られる。

隼はなおも橋の真ん中辺りにいて、往く船を右方より見下ろした。コレは阿呆船だと思った。この形容が何としても似つかわしかった。男はこのさき海に出るまで帆をかけず、一時氷に閉じ込められるようなことになったとしても、それで運河の持つ独自の流れに身を任せたものと受け止める。自然の流れではないあくまでも人工の流出、ひょっとしたら来たるべきベッドインのアムスとやらを通って海に乗り出すのかもしれない。いよいよそのときこそ自慢の帆を張りめぐらせ、大海原の向こう岸をめざしてやる。阿呆船のキャプテンは見境がない。彼そのものが阿呆である。だが阿呆そのもの、というのでもない。だから、大小問わずに知恵も貯え、首尾よく向こう岸の大都会へ潜り込めたら、しばらくは住みついて、何度も戦さをやりすごす。ココはひとつ我慢のしどころだ。アイランドの唄を地道に作りながらも、かたわらアチラの音楽だって貪欲に身につけてやる……ジャズ、ブルーズ、ゴスペルと……どれもが、ユウラシヤでもないもうひとつの大地から無理やり連れてこられた人たちが、あたかも地の底から身ぐるみ剝《は》がれるようにして作り出すっていうじゃないか……

とかくするうち世紀は慌ただしく転じ、一九四〇年の秋にボクはもうひとつの生を享ける。そののち黄金虫のつるみ合いから抜け出したさらに遠い未来のボクが、じつは海を渡って、いや、とびこえて、またその町に戻ってくることもちゃんとわかってる。ボクは黒い髪の彼女とアパートに暮らしながら、また折をみてこの船を乗り出す。魔の海域と呼ばれる辺りにも漕ぎ出して、あえなく難破する。ナンパ、だよ、ナ、ン、パ。だから溺れるんだ。オマエには女難の相があるなんて、誰にも言わせないけど。

それからまたある年の十月九日になると、そう、ボクの誕生日にひとりの男の子を授かるっていうんだから、それればかりは今からもう楽しみだ。そうだアンタ、まだそれまで時間はあるんだから、そのときまでにその子の名前を考えといてくれよ。そうなればアンタは名付け親で、ボクらは晴れてブラザーということになる……ブラボー……ヨットはそのとき物静かに岸辺を離れた。早くも春の海を往くような、健やかなかすみに包まれて大らかに滑り出した。晴れて、いよいよ百年の船旅に乗り出していく。そうだ、別れる前にアンタも何か歌えよ、とそそのかされて、思わず隼は船名にも因んだ一節を口ずさむことになる。

え、暇人《ひまじん》(himajin)って、これ何のこと?
わかった、あんたフランス人でしょ
でなくても、いつも使ってる
国籍問わず、子どものころから
. . . et bien Bonjour
だってフランス語って
h発音しないんだよね
でもそれはちがう、気の回し過ぎです

こちらはイマジン（Imagine）、ヒマジンじゃなくて
だからちょっと想い描いてごらん

へへえ、コイツぁおどろいた。なかなかにいかした曲じゃないか。いかれたオイラにもよくわかる。すぐにのってくる。ほんとに、いまアンタが作ったのかい。でもそれならオイラにもできそうだと、男はすかさず次の一節を返してくる。

百年ののち
ジャン＝ポール・サルトルに尋ねる
一九四〇年
『想像力の問題』の哲学者が答える
天国ですか？　ありません
地獄ですか？　ありませんよ
ということで、煉獄ももうありませんね
ここでダンテは、ちょっと困ります
おそらくはベアトリーチェもね
ヴェルギリウス、どうかな？
彼にはまだアエネーイースの船旅が約束される
それでも天地はあるし

もしも気が向いたら『神曲』も読まれて
　もちろんあなたのご自由に

　さすがに誰もがその男の唄声にはかなわないのだが、それでも無心の祈りを込めて隼は、さらにもう一節のお返しを試みた。

　ってことで、宗教もありません
　国もありません
　このふたつには
　同じ穴のムジナってところ
　ありませんか
　宗教戦争の恐怖
　永久《とわ》に過ぎ去りしもの
　戦争そのものが
　いにしえにも見えてきて

　隼は水面に映し出された、まだ見たこともない自分の顔立ちに目を奪われた。

　何も求めず

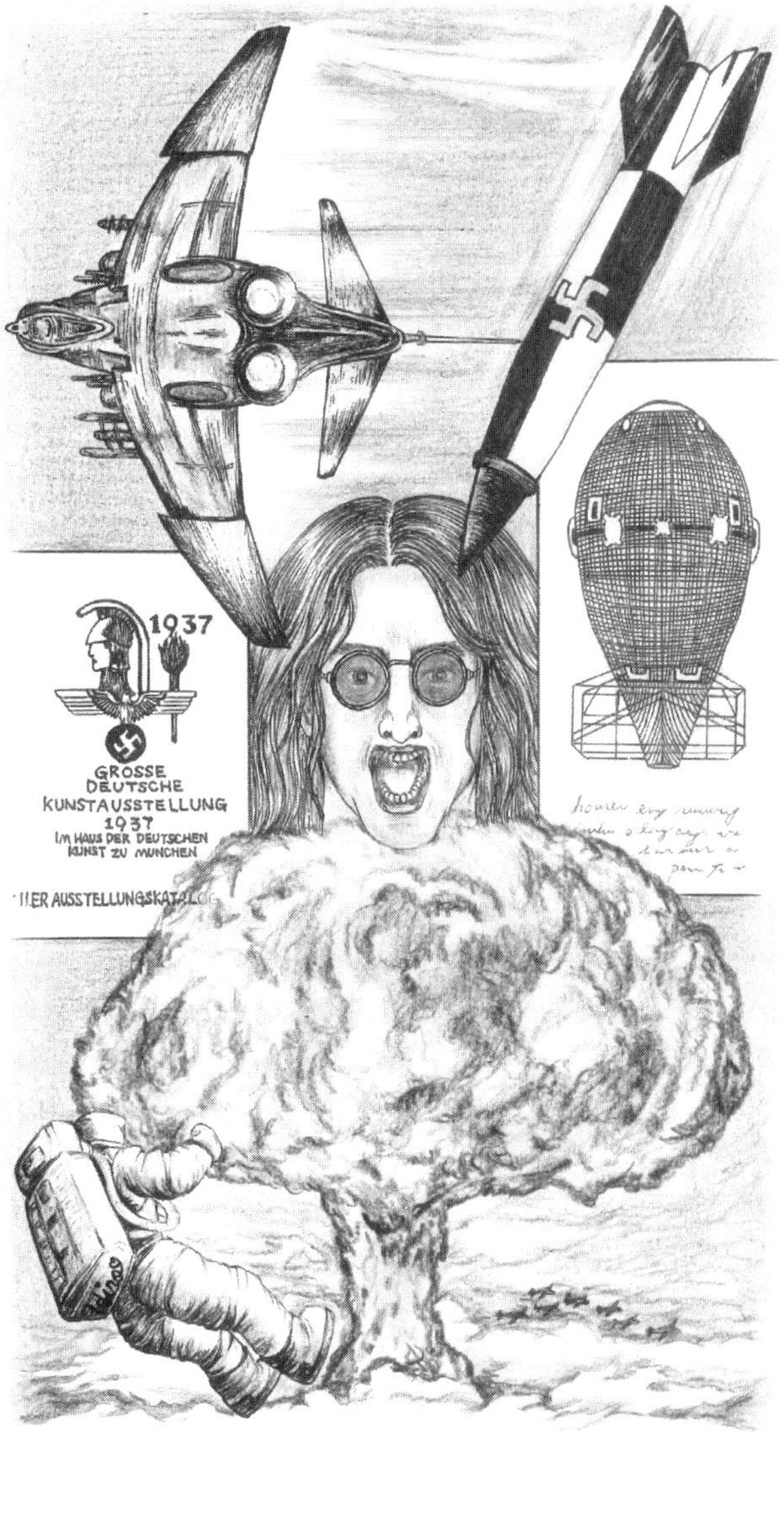
1937
GROSSE
DEUTSCHE
KUNSTAUSSTELLUNG
1937
IM HAUS DER DEUTSCHEN
KUNST ZU MUNCHEN

見知らぬ誰かの傍らに立ち
助ける者あらば
助けられる者がある
無知を識り、無恥を弁え
ヒト、ヒト、ヒトリと
命を分かち
境界線を越える
語り、囁き
呟き合える時がくる
そがあるがままにと

「Adiós（さよなら）」と、見知らぬ男がスペイン語で別れを告げる。黒光りのする革のジャンパーだけが突き出されてくる。

「Tot ziens（じゃ、また）」と、隼はオランダ語で応えた。黄金の鶏冠が最後の光芒を解き放つと、こののちもう二度と再び、そのジョン・レノンを名のる男とは出会ったことがない。ＪＬは生誕に先立つ百年も前に姿を暗ました。そこに一本の運河がのびる。山のない地平線の向こうへあえなくのみこまれた。それでも彼の作り出していく歌はいつでも、いまでも、野性の潤いも込め、耳かたむける者たちを心地よいばかりに誑《たぶら》かしてくれる。だから、ここでもういっぺん想い浮かべようか、誰もがそんな騙し絵に身を委ね丹念に、この世を去った者たちの齢を数え上げていくのを。

Adiós, Adieu と一方通行路の運河にも、寄せては返す往復の波頭押し寄せる季節《とき》が必ずやってくる。たちまち国境《くにざかい》という国境は打ち開かれ、人びともまた縦横無尽に押し寄せる。無闇に繰り返されるだけの革命の免罪符などどこにも売られてはいないのだから、最後にはただオノレひとりの力で考えぬいてみることだ。

翼をもがれた橋の上の亡骸は、さらに身ぐるみはがされ、それでも高く飛び去るが、あの毀《こぼ》れた血塗れの眼鏡を拾い上げてくれる者などどこからも姿を見せないだろう。

ナンバー9……ナンバー9……

ふたたび隼ひとりが元来た道を引き返す。赤錆を吹く自転車のペダルが橋を下りたところでようやく細々と回り始めた。規則正しい軋みはいかなる旋律も受け入れない。唄がいつもどこかに身を潜めている。誰もいなくなった橋の上では、相も変わらず同じ毀れた丸眼鏡が蕭然《しょうぜん》と、とこしえの死の淵を手繰りながら痕跡らしきものを暗示する。なおも銃声はきかれない。JLはどこかで生きている。誰にも姿が見えないだけである。アイランドか、インランドか、問い尋ねる者とて途絶えて久しい。本当の下手人は、見知らぬものの愛惜かもしれない。

これより百年後の一九四〇年十月九日、男がこの世に生を享けるとき、まだ小さなその体にはすでに百年分の歌が積み込まれていた。

（この章、この一篇を、生前のジョン・レノン（John Lennon）に捧げる。但し「生前」とは、亡く

なる前のまだ生きていたときではなく、文字通り端的に、「まだ生まれる前」を意味するのだが）

生誕百年前のジョン・レノンに出会ったその同じ冬、
隼は旅重なる亡命者スピノザの帰還に立会った……

生まれる百年前のジョン・レノンに出会った同じ冬、隼は度重なる亡命者Sの帰還にも立ち会った。自分の暮らすアパートで、同じフロアの三階一号室の住人だったが、ある年の秋、追放も同然、水路伝いに町を離れていた。橋の上の忘れ難い賑やかな邂逅から三週間ばかりが過ぎた平日の早朝だった。冬の静寂《しじま》に打ち震える「ナンバー9……」の呟きとともに、ＪＬの唄い上げた断章が再びさんざめき、錦織り成し甦る。

2

その日の隼は午後からの授業の準備で、この一時間前から起き出した。季節柄、日の出までにはまだ時間のある、暗がりの午前六時ころだった。一本の指先で叩いているとしか思われない、幽かなノックの音が耳朶《じだ》に触れた。さすがに一度目は気のせいかと思い過ごし、ややあってもう一度同じ音がして、ようやくノックであるとの確信を得る。

すぐにペンをおいてドアに向かう。鍵を回してやや引くと、黒ずくめの男が立っていた。死期も迫るモーツァルトにレクイエムを依頼した訪問者も、このような振る舞いであったかと思わせた。黒のオーバーコートに黒の帽子を目深にかぶり、足元も黒一色の革靴で固めた男がひとり猫背のまま、体を押し入れてくるのだから。

久しぶりです、と言いながら黒の男は隼に抱きつき、丁重なまでに心のこもった挨拶を続ける。ごぶさたをしました。お変わりないですか。まだいらっしゃったんですね、同じところに。よかった。私です。声でおわかりでしょうか。一号室です。男は名前ではなく、居室の番号を名のる。それで隼にもようやく見当がついた。すぐにも確信が押し寄せた。もう十年も会ってなかったような気がしたが、無理なく帽子をとらせてみると、抱擁を解き、やや一歩下がった男の顔は紛れもなく、かつてこのアパートの前から運河を船で旅立った三階一号室のSだった。一体どれだけの航路旅路を経てきたものか、さすがに顔はやつれ、土気色し、いかにも痩せ細っている。口元は緩むことなく硬直して見えたが、それでもゆっくりとガムを噛んでいた。ペパーミントの香りが漂う。

「いやぁ、誰かと思った。ちょっと痩せたけど、すぐわかりました」

ちょっとここんとこ、風邪気味でしてね、失礼。いささかあわてて扉近くに置いたケースからティッシュを取り出し、口の中の異物を吐き出し丸め込む。くずカゴには捨てないで、オーバーのポケットに仕舞い込む。あなたの部屋なら、長く留守にしたままの僕んとこよりも温まってるかと思って、ここは甘えさせてもらいました、申し訳ない、と断りを入れて、コートのボタンを一つ二つと外していく。それでも一番下にたどりつくのは少し先のことらしい。こんな朝っぱらから、まだ暗いうちに、でも明かりがもれてたから、ついね、などとSは言いながら、シャツのボタンも首回りの最上段を一つ外した。ようやく、唾をのみこんでいる。

「いや、どうぞご遠慮なく……荷物とか、ないですか」

それはさっき部屋に入れてきましたから……

「お風邪ですか……いかんな……長いんですか」

いや、まあ、とSは否定の中に弱い肯定を混在させる。少し拗《こじ》らせまして。隼は扉を閉め切ると室内を見渡し、病をえた帰還者の身の置きどころいずこにかと思案する。

「ちょうど一段落したところですから……ちょっと午後の準備してましまして」

授業ですか……

「ええ、相変わらず……そうだ、そこがいい」

北向きの窓辺のソファに、投げ出されたも同然の洗濯物を急ぎ取り除く。どこを見ても手入れは行き届いてないのだが、そこは暖房に近い。Sは構わず身を横たえる。ヒーターに凭れかかるようなものである。ようやく脱いだオーバーコートを毛布代わりに被る。アパートの前にはいつもの水の流れがあり、向い側の建物もこちら側と同じようなものだが、その先には教会堂が真冬の塔を突き出していた。夜明け前、まだ運河を往き交うものはない。つい数週間前にJLとまみえた、町外れの橋の上から見つけたマネキンの首も、ここでは小さな残骸も見当たらない。近くにあれば、そいつはどんな闇の中からでも人の心に独自の光明を届ける。生きる望みをすでに断ち切られた者たちの、呻《うな》りを上げるような渇いた灯火《ともしび》……それでも同じ暗がりに包まれて、手前の道を自転車が通り過ぎていく。いつの間にか隼が百年以上をさかのぼり、JLをめざしたのと同じような自転車の軋みが、またしても心地よいばかりに重苦しく、深夜に未明といえど往来が途絶えることはないだろう。道幅の狭い一方通行の道路には、自動車の速度を制限するために一定の間隔をおいてゆるい段差が設けられている。段差を突っ走って騒ぎを撒きちらす手合いもいるが、車道以外には予め平坦が約束され、自転車道にも歩道にも同じ石材が敷かれていた。と、まもなく、窓の左手よりわずかな明るみが湧き上がる。夜明けまでには時間があるのだが、光は徐々に透き間なく地面をおおい、窓の右手にも照り返しながら自家用車がやってくる。隼が目覚めてからの、それがおそらくは一台目……すると行く手には大小二つの影が浮かび上がる。犬を連れ、運転手には背中を見せながら通り過ぎる中年の男が前かがみになる。犬の足元近くから何かで何かをつまみあげると、あっという間に運河に投げ捨てるのだが、なおも船舶は来ない。用を足したばかりの愛犬のモノが、音もなく水面下に身を沈める。車が消えると二つの影は、無害無臭の日常に夢を託して、夜明け前のなめらかな暗闇に溶け去る。Sは煙草を所望した。

「あ、ごめん。やめたんだ。あとで買ってこようか」

いやいや、結構ですよ、そこまでしてもらわなく……と、何やら神妙な物腰で遠慮を告げようとした途端、Sはひどく咳込んだ。苦しそうな空咳をきいていると、不安になってくる。旅先でよからぬ病でももらったか……それも何とかおさまると、隼は様子をみて温かい飲みものを勧めてみる。とりあえずコーヒーを入れたが、お腹の具合を尋ねてみると、このところ余りまともに食事を摂っていないと言う。すぐに前夜の残りの根菜スープを温め、パンとチーズもささやかに添えると、二人は何年ぶりかでテーブルを共にする。午前中の授業はないものの、定例のミーティングで九時半までには出かけなければならない。朝食ののち、少し片付けをする間に、いつの間にかSはそのままソファで眠り込んでいる。空模様をみていると、今日は冬らしくも晴天と時雨が交互にやってくるようだ。隼はまたしばらく仕事を進めると、眠り続ける旧知には、オーバーに替えて軽めの毛布をかけてやった。晴れ間のうちに職場にたどり着こうとやや予定を早めて部屋を出る。食卓には部屋の鍵束に短い手紙を添えてのこしていく。愛車に跨ると、何やら雲行きがあやしくなってきたので、急いでペダルをこぐ。段差を避けて自転車道を進む。窓は北向き、晴雨を問わずSの毛布に賑やかな朝の光がとりつくことはない。吹き流されていく縮れ毛のような冬の群雲が、交錯する二人の想いを切り裂いた。

「Sへ、
出かけます。

何でも飲んで何でも食べて下さい。

一号室に戻るだけなら、鍵をかけて持っていってもらってかまいません。

アパートからしばらく外に出る時には、一階にある私の郵便受けに放り込んでいって下さい。帰ったらいつもチェックしますので。

遅くとも午後四時までには戻りますが、天候次第で少し遅れるかもしれません。

それまでいてもらってももちろんかまわないし、少し気分が回復するようなら、また旅のお話でもきかせて下さい。

F」


授業は少し早めに切り上げた。数年ぶりに舞い戻ったSのこともあるが、朝からの定期的な天気の移り行きからみて、午後の四時を回るころには時雨模様になることが予見される。時雨といってもおとなしいものではなく、風まじりの、時には殴りつけるばかりの氷雨が肉を貫き骨を強ばらせる。学生たちもみな暗黙裡に避難を求めているようで、双方あうんの呼吸で店じまいをすると、質問は次に送ることで研究室に戻らずそのまま帰宅した。

　雨粒が背中を叩き始める、すんでのところで自転車ごとアパートに飛び込んだ隼は、いつものように一階入口のところにある郵便箱をのぞく。霰《あられ》の音に包まれて、箱の中には自室の鍵だけが入っている。これを残してSは雨中どこかへ出かけたか、あるいは自室へ戻ったか、隼はエレベーターで三階に上り、そこから時計回りに進んで一号室の前を通ったが静まり返っている。眠り込んでいるのかもしれないし、次の角を曲がるとちょうど八号室の住人、あの初老の男がパイプを持ったまま隣りの階段に吸い込まれていく。隼は彼の後ろ姿を見かけただけで挨拶をするいとまもなく、ところが下りた二階でパイプ男は誰かと出くわしたらしく、心安く挨拶を交わしている。空模様についても話し、また降ってるね、まあ半時間もしたら晴れるでしょう、お出かけですか、もうおっつけ日が暮れますがね、などとカン高いパイプ男の話し声を聞くのも、何だか数年ぶりのような気がしてくる。

　隼はそのまま次の角を曲がる。寒天に廊下は口ごもり、いまも空き部屋の七号室から自室の六号室、その先の五号室の住人は例の会計事務所だかに勤めるアイツだから、こんな平日にいるわけもない。この並びはいつもながらに大海の水底よろしく静まり返り、そこに翼の生えた深海魚が一匹沈み込んできた。クラゲが頰っぺたを抉《えぐ》り、漆黒の海草が足元をゆるがす。そういえば五号室のあの男……Sが船旅に出かけたあの年の秋だった。町の記念祭の日にミノタウロスがこのアパートの中庭で『蛙』を上演したとき、そのSの境遇をめぐって噂話に打ち興じ、そこに「黙れ！」と一喝を入れたのはいま階段を下りていったご老体だった。その五号室がSのご帰還を知れば、また何かと喧《やかま》しいことだろう。

　ところが隼が自室の扉を押し開くと、何とSはまだ中にいて、紫煙に包まれソファに腰かけている。

すっかり落ち着いた様子で部屋の主を迎え入れてくれた。失礼、お帰りなさい。何と言うか、今日はとくに隠れていたくてね、申し訳ありません。

「いや、あの、鍵、下に入ってたけど……」

ああ、ずっとこの部屋にいたわけじゃないんですよ。さすがにね、正午ごろ起き出して、鍵を持ったまま一号室に戻りました。しばらく荷物の整理とかまあ大したもんじゃないんですが、部屋の片付けなんかもしましてね。それから雨の止み間をとらえて煙草屋に行きました。いつもの手巻きの〈ゼロ〉っていうの、ご存知でしょ、ちょっと辛めのやつ、それでまた戻ってこの部屋を開けてから、そのまま下りて鍵をあなたの郵便受けに入れて、また上がってきた。ひょっとしてオートロックであったか、などと妙に気になったのですが、まさか、もしそうなら自室の鍵も中に置いて出ましたから路頭に迷うところでしたが、幸いここにも入れたし、すぐに内側から施錠しましたよ。あ、ごめんなさい、ほんの一、二分だけど鍵もかけずに下に行ったわけで……

「大事ないですよ」

ありがとう。

でも、そうやっておくと、次に鍵を開けるのはまず間違いなくあなただから、私にとってはとても安心だったのです。とにかく今日はまだ、あなたを除いて誰にも会いたくない……というのがいまの正直な気分で、まあそんなことも今日一日で終りにしますから。Sは、手にした巻き煙草を自室から持ち込んだ金物の灰皿でもみ消すと、急に慌てて窓を開けようとする。

「ああ、いいですよ。だいいち、こんな雨だし」

もう止めたんですよね、ごめんなさい。Sはまたしてもくぐもり咳込みながら、それでも窓を持ち上げて五センチほどの透き間を作り出す。隼は透き間ではなく、Sの咳を見咎《とが》める。

「体に、障りますよ」

Sは笑いとも咳ともつかない微かな叫びを織り交ぜながら、そんな、そんなこと言ったら、あんな、あんな亡命の旅になんか出られませんよ。体が落ち着きを取り戻すと、Sはまた窓ガラスを下ろした。

「お腹は？」

実は、何も食べてません。適度に空いてます。

「私も忙しくて昼を抜きましてね、ちょっとサンドイッチとか買ってきました。よかったら、どうですか」

いや、ありがとう、じゃ、いただきます。

「では、コーヒー入れましょうね」

お湯はSが一度沸かしていたようで、コーヒーはものの三分ほどで出来上がる。隼は、持ちやすい大きさに切り分けたハムと塩漬けニシンのサンドイッチを手早く大皿一枚に盛り付け、それぞれに取り皿も添えた。

「コーヒーは三杯までおかわり可能です」

Sが早速啜る。一時窓ガラスを打ちぬくばかりだった氷雨もすっかり小降りになってきた。いただきます。

「どうぞ、遠慮なく」

Sはニシンのほうを一口入れると、すぐに満足の笑みを浮かべる。

「このオニオンが絶妙でしょう」

私はね、何かもう不治の病に冒されているのかもしれません。まあそれが直ちに死を意味するものでもないでしょう。病と聞いてたちまち隼には、あの橋の上でのＪＬとの出会いが思い浮かぶ。ＪＬが演じたあの病もまた往々不治の病といわれる……病はすでに旅に出る前からではなかったか、と私は思っています。ただ、あなたには迷惑がかからないように心がけます。

「いや、かかるとしたら、迷惑じゃなくて、ご病気でしょう」

ハハハ、その通りだ……この町に戻ったのはね、まだほんの数日前なんですよ。でもほんと言うと、私はそれ以前にも二度ばかり、様子見がてらひそかに舞い戻り、一号室で一夜を過ごしたこともあったんです。

「いやあ……そいつぁ気がつかなかった」

簡単に気づかれたのでは、こちらが困ってしまいますから。ただ、たとえこの町にまた落ち着いたとしても、それで亡命に終止符を打つことはできないし、ほかにも隠れ家を用意しました。

「この町に、ですか」と尋ねて、隼はさらにコーヒーをすすめる。雨はもうあがっている。さあ、どうでしょう。Ｓは特にはぐらかすでもなく、コーヒーが注ぎ込まれる耐熱ガラスのカップを見下ろしている。もちろん、ここにもちょくちょく顔を出しますが。

「いつでもいらして下さい」

いやいや、この部屋じゃなく、一号室によく来るということですが、というか、仕事場としてこれからも十分に活用するつもりです。それにしてもこの数年の間、静かに放浪と仮初の定着の旅を続けながら、私は自分についての記憶がこの町の人びとの脳裏から消えるのを待っていました。それこそがある意味では、生涯にわたる亡命者の果たすべきただひとつの務めなのかもしれませんね。追憶の網の目をどこまでも擦りぬけていくこと、それは同時に少なからぬ慰めでもある。しかもそのことは、任務遂行の成否によって直ちに左右されるわけでもないらしい。だからこの大陸の各地を流離《さすら》い、その場その場で見知らぬ他者からの関心に自らの瞳を差し向けながら、この町へ戻るのではなく、本当は記憶をなくしたこの町のほうが私のもとへと新たによみがえるのを待ち続けたのでしょう。その結果いまではもう、あなたと、三号室のリーランをのぞいて、私のことがわかる人はまずいないでしょう。隼の脳裡には、あの口さがない五号室の男が浮かんだが、ひょっとするとSの言う通りかもしれないと思った。

「その旅のお話、少し落ち着かれたら、ぜひきかせて下さいな」

ええ、もちろん。また、おいおいと……

「いまは長旅のあとの養生が第一ですから」

ありがとう……と言いながらもこのときSは、未踏の原野もさながら隼の居室へ改めておごそかに降り立った。

「そうそう、アパートの前から船出される前、中庭でささやかな宴を持ちましたよね。あのとき確かあなたは、このユウラシヤの東の果てに暮らす、何かとても珍しい独自の漁法を伝える人びとのことを熱心にお話しででした。サケだかを特殊な銛で獲るんだとか……」

これは、驚いた。よく覚えてらっしゃいますね。

「ひょっとして、あなたはお忘れでしたか」

いやいや、滅相もない、片時も。そうでした。確かにそうでした。厚手のライ麦パンに挟まれたニシンの切り身が思わず唇の端っこからこぼれそうになる。それが最後の一切れとなり、いずれのカップからも湯気は立ちのぼらない。息だけが少し弾んで、そのぶん瞳が持ち前の輝きを増してくる。

「で、お会いになりましたか、そんな連中と」

いえ……でも、一時期は懸命に捜しましたよ。だからと言って徒《いたずら》に先を急いだことはありませんが……むしろ急ぐに急げない……とにかくしばらくはこのユウラシヤを東へ東へと、旅を続けたものでした。

「交通手段は？　やっぱり鉄道ですか」

ええ、専《もっぱ》ら大陸横断の路線でした。

「飛行機は？」

飛行機なんて、いまだに私は見たことも聞いたこともありませんよ。ハハ、それが今も私を取り巻くあからさまな現実で、だからあえて乗ろうとも思いませんが、私の知見の及ぶ限りです、航空機にはいまだ適切なる経路もなかった。

「じゃ、鉄道ではどちらまで？」

それはもうどこまでも……と言いたいところですが、なぜか途中で切れていました。不意に終点に着きました。乗り継ぎもなし、鉄路そのものが終ってましてね……そのとき部屋の外からはまたしても氷雨が季節外れの燕のように窓を突き破り、なけなしの声をかけてくる。

「じゃ、そこまで（ということですか）？」

いいえ、それが一つ目の終点でした。それにバスがありましてね。陸路は断たれず、大河を押し渡り、さらにその上流から険しい峠をいくつか越えてゆうゆう乗り継いでいくと分水嶺をこえ、次の大河の源からもまだそれほど離れてはいない高原の切り口辺りに、また再び鉄道の始発駅がありました。よしよしと乗り込んで、おおよそ東方をさして列車は進みましたが、寝台もなく三日三晩堅い座席で横になり、いいかげん閉口しかけたところで、とうとう森に面した小さな町にある、それが二つ目の終着駅にたどりついた。その辺りでまた終点になることは予め聞かされてたんだけど、プラットホームに下りて縮こまった腰を何度も伸ばしながらやおら前方を見ると、その先は何やら門構えになっていて、線路自体はそこを通りぬけてまだ先へと続いているようにも見える。もしや乗り継ぎでもあるのかと、若い駅員さんに尋ねてみると、門らしきものの向こうはこの小さな町にはおよそ似つかわしくもない巨大な操車場になっているという。けれども、長年にわたる人口の減少で働き手もなく、町は寂れて列車の発着も一日数回どまり、貨車の需要も微々たるもので、施設はまったくの宝の持ち腐れになっているのです。

「そこまででも、もう十分な長旅でしたね」

でもね、その二つ目の車中でたまたま乗り合わせた行商人の男から、私は面白い話を仕入れました。仕入れたって、べつに代金を請求されたわけじゃありませんから、その意味ではただのお話なんです。その男が具体的に何の商いをしているのかはとうとうわからずじまいで、少し藪睨みの目をこちらに合わせることもなく、いつも流れゆく景色を追いながら車窓に向かって話すのですが、おっつけ、あと一昼夜も走ればこの鉄路も往き止まりになる。そこから先はもう歩くか、運よく同じ方角に向かう自家用車かトラックでもあれば、何とか同乗させてもらうしかない。かく言うこの私だって、あんな寂れた町じゃ商売にならないから滅多に寄りつかないが、ただね、その終着点の町からさらに五十キロ、いや、百キロばかりか東に行くと、世界で最も深い湧き水を湛えた湖水にたどりつく。面白いのは、島影ひとつ見当たらない鏡のような水面に、時折ひび割れのような不規則な線分が複数走るときがある……言っとくけどアンタ、凍結もしていない水面だよ。だいいち、不凍湖のはずなんだ、アイツは……それこそが民族の運命を告知し決定づける啓示にほかならないと、沿岸に暮らす〈ヒクチ〉の人びとは神妙に受けとめ、解読に努めるという……ヒクチですか……アア、そうだよ、ヒクチだよ。ご存知ないか。その、ヒクチというのは、今からもう数百年以上も前に、何でも北東の方角から移り住んできたという元々は遊牧民でさ、トナカイとか、羊とか、それが今では線の走るその湖——やつらは〈イリケンテ〉というらしいが——そのほとりにひとかどの村を構えて暮らしている。無論、乗り合いバスもなければタクシーもない。鉄道だって未来永劫そこまでは届くまいが、結構な数の住民がそこそこの車は手に入れているらしい。終点の町で、私もそんな連中を何度か見かけたことがあるし、一度ならずかれらを相手に商売だってやったことがあるんだ……

トンネルに入っても男の話は止まらなかった。車だけじゃない。じつは電話も通じて郵便だって届くし、納税の義務も果たすし、週末には小さな市が立つ。ただし、選挙で村長だのを決めるという風習にはなじまず、昔ながらの長老古老をリーダーに立てて村の団結を図っている……トンネル……今から思えば、あの三日のうちでトンネルというのはほんの二つか三つでしたね……じつを言うとね、私も一度だけその週末の市場目当てにわざわざ足を運んだことがあるんだよ。よそ者にも総じて親切だし、私が持ち込んだ手が切れるような品物もよく買ってくれた……でも、やっぱり遠いからな、便も悪いし、結局売り上げとも見合わないからあれからずっとご無沙汰してる、あの、イリケンテの湖水とも。

で、その人たちは今どうやって暮らしてるの……それぁ、昔からのトナカイや羊を飼ったり、近ごろはイモに野菜といろいろな農作物も手がけるし、湖とか流れ込む近辺の川などでは漁もやってるだろうね……その漁法は？　と、思わずそこで私は齧り付きましたよ。何といっても「漁」の一言にね……んー、それはわからん、訪れたのは一度切りだからな。とにかく市には魚貝もそこそこ並んでいたからそう思ったけど、量はそんなに多くもなくって、何かこう、余ったものを並べてるというか、とにかくあれは商品流通させるために獲ってるんじゃなかろうよ……ただその獲り方まではわからん。

私はね、その湖畔の人びとが私の捜している人びとではないのかと思いました。それ以上に期待もした。だからプラットホームに下りてから、何とかそこまで行かれないものかと、例の若い駅員にも尋ねたのです。でも返ってきた答えというのが随分とそっけない。私はそちらのほうに出かけたことがありません、と……

「それだけですか」

いや、あと少しばかり……おっしゃるような湖が七十か八十キロ東方にあって、〈ヒクチ〉という村があることも聞いてます。というか、たまにそこからやって来た若者がこの駅から西の方へと旅立つのも見かけたことがあるので。ただ、若者にはいくらかこちらの言葉が通じても、中年以上はおそらくチンプンカンプンでしょうね……どうしても行くんですか。歩きなら一日では到底着かないし、少なくとも一夜の野宿は覚悟したほうがいい。ただし、寒いですよ、夜になると、あなたが考えておられる以上にそれはもう……カラマツとかトウヒとか、シラカバもあるのかな、大森林の中にも未舗装の道なら続いていています。でも湖畔までは人家もないと聞いてるし、場合によってはクマだってうろついてるでしょう。クマ、ですよ、クマ……それでも行かれるのなら、今日はもう追っ付け日が暮れるし、明日の朝早くに出たほうがいい。運よくそちらに向かう車でもあれば御の字だけど、まずありえないでしょう。よかったら待合室に泊ってもいいですよ。この近辺、去年最後のホテルが畳んだので、泊るところもないしね……

言い残すと若い駅員は宿直室に入って内側から鍵をかけてしまいました。でも、一時間ほどして私が待合室にいるのを確認すると、餅と人参の入った温かいスープに大きなリンゴを持ってきてくれました。それに朝食用のパンを少々と厚手のキルトのような毛布を一枚。甘えついでに私が水を所望すると、ペットボトル入りを二本分けてくれました。それも宿直用の一部でしょう。お礼を申し上げても相変わらず愛想は悪いのですが、今度は宿直室に戻っても内側から施錠するような音はきこえない。そして翌朝早く、まだ暗いうちに私は洗ったスープ皿とスプーンを、折りたたんだ毛布のかたわらに残して駅舎を出ました。地平線の明るむほうに向かえば大体東方かと思い定めて進むと、すぐに未舗装の長い一本道が分け出されて、ほどなく私は深い森の中へと吸い込まれていったのです。

それはもう無謀と言われれば無謀極まりもないことで、何しろ私にはその日の夜の食料も宿泊のあてもなく、亜寒帯の大森林へ赴いたのですから、人跡未踏ではないにせよ、地図もなく、その道が湖畔へ導いてくれるという保証だってどこにもありません。磁石は持ってましたが、東へ向かうと聞いたその道が徐々に南へと方角をずらしていくようです。おまけに九月といっても、夕方近くになると気温はアッという間に十度を下回ってくる。空腹の上に生気を吸い取られるように、手足の先も少しずつ凍えてくる。生命の危機が実感を伴って押し寄せてくるのです。今際《いまわ》の際《きわ》に、また今際の際に、と唱えながらね、日もとっぷり暮れ果てた暗黒の森の中でさすがに私も覚悟を決めてると、同じ森のね、やや離れた一角に、何やらゆっくりと動き回る二つの火のようなものが見えたのです。

いや、ひょっとすると、駅員の言ってたクマか、もっと大きな化け物の目かもしれない……しかし、明らかに近づいてくる、それら二つの明かりの動きはそんな化け物じみた目の玉のようにも見られず、さらに近づくと明かりはそれぞれにゆらめきうごめき、おまけにね、人の話し声のような音まで伝わってくるのですよ。私は思い切って声をかけることにしました。オーイ……と、とりあえず一度だけ。するとたちまち二つの火は止まりました。そして私には理解のできない、でも、獣や鳥の鳴き声ではなく、明らかにヒトの言葉を交わしながらまた近づいてくると、まもなく二本の松明に照らされて二人の男が現われたのです。それも親子のように年が離れ、ひとりは眼光も鋭く頤鬚を貯えた初老の偉丈夫、もうひとりはいかにも凜々しい若人です。二人の服装は一見したところ私と大した変わりがないようにみえるのですが、やはり寒さへの備えができている。足元にはトナカイか何か四足獣の革でできた厚めの長靴をはいて、頭にかぶったこちらも毛皮の帽子にはしっかりとした耳当ても付いている。古着屋の軒先によく吊り下がっているような焦茶色の革ジャンパーも頑丈そのもので、それよりも何よりも、年輩の男が肩から狩猟用の銃をかけているのに対して、若者の腰には刃渡り三十センチはあろうかという短刀が刺繡入りの革袋に収められている。さらによく見るとね、若者は何かを引き摺っているのです。それは小さな橇《そり》で、木部や荷を載せる網目の一部にも血のりが付いている。血の流れ出した源は、二人が射止めた獲物の深い傷口に違いない。まるで蠟紙のような半透明の布地か何かにくるまれた体格から、私はイノシシの一種かと想像しましたが、実際は子鹿だったのですよ。

さて年配の偉丈夫に促され、若者がさまざまに言葉を変えて話しかけてきました。その三つ目、だと私は思ったのですが……意外に早々とね、お互いに通じ合う認識の体系を確保したのです。早速私は伝えました。鉄道の終着駅のある町からこの森に入り、東の方にあるときかされた深い湧き水の湖畔をめざしていること、その湖畔の一角にはヒクチという部落があること……私はあの列車の中で、行商人の男が「ヒクチと呼ばれる元遊牧民」と言ってたことはすっかり忘れていたのですね……愚かなことに準備が余りにも不十分で、空腹の上に襲いくる冷え込みで、ほとんど死を覚悟していたこと。若者がこれらのことを通訳すると、彼は傍らの年配者に促されて、自分の上着を脱ぐとこちらに渡してくれたのです。どれほど暖かかったことか。私は何度もお礼を言いながら若者のジャンパーを羽織ると、携行したペットボトルに残る最後の水を飲み干しました。そこには冷たさの中にもこれまでに経験したこともないような温もりが感じ取られた……

私が人心地ついたのを見届けると、若者は自分たちが父子であることをあっさりと認めました。今朝からこの森、といっても、とてつもなく奥行きは広いんだけど、ここで猟をやってましてね。迷ったわけではないですが、もう遅くて今夜のうちに帰ることはあきらめて、こんな時のために私たちがこの辺りの森の中にいくつか拵えている避難所に泊ろうと思ったんです。よかったらご一緒にどうですか。おっしゃる通り、このままここにとどまるのは色々な意味で危険です。私たちはね、あなたが行こうとしているその湖のほとりに住んでいます。ただしね、ヒクチというのは村の名前という前に、何よりも私たちのことなんですがね。

その「避難所」というのは、そこから半時間も歩くと、大きな樅の木の下に作られていました。いや、まことに小さな丸木小屋で、内部は大人二人が寝そべれば目一杯という狭さでしたが、そこを三人で分け合って休んだのです。夕食には、おそらく彼らなりの非常食で魚の燻製、胡桃入りのもち、苦味の強い滋養のありそうな緑の茶、干した果実などもいただきました。その緑茶が独自の心地よい魔力を発揮したものか、まさかアルコール入りではなかったと思うけど、私はすぐに眠ってしまいましたよ。

翌朝目覚めると、二人はすでに朝食の仕度を済ませていました。夕食と同じような携行食を急いでお腹に収めると、獲物をのせたままの橇を引き、揃って小屋をあとにしました。途中私はあの魚の燻製のことを思い出して、いきおい二人に尋ねます。魚もとるんですね。ええ、とりますよ……どうやって？……どうやって、って……網ですか、それとも、釣るんですか……それとも、銛か何かで突くんですか……彼らは顔を見合わせてちょっと微笑みを交わしたもののそれ以上は何も答えてくれません。やがて正午を少し回ったころでしたか、不意に大きな森が途絶え、瞬く間にこれまでになかった視界が広がると、もうそこにはあの行商人言うところの鏡の湖水が青々と照り輝いていた。みちみち若者からきいた話によると、彼らは村のリーダーたる古老の一家だというじゃないですか。彼ら二人はあえてそこまで無名を貫いたのですが、父にして祖父である人物の名はユミュシュといって、今でも同じ敷地の中に伝統的な住居を構えて独り住まいを決め込んでる、来る者は拒まず、だから、今夜にでも訪ねて、漁の話でも何でも尋ねればいいさと、これは若者を介して偉丈夫の父のほうがさも愉快そうに語ったのです……アレ……Sが話を止めた。

「どうかしましたか」と隼が尋ねる。

立ち停まったSの目線の先には、アルミ枠で囲まれた小さな額が浮かんでいる。二枚の紙切れを収めて、隼の仕事机の向こうの壁面にかかっている。切手ですか？

「ああ、あれね……いいでしょう」

Sは立ち上がり、自ら運んで手に取ろうとした。いいですか。

「どうぞ」

切手ですか、と繰り返し、手元に引き寄せてしげしげと眺める。ホウ、これはすごい。貴重品の中の貴重品じゃないですか、どちらもヴィクトリアの肖像画で。

「いや、お目が高い……何とね、世界の初物ですよ、一八四〇年発行の」

そうなのか……でも、どうしてこんなすごいものを……

「いえね、もらったんですよ」

もらった？

「ほんの何週間か前、この町の外れのね、私がよくサイクリングで出かける橋の上で出会った、ジョン・レノン、っていうおかしなイギリス人がくれたんですよ」

ジョン、レノン……へえ……でも、よくくれましたね。

「貴重なものだとはわかってたみたいだけど、まだ手に入れて間もないようでしたよ……いや、むしろ先行発売かな……」

どこから手に入れたんだろ……コレクター仲間のやりとりかな……でも手放す人いるのかな……まあ、お金が要り用ならね……いずれにしてもお金持ってるんだ、その人は。

「かもしれませんね」

Sは切手入りの額を元の壁にかけてくる。

「ああ、どうも、ありがとう……古老とやらには会えたんですか」

ユミュシュね。会いましたよ、その日のうちにね……世界でもっとも深い湧き水をたたえるイリケンテは、沖合いに向かってじつに細長くのびていました。深い入り江でもなく、森を出たその辺りは湖全体の北端にもあたるようで、湖岸はさして長くもない砂浜になっている。その部分と同じだけの幅をしばらくは保ちながら、湖は南ないし南南東にのびていく。あの若者によると、全体はちょうど三日月か、それとも彼らの履いている長靴のような形状で、私には大昔の氷河の跡のようにも見えましたよ。さらにこちらとは反対側の端、長靴にたとえるならちょうど爪先にあたるところから、ただひとつの川が流れ出すんだという。

「流れ込むのは？」

さて……ごく細いのは何本もあったが、流出に匹敵するようなものはなかった。それで湖面の高さに変わりがないのだとすれば、やはり豊かな湧き水があるということでしょうね。ヒクチの村は砂浜に沿って横に長く作られている。村落ともどもイリケンテの湖は大きな森に囲まれていたのですが、なかでも村のある北端から見て右手、つまり西岸ですが、そこにはずっとどこまでも森が迫った。対して東岸には木立と共に山が迫る。湖水に寄り添うように山並みをなしていく。標高は少なくとも千メートル以上あったでしょう。九月の終りで頂きの近くにはいくつもの積雪が見えましたから、ひょっとすると万年雪かもしれませんよ……ああいうのは初めて見たな。

「その村というのは、全部で何軒ぐらいですか」

百軒はあったでしょう……うん、百軒以上。そこの街路はね、少し高いところから見下ろせたら、何かこう、横倒しの船のような形だったかもしれない。船底は湖岸とは反対の森の方に向けられて、浜沿いに三本の道が平行に走り、交差して六、七本の小路が村落を区切っている。湖に向かって右端の一本は右、左端は左へ傾き、広がり、岸辺を押し包んだ。居並ぶ家屋は、森の中の避難小屋を少し大きくしたような木造の平屋ばかりで、どの屋根にも決まって四角い煙突が突き出す。ほかの集落ならよく見かけるような金融・通信関係の事業所とか、食料品などの小売店も見かけなかった。ただ一軒、日用品一般を取りそろえた万屋《よろずや》のような佇まいの家《うち》が村に入って最初の角にあったけど、それとても、世に言う商いを行なうところかどうかははっきりしませんけどね。

それで、森の中から私を案内、いや、救い出してくれた親子の家というのは、ちょうど中程の筋を湖に向かって進んで最後の、三つ目の十字路の右角にあったのですが、さすがに他の家屋よりは数段広々として、同じ平屋とはいえ屋根も高くて、屋根裏も十分に活用できそうな造作です。そこからあと三十メートルばかり行くと湖岸に出て、浜辺を見回すと左手には小さな船着場らしきものがありました。小船も確かに三艘ほど繋留されて、行商人に聞いた市が立つのはその辺りかと私は勝手に想像をめぐらせたのですが、あとから聞いた若者の話はまさにこの予想通りです。でもね、二泊三日という限られた滞在では、現実に市が立つのをこの目で確かめることもできず、一度だけ、翌日でしたか、漁で上がったと思われる十数匹の魚が、古老の家に運ばれてきたのを見かけただけでした。一部は同じ日の夕刻、私のお腹にも収まったと思いますが……

その古老の家が単なる私宅にとどまらないことは、事情に疎い一介の旅人にもすぐにわかりましたよ。玄関を入って右手の広間には立派な事務用の机が三つほど置かれています。村人の手製にも見えましたが、口髭をたくわえた年配の男とまだ若い男女がそれぞれ着席している。電話も設置され、滞在中話しているところは見かけなかったけれど、そこが役場相当の役割を担っているのは明白でした。時折住人がやってきて年配の男と話し込んだり、若いスタッフ、とあえて呼びますが、かれらから説明を受けているような場面にも出くわしました。あるいは書類のほかに、どう見ても郵便物としか思われない手紙や小包のようなものを持ち込んだり受け取っていく姿も見かけましたから。例の若者に尋ねると、古老の居宅はヒクチの人びと皆の生活を司り、面倒を見て責任を持つこと、これが代々受け継がれてきた慣わしですから、という答えでした。なら、刑事・司法の分野はどのように担われるのかと、私は少なからず興味をそそられたのですがあえて問うには至らず、結局のところわからずじまい舞いでしたね。村自体はとても平穏に見えたんだけど……

「例の子鹿はどうなりました？」

子鹿……ああ、あれもおいしくいただきましたよ。確かヒクチの村に着いたその日の夕食、何しろ私も含めて男三人は昼食を摂ってなかったので、普段よりは早めに整えてくれたのでしょうか、私はまだまだ十分明るいうちに食事に招かれました。賄いをして下さったのは二人の女性でしたが、年上の方は顔立ちも若者によく似ていたので、彼の母親にしてあの偉丈夫のお連れ合いだったと思います。もう一人の若い女性が若者の妻なのか、それとも妹なのか紹介もなかったし、二人とも快くして下さったんだけど、若者を介してでも話をするという、そんな機会も与えられませんでしたね。ですから専ら男三人で淡々といただきましたが、今になって思い返してみると、私は決して心から歓迎されたわけではなかったのかもしれません……まあ、どちらかというと、助けを求めて押しかけたようなものだから……でもその日のメニューは、遠来の客人のためにと特別にもてなしてくれたのか、煮物、蒸し物、焼き物、炒め物と、まさに鹿づくしを堪能させてもらったけど、あの古老ユミュシュはまだ姿を見せません。

「ランプですか」

何が？　ああ、明かりのこと？

「ええ、そう」

電灯でした。

「ふーん、そうか……」

期待外れ？

「いやいや」

入口の広間には電話もありましたからね……ほかに山菜、お魚、もちろん、お酒も。かなり酸味の強い白い濁り酒をふるまわれましたが、私はそのあとユミュシュに会うことも一応計算に入れて下戸を装い、ほんの少ししか口をつけませんでした。でも、そいつがすばらしく旨かった。でも、そんな私の対応に父親のほうは初め気分をそがれたようでしたが、そのうちしめしめとばかり、ほとんど一人で飲みつくすと横になって眠り込んでしまいましてね。彼の往復大餅には息子も苦笑を隠さず、女たちはもう大笑いでしたが、やがて頃合いを見計らっていたように若者は真顔になり、尋ねてきました。どうしたものか偉丈夫の大餅もそこでピタリとやみました……あなた、ユミュシュに会いたいですか……いらっしゃるんですか……ええ、どうかお気を悪くなさらないで。日ごろユミュシュはめったに自分以外の者とは食卓を共にされない。例外は特別な祭儀、もちろん葬儀も入るんですが、それといくつかの年中行事。これはひとつの掟のようなもので、実はね、同じ敷地にある別の、浜辺側のお住まいで同じものを召し上がっていたんですよ。

でもその前に、お風呂に入って下さいな。私が遠慮して断ると、それも慣わしだから、お目にかかりたいとおっしゃるのならとにかく、と念を押して求めてくる。そこには何らかの浄めの意味合いもあるのだろうかとこれを受け入れて、案内されるがままに浴室へと向かいました。そこは湖も一望できる小さな別棟で、土中に埋められた何やらゴムのように軟らかい材質の湯舟の中に、先ほどのお酒のように白濁したお湯がはられています。これは温泉かもしれないぞ、とすっかり私は喜んですぐに浸かろうとしたのですが……

「どうしました」

危うく火傷をするところでした。

「そんなに？」

ええ、少なくとも私にとっては熱すぎた。でも、あなただったら平気かもしれない。お好きでしょう。

「まあ、限度がありますが」

それで、少し桶にくんで水で埋めたのを何回か体にかけ流したのですが、それだけでもう十分に温まり、長旅の疲れも癒やされて随分と救われたもんです。十分ほどで上がってまた渡り廊下を戻るとき、私は生垣の透き間から洩れる仄かな明かりに気づきました。見るとそこいらは穏やかな草地で覆われ、中央には高さ三メートルほどの円形のテントが張られていました。それこそが古老ユミュシュの独り住まいだったのです。

「ほう、テントですか」

はい、天幕、それも羊か何かの革でできた相当の年代物ですよ。当のユミュシュ、あるいはそのご先祖たちも含めてかれらがこの湖畔に定住する以前から住んできたものに違いない、と思いました。ユミュシュ……と若者が呼びかけて外から手短に話をします。おそらくは、珍しい遠来の旅人があって貴方に挨拶がしたい、尋ねたいこともあるようだ……まもなく内部からはくぐもりしわがれた、それでいて大いに慎ましくもある短い言葉が返されます……男か、女か……男ひとりです、とでも……じゃ、入りましょう。若者に導かれて、私たち二人は入口の蔽いをめくります。防寒のための二重になっていました。入るとすぐに囲炉裏の火が目に入りました。それが中では一番明るい光だったのか、でもすぐに、その向こうの天井から吊り下がる、こちらには小さなランプが見えました。

長《おさ》と思しき人影はじっと座ったまま、自らの手元と上からの二つの灯火の交わりの中にいつからともなく浮かんでいるのでした。

どうぞ、お座り下さい。若者は私に勧めながら、持参したランプに囲炉裏から火を入れると、こちら側の天井にも吊るしたのです。床に置かれた円い座布団の上に腰を下ろすと気分はいくらかでも明るくなりましたが、それでも得体の知れない緊張の糸がそう簡単に解《ほど》かれるものではありません。天幕の内部は、前夜に休んだ森の中の避難小屋よりも静まり返っています。夜とはいえ森の中では、どこかに群れ立ち騒ぐような生きものの気配の静まることがありませんでした。森は眠らないのです。死の静寂をも活かしてみせるのです。だがユミュシュの小屋の中には、生死をこえる別の静けさが支配していたのです。それを打ち破ることができるのは選びぬかれた言葉だけです。人のたてる物音はすぐに行く手を塞がれ取り囲まれて、いずくへともなく吸い込まれていくのですが、言葉なら、まだ音声を伴わない心の中の呟きのようなものでさえ、ユミュシュを取り巻く伝承の静謐を打ち破るのには十分でした。

囲炉裏の炭火はとてもよく熾《おこ》り、灰神楽の底には三個から四個ほどの熱射の塊りが見えます。寒冷に備えた天幕のどこから換気をしているものやら、すぐには窺えません。入る前に外から眺めた限りでは、はっきりとした煙突のようなものは確かめられなかった……ただ、目もいよいよ慣れてくると内部の有り様がさまざまに浮かび上がってきます。そのうち何を思ってか若者が身近な天幕の一角をヒョイとめくり上げました。その向こうには円形の窓が、小さなカーテンで隠されていたのです。ガラスが嵌められたようには思われず、おそらくはがらんどうの抜け道であり、ひとつの通気孔でしょう。あらためて眺め渡すと、同じような仕掛けが全部で四つの方角に作られていることがわかりました。

ガンダマー

眺め渡す天幕の中には、衣裳簞笥や小物入れ、あるいは楽器入れかとも思われる大小さまざまな籠が整頓されながらも所狭しと並ぶのですが、炊事場らしきものは見当たりません。ご不浄についてはもとより詮索せず、当の古老ユミュシュはといえば、そういった伝来の調度に取り囲まれ、一等抜きん出た第一級の骨董品然として渦中に照らされ、鎮座まします。立てば膝まで届きそうな丈の長い天鵞絨《ビロード》の上着には、ヒクチ伝承の、と思われる独特の文様が居並び、足先には靴下というにはぶ厚い革の室内履きをつけています。頭は、これまた赤みを帯びた、展《の》ばせば大人の身の丈はゆうに上回りそうな厚手の布で幾重にもくるまれ、わずかに開けられた心の透き間からは、細丸くも両眼を覗かせています。

ユミュシュはまた短く別の言葉を若者にかけると、二度三度と自らに頷きを返しながら、それまで頭を被ってきた布をゆっくりと外していったのです。姿を見せたのは、植物油を何回も擦り込んできたような艶に膨らみをたたえた頰、穏やかながらも思案の底深く鋭い光沢を秘めた眼差し、相対する者を無闇に威圧するのではなく、柔軟にのしかかるばかりに山なす鼻梁《びりょう》、短く刈り込まれ、上着の天鵞絨と対をなす髪、頂きには小さな金色の帽子を載せ、いつかどこかで誰もが必ず目にした覚えのある、あの東洋のホトケの像にも似た慎ましくも豊饒なる体軀なのです。思わず掌を合わせて拝顔スル、とまではいかないものの、それ以前にまず私は意外な見てくれの若さに驚いたのです。これが私の傍らにいる若者の父親というのならともかく、もう一世代上の祖父だとは、あの偉丈夫の父親であるとはどうしても信じられませんでしたね。すると……

……アレアレ、これはお若いの、お名前は何と申されるのかな……ほう、ス・ピ・ノ・ザ……と、ユミュシュは噛んで含めます……コレハコレハ、遠い我らが祖先にどこか似たような響きも伴《ともの》うて、確たる調べはなさず、そこに幾許かの奇縁も生じてのご来訪かと承る……なに、そんなに若く見えまするかな、この私が、七十はとうに越えておる、あなた方の数え方に改めると……私が思わず目を丸めると、ただし、予めお断りしておくと、変幻自在なのです。ここにお見えになったどのお方の齢にも合わせられるという、代々受け継がれてきた術を私も心得ておる……それで？……ユミュシュはわざわざ耳を欹《そばだ》て、孫の言葉に耳を傾けます……そうか……魚貝であれば私どもも日々食しますな。すでにお聞き及びかどうかわからんが、この近くの船着場辺りにて定められた日に人びとがそれらを分け合い遣り取りすることもまた自由です……で、その漁法ですが、あなたがお捜しの人びとというのは、何でも、川や湖に上ってくるあのサケを、有難いあのサケを、特別な仕掛けを用いて獲るのだとか。いや、しかし私どもは、そういう銛や釣り針でいきなり血を流すようなやり方はあまり好みませぬ……

というか、いにしえよりこの大森林に暮らす者たちは、私の知る限り、よろしいかな、それぞれの言葉で同じ「月香粉」と呼ばれる薬剤を用いますのじゃ。ここいらに広く生い茂る「月香」という多年草の実から作るのだが、これがまあ絶妙なことにヒト様にはてんで効かぬが、いくつかの魚類には一時の痺れ薬としてじつに重宝しましてな。お申し越しのサケにしましても、これがまあよう効きまして、みるみるうちに骸《むくろ》のごとく腹を見せて浮かび上がったところを難なく捕らえ、決して獲り過ぎることのないようにと要らぬものについてはそのままに捨て置きます。中にはクマなどほかの生き物の胃袋に収まるのもおるでしょうが、我らが持ち帰ったものも陸に上がるころには大抵が息を吹き返します。そこはやむなく、予め厳格に定められた村内の賢所《かしこどころ》にて命を絶ち、血も流し、肉も念入りに洗い浄めて、あとはさまざまに食しますな。「月香粉」とはかくも人畜無害にて、魚類にだけ効き目を現わすのです。ユミュシュは孫息子の通訳を挟みながら、ここまで一息に語りましたが、不意に口を噤むと物静かに、猛るがごとき囲炉裏の炎を見つめて考え込みました。

はて……あなたのおっしゃる、それほど血の気が多い拵え物をものの見事に操り、サケなど捕らえる人らのことは、確かに一度ならず耳にしたことがありますな。とはいえここいらでは、どうあがいても伝説の域を出ませんのだが、あなたのお話はまだ遥かな東方海上に住まうという〈犬狼の人びと〉を思い起こさせる……そこで私（＝S）はね、古老の洩らした「東方」という言葉にもいきおい駆り立てられ、一途に尋ねます。それは、この広大な森を何とか抜け出した辺りですか、と……いいや、そんなものではない。私たちもこの目で見たことはないのだが、東の涯にあるとても長大な水辺から船でそれこそ何日もかけて渡った向こう岸だと聞いております。そこにはもはや狼でもなければ未だ犬にもなりきれない、猛々しくも頼りがいのある微妙微細なケモノたちと手を携え、それでいて何やら我らが写し絵のような者たちが暮らしておるのだと……

では、かつてそこまで足を運んだ人物、その際の記録など、あなた方ヒクチの中に、あるいはほかの森の民の中にでも残されてはおりませんか……記録……と、ヒクチの若者は、この一語をどうにも訳しかねて首をひねります。いやあ、その言葉で、あなたがおそらく思い浮かべているようなものが、ここにはないからね、どうしてもとおっしゃるのなら、「記憶」とでもしておきましょうか、ユミュシュ、どうだろうか……さあ、ほかの人びとのことはよく知らないが、私たちの下にはいま申し上げたような伝説の類いのほかにはとんと見当たりませんな。そこまで足を運んだ者についても、しかとは何も伝わっておらん。ほかの民についいては、あなたご自身であたられよ。元はと言えば私たちヒクチも森の中で暮らしておりましてな。それが私から数えてちょうど五代前の古老の時代になってようやくこの湖畔に腰を落ち着けたのです。世に言うところの定住に入った。先程の妙薬「月香粉」についての知識はそれ以前から持っておったはずで、魚もさまざまに獲っておった……

そんな知識もまだ持たなかった遥かなる太古、共に思い起こしてもみられよ、我らが祖先は巨きな森の奥深く、それも下草生い茂る地表ではなく、まずは土の中に生を享けたという。よろしいかな、もの珍しい旅のお方よ、我らはそんな土人の末裔なのじゃ。

「土人（どじん）？……」

隼が眉をひそめた。アア、私（＝S）もね、その土人（indigène）という言葉遣いには一種の嫌悪を覚えたのですが、どうみてもそれは蔑みの用語ではなく、文字通りに土の中、地中に暮らす人びと、という意味での「地下生活者」、だから土人（つちびと）だったのですよ。

「ドストエフスキーの用語（地下生活者の手記）よりも、端的にして即物的、諦めの気持ちにも無縁な、何よりも自然なあり方、生活様式、生存の分配、手記も残さず、口述ばかりが引き継がれる……」

……といったところでしょうか……当のユミュシュはそんな私やあなたのたじろぎを、どこにもどこからも光の射し込まない、言わば明後日《あさって》の方角から静かに見下ろしてきました。思うに彼は今でも先祖伝来の「地下生活者」なのでしょう……ですからね、旅のお方、我らの発端は森の樹木の土の中に眠っている。それは何かの幼虫のなれの果てか、それがあるとき唆されて蛹の殻を脱いでみたら、それまでの六本の脚がこの二本ずつの手足に転じていたのか……それにここいらの土の表ときたらかねてよりことのほか寒い。だからなおさらのこと、祖先の地下生活は何世代にもわたって受け継がれたが、そのうちに、ご承知だろうか、この天地《あめつち》の寒冷はさらに嵩じ、いよいよ土の中にまで厚みを増した凍土が押し寄せると、追い詰められたかれらは坐して凍え死ぬのを待つのではなく、一か八か意を決して地表へ脱け出ることにしたのです。初めのうちは寒冷よりも、生まれて初めて体験する地表の輝きに酷く打ちのめされたのですが、白昼の光を避けるために拵えた頑丈な小屋にも守られ、天性の眼力が蘇ってくる。そうなるとそれまでのあたかもケモノのような夜行性も徐々に改まり、世代を経るにつれてヒト本来の日中の活動に移ってゆきました。そうなるともうしめたもので、それまでは夜に徘徊するケモノかモノノケの類いと見なして冷ややかに遠ざけ、我らに侮蔑のまなざしを向けてきた森に先住の人びとも自らの認識を改め、ここより我らもタイガの諸民族に列し、広く交わりも深めるようになりました……ところが……

ユミュシュはここで再び、長き沈黙の中に絶え入ろうとしましたが、先へと歩みを促したのは、私ではなくてあの若者です……ユミュシュ、どうかなさいましたか……いや……ところがある時な、土中以来の永きにわたるヒクチの系譜がほとんど途絶えようとしたことがある……ええっ、そうなんですか。そんなこと、ぼくはいま初めて伺いました……お前の父親の世代にはすでに伝えてある。それはちょうどな、本来の始祖から数えて六十七代目、あるいはこれを七十八代目という者もあるのだが、その代に当たる若者、ちょうど今のお前くらいの若者がたったひとりで生き残り、この辺りの森の中に暮らしておった。それこそが今のヒクチの直接の先祖で、名はユスキナという……

ユスキナというのは、スピノザ……と、この時初めて私は若者から本名で呼ばれました……ヒクチの言葉で「天涯孤独」っていう意味なんですよ……しかも、それまでのヒクチはもう大方が死に絶えておった。物心ついたころからすでにユスキナはひとり、このタイガの中でも並外れて丈の高いトウヒの木の頂き近くにかけられた小さくても堅固な鳥の巣の中で守り育てられた。その育ての親にあたるのが他ならぬ巣をかけた一羽の鳥であったというが、その親代わりの鳥もユスキナが成長して地表にも降り立ち、半ば自活もするようになると、行く先も告げずにあるとき姿を暗ました。

そこで青年ユスキナは倒木を使って自分ひとりの家を構えたのだが、とある秋の夜長、ちょうど今のわれらのように炉端に座ってじっと長く物思いに耽った。思いをめぐらせるのは自らの不思議な生い立ち、何の手がかりもない過ぎ去りし謎の年月へ思いを馳せるにつれ、やむにやまれぬ好奇の願いに打ちのめされる。それでもここはいちばん、身を奮い立て、生まれ育ったこの地を離れてみることにする。あんな鳥ではなく、もっと自分に似かよった、むしろ自分と同じような生き物を捜し求めて旅に出ることにした。ユスキナは強健なる両脚だけが頼りの長旅を続けたのだが、数ある川を渡り山を越え、砂地を抜けてまた丘を越えていくそのうちに、とてもとても一筋縄ではいきそうにない難所に突き当たった……

それはこれまでに見たこともないような高い山で、どこから登ればよいのか見当もつかない。平たい岩盤の上に腰を下ろして嘆息まじりに眺めていると、どこかで鳥の囀りがする。しかも囀りはたちまち人の言葉に転じていくが、生まれてこの方ヒトの言葉など耳にしたことのないユスキナがおのが本性から発する精妙な力に導かれ、たちまち歌うところを聞きこなした……彼の頭上に舞うものこそは、幼いユスキナを育てながらも見捨てていったあの養いの親鳥にほかならぬ。囀り物語る鳥は、やがて長い髪の美しい娘に姿を変え、すぐ傍らにまで舞い下りた。呆気にとられるユスキナの右の頬に軽く口付けをくれると、ユスキナはたちまち姿を変え、背中には二枚の翼を授けられた。娘はユスキナの耳元に『おまえの本当の母親のところに行きましょうね』と何やら甘く囁きかけると再び鳥の姿に戻り、二羽の鳥が相ついで高い山の麓を飛び立つ……ところが……娘の鳥はいかにも飛び慣れており、すぐにも勢いが増していく。一方、拙《つたな》いユスキナのほうはみるみる引き離されていくばかり……そのうち、早くも見上げる高山の頂きを越えようとした娘の鳥は歌にもならぬこんな告知を残して姿を暗ます……

知ってるかい、
お前の両親、お前の兄弟、
お前の仲間を手にかけたのは、
一人残らずこの私だよ、
知ってるかい

この歌に驚き慌てたユスキナは、なおのこと精一杯に羽ばたく。何とか山を越えたが、娘の鳥の姿は大空のどこにも見当たらない。再び現われた一面の森の上空をしばし遣り過ごしていくと、羊歯《しだ》の葉群に囲まれた小さな沼が見える。翼休めにと、とりあえず青白いその畔に舞い下りた。すると今度は深い森の茂みの奥底から、さっきの鳥のものとはまた違うヒトの言葉がきこえる。それも落ち着きのある、やはり女の歌声で、「ユスキナ、ユスキナ」と繰り返す。青年は生まれて初めて自分の名で呼ばれた。歌声の主は、それが彼の名前であることを明確に告げてから、自らは姉の声であると伝えた。しかし、姿は容易に現わさない。ユスキナは息を潜め、じっと耳を傾けるしかない。自分の姉を名のる歌声は、ユスキナとヒクチをめぐるこんな縁起を繙《ひもと》いた……

むかしむかし、邪なケダモノ、あのバケモノのニッバリがね、私たちヒクチに襲いかかった。ヒクチばかりじゃないんだよ。ニッバリは、広くこの森の内と外に長く暮らしてきた人びとに数え切れない悪事を働き、殺戮を恣《ほしいまま》にしてかけがえのない財宝を奪い去り、生きた娘たちを次から次へ拐《かどわ》かしてきた。そのまま行方知れずになった数もまた夥しい。そしてわれらが父を手にかけたのもニッバリだよ……ところがね、悪虐を積み重ねるにつれてアヤツは、この三千世界を統べる第一の御《お》方《ん》からの厳しい咎めを恐れるようになる。そこで惨たらしくもあらゆる証拠の隠滅を図った。かねてより、空の一角にひそかに貯えてきた途轍もない大瓶《かめ》の堰を一気に切り落とすと、それまでにこの地上の誰もが経験したことのないような大洪水を引き起こした……その天の大瓶の水がね、いよいよ地上に届き始めると、ニッバリの悪行によって流された人びとの血によって赤く染まる。あとから、あとから、いくら雨となって落ちてきたところで、そんな赤色には一向薄まる気配がありません。しばらくこの世の表は、それまでの青い海原の輝きに換わって赤い大水の苦しみ哀しみによって被われていったのよ。

それでも何とか船を設えて、ごく限られた数の仲間を生き永らえさせた人びともいました。だけど私たちのヒクチではね、ほとんど誰もがあの血のような濁流の餌食になっていった。その中にあってユスキナ、お前の母親は、大水にのまれる直前にありったけの力を振るって両手を伸ばし、生まれて間もない乳飲み児のお前を、何とか先端だけが水没を免れた、並外れて丈のあるトウヒの枝に託して

いった。すでにニッバリに攫《さら》われていた私とお前の二人だけが、今ではヒクチの生き残りなのです。母さんから預かったトウヒの高木は血の海に没することなく、お前ともども見事に生きのびた……ところが、です。何を思ったのかあのニッバリは、生き残ったそなたを殺めるのではなく、反対に足繁く、しおらしい鳥に姿を変え、そう、むしろ翼繁くとでもいうのか、年端もいかないそなたにエサを与え、揺りかご代わりの鳥の巣まで拵えたんだよ。だからと言ってね……邪悪の化身というべきニッバリ、畏れ多くも天の水瓶に手をつけたアヤツめが、過ちを悔い改め、せめてもの罪滅ぼしにそなたを生かして育て上げたなどとはよもやあろうはずもない。

思うにおそらくはね、お前が成人し、やがては名実ともにヒクチの長となって再び繁栄するのを待って、また襲いかかろうというのだろう。アヤツはいつだって餌食にするためにのみ、お前を、お前に続く人びとを、養い育てるのです。アヤツはどこまでも小賢しく悪辣な農夫にして、私たちはいつまでも哀れな一握りの作物にほかならないんだよ。それが証拠にね、ユスキナ、ニッバリは今この時も、あの深紅の大洪水を辛うじて生きぬいた人びとの末裔に、重ねて悪事を働いている。情け容赦もなく、繰り返し執拗に襲いかかってくるのだからね……

さあ、さあ、わが弟、ユスキナよ……今こそお前は敵討ちをしなければならないのです。かくも邪な意図をもってお前の姿を一羽の鳥に変え、この地にまで連れ去った手強い相手と命を賭けて存分に渡り合うのですよ……ここでようやく生い茂る羊歯の中から歌声の主が姿を現わした。それは、手のひらにのるくらいの小さなリスであり、両の目には、自らが語りきかせたあの大洪水もさながらに血の涙を想い浮かべている……ひとりじゃないよ、ひとりじゃないよ、いつも私がね、お前を助けてあげるんだ。ニッバリは今、この先の大きな海への出口にいて、またしても殺戮の牙を剥いている。さあ一刻も早く、悪魔に授かった背中の翼を、今度はその同じ悪魔を打ち倒すために羽ばたかせるのです……と言い残すと、リスの姿はまるで煙のように消え去る。あとにはいかなる香りも気配も残されなかった。

それから三日三晩の空の旅、不眠不休の夜間飛行ののち、ようやく海の明かりらしきものを見つけたユスキナは、何かが酷たらしくも打ち壊されていくような騒めきとともに、暗く淀んだ、折り重なる、人びとの呻き声を聞き届けた。そこに大きな町がある。半分は明るく、ところによっては痛々しいばかりに目映くて、あとの半分は暗がりに沈んでいる。明暗の巷を上空から眺めると、本体をあらわにした魔性のニッバリが同じ暗がりから大きく身をのり出し、明るみの中へ頭を突っ込み片っ端から人びとを呑み込んでいた。

ユスキナは、亡き者の敵を討つ前に、何よりも今そこに生きている者を救わねばならないと思った。そして、長旅の疲れをものともせずに闘いを挑んだ。ところが、ケダモノの魔力というのはとにかく並外れている。次第にユスキナは力尽き、危うく眼下の町の明るみの中に落ち込んで、宿敵ニッバリの餌食にもなりかける……そのとき空が輝き、余す所なく光に満たされ、一羽の黄金色の鳥が姿を見せた。たとえ翼が千切れてもなお舞い上がるこの輝く鳥こそは、ユスキナの血を分けた姉、トゥキノワの新たな化身にほかならず、素早く嘴《くちばし》をふるうや、何者にも姿を見ることのできない生命《いのち》の剣《つるぎ》を投げ与えた。この世でたった一人、弟のユスキナだけがその万能の刃を一面の金色の中でも見届けることができた。ユスキナは存分に剣をふるい、こうして稀代の魔物はあえなく打ち破られた……

やがて阿鼻叫喚も収まると、明るみの部分は和やかに癒やされ、夕暮れを眺めるように寛ぎ静まり、いっぽう暗がりでは家々の明かりらしきものが一つまた一つと、弔いの想いも込めて点されていく。

歩み寄る明暗二極のちょうど境目辺りから、伝来の正装に身を固めたと思われる折り目正しい初老の男がうやうやしくも一人歩み出て、今や犬猫よりも小さく、なおも四角ばるニッバリの亡骸、その傍らに立つユスキナの背中に語りかけた……さても勇敢なる、もののふの君よ、いずこよりお見えか、どうか我らに名のらせ給え、などなど……

「ちょっと、ごめんなさい」

窓外の氷雨時雨《ひさめしぐれ》もとうに鳴りを潜めている。存分に注ぎ込む冬日の輝きにも煽られ、ついうっかり隼は口を差し挟んでいた。

「さっきおっしゃったね、あの姉さんの鳥、金色に輝いたアレって、翼がなかったの？」

ええ、ええ、何かに千切られたのでしょうかね。それもまたニッバリの数ある罪業の一つに数え上げるのか、それともむしろ、トゥキノワ自身の転身の拙さ、至らなさとみるのかは、受け取られる皆さんそれぞれの自由ということにしておきましょうか……さてね、どこまで話しましたか……そうそう、そのユスキナとね、彼が救ったあの海辺の町の住人たちとの間には、すでに見えない、そして見過ごすこともできない重大な壁が横たわっていたんですよ。それこそは、彼が生まれて初めて思い知る言葉の壁でした。あの魔物の鳥が、あるいは血を分けた実の姉の化身が語りかける言葉を、苦もなく我物として理解し、自らも操ってみせた同じユスキナが、あろうことか自分の命を賭けて救い出した人びとの話す言葉を何ひとつ理解することができない。彼にはそれが、唸りでも呻きでもなく、何らかの正しい意味を担ったヒトの言葉であることがわかるだけに苦しみは一入《ひとしお》だったのです。

海辺の町の人びとは、自分たちを見舞った惨禍には嘆き悲しみながらも、救いの主ユスキナには熱烈な感謝を捧げた。恭《うやうや》しくも進み出たあの礼服の男は彼に、末長く「われらが英雄」としてとどまるようにと願い出る。けれどもユスキナは何ひとつ答えることもできぬまま、凍てついたような微笑みの奥底に深い絶望を直隠しに、逃げ出すように帰郷の旅路につくしかなかった。嘴には実の姉から授けられた生命の剣を咥え、たくましい渡り鳥の姿に舞い戻ると、各地をさ迷った。ユスキナはたった一人の肉親であるトゥキノワを捜し求めた。

しかし、いくら羽ばたいたところで目ぼしい成果も上がらず、時節ばかりが空しく過ぎていくと、新たな絶望の渦が幾重にも彼を締めつけました。そして、ここいらで言われるところの一年間にも等しい長旅を終えると、諦めとともに心を決めました。剣を咥えながらもひたすら故郷をめざし、あの高々と聳えるトウヒの木を捜します。それも程なく見出され、麓には自らの手で建てた小屋がそのままの姿をとどめています。それを目にしてユスキナは心仄かに安堵を覚えたのでしょうね。翼をゆるやかに仕舞いながら降り立った彼は、たちまち昔ながらのヒトの姿へ立ち戻ります。すると、長旅の間ずっと咥えつづけてきた剣が消え去り、どこにも見えなくなりました。それと同時に、剣にまつわるすべての出来事も彼の心から消えていきました。ユスキナは、懐かしい住まいの扉を開きます。中には何と、女がひとり立っているではありませんか。もはや預言者然としたリスでもなければ、金色に光り輝く翼の千切れた鳥でもない姉のトゥキノワが、この上もなく美しい姿を見せて待ち受けていたのです。その姉が告げるには……天の定めるところにより、私たちの肉親や同族の敵を討ち果たすまでは、ヒトとしての姿をあなたに見せることができなかった。それが今ではホラ、こんなにも緑豊かに、流れゆく水はすくすくと、満ちあふれるばかりの命をもたらし育んでいく。これからはここで私とふたり、手を携えて生きていこう……

ところがその夜のこと、生まれて初めて同じ屋根の下、姉の傍らに身を横たえたヒクチの勇者ユスキナは、長旅の疲れを癒やすどころか一睡もできなかった。昼間、家の扉の前に降り立った時に生命の剣ともども消え去ったはずの恐るべき経緯《いきさつ》が入り乱れ、沸々と蘇るのだった。別けても、海辺の大きな町の出来事は彼を片時も捕らえて放さない。彼を苛むのは、打ち倒されたあのニッバリの断末魔でもなければ、餌食にされた人びとの無間地獄でもない。何よりもそれは、生き残った人びとの前にすでに高々と築かれた、ユスキナには決して目にすることができない言葉の壁だった……この世のどこかに、血筋も言葉も自分と近しい人びとはいないものか。この姉以外にはどこにもいないのか……

　夜通し傍らにいた姉のトゥキノワは、弟の胸の騒めきを余す所なく読み取っていました。そこで素知らぬ顔をして目覚め、健気にいそいそと朝餉の仕度も済ませると、初めての食事を共にしながらこう告げたのです。ユスキナ、心静めて私の言うことをよく聴くんだよ。これはね、私たちヒクチの民が始祖の時代からこよなく慈しみ語り伝えてきた大切な言葉だからね。それをしっかりと耳に収めた上で、さてどのように立ち振舞うのかは、もうすっかりお前の自由だからね。思えば、お前の勇気にさらなる実りをもたらすべきこの世の正義が、お前をよりよい答え、ありうべき極上の判断へ導くことだろう……まずはここから再び真っすぐに、あの日輪が今日も立ち昇ってきた方角に旅をするのです。あの悪党から、今となっては捥ぎ取ったも同然の有難い背中の翼を羽ばたかせてもいいんだよ。何と言っても太陽が昇る方角にはね、血筋と言葉が私たちに似かよったとても善良な人びとが住んでいる。そうそう、私とお前が天と地から力を合わせて、あのケダモノを討ち果たした海辺のあたり、そこからさらにまた大きな海原をこえた、そのまた向こうの大きな島にかれらは住んでいるのです。たくさんの人が暮らし、お前や私と同じ言葉を語り合い、私たちのよく知っている歌も長く受け継がれている。何しろそこにはね、事の始まりから、私たちみんなを産み出してくれた大地の母が住み着いてきた……

このとき囲炉裏の炎の只中に翳りが射して、誰もが顔色を曇らせた。古老ユミュシュは尚更のこと私の顔を見つめながら、少し唸りを上げるようにして細く呟いた……どうかなさったのかな、旅のお方……その善良なる人びとというのはひょっとして、先ほどおっしゃったあの〈犬狼の人びと〉のことでしょうか……かもしれませんな、と今度は、古老の顔にこれまでにもない明るいものが射してまいりました。とにかく私は心が逸《はや》りましてね、それはもう自分でもちょっと可笑しくなるくらいにです。だってね、さすればですよ、その大きな島に住む善良な人びとは、かつてユミュシュも耳にしたあのサケを獲る人びと、それも私がずっと捜し求めてきたような「血の気の多い」道具を巧みに操って漁を営み暮らす人びとにも重なるというんだから。彼が伝えるヒクチの伝承はトゥキノワの言葉を借りて端的に、いまこの時もその〈善良なるもの〉が実在スルっていうんですからね。

Sはこの冬の最中に、それも何らかの病を圧して明らかに上気していた。ここは本人の体のためにも少しは鎮めてやるべきかと、隼は何くれ心配する。あいにく手元にはパンも珈琲も事切れている。食卓にも台所にも息がない。ただ冷蔵庫にひとつだけ、甘みも香りもつけられていない炭酸水の大瓶があるのを思い出し、ガラスのコップに注ぎ分けて進呈する。Sはお礼は言うものの、すぐには手を、口をつけようとしない。むしろその口はひたすら語り継ぐために今この時を生きている。隼はSの横たわるソファにしばし移り住もうかと思うが、そうすることで、Sが思わず知らず繙いていくせっかくの貴重な旅行記を思い知るための適切な隔たりが失われるような心持ちがして、また元の食卓にひとり控えることにした。

何とか、その島に渡れませんか……いや、並大抵のことではない。それどころか、われらがヒクチの中でも海にたどり着いた者は、もはやあなたも知るところのユスキナ、トゥキノワ以外にほんの数人が伝えられるだけですよ。無論この私もその中に数え入れるわけにはいかない。それでも、海までならまだ何とかたどり着けるかもしれませんな……と古老ユミュシュは謂くありげに若者と視線を交わします。そこに何やら物拓かれるものを嗅ぎ取った私がさらにひと押し教えを乞うと、意外にもユミュシュはすんなりと願いを聞き入れ、それでは、と川下りの途を勧めてくれたのです。

この長くのべ広がる湖水、イリケンテの反対側には川が一本流れ出している。流れもさほどに速くはないと聞きますが、まずは小舟で湖面を真っすぐに川の出口へと向かい、そのまま流れを下るのがいくらかでも早かろうか。歩いて行ったのでは、海辺へ出ることなどとてもおぼつきませんからな。ただし、湖を出られてから、つまり川に入ってから七日のうちに必ず踵を返されよ。それまでに海に出られずともだ。たとえ七日目の終りに何やらそれらしきものが遠く望まれたとしてもじゃ。よいかな、何よりもあなた自身のお命に関わることじゃからな。船は私たちのものを一艘進呈いたしますが、漕ぎ上ることは始めから考えず、川べりに打ち捨て戻られても一向構わぬ。命あっての物種だからな。食料もできる限り用立てて差し上げるが、それにも限りがある。とにかく船で下ったものを歩いて上るとなればその倍、いや、それ以上の日数を費やそう。おわかりじゃな。それに……どうかしましたか?……この私からの問いに答えたのは古老ユミュシュではなく、ここまで私の傍らについて通訳を務めてきたあの若者でした……もうすぐ雪が降りますので……よろしいかな……はい。

出発は翌々日の朝早くになりました。準備は次の日の朝からすぐに取りかかり、船も含めて昼過ぎには整ったのですが、それから出たのでは湖上で夜を迎えるため、安全を期してもう一日のばしたのです。それに天候も思わしくなかったですからね。かれらが私のために用意してくれたのは軽い材質の、おそらく獣の革でこしらえたカヌーのような小舟で、全長三メートルほどでしたか、櫂も交互に操って漕ぎ進めるものでした。食料は乾し肉や魚の燻製、穀物に根菜類、クッキーのような小型の乾パン、ヨーグルトのような発酵乳、お酒じゃなくて、それにもちろん塩、岩塩かな……簡単な調理用具に火おこし用のバーナーまで用意してくれましたが、この先も薪には不自由をしないから、落葉を使って火をおこせばいいということでした……あ、それに一人用のテントね。寝袋は自分のを持ってましたから。

そしていよいよ出航の朝、私はもう一度ユミュシュのテントを訪れて、ご厚意への感謝を伝え、旅立ちの挨拶を交わしました。古老は身じろぎひとつせずに私のことを見つめていましたが、この顔はすぐに忘れたらいいが、例の約束だけは忘れないようにと念を押しました。ホラ、海辺に着こうが着くまいが、川を下り始めて七日が経ったら踵を返せという……若者もまた同様に小舟に乗り込んで、私に操船の巧みを伝授しながら気持ちよく接してくれました。曇り空ながらも湖上は実に穏やかで、おかげで一時間もすると櫂の捌きもなかなか堂に入りまして、勝手な思い上がりを言わせてもらうなら、それこそ若者と比べても遜色ないくらいにまで腕を上げました。渡る風はといえば、午前中は左手の山々の方から、午後になると右手の森の方から吹きましたが、どちらも頬に心地のよいそよ風の域を出るものではありません。彼が持ってきてくれた昼食弁当、あの森の中の避難所で食べたのとほとんど同じメニューを船を休めた湖上でいただき、濃い緑のお茶で喉を潤してまた漕ぎ出すと、昼寝は抜きだからと言って若者は少しずつピッチを上げていきます。すると夕方早くにはその日の最終目的地、湖の東南端にある川の流出口にたどり着いたのでした。

私たちは岸辺にそれぞれの船を半ば乗り上げて休ませると、銘々のテントを張ってから火をおこし、さらに枯枝と枯葉を集めて根菜の煮込みに乾パンというとも簡単な夕食を準備しました。それらをお腹に収めたころには日も暮れて、さすがに初めての船旅に並々ならぬ体の疲れを覚えた私は自分のテントに入って寝袋に潜り込みました。若者のほうも少し片付けを済ませると、まもなく自分のテントに入った気配です。風の音も生き物の騒めきもない信じられないような静けさの中で、早速私は微睡《まどろ》み始めたのでしたが、そこへ思わぬ邪魔が入ります。何と「お休み」を告げるどころか、テント越しに若者がお話を始めたのです。それも彼の家族、あのユミュシュも含めて、のみならず集落のさまざまな人びとをめぐる笑い話の連続です。私は眠るどころか大いに笑わされて、小一時間ほどの間、笑い過ぎてお腹に痛みを覚えたことも一度ならずでしたが、その分だけいちばん大切な事柄をはぐらかされていくような気がしてくると、話し続ける若者の声も遠のき、本物の眠りに落ちたようです。そして、翌朝早く、まだ陽ざしも山並みの向こうに隠れて射してはこないうちに、昨夜作り置いた食事を共にすると若者は小舟に乗り込み、もと来た湖上の途を引き返していきました。彼もまた別れ際に、七日で引き返すんだよ、と念を押し、さらに、雨が落ちてなくても、夜は船ではなく必ずテントに入るんだ、思ったより凍えるからねと、温かく気遣ってもくれました。こうして、大海原をめざす私の川下り一日目が始まったのです……

案に相違して、川は山際の地を驚くばかりに滔々と流れ出していく。急流らしい急流など見当たらなくて、櫂を握りしめたままたじろぐようなこともありません。それでも船を岸に寄せるときだけは、幾分かの努力と緊張を伴います。何しろ湖と違って流れがあるので、目測を誤って岩にでもひどくぶつかることのないように、それは気を遣います。そんな一日目の航路も終りに近づき、それこそ船を着けるのに絶好の岸辺を川の両岸に捜し求めてしばし下っていくと、何やら船を浮かべた淵の底から、「さらば死へ、死へ、死へと向かって漕ぎゆくほどに」と湧き上がるような夜の声が、むしろ私の背後からも降り注いでくるのです。さすがに驚いて辺りを見回すと、またしても頭上から、今度は鳥の鳴き声が複数折り重なって舞い下りてきます。あれはカモメの仲間でしょうか。見上げると、そんな渡り鳥の群れが川に沿って上空を下っていくのです。いまから越冬地に向かうのでしょう。それは南の、ひょっとすると海の向こうかもしれない、と思うと、それはそれで心も晴れて何だかみるみる勇気が湧いてきました。先ほどの不吉な夜の声にしても、渡り鳥の内輪で交わされる暗号か何かがふとした悪戯心に囚われて、人間であるこの私の旅の疲れにでも囁きかけたのでしょう。私はようやく川の右手に頃合いの入江を見つけて、その奥の小さな浜に船を引き上げました。

二日目になってもね、川の流れ自体はさほど変わらないし、川幅にしても心持ち広くなったという程度でしょうか。もう渡り鳥は姿を見せず、不吉の声も遠のいて、やや退屈な中、それでも午前中は順調に下ったのですが、午後に入ると空一面の雲がみるみる厚みを増して、突風が一度ならず吹きぬけると、大粒の雨が落ちてきました。あわててこの時も右岸に当座の繋留地を見つけると、とにかく森の中に駆け込んで大木のふもとに雨を凌ぎ、結局その辺りで一夜を過ごしました。夜が明けてみると、天候はすっかり好転して、川の水嵩もさほど増えてなかったので私はすぐに船を出し、朝食は確か船上で済ませましたよ。川はほとんど蛇行するようなこともありません。左手には、標高は少しずつ下がっていくのですが、なおも山並みが続きます。頂きの辺りにはすでに雪をかぶった部分もあったのでしょうか、私の位置からは確認できませんでした。いっぽう右手にはやはり森林が続くのですが、木立の密度も心なしか疎らになっていくように思われます。とにかく先を急ぐ私は昼食も船の上でいただき、さらに下り続けたのですが、もう夕方近くになって思いがけない事実に直面したのです。

その二日目の午後に入りますとね、川の流れは少しずつその幅を縮めたのですが、やがて先の方からただならぬ轟きのようなものが伝わってくるのです。不安にかられた私は、とにかく船を泊めて陸に上がることにします。そして今度は左手の山側、岩に囲まれながらもけっこう入りやすい入江が見つかったので、もうすっかり慣れた手捌きで船を寄せると、大きな岩に舫《もや》いの綱を縛り付けました。そのまま体一つで上陸すると、川沿いに続く踏み分けの道を小走りに下ります。

「踏み分けってことは、その辺りにもヒトが住んでる」

ああ……かもしれません……でも、私にはそんなことどうでもよかった。とにかく、あの轟きの音源となるものを早く見極めたかった。およそ五百メートルは下ったでしょうか、さらに音量を増して、少しずつ地鳴りのような振動も伴ってくる。ここまで来ると、私にも大体の察しはつきましたね。さらに二百メートルばかりも進むと道は行き止まり、包み隠されてきた現実はついに広々と切り開かれましたよ。

「滝、ですか」

お察しの通り、川はその少し先から二十メートル、いや三十メートルの段差を一息に流れ落ちていました。それは見事な大滝です。水量も豊かで、川幅もある。でもそんなこと、ヒクチの古老ユミシュもあの若者もおくびにも出さなかった。彼らも知らなかったのか、それともあえて口を噤んだのか、後者のケースを考えると心も千々に乱れるので、とにかくそれについてはまた彼らのもとに戻ったときに問い質してみることにしました。

「じゃ、そこで引き返されたんですね」

いいえ……段差の向こうは一面の草原でした。山並みは急に左手に折れてみるみる標高をなくしていきます。右手の森林も同じく遠のいて、霞にまぎれて姿を暗まし、川は滔々と大草原を切り開いて流れ下っていきます。でも、そこに船を浮かべることはかなわない。たとえ下りの道があるとして、荷物と船を一人で担いで下りることなどできませんから……ところがね、草原の川筋を見ていると、もう海もさほどには遠くないのかもしれない、と思われてきたのです。何しろ川幅ときたら、あとは着実に広がっていくのですから……

すると入江に残してきた船のことが急に心配になってきました。中には旅の身仕度の一切合財が積まれたままで、盗難に遭うなどという以前に、もしも舫いの綱が解けて流されでもしたら元も子もありません……もっともね、大切なものはこのアパートの部屋とか、途中の大きな町に残していたのですが、とにかく私は大急ぎで引き返しました。船も荷物もニンマリとそのままに浮かんでいるのを見て安心はしたものの、やはりその日の夜は大いに気落ちもしました。限られた川べりの一角に何とか船を上陸させると、疲れてはいるのに夕食も摂れず、テントも立てず、ヒクチの若者からの有難い忠告も忘れて、船の上で夜を明かしました。さすがに寝袋には入ったのですが、朝見ると船べりにはうっすらと霜が降りています。眠ったのはほんの一時間ばかり、夢か現かわからない迷妄の中でも、あのヒクチの英雄ユスキナのことを思い出すと、あらためて活力が漲るのを肌で感じました。そして海が近いことを確信して船はそこに残し、陸路、川沿いを進んでさらに前方にあるべき目的の地を、せめてもそれを望むべき海浜をめざすことにしたのです。

私は遠く、遠く、遠くまで歩いた。しかしながら、私に残された日数はあと四日ですよ。七日で引き返すんだからね……イリケンテから川を下り始めて四日目の朝、久しぶりにしっかりと腹拵えを済ませると、テントと寝袋のほかに持てるだけの食料と調理具を背負子《しょいこ》に詰め込んで、いよいよ陸路に向かいました。同時に私は、その前日、船を左岸につけたことを後悔しました。だってそちらは山側なので、例の踏み分けの道にしても滝に連なる段差で息絶えたまま、先行きが見当たりません。これが対岸の森の側なら、ひょっとしてもっとなだらかな道があったのかもしれないが、あとの祭りです。川を歩いて渡ることなど不可能です。ゆとりがあれば再び船を出して渡ってもいいのですが、そんな余裕はもはやどこにもありません。それにたとえ渡ったところで、良好な道筋が確実に保証されるわけでもないですからね……結局のところ私は、少しでもやさしいルートを見極めてから崖を下りました。スムーズに下りられたらこちらのほうが早いことは明らかです。標高差三十メートル程度とはいえ、ずぶの素人にはかなりの危険も伴う岩場下りです。でもその時の私は、一度下りたものはまた必ず上れるなどという安易な確信ばかりを深めつつ、とにかく先を急いだのでした。

その四日目の昼中は少し汗ばむくらいの上天気に恵まれたので、私は保存食を齧りかじり川沿いの、半ば道なき道を急ぎます。ですから往き交う者などいません。いやそれどころか、なかなかの緑豊かな草原が広がる中で、ヒトの生活臭などいずこからも立ち上らない。私が歩くのはただのケモノ道なのか。飲み水だけはきれいな川の流れで十分に補いながら、陸路も二日目、旅路もいよいよ五日目に入ると、午後になってまたしても空模様が急速に悪化しました。それも雨足が強いばかりではなく、前回川下りの時に経験したものに比べても格段に冷たいのです。骨身にこたえます。体の芯まで寒気に貪られていく。そのとき私は、出がけにヒクチの人びとが分けてくれた秘伝のお茶のことを思い出しました。あの魚を獲る時の「月香粉」とは違いますよ。途中で体が冷えてきたら、これを煎じて飲めばいいと勧められて持参したもので、何でも十指に余る貴重な薬草成分が含まれているとのこと……私は雨が降っても火をおこせるように、枯葉と枯枝を少し持ってきたので、何とかお湯を沸かしてお茶を入れました。何でも作れる万能の小鍋で。口に含んでみると怖ろしく苦いのですが、何とか堪えて二口三口と喉を通していくと、胃の腑はすぐに温まり、そこから体中に底深い薬効の温もりが広がっていきます。頰っぺたや耳たぶなども火照ってくる。陶酔を誘う効果もあるのか気持ちは緩やかに高ぶり、凍えかけていた手足の先にもいかばかりかの生気が蘇りました。するとね、今度は地の底から、「死へ、死へ、死へと向かって歩みゆくほどに」と声が湧き上がり、雨粒とともに降り注いできます。私はまた空を仰ぎましたが、目の中にいくつもの水滴が飛び込むばかりで、渡り鳥も影ひとつ見当たりません。すでに船もなければ、ユスキナのような翼もないわけで、足だけが頼りの行程も六日目に入り、お天気はその日の午後からようやく持ち直し、私は来し方、大草原の向こうへと沈む夕日を何日ぶりかで眺めながら篝火《かがりび》を焚きました。後にも先にもたった一人の、今では愛《いと》おしくもなる夕餉に向かって囁きます。いのちへ、いのちへ、新たないのちめざして歩みゆくほどに、などとね……

こうしていよいよ旅路は、区切りとなるべき七日目を迎えます。さすがに疲労の蓄積した足取りは重く、好天の午後に入ると明るい陽射しさえもがかえって辛くて、私はほとんど諦めの境地に達しようとしていました。ところがこの日の夕方近くです。どうも行く手には私の歩む陸地が途絶え、何かが開かれるような気配がしてならなくなりました。そうなると私はもう七日目であることもそっちのけで、旅を続けることにしたのです。

八日目、手持ちの食料は残り少なく二、三日分を残すのみですが、冷え込みの来ないことだけが救いでした。海に近づくにつれて寒暖の差が少なくなるということも考えられます。前方の風景にはなおも変わりなく、私は希望と絶望の間で煩悶するばかりですが、傍らを流れる川はイリケンテを出たころの二倍、いや、それどころか、三倍四倍にも膨らんで大河の様相を呈しているのです。ヒクチ秘伝の薬草湯を飲んでは体を鞭打ち、さらにさらにと先をめざします。こうして迎えた九日目の朝、時刻は十時から十一時ごろでしょうか。ついに私は、憧れの終着点に立つことができました……

「海ですか」

いいえ、空でした。

「空？」

ですからそこは、二つ目の滝だったのです。はるかに大規模で、何の轟きもありません。

「じゃ、まだ先があったのか」

いいえ、そうじゃない。正真正銘の行き止まりでしたから、思わず足が竦みました。その九日目の朝、食事を済ませて歩き出して間もないころから、そのことはもう何となくわかっていました。その先行く手に待ち構えるのが、砂浜のようになだらかな、膨《ふく》よかな海原への没入ではないことがすぐに感じ取られたのです。それればかりか、どう見てもあの一つ目の場合とは比べものにならない段差の気配も漂ってきます。轟きが伝わらないだけに尚更です。近づくにしたがって自ずから恐怖にもかられていきました。終着が迫っても、目に入ってくるのは空と雲ばかりです。それでも、ついに海原の一角がのぞいて、遠く島らしき陸地もぽつぽつ見えてくると、私は小躍りすることもなく、同じペースであと十数歩も進むともうそこは憧れの終着点でした……海原は何と雲の狭間から眼下に望まれます……ですから、確かにそれは、直前の予想をはるかに上回る、ものすごい段差でした。

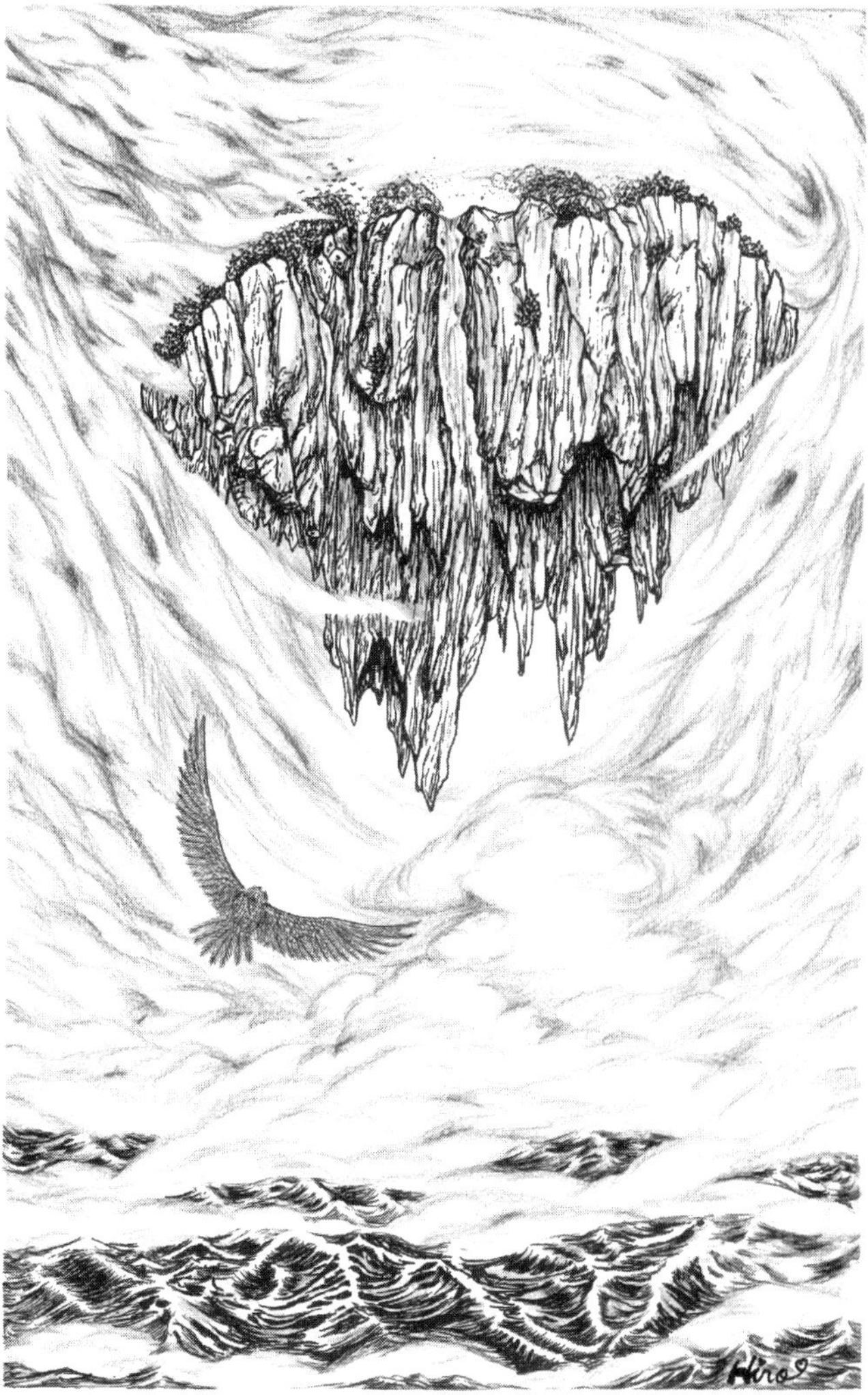
Hiro

「絶景かな」

なるほど……今にして思い返せば、あなたのおっしゃる通りかもしれない。

「ということは、それまでの大草原というのは、同時に大高原でもあったわけだ。轟きも伝わらないばかりに高さのある、それも海沿いの断崖絶壁から、広々と水をたたえた一筋の川の流れが一気に海面めがけて落ちていく……それはぜひ一度、海の方から眺めてみたいもんだ。それこそが、絶景かな……絶景、かな……」

いや、それは違うんですよ。断崖でも絶壁でもなくて、浮かんでいたのです……

「何が？」

Sの横顔は彼一人の目印に向かって凍りつく。その目は瞬きも忘れ、無意味な空間に何とか有意義な視点を見出そうとする……私の下には一枚の、大地のプレートをのぞいてほかには何もない。大海原は私の行く手からすぐ足下、さらに後ろにも広がっており、長々と歩んできた川沿いの道も、山並みや大森林をのみこんだ草原もその上に浮かんでいたのです。なるほど川は海面をめがけて落ちていくのだが、滝らしきものはたちまち姿形をなくし、雲散霧消するのでしょう……

ユウラシヤの真下には
大きな海が広がっている
それは地下の大海ではなく
このユウラシヤこそがそんな海原の
はるか上空に浮かんでいる……

と、部屋の扉の向こうの廊下で、何者かが唸り、叫び、濃密なまでに込み上げ、復唱するような声が一目散に駆けぬけた。それとともに天候もまた巡り、新たな氷雨が窓ガラスめがけて打ちつけた。思わず知らず隼は、右手の薬指と中指で頭を掻きむしっていた。それからSの物語りをすべて受け入れてみせると、あえて静かに、それも無気味なまでに問いを返した。

「そのとき、どう思われましたか」

ただ震えました。何の思いもありません。途方もない浮遊の現実だけが、ようやく海へとたどりつき、島影を見出した悦びを予め消し去っていたのですから、どうしようもありませんよ。その日はそのまま、海を見渡せるおそるべき終着点から少し戻った川べりの一角で、余りのことにテントも張らずに一夜を明かしました。そして翌日、川を下り始めてからじつに十日目の朝早く、もう一度この浮遊する大地の先端に近づいてみると、やはり前日目にした風景には何の変わりもなく、私はようやく旅と自らに踏ん切りをつけて引き返すことにしました……しかし、翌十一日目の夕方に食料の貯えが尽きると頭上の雲行きもあやしくなり、冷え込みも増して、十二日目の朝にはついに雪が降り始めました。それも次の日にかけていきなりの大雪ですから、私は飲まず食わずでテントに横たわるしかなく、やがて気を失ってしまった……

「どうなりました？」

意識が遠のくなか、これでもう私は冷えて凍えて、この世を去るのだろう……人っ子ひとりいない、冬の極東で……何があっても七日目で引き返せという、ヒクチの古老からの度重なる忠告を蔑ろにしたばかりに……

「それでよくあなた、助かりましたねえ……もちろん、誰かが見つけてくれたんでしょう」

ええ、そう……ふと気がついたら、誰かに頰っぺたを叩かれたのか、私の体はしっかりと橇に縛りつけられていたのです。トナカイの橇……赤々と、よく染め抜かれたような……

「トナカイが?」

いや、橇が……たまたまテントのそばを通りかかった草原の民に助け出されたのです。かれらもその冬はじめて橇を使って、川の漁か何かに出かけた帰りみたいでした。凍えた魚を藁《わら》にくるんで引いてましたから……もう少し発見が遅かったら、この世にはいなかったのだと思います。そのあと私はかれらのテントに運ばれて温かい持てなしを受けて蘇り、幸い酷い凍傷なども負っておらず、結局はその冬をずっとかれらのもとで過ごすことになりました。はじめは言葉も全く通じなかったのですが、春が近づくころになると少しは遣り取りもできるようになり、一度ヒクチのことも尋ねてみましたが、そんな遠くの人のことは知らない、という素っ気ない答えでした。ただ、あの大地の果てで見た光景については話す勇気が持てません。今にして思えば、かれらはそんなことと遠い父祖の頃よりよく承知して、何をそんなことで胆を潰しているのかなどと言われることを何よりも懼《おそ》れたのかもしれませんね。

旅の終着点についてお話をしたのは、あなたが初めてなんですよ。ことによると最初で最後になるのかもしれない……ひょっとしてあなたは、私があのとき見た海の、さらに向こうからいらっしゃったのかな……海も、その上に広がる大地もふみこえ、とびこえ、なきものにして……

まだそこそこの雪が残っているうちにと、かれらは再び私を橇に乗せ、そこからいちばん近くの、といっても百キロほど離れた街道、バスも通る道まで連れていってくれました。一日二本しか来ないという停留所の近くでかれらと別れ、私は二、三時間も待たされてからようやくやって来た最初のバスに乗り込んだのですが、手持ちの貨幣は立派に通用しました。終点に着くと、そこはもう鉄道も通る比較的大きな町でしたが、駅の地図を見てもイリケンテ湖の所在はつかめませんでした。こうして、ヒクチの人びと、その古老ユミュシュにも通訳の若者にも二度と相まみえることなく、私は帰路につきました。それでも足下には、日々薄れながらも、なおも漂う空中の感覚をとどめながら、鉄路は同じくこの大陸をどこまでもつながってきたのです……

Sはいつの間にか眠り込んでいた。もう少なからぬ以前より、魅入られた眼差しをなくしてもなお、ため息ともつかぬ深い寝息の合い間から並み居る追憶の言葉が紡ぎ出された。そこでは「静かに眠るS」が「語るS」を呑み込み嚙み砕き、「しきりに語るS」が「眠るS」をそのまま奈落の死の淵に追いやろうとしていた。彼にとっていま、語ることは眠ることであり、たとえ生死の挟間にあってもぽつねんと、われらがユウラシヤは浮かんだ。同時に眠ることは語ることでもあり、夢見心地の大海原にもゆらゆらと見知らぬ島影が浮かび漂った。旅帰りのSからあらためて、自分がかの沖合いに浮かぶ島影からの来訪者かと問われてみると、いま暮らすこの大地がたちまち厚みをなくして、アラベスクのような装飾文様ばかりが描き込まれた一枚の紙切れのように思われてならなかった。彼は同じその一枚を限りなく丁寧に折り畳み、自分とSの間に擦れ違う細やかな記憶の奥底へしまい込んだ。誰も見ていないのをいいことに、ひとり、何食わぬ顔を決め込んだのである。

Sの病そのものは正体が見えなかった。彼の解き放つ言葉はどこまでも健全で、「健康」にはつきものの、あのあからさまな暴力に対しても適切に目配りが効いていた。とりあえずそのまま寝かせておこうと、隼はデスクに舞い戻った。それから毛布をかけにまた引き返すと、遅すぎた昼食の後片づけを優先する。それでも洗い物は後回しに、食器だけを下げ、テーブルをサッと拭い去る。自分一人のためにお湯を沸かしてから、再びデスクに退きようやく仕事に取りかかった。外は氷雨も陽射しもなくなり、どんより曇っている。そこに夕闇が足音を立てて流れ落ちようとしている。そんな真冬の受け皿などどこにもないかのようにお湯が沸き立つと、隼はティーバッグのお茶を入れた。あらためて仕事机に腰を落ち着け、手元のランプに灯を入れる。途端に何気なく、いずこよりともなく、Sの声がよみがえった……私がこの町を離れたころ、誰もが出口のことで頭を悩ませていましたね……隼はとりあえず背中で受けとめておく。「ええ、確かに」と一言添えて。

それって、今もですか。

「いえいえ、いまは嘘みたいにね、もう話題にも上らないし、外との往き来も盛んですよ」

そうですか。あのとき私はね、軽々と水路を抜けて外に出たのですが、あれから長い旅をして、川沿いの踏み分け道の、行き止まりの終着点に立ったその夜、まんじりともせずに寒風にさらされながら、こんなことを考えましたよ……この町の外側は空中にあって、それに対して内側は地上にとどまるという不連続が、あのころ町の出口と入口の一致を妨げ、実現を困難なものとし、実際の人びとの出入りをも、極めて限られた、ほとんど不可能なものにしていたのではないかと……それが今ではもはや取り沙汰されず、人びとの往来もまた盛んになっているのだとして、それで果たして本当に問題は解決されたのでしょうか。むしろ区別がますます不確定なものになり、もはや空中にあるのか地上にあるのかもわからないという錯誤や混迷に陥ることによって、あたかも解決されたかのように思い込んでいるだけではないでしょうか……あるいは、かつてはこのユウラシヤ西方の町の内部と外部に一種の断裂として生じていたものが、私がこの目で見届けたようにひとつの広大な大陸全体へ一挙に拡大されたことで、人びとの視界からもはるかに遠ざかり、その分ほとんど実感されなくなっただけではないのか、と……

　夕闇がいよいよ運河の町を陥れる。それに伴い、人それぞれの終着点が静かに運び去られる。隼はようやくデスクから振り返った。

「それはそうと、最後はどうやって戻られたんですか。やっぱり鉄道ですか」

　隼には「水路」という言葉がまるで浮かばなかった……いや、それは違います。最後は歩いて、いえ、ずっと同じ空を飛んできて、でも正直言うと、気がついたらこの町に立っていたようなもんですが、やっぱり出かけた時のように船だったのかもしれません。あのヒクチの若者からのご指南で、今じゃ一人で立派に乗りこなせますからね……だとすれば尚更のこと、ボートは往路の運河ではなく、私が見届けたあの大海原を漕いできたと思いたいのですが……私はね、こうやって私自身の作り出すもう一匹の……もう一人の、じゃないんですよ、もう一匹の私にいつも悩まされ、同時に救われもしてきたんです。

「それじゃ、いまこうやって言葉を切り結びながら、この私とお話をされているのは、一体どなたですか」

　それこそが、もう一人の私ですよ……毛布を折りたたんだSは、屈託のない心からの笑みを浮かべながら小さく伸びをした。その笑みの先でやはり小さく体を折りたたみながら、いまも思索に耽るものこそが彼の言う「もう一匹の私」に相違ない。

「メランコリックな人びとは未開の野蛮な生活をたたえて、人間を蔑み、獣に称賛をおくる」

——エチカ第四部定理三五注解より——

3　狼男と幽霊

変わり映えもしない冬の職場からの帰り途であった。隼は吹き出される息の白さもろとも「狼男」に肩口から切り込まれた……ハイ、確かに切り込まれました、何の前触れもなしにね……いたずらに傷つくのではなく、満たされぬどこかにいまも深手を負っている。行きつけの書店の前を通り過ぎてまもないところ、いつもの通い路の脇を突き通す、やがては往き止まるに違いない小路《こみち》へと、一、二歩足を踏み入れた物陰だった。

「狼男」にしてもいきなり牙をむきながら、抜き身の短刀を振りかざしたのではない。おどろく隼のまなざしを抱《いだ》きとめ、抜けられる道理もない夢の旅路に同行を求めた。「あなたには私の姿が見抜けてるから」と、男は事もなげに付け加えたが、物腰にはえもいわれぬケモノの清涼感が備わっていく。年端もいかない口の端には、少し間をおいて鋭くたたみかけるように、「サイノメ」の一語も忍ばせる。ボク、その一員ですから、と……半ば拉致も同然に道行きを迫る人物とは、ですから「狼男」ではなく、そのはるか手前に低く立ち止まる「狼少年」と言い直すべきだろう。オオカミ持ち前の叫声はまだどこにもきかれない。それに応えるかのような喊声も立ちのぼることがない。

それにオオカミになるのも、このときここばかりとは限らない。群れなすものも一匹狼も、変身は人の世のそこかしこを彩り、道さまざまに語り伝えられる。元をただせば、誰もがオオカミの毛皮を被り、幸福との境目には夕べの教説《ドグマ》を背負わせながら、冷酷な夜の巷を生き永らえる。よく見受けられるのは、医療上のささやかな副作用にもあたるような事例だろうか。たとえば、ある種の薬草を含んだ軟膏を皮膚の一部に塗りつけると、どの部位であれたちまち忘我の〈狼化《ろうか》〉を招くことがある。あるいは同種の薬草を煎じて呑んだとしても、同様のエクスタシーに包まれるが、だからといってありふれた快楽の類いとは限らない。類似の植物を主成分とする座薬を用いても、稀に若い女性に限って、みるみる臍の回りからオオカミに変貌をとげることがある。それもメスではなくて、まだ若いオスのオオカミになるのだから侮れない。それでも、これらは一過性のもので、二、三時間から長くて二十四時間もたてば原状に復帰する。その中にあって若い女性が性転換をする症例だけは不可逆で、女へ立ち戻ることはなく瓜二つの青年へと生まれ変わり、オオカミを生きぬいたという記憶も失われるという。

隼は満月の夜を思い浮かべた。月の光を一身に浴びると、若い男が若いオスのオオカミに生まれ変わる。座薬の女の場合、たとえオスのオオカミに転じたところで周りに危害が及ぶことなど考えられないというが、こちらの満月のご落胤になるともはや野性のものも遠く及ばぬ、どこか人工的とでも言われるべき別種の攻撃性を示し、継続的な狂暴さを剝き出しにする。ひとたび転身を遂げるや、二度と再びホモ・サピエンスには戻らない。そのため、涙をのんでも駆除のやむなきに至るのだが、決まって銀製の銃弾が用いられる。最初の致命傷に、重ねてとどめの一発を撃ち込んだ上で、オスオオ

カミの亡骸は青い唐草模様の大風呂敷にすっぽりとくるまれて、鉛で作られた棺に納められる。撃ち倒された場所の地中深くに埋葬されると、地表からは事変にまつわる一切の痕跡が拭い去られる。

たとえば海を知らない山国の話で聞いたことがある。むかしクニの始祖にもあたる山姥《やまんば》が三日三晩を費やしようやく一頭の若いメスオオカミを仕留めたが、その皮で作り上げた伝来の帯がいまもどこかに現存する。知らずに身につけると、どのような身分の者であれ、それを締めている間だけは身分相応のオオカミに身変わりする。読み手のケモノに読み手のケモノ。だからケモノに下賤なケモノ、もののふのケモノにあきんどのケモノ、書き手のケモノに読み手のケモノ。だからケモノにとどまりたい者はいつまでもその皮帯を締めればよいわけで、そのまま四足獣になりおおせる。指使いとてままならず、ベルトを外すことができなくなった輩はオオカミのまま生涯を終える。誰かの手でベルトを奪われない限りは。

その皮帯たるやクニの始祖からの賜物であるからには、ご神体のように奉り、どこぞのお社にでも祀られているのかと思いきや、全くもってそんなことはない。場合によっては、取り立てて謂れもない古着のように街なかの市などに出されている。価格にしても二束三文よりいくらか値がはる程度で、由縁相当の宝物にはじつにほど遠いものがある。それでも、やすやすと手に入れ一、二度身につけてから、用済みにして廃棄でもしようものなら、どえらい祟りがあるとのことで、人びとは売り物の皮帯にはとりわけ神経過敏になっている。かくしてメスオオカミのそれは、いまだに生国の市井に生き続けている。

ちなみにどえらい祟りというのは、たとえば身内の、それも決まって年端もゆかない幼な子が不意に他界し、その遺体までもが、かの山姥の分身のような鬼女に持ち去られてしまう。たとえ追いすがる誰かにそんな鬼道が打ち倒せたとしても、今度は倒した者自身が気が触れた上に、ほどなく亡き子のあとを追い、こちらの亡骸もいずこかへと持ち去られ、両者の住処には何のゆかりも際立ちもない藁人形がとりのこされる……

もっと名の通った物語にも、変わり身のオオカミのことは重ねて伝えられるのだが、わけてもニケロスの話すことには畏れ入る。それはかのローマのいにしえ、名士トルマルキオンの館では宴もたけなわにして、次から次へと酔客が立ち、持ち前の化け物談議に華を咲かせていく。いよいよ自分の巡り合わせにくるとニケロスはとっておきの体験談、狼男の試練とやらを手繰り出した。

その男は、今でこそひとかどの土地持ちに数えられるが、若かりし頃は眉目秀麗をささやかれながら、人手に渡り転売される奴《やっこ》の身の上で、そいつがとある宿屋の女将と懇ろになった。というか、半ばは慰みものにされたのだろうが、女の名はメリサといい、タレントゥム辺りの産だった。無論亭主持ちだったが、肉付きのよい可愛いげな造作にはニケロスのほうでも一目惚れをして、気立てのよさにもなおのこと惹かれた。

ところが密会を重ねてすでに三年が過ぎたころ、メリサの連れ合いが旅先の田舎家で頓死したことを知らされると、若い奴はすぐにも女に会いたくて矢も盾もたまらなくなった。折りしも主人は何やら込み入った商用で遠方にあり、この機を逃す手はどこにも見当たらない。留守中の切り盛りはいまやニケロスひとりに任されており、他には使用人の類いもなく、ただ折悪しくというべきか、店には初めて見るひとりの来客があった。

客の男は兵士《つわもの》だといい、求めるのは長めの剣だったが、あいにく店には望みをかなえるような逸品などなかった。ニケロスはその旨つたえ手早く帰そうとしたが、どうして客の男はてこでも動かない。そこで一計をめぐらし、じつは……と前置きも入れながら、旅先の主人が何やら助けを求めておりまして、すぐにも店をたたんでそちらに出向かねばなりません……ところがどっこい客人も客人で、その上前をはねるようなことを言ってくる。これから日も暮れて夜になるというのに、いくら男でも道中ひとりではいかにも危うい。行き先にもよるけれど、どうだ、私が付き合ってやろうか、などと促してきた。そいで、どこだ、その旅先というのは。

そこでニケロスは真正直に女の住む町を答えた。それを聞くと客の男は何やら奮い立ち、ならば自分の行き先とも近いし、最後までとはいかないが、夜が明けるまでなら十分に付き合えるな、とたたみかけてくる。こうなるとニケロスも、妙に断ってあやしまれるよりも共に出て朝別れたほうが後顧の憂えもむしろ断たれるかと、誘いを受け入れることにした。その上であらためて兵士《つわもの》を名のる男を見ると、まるで死神のような冷たい剛の者で、背丈にしても並大抵ではない。なるほど旅路の安寧を思えば、これに勝る後ろ盾などないようにも思われてくる。早速に店をたたんで「一日休業」の札を貼り、これで明日の夜のうちに戻れば主人の帰宅にも間に合うだろう。もともと店はこういう不定期な休みの取り方をしているので、近所にもすぐに怪しまれることはないし、主人には体の具合が悪かったと言っておけばよいのだから。

こうして二人が旅立つとまもなく辺りは夜を迎え、欠けた月の光が満月を装うと、それはもう真昼もさながらに照り輝いてくる。星の光もかすむのだから、昼飯時との区別もつかなくなるくらいで、そのうちに町外れからひと山こえてさらに進むと、初め左側に現われた墓場がほどなく右側にも並んで、街道はいよいよ広大な墓地の中ほどをまっすぐに貫いていく。すると同道のかの偉丈夫がいきなり道を外れて傍若無人に踏み入ると、きれいな御影石の墓に近づきすぐ傍らでそそくさと用を足し始めた。片や浮き浮きと、鼻歌まじりにメリサのことを想いながら、先をゆくニケロスがその時ふと振り返ると、死神まがいの大男のほうは何と素っ裸で、身につけた衣服という衣服はすべて下着にいたるまで辺りに投げ捨てられている。目にしたニケロスこそがあたかも死神に取りつかれ、歌とともに鼻からは魂までもが抜け去り、死ぬのも忘れたように立ちつくした。

というのも、今では墓石の上に立ち、脱ぎ捨てられた衣服にまで小水をかけ始めた兵士《つわもの》がまさにその刹那、一匹の狼に姿を改めたのである。容易に剝がれることもない獣の衣に身を包むと、なおも明るい空に向かってウォーとひとこえ吠えて、墓地の向こうに見える大きな森の中へ逃げ込んだ。ニケロスにしてみればこれで甘い密会の企てが見抜かれる気づかいも遠のいたのだが、兵士《つわもの》の変身には度肝を抜かれ、おのが局所もいっとき見失うほどであった。それでも悪戯な好奇心は健在で、残された狼男の衣裳を取り上げてみようかと墓場に足を踏み入れた。その途端に墓石などもはやどこにも見当たらず、衣服など無心の石ころに姿を変えて転がった。

動転に動転を重ね、半ば狂乱の域にも入り込むニケロス。原野からなおも取りつく幻影の数々を背中に受けとめ、オオカミ所望の剣の舞いもさながら肩越しに斬りつけて道を拓いた。そのうち本物の朝を迎えると、どうにかお目当ての女の待つ宿屋にたどりつくことができた。いまだに宿の主人の亡骸は戻らず、門口には遠来のニケロスが身代わりの亡霊のように立ちつくす。息は切れ、吹き出す汗は温冷こもごも脇腹から股ぐらに流れ落ち、死人《しびと》もさながらの目線を強ばらせ、直ちに正気を取り戻すこともかなわない。おまけにメリサという名の密通の片割れは男の遅れを訝り、幾分なりとも恨めしげにこんなことを吹きかける。

「ねえ、ねえ、もう少しアンタが早く来てくれたらねえ……私からの文はいつ届いたの。昨日の昼までには着くように手配しといたのにサ。その気になったら、昨夜《ゆんべ》のうちに来られたんじゃないのかい。

何せ今さっきなんだよ。今さっきサ、とんでもない化け物狼が一匹ここに来て、家畜をのこらず血祭りに上げて、肝と心を貪りやがった。それからいよいよ最後にはね、この私にも手をつけようかという段になって、うちではいちばんの遣い手の奴がやっとこさ駆けつけ、得意の投げ槍一本で狼野郎の首を突き通したんだよ」

それで……

「それで、もなにも、それでくたばるわけでもなく、尻尾を巻いて逃げてった」

そう告げるとメリサは、ニケロスにかまうこともなく、殺られた家畜の始末に取りかかった。ニケロスはこの顚末を聞かされるとなおのこと気を落とし、みるみる情欲も脱けさり、まだ陽のあるうちに、だから輝く月明かりに騙されることもなく、主人の商家へ戻ることにした。よもや道に迷うこともなかったが、夜明け前に兵士《つわもの》が狼に身をひるがえした辺りにはやはり墓場などなくて、それでも一面の原っぱによく見るとべったりと血のりが残る。ニケロスには立ち止まって手を合わせることなど思いもよらず、明日はわが身といよいよ気も漫《そぞ》ろに、何とか先を急ごうとする。足は思うにまかせず、早くも夕闇が迫る中どうにか主人の家の前にたどりつくことができた。

ところが、「休業」の貼り紙は剝がれて店も開いている。それでも店先に主人の姿は見当たらない。その名をおそるおそる声に出しながら母屋に入ると、ろうそくの明かり一本を立てたいちばん奥の部屋で、前夜ここからいっしょに旅立ったはずのあの兵士《つわもの》がうつ伏せに横たわっている。板間には何も敷かれず枕もなく、ただ粗末な毛布が一枚、腰から下を被っている。そしてかたわらには見たこともない面相の医者らしきものの影があり、兵士《つわもの》は神妙に首あたりの傷の手当てを受けていた。

狐憑き、ならぬ狼憑きとしか思われない兵士《つわもの》は天涯孤独で、それからのちもひと月余り、ニケロスの仕える商家の奥の間で生き永らえたのち、同じ首の傷がもとになって穏やかに身罷った。一方、旅に出たままの店の主人も二度と再び舞い戻ることはなかった。あの宿屋のメリサはといえば、殺られた家畜と亭主の後始末を済ませてしまうと、また何事もなかったかのように手紙を一通寄こしたが、ニケロスは決して便りを返さなかった。女からの手紙も一度限りであとは縁も遠のき、町の掟によりそれから一年ののち、ニケロスは晴れて自由の身分となって店を預かり、さらに三年が過ぎると異論が出されることもなく彼の所有するところとなって、いまの繁栄のもといを手に入れた。

そののちニケロスは風の噂にきいたことがある。元の主人は旅先の、うっかり足を踏み入れたいかがわしい界隈の目抜き通りで頓死した。そこで悶着を起こした通りがかりの見知らぬ男、それも長い剣を担いだ兵士《つわもの》によって一刀両断斬り殺されたのだと……

「それは、おじさんかい?」

くぐもった声が滝壺のように湧き上がる。天《そら》からはしきりと落とし込むものもあるらしい。もう一回……

「それはおじさんかい?」

前を往く「狼少年」の一頭が重ねて尋ねた。隼も問い返す。

何が？　その殺られたとかいう主人かい、それとも、兵士《つわもの》にしてのちの狼……

「オオカミ」

私が?

「ハイ、アンタ」

私は……先生ですよ。

「ハ？　センコウ……コラ見違えた……え、どこの中学さ」

敏感に尻尾は振り立てたものの、「狼少年」は振り返ることなどしない。

いや、大学なんだけど……

「へん……」

冬を迎えると、決まって町はヒトよりもオオカミに包まれていく。

「アンタこのさき、遮るのかい」

そんな冬場特有の変化も断じて流行り病の類いではなかった。

「それとも、このあと囀るのかい」

ヒトからオオカミへ、さしたる根拠もないまま世間では、変身を遂げるのは特定の血筋を引いたものと頑なに信じられてきた。とはいえ伝染性のオオカミ症候群も、ある島国の事例がよく知られている。そこは絶海の孤島ではなく、大陸の一端からさほど離れているわけでもない。大方は深い森に護られた山地ばかりで、人びとはわずかの海浜に点描、群れなし、しがみつくように暮らしていた。まだ中世も真っ只中のころ、その島に奇妙な〈狼がわり〉が姿を見せると、年齢に性別も問わず次々に取り憑いていった。明らかな流行《はや》り病の様相も呈して急速に拡がるが、流行の媒体は突きとめられず、効能あふれる対処も見出されぬまま、患う者たちは島の至るところ一人の例外もなく不治であった。とはいえ、直ちに命をとられるわけでもない。いきなり高熱を発し、昼となく夜となく、目を覚ませばいずこにともなく吠え続ける。誰にも危害を加えることはないものの、数日後には隙を見つけ家を脱け出し、山中へ姿を消していく。そうはさせじと拘束すると、その時こそ十日を待たずに絶命した。島にはそれから一年二年、いや十年近くもオオカミならぬオオカミビトの声が休みなく轟いたというが、やがて人口の激減とともに病も力を失い、次の世紀にはその片鱗も見出されることはなかった。同じ症状のものが海原こえて他国に渡ることもなく、野生のオオカミも絶えて久しいいま、〈オオカミジマ〉などと呼ばれることに合点がいかないのは、新しく住み着いた今の住人とて同じことだろう。

さてもこちらは路地裏をわたる、今どきの「オオカミ小僧」の肩越しに、行く手からは祠《ほこら》のような明かりが見え隠れする。まだ距離感も定まらないが、陸《おか》の漁り火にも見えてくる。だが前をゆくオオカミがそんな稚拙な狩猟者を見逃すはずがない。そこに燃えるのは危害の及ばぬ別種の炎だろう。狼と狩人と言えば、エピソードが各地に伝わる。ユウラシヤの西つ方、山深い小さな王国にもひとつの話が生きのびてきた。

その昔、やっとのことで狼を射止めた猟師が悠々持ち帰ろうとしたが、存外の重さにて断念のやむなきに至る。せめて証しにと前脚を一本切り取って持ち帰ったところ、家には妻の姿がみえない。近在を尋ね歩いても、彼女の居所《いどころ》は杳《よう》としてつかめない。そのうちに一軒、訪ね忘れたちょうど裏手の老夫婦に訊いてみると、あなたが狩りに出かけた同じ日に何やらあなたを追いかけるようにして出ていかれた、と聞かされる。奇妙な想いに行く手を塞がれつつも、家に戻って狩りの包みを開けてみると、中に入れたはずの狼の前脚は紛うことなき妻の手先に変わり果てていた。

あるいは、南の大海原に面した小さな漁村にもこれとよく似た話は伝わる。二、三日の漁に出かけた一人船が霧の中に迷い込み、みめうるわしい人魚に出会った。それを獲物と間違えて深手を負わせた漁師はひどく悔んだものの、ほどなく人魚は息絶える。弔いながら亡骸を手繰り寄せた猟師は、遭遇の証しに胸びれを一枚持ち帰ろうと刃を立てた。そして遺体を大海の底に沈めると、霧の晴れ間をぬってどうにか帰還を果たした。ところがわが家からはひたすらに苦しげな息が洩れてくる。あわてて扉を開けて中に入ると、板の間には妻が背中を向けて横たわり、よく見ると天井に向けた側の耳がなくなっている。どうにか血は止まっても、痛みに苛まれる妻には呻《うめ》く以外に迎えの言葉も出せない。それでも彼女が生きていてくれたことをとにかく喜んだ漁師の男は、ここは何か滋養のあるものでも食べさせてやろうかと、海水を張った大きなたらいの中に漁の収穫をぶちまける……オオカミ……するとどうだろう、ど真ん中には、村の長老から契りの祝いにと授けられた真珠の耳飾りが見える。そして持ち去られた妻の片耳が耳たぶ揺らせて浮かんだ……オオカミ……今では町にもあふれる、オオカミの警察官にオオカミの警備員、通りをながすオオカミタクシー、空をわたるオオカミ、客室乗務員、ベンチャービジネスのオオカミ秘書から夜間図書館のオオカミ司書に至るまで、オオカミ男にオオカミ女……仕事からの帰り途に隼が切り込まれたのは、その中のほんの一人にすぎないとはいえ、まだ年端もゆかない少年の一匹狼だった。

バッタン、バッタン、バッタンバン、と……山深い、いや奥深い、そもそも根深い底知れぬ路地裏なればこそ、時ならぬ機織りの音《ね》が湧き起こる。この界隈とて見えざる内戦下にあることには変わりがない。昼夜を問わず至るところ、未だ年若きが齢《よわい》重ねるをこぞって打ちのめさんとする。ただ屋内では、綜絖《そうこう》の上がり下がりに身も浄められ、経糸《たていと》の狭間をぬいながら軽やかに杼《ひ》が飛び交う。染めのにおいもしみ込み、バッタン、倦まず弛まず糸巻きも回し、バッタン、目の詰まった格子窓の向うからバッタンバンと、右手前に続き、左手側の背後からもおそらく高機《たかばた》が一台、ゆったりと、でも切実に何かをたたみかけてくる。前方からは機織りの唄らしきも夕闇訪れた。

〜
機を織り織り道の人見れば
よろひかぶとに長槍下げて
古武士よろしく名のりも上げる
かれをまつるは祠のかがみ
うたに舞い散るうつせみの
めのこたはむれ命もことほぐ
うまれぬ前《さき》のちのみの装束
腹を撫で撫で今しも織り出す
うめよふやせよおくにのたから
紡ぐ糸間にわがたま宿る

軒下の、無造作に置かれた段ボール箱からは色とりどりに撚糸《ねんし》がのぞく。そこにも漂う染めの残り香、四方を鳥居に囲まれた祠はいつしか目前に迫る。間近い一軒の引き戸があいて、小さな老女が姿をみせる。手にしたコップには八割がた水が注《つ》がれ、ふたりには目もくれず手前の鳥居をくぐると、慣れた仕草で水を供えた。手を合わせることもなく引き返すと、ようやく老女はこちらにも目を配る。

少年オオカミは顔見知りらしい。

「ああ」「今晩は」「店行くの？」「ええ」「さっき、ヒヨコさん掃除しとったよ、珍しく」「ハハ」と若者は笑いばかりを返す。

「さあ、仕事仕事」「精が出ますね、ヤイトさん」老女は随分と熱い呼び名を背負っている。
「今夜は徹夜だね」「無理したらダメですよ」「ありがと」「この前みんなで聞かせてもらったお話のメモ書き、また夜のうちに郵便受けに入れときますね」「お話って」「読んだらわかります」「読めるかな」「はい」老女はもう何も言わずに元の引き戸の向こうへと姿を消した。

〽
　機を織り織り道の人見れば
　鉄のかぶとに短筒も下げて……

パン、またひとつパンと、ヤイト婆の唄声も遠のき、少年と隼は同じ配置で祠の前に立ちつくした。隼にはそやつが、出口の見えない洞穴の暗がりの中で出くわす、紛い物のシャンデリアのように目映く荘厳なまでに受けとめられ、翼を広げる気にもなれない。たとえ開いても自分ではない、俄《にわか》コウモリの域を出ないだろう。それにしてもこれは一体、何の祠なんだ……

「カガミの社です」

なるほど、供物台の向こうには鏡が立っている。一つならず四方の鳥居、いずれを潜る者もそれぞれの鏡によって映しとられる。そもそも社殿《やしろ》は路面よりも格段に低く祀られた。ヤイトの老婆はとうに腰が曲がっておるが、しなやかにのびる者とても鳥居をくぐり階段を下りようものなら、社殿の低く張り出した軒先に阻まれ屈まざるをえなくなる。カガミ（鏡）を前に、童《わらべ》をのぞいてここは誰しもカガミ（屈み）のお社だ。

〽
工女工女と蔑みなさるが
汚泥も肥やしに蓮の華……

こちらの機織り唄は、明らかに路地の行く手から二人に誘いをかける。すると……

「あそこにボクらの店があります」

「スナックウルフ、ですか」

「ハイ、そう、よかったら、ちょっと休んでいきませんか。ひとりの、オオカミとして」

「ハ？」

「ハハハ、冗談……でもありませんがね……」

右手に見えるオオカミ酒場は、夜の機屋町の路地裏にしっくり織りたたまれ、見るからに軽めの軒先を連ねる。自転車もなく、店先に見当たるのは空のビールケースが一箱きりだった。入口の扉の真上あたりにのっそりと突き出す、黒地に黄文字、縦書きの看板。そこから喉を焼きつくさんばかりのスピリッツが、言葉の通わない夜の巷に染《し》み渡ろうとしていた。

ドアノブに先達の若き狼が右手をかける。回したのかどうかもわからない暗闇の淵。ハウリン・ウルフのようなしわがれた唄声が立ちのぼると、二人はそろってスナックウルフの店内にいた。カウンターに並んで腰かけるまで数秒とかからなかっただろう。

先客はいない。カウンターの向こうには、ママと呼ぶには余りにも年若な女の子が立つ。あのヤイト婆さんが「ヒヨコさん」と呼んだ娘が手慣れた厚化粧に黒縁の眼鏡をかけて、金髪をものの見事に結い上げ、ピックを片手に氷割りに余念がなかった。カウンター席しかない細長の突き当たりには、赤く塗られたハバカリの扉、そこにポスターでもなく、こんなアルファベットが貼りつけられている。

vita brevis, ars vero longa
（生命は短きもの、されど学術は永きもの）

さらにその真下には七個の中国文字が折り目正しく連なる。

少年易老学難成
（少年は老いやすく、学は成りがたし）。

ユウラシヤの両端から浮かび上がる二種の文字列。その対書きを眺めると、平原を往き来するオオカミたちの積年の夢模様が自ずから裁ち上がるかのようだ。
「いらっしゃい」と誰に言うともなく呟いたきり、あとは氷砕き一辺倒の開店準備に余念のなかった夜の少女がようやく顔を上げると、目前の一隅を占めるひとりの場違いに唇をとがらせた。「アラ、ココ、原則、成人お断りなんだけど」と、導き入れた顔なじみにも視線をよこ流す。待ってましたとばかり少年のほうは、娘からの誹《そし》りをうけ流しながら、「いつものアワモリ、割り立ての氷も浮かべて二杯……この人にも……大丈夫、こう見えても、ドコカ、オオカミだから、こちらは」「そうなの……ドコモ、そんなふうには見えないけどサ……」「ちょっと仕掛けがあって」「へえ、どんな?……ま、いいけど」

「ヒヨコ」さんですか。「あら、よく知ってる」さっき、そこの「ヤイト」さんがそうおっしゃったので。「スミにおけない、というか耳ざとい」「この人、こんなオオカミながらも、大学の先公なんだって」「へえ、そうなんだ、スゴイ」

別に何てことありません。

「確かにお察しの通り、アタイ、ヒヨコです……どんな漢字書くかわかる?」

隼はあわてて「ヒヨコ」の漢字を探し求めるが、それがあのひなまつりのヒナ(雛)と同字になることにも思いが及ばない。

「フフ、オイさん、妙にムズカシイの考えてるんじゃない?……ハイ、アワモリ、ロックで、ピイナッツ付けまぁす」

ありがとう……で、正解は?

「いやだな、正解って……さすがは先公」とはオオカミ少年。「アンタが呼んできたんだよ、このお方……アタシは身の程もわきまえず、漢字を二つも使ってます……ヒヨコの〈ヒ〉には、クソったれの非行、非道、非合法、非人、非人間的、非人道的、非礼に非情の〈非〉……〈ヨコ〉には、横暴、横領、横死、専横、横取りして、横流しして、横目をつかい横車を通して横恋慕もいとわない〈横〉……横行、横着、下手の横好き……以後、お見知りおきを」

ヒヨコは隼の真ん前に小さな桃色の名刺を差し出した。そこには、スナックウルフ、非横(ヒヨコ）、携帯番号だけが記されて、メールアドレスはもちろん、店の住所も記されない。「気が向いたら、この電話におかけ下さい。営業中のその夜の店のありかは、そのお電話にてご案内いたしますので」とえらく丁寧に両の手を膝上にそろえて頭を下げた。どうやら〈非横〉にも隼の正体が確認されたものらしく、一見《いちげん》ではないリピーターとしての交際の自由を授けられたものの、当の隼にだけはまだ何もよみとられない。

　客は少年と隼の二人きりだが、従業員らしき未成年が入れかわり立ちかわりカウンターの奥から姿を見せ始めた。どうやらそこに大勢でたむろするらしい。おそらくは店の従業員だからこそ、それぞれに代金を支払って好きなドリンクを求めるのだった。自前でいただくからには、注文する者が未成年か否か、注文にアルコールが含まれるか否かなど、もはやどうでもよくなった。そんな店の内輪を取り仕切るのも姉御肌の、その上前もゆく、小母さん紛いのオオカミ少女。〈非横〉なる「源氏名」を思い浮かべる限りは、ここもありふれた不純異性交遊のたまり場か、援助交際の斡旋所かと勘繰られる。だけど薄汚いオヤジどもの列はどこに続く。あるいはここからは見ることのできない、〈非横〉だけがたどることのできる連絡網の端末か……このとき、奇しくも隼には思い浮かぶ。まだ宵の口の路地の入口ではじめて少年に出会ったとき、彼はこの一語を口にした。サイノメ。自分も一員、一味なんだと……非合法の組織、地下の組織、それも未成年ばかりの……とだけは聞いている。では攻撃の対象は？　あくまでも成人に限る……男女ともに特定の成人を。標的が成人である限りは、当人の年齢など取沙汰されない……行動、攻撃を通じての獲得目標は？　未成年の、将来にわたっての解放、ハハ……真面目な話だ。それに何よりも、自分がオオカミであること。正真正銘の、未成年のオオカミ。そういえばヤツらのことばには、やたらとサイノメが目立つ……疑問の余地もない、サイノメそのものが……

アネさん、サイノメ、〈非横〉さん……ナニ？……一杯お願いします……サイノメ……サイノメ、いつものやつで……って、お湯で割るのかい？……サイノメ、ちょっと温《ぬる》めで……サイノメ、四五〇円也……サイノメ……ハイ

ヤイト婆さんに会ったよ……この人もさっき見かけたって、仕事してたみたいね……んー、でも、物忘れは相当なもんだよ……サイノメ、それ、言わないって……サイノメ……私たち、どれだけ助けてもらった？……そうだよね……それに私たちのことなんか、もう出会ったそばから忘れてもらったほうが、私たちじゃなくて、イイ、サイノメ、何よりあの人にとってよほど好都合なの……ハハハ……サイノメ

さっき、かがみの社で逢引してるやつがいた……逢引？……メンバーだよ……サイノメ、おまえ余計なこと言うな……あんなとこで、そりゃご法度だろ……知らないね……アレレ、ひょっとして〈非横〉もやったことあるか、お社で……「懲罰」にかけようか……エエッ、オレを？　それともアンタを？……よかったら、冷たい水、お飲みなさいな……そいじゃ、ビール……サイノメ（その直後に、何かが慌ただしく突き崩される音）

来週あるのか……まだ、サイノメ、私は何も聞いてない……ぐずぐずしてると、こっちがやられる

……サイノメ、コレばかりはどうしようもないから……と、サイノメ、サイノメ、何かにお祈りでもしてんのか……なんて、サイノメ、ここじゃありえないことよ……畜生、サイノメ、こん畜生、腐り果ててくぜ、サイノメ……運命のいたずらよ、アンタ、ダレもが今では引き金を忘れてるワ……ハ、ハハ、何て？　ならそん前に、バクハ、だよ……バクフ？……バ、ク、ハ……こなみじんに……サイノメ

サイノメ、サイ・ノメ、いや、サイノ・メが昨日から……どうしたの……どうやら見張りをつけてる……かな……サイノ・メは似て非なるもの……れっきとした公安部門ヨ〈ここで〈非横〉は巻き煙草をくゆらす〉ふー、サ・イノメと共倒れすればいいのに……これぁいい、サイノ・メとサ・イノメが相討ちか……サイノメ、喜びなさんな、そんなことで……いかにも物騒だから……命がけョ……水割り……サイノメ、七五〇円です

いま、トイレに行ったヤツ、ヤバイじゃないか、サイノメ、やけに年配じゃないか……ハヤブサっていうんだ。でも、オオカミらしいよ。


「サイノメ」

度重なる連弾にまたひとつ「サイノメ」の声が割り込んだ。同じく接客カウンターの奥底辺りか、ハヤブサ以上の年輪を感じさせる老齢の響きによって声は持ち運ばれた。

「アラ、カメさん、いつの間に」

vita brevis, ars vero longa
少年易老学難成

〈非横〉の声も驚きにのみこまれた。どこかに機織りの気配も待ち望まれ、老男の声が応えた。

「イヤ、ナニ、今しがたね」

声のかたわらで誰かが、弓さばきも巧みに古風なフィドルをかき鳴らす。開会の歌声をのせ、カメ老人が喉笛を吹き鳴らした。秘められし夜陰の到来を誰もが聞き届ける。はるかなる川向こうから飛来する、歌い手のわからない子守唄でも見つめるように……

「あやつは、一帯全体どっちなんだい。ハヤブサなのか、オオカミなのか」

「いまトイレ入ってる」

「ということは、少年易老学難成の、向こう側に身を沈める」

〽
機屋奉公さすよな親は
親も子もない子のかたき
行方知れずのわが魂《たま》みれば
愛しおのこの笑みにつく

歌の半ばでハヤブサはカウンターに戻ってくる。席を立つ前には予想もしなかった展開に歌いの主の影を求めて、彼は初めてカウンターの中へと身をのり出した。咎め立てなどどこからも来ないのだが、まだカメ老人の後ろ姿しかとらえることができない。貫禄は十二分ながら、背丈には余りにも恵まれない。聴衆が立ち上がれば、自ずと埋没の憂き目をみることだろう。おまけに少し猫背で、ぶ厚い紫のチャンチャンコに身を固める。頭にはグレーの羽飾りを一房差しこみハンチングをのせる。それよりも何よりも驚くのは、フィドルをかき鳴らす若い男の顔立ちで、彼のみならずハヤブサの席からうかがえる限りの少年少女の頭がオオカミでできていること、それも平べったい仮面遊戯の夜伽《よとぎ》ではなく、ひとつひとつの頭がそれぞれ独自にオオカミを誂《あつら》えることである。とんだ試練を前にハヤブサは声も上げず、さりとて沈黙に優位をもたらすのでもなく、歌に耳を傾けた。

〽

糸目糸筋光沢さまと
三者揃えて糸となる
糸に引かれて見る行く末の
森のおのとに耳をすませば
村の旦那が横槍入れる
早く目を出せ今しも出せよと
明かぬ目の内いつ明かせましょうか
機屋奉公さすような親は
オニかケモノのよこしまに
まさるもおとらぬ子のかたき

歌い終えるやカメ老人は体ごと振り向き、カウンターの方を見やる。のぞく表情はオオカミにあらず、「カメ老人」と呼ばれるに値する。〈非横〉さんから促されるまでもなく、羽織るチャンチャンコを亀の甲羅にも見せかけながら、カウンターの中に入ってくる。ニッカボッカのような厚みにふくらみもあるズボンの下には、カタン、カタン、と踏みしめる、木靴か何かを隠し持ちながら。

「サイノメとは義賊か、それとも殺人機械か？」

ハヤブサをいざなった少年のこんな自問にも折り重ね、カメ老人からの響きが持ち上がる。

「これよりそのサイノメの定例会議が開かれるんで、お若いの……今宵は、ちぃとばかり深刻さの度合いがいつもとは違ってる。こちらからお誘い、あるいはお呼び立てなどしたのかもしれないが、ここいらで即刻ご退出いただけますかな」

「お若いの」とはどうみてもハヤブサに向けられたものらしい。

「今宵、お勘定はいただきません。気が向いたら、さっきの作法でまたご来店下さいな」

微笑みをくれる〈非横〉さんの顔立ちも、今では抜き差しならない一匹オオカミ、金狼のそれそのものだった。サイノメをめぐる二者択一の自問のあと、傍らの少年はハヤブサの出てきたカワヤの扉に向き合った。こちらも背後には、しなやかにして練達なるケモノの尻尾を垂らしている。こうして居並ぶ一帯の、雌雄多彩な若きオオカミ眼《まなこ》、オオカミ面《おもて》の只中に、カメの老爺と一羽のハヤブサが立ちつくす。ひろげる翼もなければ、カメからの命《めい》に従うよりほかに残された道がなかった。出入口のドアノブに手をかける二本足のハヤブサ、その背中めがけてカメ老人から今宵打ち止めのアドバイスが飛ぶ。

「そうだ、お若いの、ここは初めてだろうが、帰り方を言っといてあげるよ。いいかい、コヤツとともにお出でなすった、元の経路を戻っちゃいけない。出たら右手に進んで、さらに先を行って、まぁ半時間もすれば、必ずアンタのよく知ってるところに出るよ。そこからお宅まではもう、ほんのひと息だ」

「お気をつけて」

バタン、バタン、バターンと、後ろで何度も扉の閉まる音がする。それとともに機織りの音はいずこへなりか格納された。カメ老人からのお達しにあえてさからうつもりもないのだが、ハヤブサは夜風に揺らめく手と顔を洗おうかと、月明かりを頼りに左手へ舞い戻り、かがみの社に向かった。鳥居をくぐり石段を下ると、祀られた鏡の中に一匹のオオカミの面《おもて》が映っている。ハヤブサは鳥であることも忘れ、何度も執拗に手洗い顔洗いをくりかえす。鏡にも浄めの水を浴びせたが、オオカミ像はたじろぐところなく、雫の向こうから同意を求め、事実に訴える。あなたよりほかに映しとられた現物はないのだと。

叫びを上げることもできないがまま、カメ老人からの助言だけは守りぬき帰途についた。

家路を急いだ。

「ハヤブサか、それともオオカミか」

誰にも会わないことを切に祈りながら。

かつての秋を存分に悩ませた病としての「透明人間」、発症は「対自性」に限られた。他人《ひと》には気取られない。自分のまなざしからその肉体が消える。私が私から姿を暗ました。どこにも私が私に見えない。それから次の段階として、今度は鏡像の有無が問われた。果たして私は、鏡に映るのか、姿が私に見えるのか……直に見えなくなってからもしばらくは鏡に映ったが、秋の深まりとともに消失にいたる。病の段取りとして、鏡像の喪失は最後までとっておかれた。

ところがこの冬はちがう。逆手をとられている。オオカミとしての自分の姿はまず鏡の像として伝えられた。彼のオオカミは夜更けの社に祀られたカガミに映しとられる。それがあの「透明人間」のような「対自性」に限られるかどうかも極めて疑わしい。彼を路地へ誘い込んだオオカミ少年は、はじめからオオカミ呼ばわりしてきたし、スナックウルフには一匹のカメを除いて、若きオオカミたちの熱気に満ちあふれていた。思えば「透明人間」というのは徹底して孤独の病だった。同病の集いに足を運んだことなど一度もない。対してこちらは、病とすることへの異論は予想されるが、オオカミ症候群は群れなし、都市の一翼を形成した。

あの夜、ハヤブサは誰にも出会わず、寝静まった家族にも顔を合わさず床に就くことができた。適度な酔いも手伝い、思いのほか心地良くおだやかな眠りへ導かれた。表沙汰になるまでもなく、秘められた悪夢の類いが一度限りのオオカミの鏡像と中和する。そののちしばらく、自分のものとしても他人様《ひと》のものとしても、オオカミは姿を見せなくなった。手足はヒト以外の何ものでもなかったし、飛びきりの尻尾だって垂れ下がる気配がない。翌朝目覚めて、いつものように洗面所に出てみると、鏡の中には普段と変わるところのないハヤブサが一羽、ヒト待ち顔に翼を広げた。

それでも前夜の出来事がまるっきりの夢であるとも思われなかった。最初にまみえたオオカミ少年との長きにわたる踏破の細道、機織りの渦巻く響きも操るヤイト婆さん、カガミの社を経てたどりついたスナックウルフと〈非横〉のママ娘、群れ集うオオカミ少年、オオカミ少女、カメの老爺に〈サイノメ〉、そこでもくりかえされる機織りの唄、唄、何よりもハヤブサの手元には「物証」があった。上着の内ポケットの奥底には、〈非横〉から差し出された小さな桃色の名刺が一枚のこされていた。

それを見たハヤブサには再訪の意欲さえ培われたし、帰り際のカガミの社で目にした正体不明ともいうべき「異物」をのぞいて、何も忘れ去りたいとは思わなかった。のみならず「異物」もまた追憶に包まれて、やがては消失の憂き目をたどるように思われた。

それにハヤブサは、自分がオオカミであるかを問う以前に、〈サイノメ〉への「シンパ」にはとどまりえない、さらに豊饒なる欲望に目覚めた。そいつは年代世代を弁えることもなく体を衝き動かし、とめどない参画への願望となって時に満ちあふれる……待てよ、ひょっとすると、あの日の夜の「オオカミ」とは病にとどまるものではなかったのかもしれない。少なくともあのスナックウルフで私が目にした面々に宿っていたものは……病の徴候というよりも、度重なる機織りの響きとともにあの路地裏に立ちこめた、幽鬼か何ぞがのりうつっただけかもしれない。憑依する幽鬼の、あるいは幽霊の……

アー……いけない、いけない。

妙に根をつめて読んでくると、いつだってこんな流れだからな。

大学教員のハヤブサは時節柄、能力を上回る量の論文読みに急きたてられている。今日もすでに朝から卒業論文ばかりを立てつづけに七本、さすがに疲れを覚える。これからすぐ修士論文にとりかかろうというだけの根気が、熱意と地力が、いまの自分にはとんと見当たらない……そこで息抜きのための寄り道を企てる。備え付けの長い書棚にさしこまれたままのファイル、往復書簡〈スピノザ－メランコリア〉に手がのびる。久々に目を通そうとする。「幽霊」とやらをめぐって交わされる、言葉の数々へ。

スピノザからメランコリアへ

「敬愛する友よ、またすっかりご無沙汰をいたしましたね。あなたは今のところ、春ですか、夏ですか、それとも変わるところのない秋でしょうか。私はもうこのところ長らく冬の鍋底あたりに身を置いて、それも名高いウラン高原の一角を占める大陸の奥地、大陸の心臓部の極寒に身を委ねて、もくもくと渦を巻く想念の煙霧もよろしくこの筆を運んでいるのです。こんな木賃宿、屋根裏も同然の粗末な佇まいの仮の塒《ねぐら》にも、晴れた昼間には天井の小窓から冬日が射し込んで気持ちを温めてくれます。そこから顔を出せば遠くにはおそらくぼんやりと、冥界の湖水を意味するプルトー海（冥海）を望むこともできるのでしょう。

それでもこの辺りの越冬に欠かすことのできない、全館の暖房だけは何とか行き届いてくれて、指先が凍え、どうにもならないような辛さに見舞われることもありません。ただし賄い付きではないので、やむなく夜も外食に出るのですが、いちばん近くの食堂でもここから一キロはあるので、いくら温まるものを食べたとしても帰り道の寒さは本当に応えます。そこで必ず外套のポケットには、とびきり強いコーリャンのスピリッツを小瓶で突っ込んでいくのですが、酔いにも見放されたまま、胃の腑と頭の付け根あたりでほんの一時、寒さが凌げるばかりです。もっとも本気で酔っ払った暁には、凍土《ツンドラ》の道端に投げ出されて命日の朝を迎えるばかりでしょうね、クワバラ、クワバラ……

見たところここは、ほんのささやかな工業都市です。ささやかな、とは言っても、その濃縮されたじつに密度の高い産業空間があたかも臨界直前をさ迷うばかりの危険な経済利便性を伴い、今日も、そして明日も、至るところ鉛色をした金属板によって仕切られていくのです。それにしても、どうして私がこんなところに来ているかというと、いつもながらあてどない放浪の一通過点と言ってしまえばそれまでですが、じつは生活の糧とともに束の間の安らぎを求め、この地に暮す同族の遠縁の者を頼ってたどりついたのです。かれらとはもう十数年、いや二十年近くも会ってはいなかったのですが、クニを出てからも互いに信義を尊び、ずっと連絡を欠かすことのない間柄を守り、また向こうからも困窮の折にはいつでも頼ってくるようにと声をかけてくれた人びとなのです……どうか誤解なさらないように。一方的に施しを受けたくて足を運んだのではないのです。かれらの暮らしぶりについては不明な部分も多かったのですが、この工業都市で私にもできそうな仕事があれば何とか紹介を受けて、一定の期間、腹を据えてとどまろうかと思い定めてのり込んできました……ところが、嗚呼、何と迂闊なことか！　この町に入る直前に、盗まれたわけでもなく、連絡先のメモ書きをなくしてしまったのです。暗澹たる心持ちで私は駅に降り立ちました。それでもとにかく疎《うろ》覚えの住所を手がかりに近くまで行ってみようかと、駅前のバスターミナルに向かいました。ヤブニラミ、と名乗る男に私が出会ったのは、そこで工業団地行きのバスが来るのをぽつねんと待っている時でした。

お目当てのバスは行ったばかりで、縁者宅の最寄りに向かうのかどうかも定かならずという体たらくでしたが、運行は朝の六時台から二三時台まで、平日週末を問わず一時間に一本のペースです。利用者としてはもう待つしかありません。バスターミナルはさすがに野晒しでもなく、コースに沿ってそれぞれに暖房の入った待合室も整えられたので、早速私は一角に腰を下ろし、書きものでもして時を費やすことにしました。

辺りには、椅子の背凭れも含め、色々の宣伝文句がイラストとともに鏤《ちりば》められていますが、絵柄の中になぜか人影は見当たりません。ですからね、いつしか私は蛞蝓《なめくじ》でも見るように、ひとつひとつ視線を変えて読み漁り、合間合間に手元の筆を運びます。すると十分ほどして、銀色のぶ厚いアタッシユケースを提げた男が同じブースに入ってきました。中は彼と私の二人きりです。男は黒ずくめ上下の防寒服に、足元も黒のブーツで固めています。季節を問わず夜の闇には紛れても、雪の中では大いに目立つのかもしれません。でもその分だけ、銀のカバンは空も晴れ渡るほど、白昼見事に溶け込むのでしょう。茶色のハンチング帽を深々と頭に被せておりました。木目の細かいチェックの紋様がいまも軋みます……

男は入口の辺りに立ったまま、発車時刻の一覧を見上げます。そして、左手首の腕時計と照らし合わせようとして頭を垂れるや、すぐに舌打ちをひとつくれました。時計はあるのだから、おそらく止まっていたか何かでしょう。少しためらったのち、こちらに向き直った男が尋ねてきます。「すいません。いま何時でしょうか」ヤブニラミの顔立ちが初めてハンチングの下からのぞきます。「時計が動いてなくて」そうですか。私は手元の時刻を読みとると、ありのままを厳かに伝えました。「どうも」工業団地行きですか。「ええ、そう」まだ五十分ほどありますよ。男は杓子定規なため息で応じました。それから、すぐに一列おいて同じ並びの椅子に腰を下ろすと、あてもなくさらに尋ねてきました。

「どちらへ行かれますか。あなたも工業団地?」

ええ、まあ……そんなところです。

「こちらにお住まいで?」

ええ、まあ……でもその前に、親戚縁者を訪ねます。というか捜します。

「ご住所は?　はっきりしないんですか」

ええ、まあ……というか、一通りわかってたんですが、なくしましてね、肝心のメモ書きを。

「アラアラ、そんなのビジネスじゃ駄目出しだな……ちゃんと捜しましたか。何か一部でもご記憶では？」

ハイ、確か、ここの都市名のあとに、ユウヒ（Yuuhi）、とか……

「ユウヒ？……フーン……どこだろう」

ご存じないですか。

「いやいや、私もね、もともとここの者じゃないんで」

男は顔にも一時《いっとき》の憂いを含ませてくる。銀のアタッシュケースは膝の上から片時も離さない。太腿を通してぶ厚くも重みが伸し掛かる。

「ここの工業団地の一角から全国各地、いや、大陸の各地を渡り歩き、往き来するばかりでしてね」

セールスですか、とここからは私が尋ねます。

「まあね」

今日も？

「いえ……この三日間は父の葬儀で、久方ぶりに生まれ故郷に帰っとりました」

それはそれは……さすがに私も、ここで出身を尋ねることは控えました……ご愁傷さまです。

「どうも……少し近づいてもいいですか」

ヤブニラミは、私からの認可を得るも得ないもないうちに、早々とすぐ隣りの列に引っ越してきました。だからと言って、こちらも別段不快な思いは募りません。

おいくつでしたか、お父さん……

「ハイ、九〇と五でした……まあ年齢だけをみれば天寿を全うです……でも九〇を過ぎてからは、物の形もわからないくらいに耄碌が進んで、ここ二、三年はほぼ寝たきりでした。ずっと、年の離れた妹ひとりに世話を押し付けたのが、申し訳なくてね」

妹さんは、ずっと生まれ故郷に？

「ええ、そう……独身で、長らく父と二人暮らしでした。パート勤めで食いつなぎ、父の受け取る年金も微々たるもんで、私としてはますますここでがんばって、どうにか月々の仕送りをするのが関の山ですわ」

男は初めてここでハンチングを脱ぎ去った。決して豊かとは言えない、白髪まじりの金髪が短く刈り上げ刈り込まれている。

「だけどその父がね、それもまだ私が生まれる前の青年時代の父がね、旅立つ、ちょうど前の日の夜、夢の中に訪ねてきたんですよ」

男がやおら父親の夢に触れ始める。とその刹那、まったくそんな時に限って私の眼底には、あのユウヒという地名らしきものの断片が何やら淫靡な色合いさえ滲ませながら、改めて漂い往き交うのでした。

「夢の中で父親はね、いまの私そっくりの防寒着をまとい、何もない広い雪原に姿をみせると、はじめ手ぶらのはずの彼がどこからともなく、いや、ひょっとしたら、彼の織りなす思惑の醒めた矛先あたりから、不意に、これまた私のものと瓜二つのアタッシュケースを取り出した……首から黒い靴ひもか何かでぶら下げた鉄鍵を差し込み、素早く開きます。中にはぎっしりと鉛、もしくは劣化ウランの銃弾がこれ見よがしに詰め込まれている。すべて父の手作りであることは言わずもがなです……夢の中の父は私に何も伝えません。私もまた父に何も尋ねません。目を閉じてただ見つめていくと、父はそれらの銃弾ひとつひとつに異なる色彩を指先で塗り込めていく……ですから絵筆も絵の具も見当たらず、私にも色の違いをしかと見定めるだけの視野や力能がなく、つまるところ色彩は描き手である父親の体内から分泌されるようです……それからいくらもかかることなく、鮮やかに塗り終えた父が立ち上がり、はじめてこちらに向かってケースの中身を見せようとすると、そこには遠くから目にする限り、見慣れたひとりの王者の肖像が描かれていた……その矢先、色付きの弾丸はバラバラと途切れずに堕ちた。大きく退いて一段と遠くから見直すと、銀白の弾倉のアタッシュケースとは白衣をまとった父の本体にほかならず、それを片手にぶら下げて現われたもうひとつの本体ともども、おびただしい数の雨霰を伴い、若き父はもはや年老いるまでもなく、私の夢の中で崩れ落ちていったのですよ……Adieu!……」

私はすっかり両の目ぶたを閉ざした。「ユウヒ」からの印象もいつしか遠のきましてね、代わって朝日のような物体の輝きが凍えた脳裏を至るところ刺し貫きました。

「Adieu……アレ、どうされましたか……目を開けて下さい」

まぶしい夢ですね……

「ハハハ……そうですか……今から考えると、あれはもう、ですから夢の中に見たものはもう、〈亡霊〉だったのかもしれないないな」

でも、それはお父様が亡くなられる前夜、まだ辛うじてご生前に見られた夢なんでしょう?

「私はね、見知らぬお方、ご先祖さま……こう見えても〈原子力人間〉の端くれですから……」

(それにしてもどうしてこの私が「ご先祖さま」なのでしょうか、メランコリア)

「ホラ、こうやって身内の弔いのときも業務用のシルバーケースには、濃縮ウランを必要分収めて肌身離さず持ち歩いている。腕の疲れも痺れも何のその、放射能漏れも一切かまわず、周囲には何事も漏らさず、そんな稼業を長年続けてきますとね、人口に膾炙するのとはおよそ異なる意味合いで幽霊、といいますか、霊的存在についても改めて信じられるようになってくる。職業病の一種だと言われればそれまでだけれど、たとえばウラン、ネプツニウム、プルトニウムといずれにしても私にとっては、放射性の元素という前に、まずは由々しき霊体なのです。それも何ものかの「死後」が前提にされるような事柄ではありません。はじめから、生前もなければ没後もない。来たるべき冥海の底へと沈みながら、放射能がくり出す限りもない虚無を埋めつくすべきもの、それと同時に発生の根源にも絶えず求められるべきもの。そうやってこの宇宙の美と完全性を保持するものにして、創造者のアリバイ証明にだって多大なる貢献を惜しまないもの。私ら〈原子力人間〉には読み取られても、霊体それ自体は人格的なものからかけはなれている。ゆえに男もなければ女もない。臨界に達し、再処理もいとわない。劣化をとげ、濃縮し、分裂する、霊の中の霊。そんなユウレイがいまこうやって、あなたと私という一時的な人格になりすまして偽りの対面をとげる……」

ヤブニラミはここで何を思ったのか、アタッシュケースのキー番号を手早く合わせはじめたのです。「そうだ、あなたにもいいものをお見せしましょう」と呟きながら。私の耳には彼の発した「濃縮ウラン」という言葉が焼き付き、末長く埋め込まれたので、内心は凍てつき、外身は恐怖に縛られ動けなくなりましたよ……

オヤ、めずらしいナ。誰か上がって来ましたよ、こんな屋根裏に。ご主人かな。でも清掃にシーツの交換は頼んでいないので。

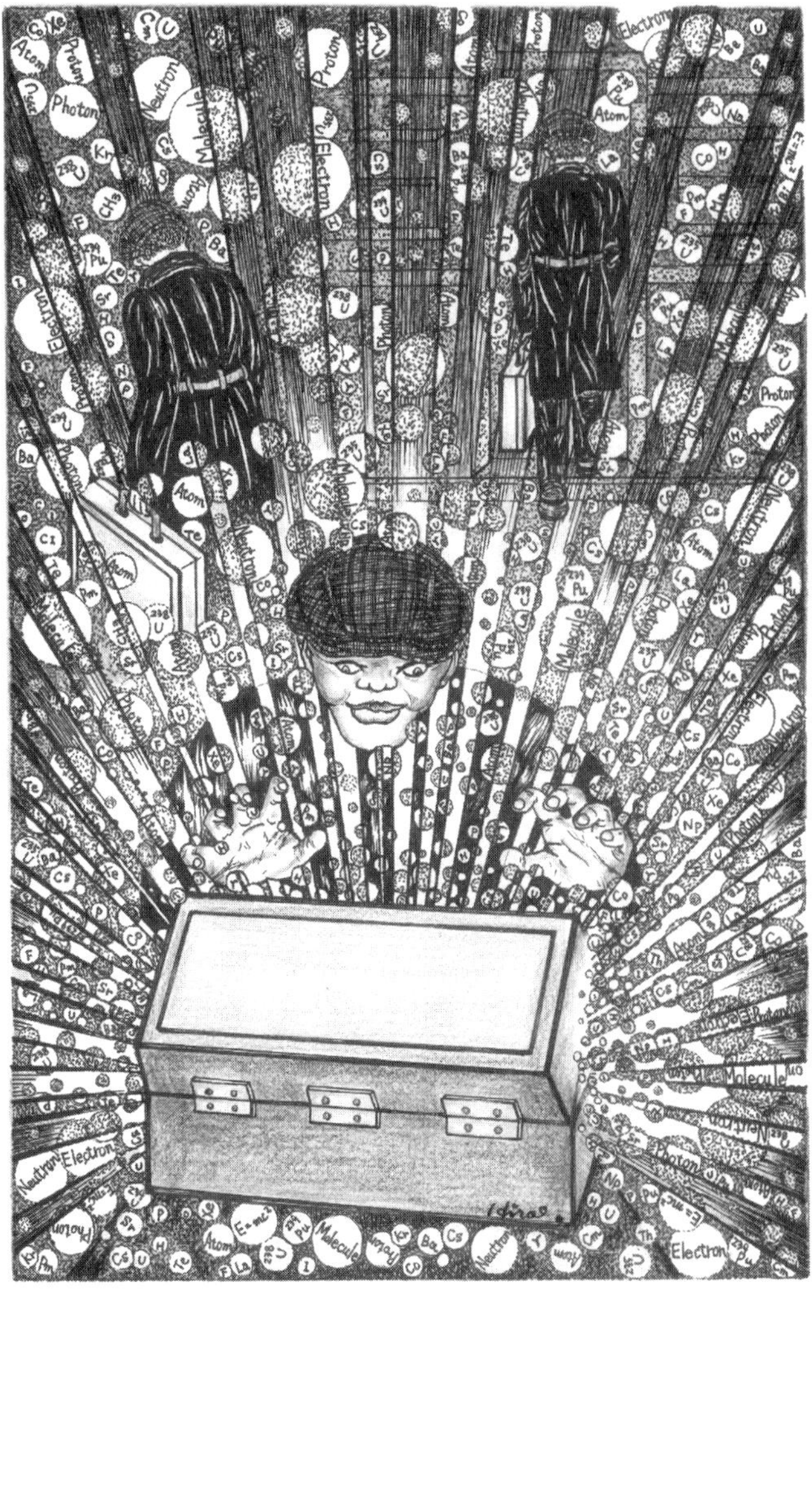
Atom
Proton
Photon
Neutron
Molecule
Electron
Xe
Cs
U
Kr
Ba
Sr
Te
Pu
Np
La
Co
E=mc²

本日はとりあえずここまでにいたしましょうか。必ずやこの追筆、疾《と》く差し上げます。それまでどうかお元気で」

このスピノザからの一通目の書簡に対するメランコリアからの返信は、日も置かず届いたものとみられる。入手した手元のファイルではページを改めることなく、続けて重ねて、台紙にホッチキスでつなぎとめられた。欄外には明らかに第三者の筆跡で、こんな書き込みものこされる。

幽霊……それも遊霊にして、ときに
夕霊……及ばずながら誘霊、何かと
憂霊、何よりも優霊にして雄霊？
……ユウレイ……

メランコリアからスピノザへ

「〈原子力人間〉をめぐる先のお手紙拝読しました。それにしてもスピノザ、あなたは相変わらずユウラシヤの奥地をさ迷っているのですね。いえ、奥地をさ迷っているだなんて、私も他人《ひと》様のことは言えません。なるほどあなたからは遠く離れ、大海原を間近に感じながらも、やはり心象の僻地たる、ここメランコリアにとどまっているのですから。塗り込められた度重なる思いが晴れることはありません。雲におおわれた思想家としてのあなたが、またそこにささやかな朝ぼらけの一枚を積み残してくれました。

思えばユウレイなんてめくればめくるほど、ますます見えなくなるものなのに、どうしてあなたには盾突くのかしらね。あなたのほうから誘い出しているのではないことぐらい、私も心得ているつもりですけど……だって、あなたがユウレイに関して手紙に書かれるのは、確か、これが二度目ですから。最初は、とある執政官からユウレイをめぐる書簡を送りつけられ、あなたはそれに対して、私からみると歯がゆくもなるくらい誠実に対応して、全部で三通ずつのやりとりが続いた。そしてこの度は、手紙のお相手はこの私が務めるんですが、きっかけは工業都市のバスターミナルで出くわした、濃縮ウランのセールスマンだとか。

ただ、前回と比べると、こと女性をめぐる論点から明確な分岐が生じてみえる。どういうことか、あえて私からまとめてさしあげると、前回の執政官は、自分がユウレイの存在を信じる理由を以下の四点にわたって示したのち、こんなふうに切り出すのでした。

——私がユウレイの存在を信じる理由——

1、宇宙の美と完全性のために、それは必要である。

2、物体的な被造物より、なおのことそれは創造者自身に似ており、そういうものを創造者が作ったことは十分に想定される。

3、霊魂なき物体が存在するのであれば、物体なき霊魂も存在すべきである。

4、我々と星々との間にある無限の空間は空虚なものではなく、したがって幽幻な区域として霊的な住人によって充たされている。

そこにはあらゆる種類の霊が存在するのだが、女性の霊だけは存在しない……

執政官のオジさまは最後の点に関して理由を明言しないのですが、これをめぐってあなたは返信の中で鋭くも指摘していた。すなわち、女性の霊の存在だけを疑うことは、神を男性とみなして女性とはみない、あるいは一方的に排除する俗説と軌を一にするものであると。すると相手は次の書簡の中で、こんな理由づけ、ないし釈明に明け暮れるのです。

「私が女性の幽霊は存在しないと思うと申しましたのは、幽霊の間には子を生むということがないと考えるからです」

あなたはいまこれについてどのように考えるのでしょうか。もっともあなたはユウレイの存在そのものを否定しているのですがね。確かに、子どもを出産するのは女性です。では、妊娠から出産に至る全プロセスに男性は全く関与しないのでしょうか。そもそも子どもを設けるという営み自体がない場合、両性の存在意義が希薄になることは考えられるとしても、どうして女性だけが一方的に存在理由を奪われなければならないのでしょうか。要するに、女は子作りのためにのみ存在し、対して男にだけはそれ以外の存在価値もさまざま認められるということですね。さらに突っ込んで言えば、その中にあってごくささやかな一領域を占めるのが、女性を妊娠に至らしめるあの気晴らしである、と。その観点からいまあえて見直せば、男性の性器だけが所有者の思いのままに極大化も極小化もとげるのに対し、女性の性器だけはひたすらに極大化を求められ、同時に女性はその性器へと限定される。

エロスとは、かくも一方的な所作以外の何ものでもないかのごとくに……
それに比べると今度のヤブニラミ、その濃縮ウランのセールスマンとやらが唱えるユウレイには、したたかな死の影にも包まれた心地のよさが伴っている。そこには男女もなく、霊的な住人であるとか、創造者のレプリカといった人格性も軒並み奪われ、漏れ出す放射能の只中にあって細分化され、同時に全体化もされていくのですから。
ねえ、スピノザ、アタッシュケースの中には実際のところ、何が詰まっていたのですか。言葉通りのウラニウム？　それとも放射性のユウレイ体？　それら物心両面をつなぎ合わせて確証するための新たな核分裂反応？

私もこの冥界の彼方メランコリアから、つとめて注意深く、事の成り行きを見守ってまいります」

スピノザからの二通目は、日付によるとこのメランコリアからの返信を受け取ったあとで送られている。ハヤブサの手元にあるファイルでは、一回目のやりとりから、白紙の一枚を挟んでその直後のページに見える。それにしても一通目の末尾で触れられた予想外の訪問者とは誰であったのか。これについても、第二便の冒頭にそつなく描かれる……

スピノザからメランコリアへ
「あれからもうひと月近くが経とうとしています。まだまだ冬は立ち去らず、それどころか一昨日あたりからはかなりの雪模様で、小さな天窓などはすっかりおおわれてしまい、昼間も電灯なくしてはたちまち時を忘れ、手元に寂寥《せきりよう》の薄暮が迫ります。ありふれた佇まいのもうひとつの窓辺も下から半分くらいは積雪で、氷結のプルトー海（冥海）など望むべくもないのです。

ともあれメランコリア、早々のご返信恐縮です。正直申し上げるとね、こんなに早く、それもこの現住所に送ってこられるとは思ってもいなかったので（いつもの局留めでも確実に受け取れます）、前便の続きを書き終えて、まさに送ろうとする矢先に届きました。

部屋まで配達してくれたのは、郵便局員ではありません。宿の主人だったのです。前便の末尾でも誰かがこの屋根裏に上がってくるのをお伝えしたかと思います。あちらも同じオーナーです、半ば予想通りと言うか……彼ぐらいしかありえませんからね……そのときご主人は二つの住所氏名を記したメモを見せてくれました。名前のほうはいずれも私の遠縁に当たる者と同姓にして同名でした。ご親切にも彼は、受付の時に私が洩らした名前を手がかりに、該当しそうな二つの世帯を捜し出してくれたのです。たぶん私の「兄弟」らしいということで、住所もさほど離れていないとか……思わず目に涙さえ浮かべて、彼のことを抱きしめました。彼はさすがに面食らいながらも、喜んでいただけるのは何よりだが、まだそれと決まったわけじゃない。すぐに当たられるのなら、と地図まで用意してくれましたが、私も自前の地図くらいは持参したので、二つの住所を書き込み、昼食を摂りがてら出かけました。

そこから直通のバスはなく、また駅のターミナルへ戻り、そこで乗り換えて十分ばかり、降り立ったのはいかにも工業団地という佇まいの一角でしたよ。二人のうち弟の住まいのほうがバス停にはほど近いので、まずはそちらを訪ねてみるとたどり着いたのは印刷所で、五十がらみの小男の経営者が何かのチケットの印刷に精出しておりました。挨拶を送りますと、仕事の手も休めずに一瞬怪訝な表情を浮かべたものの、すぐに私からの連絡のことを思い出し、何をしてたんだ、遅かったじゃないかと笑みを返します。それで正直なところを伝えると、何といってもまずはその宿の主人に感謝しないといけない、などと当然の釘を刺しながら、やはり脇目もふらずに印刷だけは続けるのです。この辺りにはめったに来ないオペラの公演とまたひとつ別のオーケストラと、人気のある流行歌手のコンサートが相ついでさ、あと一時間ばかり待ってくれ、とにかくコイツを上げたら、すぐに兄貴のところへ行こう……

その兄は中肉中背で、どちらかというと弟よりも若く見えました。住まいはさらに二つ先のバス停近く、丘陵地帯のど真ん中です。そこからはどういうわけかあの天窓の宿よりももっと近くにプルトー海を望むこともできました。私が辛うじて記憶にとどめていたあの「ユウヒ（Yuuhi）」というのはこの丘の名まえらしく、だけど一帯の住所表記にはその破片《かけら》も見出せません。兄が営むのはＩＴ関連の下請け企業とかで、ソフト開発のプロジェクトも同じ系列の数社と共同で進めているとのこと。それじゃ私なんかお呼びじゃないかと半ばへし折れながらも、その夜は兄貴の家で弟ともども暖炉を囲んで二つの家族が集い、遠来の孤独な縁者のために再会を祝して歓迎会を開いてくれました。ラムの煮込みがことのほか美味であった……それから私は宿を引き払い、兄の家でちょうど一週間世話になり、そのあと弟の印刷所に移ってさらに一週間余り。兄のところでは仕事のことは全く切り出せず、それればかりか彼の営む事業の実態についても、いればいるほどに摑まれなくなりましてね。

そんなわけで、弟のところに移ってから三日目にしてようやく仕事の打診をしました。でも、いつまでいてくれてもいいんだよ、やってもらう仕事なんか特になくても、と言うばかりです。それでは余りにも心苦しいからと伝えると、わかった、じゃ、少し考えとくからね、と言ったきりそののち何の音沙汰もありません。夫婦二人きりの所帯には少し余裕もあって、私は二階の一部屋をまるごと占領しています……景気が決して上向きとは思えないこの町で、外来者が新たに職を求めるなんて至難の技だということは、もうその時点でこの私にも十二分に呑み込めていました。いつまでいてくれても構わない、というその言葉のあと押しをする話者の思いに偽りがなかったとしても、やっぱりそろそろ行かないと、と思ったその矢先でした。あの宿の主人があなたからの手紙を持って訪ねてきたのです……昨日届きましてね、たぶんまだどちらかにいらっしゃるだろうと思いまして……と、度重なる彼からの親切にはあらためて感謝を捧げながら、私は受け取った手紙を自分自身にしっかりとけじめを付けさせるための格好の仕掛けにも用いさせていただきました……じつは、急な連絡が入って、すぐにもこの地を離れなければならない。本当にお世話になりました。どうか、お兄さんにもよろしくお伝え下さい……とね。

さてさて、いただいた書簡の中でメランコリア、あなたが述べられたこと、至極ごもっともです。それにしても、もう何世紀も前の遣り取りについてよく記憶にとどめてくださいました。まずはそのことに感謝を申し上げなければなりません。たしかにあの御仁、執政官……彼は生まれ故郷の町の秘書官から、のちに法律顧問を務めましたが、その幽霊観について、正直申し上げると私にはかなり耐えがたいものがありました。あなたもご承知の通り、そもそも私自身はそのような霊的存在は認めない立場ですが、だからといってそれを信奉し、考察の前提にする立場を端から排除してかかるつもりはないのです。むしろそれはそれとして受けとめた上で、じっくりと論議を交わし、私の立場もより鮮明に提示しつつ、双方の考察を深めようというのが基本的なスタンスです……ではあるのですが、あの、女の幽霊はいないと思われる、なぜなら、幽霊は子どもを産まないから、には辟易しました。そう、おっしゃる通りです。子どもを産まないのだから、女は要らない。翻っていえば、女というものは子どもを産むためにのみ存在する……全くありえない捉え方です。女性にはそれ以外にもさまざまな存在理由があるのですから。にもかかわらず、女性の存在理由は妊娠と出産のみにあり、という理屈を掲げて何ら怪しむところのないあの男の尊大に傲慢……何世紀も前のやりとりとはいえ……でも……、現在はどうなのでしょうか……（中断）

（ここからは、あなたの手紙が届く前に書き終えた部分で、前便からの直続ともいうべき展開です）
ヤブニラミが唱える、およそ人格的な通念からはかけ離れた幽霊、それゆえに男も女もない霊体、あわよくば中性子にでも基礎づけられた、〈原子力人間〉が醸成する霊会（あるいは霊界）の夜、それがあのバスターミナルの一角で、今やひとかどの白日のもとに晒されようとしていたのです。

　気が付くと男は膝の上のケースに両手をかけていた。二本の親指をそれぞれ上下に運んでいた。私はそのとき飛びのくこともできないがまま、あえなく釘づけにされた。キー番号の合致、跳ね返るアタッシュケースの止め金の音が、パチン、またパチンと、目には見えない怒りの杭を相ついで、口ごもる私の脇の下から心臓部めがけてひと息に貫き通した。イタイ、という言葉もすぐには見当たらない。たちまち、失意の笑みがこぼれるように、私からではなく、男の膝の上のケースに現われた透き間から、何のゆらめきもない、にこやかなばかりの明るみが流れ出した。こうなるとバスはどこにも近づきようがなくなる。さらに透き間がひらくと、瞬時に核分裂をくりかえすようなあの閃光ではなく、もっとのどかな、夕映えを思わせるばかりの濃密な朱色の光の束が燃え広がった。開かれたケースの角度がほぼ四五度に固定されると、同じ光線はヤブニラミその人の臍の辺りから顎の下までをアカアカと照らし出した。私自身が直接その燃焼に晒されるという究極の憂き目は見なかったものの、それなりの力を秘めて温存した二次光線は一つのブースを楽々とふみこえ、果てはバスセンター全ての冬枯れた地肌をゆるく紅潮させて止まなかった。

ヤブニラミは、ケースに予め収納された怪しげな起爆装置の端末を巧みに操りながら、彼にとってはごく身近な素粒子の家族一人ひとりに呼びかけていく。光子、陽子、はたまた原子と……呼びかけはどこまでも一方的で、少なくとも私の耳には何の応答も届かなかった。家族は女系、それも血縁をこえた広がりを見せる。年頃の娘たちばかりが思い通りの融合を果たし、それでいてパブロ・ピカソの出世作を思わせる、形あるものの優美な断裂をものの見事に描き出す。そこでは素粒子よりはるかにマクロなものまで、素粒子本来のミクロコスモスとその掟に対し、歯向うどころかいち早く服従を誓うしかなかった。その時である。あらためて満を持して男が、〈原子力人間〉が呼びかけた。

「光子（Photon）、一人目は光子」と、アタッシュケースの中では右手の指が何かのボタンを向こうへ撥ねる。

「オマエがいくら輝いたとしても、目が眩むところまではとても行かないからナ、Photon……」

すぐにヤブニラミが同じボタンを手前に戻す。

「陽子（Proton）、二人目は陽子」

同じく突っ込んだ左手の指先で、別のボタンを手前へ撥ねる。

「脂肪ではなく、筋肉質の食事を摂りなさい。油を使うな。いいか、ナマモノも極力避けよ。とにかくオマエの炉心で温めれば十分だろ、Proton……」

左手のボタンはそのままに、男はすかさず次の動作へ移行する。

「三人目は原子（Atom）、どうやら腹違いの子どもだ」

右手が調節用のつまみか何かを右へ捻る。

「鉄腕」とさらに声をかけると一気に左へ捻り戻し、同時に左手のボタンはまた向こうへ撥ねた。

「Atom……」

摘まんだままの右手の指先をさらに回し左へ捻り切ると、たちまち鈍い震動音がして、男の右腕全体が所かまわず痙攣を繰り返す。およそ二、三秒でつまみを戻すと音も止み、ヤブニラミの痙攣も退く。

「四人目は、分子（Molecule）……お前は近親相姦の子」

右手を動かし、さらにまた別のボタンを、この時とばかり、がむしゃらに押し通す。それに伴い朱色の光景がやや勢いを増したようにも受け取れた。この状態が「最期」まで保たれる。

「Molecule……いくつもの源氏名が付けられて」とヤブニラミは、なおもアタッシュケースを載せたままの右足全体を上げて、付け根から爪先まで真っすぐ水平に突き出す。踵の辺りには、いかにも野犬専用のエサひと包みが清くぶら下がって見える。おまけにケースの中からは、主をなくしたばかりの番犬のような鈍くて切ない唸りが轟いた。

「五人目は、そうなると、電子（Electron）だ、電子」などと、男の口元だけがあわただしく絶叫をくり返した。

それに応えて左足も同じく突き出され、踝にはメスネコの好物が、薄汚れ、ぶら下がり、腐敗する。ケースの中からは、番犬に代わって盛りのついたオスネコの喉鳴りが響く。こうなると左右のエサもお互いを牽制しながら、終りの見えないゲームの勝ち点を奪い合う……

　ここに至ってケースの中では、男の左右十本の指が動き出す。オルガンか何かの鍵盤を押さえるがごとく配置を変えるその都度、イヌの唸りもよみがえり、ネコの喉鳴らしともども豊かに音程を転じる。

「通称、Electron……」

　二度目の呼びかけに応じるがごとく、声に驚いたネズミの大群がよくもまあこんなにと言わしめるくらい次から次に、ほかならぬケースの中から飛び出してくる。辺りの床を埋め尽くすこともなく、バス停の冷え切った溝ぶたの透き間へ走り去る。

「そしてお待ちかねの、六人目が、中性子（Neutron）です……もっとも遣り甲斐のある娘ですよ……決して誰にも渡したくありません」

　ここでヤブニラミは当て所なく問いかけた。

「Neutron……この子の渾名は、みなさんご存知？　そう、nuclear fission、核分裂の、天使、仕掛け人、総元締め……」

　ネズミの逃散は一向にとどまるところを知らない。

「ウラン235に入り込んでは核分裂、そこを飛び出すとウラン238にも吸い取られて、ウラン239に転じてもまだ収まらず、ネプツニウム239、そこにまた潜り込むといよいよプルトニウム239……でもね、この子ったら、そこにもまた吸い取られて、辺りはまたまた核分裂……」

　こうして「核分裂」をくりかえし口ずさむと、〈原子力人間〉は突如としてケースを閉じ、すぐに左右の鍵をかけたのでした。それも右側は指を手前から向こうに、左側は向こうから手前に対照的な回転を描き出しながら。瞬く間に色付く光も見失われ、もはやいずこからも、いかなる物音も伝わりません。研ぎ澄まされ、狙い澄まされた静寂の一本槍です。ヤブニラミの意識は、自らが唱える一種の作業呪文、そこに並んだアルファベットの学名もしくは組織名によって酷く踏み付けにされたようにも窺えました。しばらくは、傍目から見てもはっきりとわかるばかりに両肩で息をしていたのですから。そんな呼吸の音もこちらには伝わりません。でもしばらくすると、男はケースを開く前と何も変わらない同じ姿勢を保ったまま、私の方には一瞥もくれることなく語り出したのでした。

「あのー、何の断りもなくいきなり作業にとりかかり、失礼いたしました……だけど、ご心配なく。いついかなる場合にも、放射能漏れだけはございませんので……私が今いくつかの信号を唱えながら、操作を続けていたのもですね、ほかならぬ安全装置の調整でして……それもかっきり、定時のです……ところがこの光というのだけは、どうにも始末が悪くて……光子がいかん、はじめに呼んだあの光子が……」

と、最後のところになって、ここだけは何かこう誰に言うともなく呟きながらも、ようやく男は私の方に顔を向けたのでした。するとどうでしょう。あの朱色の光にさらされた、彼自身の顎の下から首筋、胸元にかけて、さらにケースの中にさし込まれた両手のひらと十本の指、手首をへて両袖から肩口、胸のポケット辺りまでの衣服を含め、どれもが同じ焦げ茶に変色していたのです。それを見た私には、彼に捧げる当座の言葉として、何も見つけることができなかったのは言うまでもありません。それを察してかヤブニラミは間髪も入れず断りを入れたうえで、自ら問答も試みます。「ちょっとボク、駅の洗面所で洗ってきます……まだ時間、ありますでしょう」ええ「今夜の宿、お決まりですか」いいえ、まだ「そしたら、うちにお泊まりなさいよ。郷里《クニ》の土産もあるし……トイレから戻ったたらご一緒しましょう」彼は頭にまた深々と焦げ茶色のハンチングをかぶせました。私にはなおも返す言葉が見つからず、ただ力なく首を頷《うなず》かせると見せかけて、本当のところは項垂《うなだ》れていくばかりです。

しかし彼はもう二度と再び戻りませんでした。といいますか、最終的に戻ったのかどうかわからないのですが、それを確かめる前に私のほうが予定通り次のバスで出かけてしまったのです。それからあとは結局、メモもなければ遠い縁者の住まいなど見出されるわけもなく、また駅に戻り、案内所で今のこの宿の紹介を受けたという段取りです。そのあともヤブニラミとは出会うことがありません。

それにしても、皮膚や衣服のあの変色は駅の洗面所などで洗い落とせるようなものなんでしょうか。あのとき身近に接した印象ではとてもそのようには見えなかったんだけれども……あれが本当に彼の言うような定時の点検作業であったとしてもね……」

このあとは幾分長めに屋根裏部屋の窓からの眺めが綴られる。そこにハヤブサは自分の身を置く研究室の窓を重ね合わせてしまうのだが、いま自らが臨むのは、酷寒のプルトー海へと通じる書簡の眺望とは似ても似つかぬ、生ぬるい暖冬の枯木立ばかりだった。そこから書簡の締め括りへ一気に飛躍すると、この一文が望まれた。

「メランコリア、いつかあなたに出会ったら、あなたの祖国とやらをたずねてみたい」

手紙はそこで結ばれた。もしくは途切れていた。だが、そこへと至る文脈の確認は次の機会に譲るしかない。そろそろ本業に立ち戻らないと、勤務先のスケジュールに間に合わなくなる。何しろ机の上には先刻来、次なる論文、それも厚みを増した修士論文が鎮座する。一つ目のタイトルの一部にはこんな文言が含まれた。「アルブレヒト・デューラーの銅版画……メ、レ、ン、コ、リ、ア……」

ハヤブサにとってオオカミの鏡像は、あの夜、路地の祠か社で目にしたもの、その一度きりだった。それでも同じスナックウルフの夜以来、町に出るとしばしばオオカミの姿を見かけるようになった。ただし間近ではなく遠目に限られるが、相手も明確にこちらをオオカミと認知しているように思われてならなかった。その意味でかれらとハヤブサは、一種の鏡像的なオオカミ関係にあるとしても過言ではないのかもしれない。双方は遠くから、それぞれのオオカミ像を写し合い写し取りながらひそかに共有する。関係はすぐれて排他的で、ハヤブサを含むかれら以外には、介入はおろか認知の可能性すら与えようとしない。極秘の変わり身を演じるのは、スナックウルフで見かけたのと同色同臭の息吹きを解き放つ、少年少女たちであった。

たとえばコンビニの前や児童公園の片隅にたむろして、かれらはオオカミの面相をごくうつむきに見せながら、タバコやウィスキーの回しのみに打ち興じる。時にはその中の一人ないしは一頭がこちらに向かって、「オッチャン、だまっといてヤ、」とばかりに一瞬のウィンクを送って寄こす。そうかと思うと白昼堂々大通りの向こうでは、脇の甘いオヤジやオバハンの肩掛けバッグを素早く嚙みとると、すぐに別の一頭へ口移しにほおり投げ、さらに別の一頭が飛び出しくると尻尾に巻きとり瞬く間に姿を暗ます。そんなとき、決まって二頭目が大通りをこえて、こちらのハヤブサにまなざしを投げかける。その表情は純粋な驚きに満たされており、「何で、あんなとこに、オオカミが……」との狼狽《うろた》えを見せつける。それに追討ちでもかけるように事態も極まるのが、ほかでもない葬列の面々であった。町なかの葬儀会館の前を通りかかると、黒の喪服に身を固めた複数のオオカミが殊勝にも列をなしていることがある。参列者一同にすっかり溶け込んで、かれらは出棺の見送りをしている。ただし、手を合わせることはしない。その点が際立つと言えば確かに際立つ。それにどういう加減からか、誰かがハヤブサに目線をくれるということもない。それでも、オオカミ同士の相互認知の隠された刃が有無も言わせず突きつけられる。しかも葬祭に並び立つオオカミたちの年齢まで一時不詳となるのだった。

その一方、町ではそれぞれに奇怪な犬の死が取り沙汰されるようになっていた。それらは多少は問わず誰の目にもとまり、中には報道によって確認されるものも現われた。その最初の、少なくともいちばん初期に属する一件は、郊外の製缶工場の近辺で見つかった変死もしくは「犬死《けんし》」だろう。工場を取り囲む金属ネットのすぐ脇の路上で、平日の早朝、工場の制服に身を包んだ犬の死体が発見される。第一発見者は夜勤明けの工員だった。てっきり被害者は同僚だと思って駆けよったものの、身にまとわされただぶだぶの制服の襟元からはまだぬくもりのある犬の頭部が突き出し、だけど白い吐息は断ち切られていた。しかも騒ぎはこれにとどまらない。その数日後、全く別の工場の、やはり敷地を取り囲む金網に、今度は四肢の先端をそれぞれ網目に突っ込んで、ちょうどフェンスをよじのぼるようにして犬の亡骸が放置されていた。そいつは遠吠えでもするように、顔《かしら》を後ろへそらせている。しかも直前まで着ていたかに思われる工場の制服が一着、背後の路上に脱ぎ捨てられていた。

それから一週間後、所は転じ町なかの歓楽街の裏通りで、飼い犬とも野良犬ともつかぬ一匹の凍死体が見つかった。長袖シャツと手編みのセーターの重ね着を強いられて、かたわらにはまだ中身が残るウィスキーの小瓶まで転がっている。何か毒入りの液体でも含まされたのか、口の周りには赤味を帯びた吐瀉物がこびりついていた。靴は片方が脱げてどこにも見当たらず、剝き出しにされた靴下、足の裏のど真ん中には何かの救いを求めるようにぽっかりと穴まで空いていたという。さらに二日後、近距離通勤電車の駅のホームから、通過する快速電車に向かって中年の男が飛び込んだ。列車は急停車をするが間に合わず、すぐに全線にわたって運転が見合わされる。いわゆる「人身事故」ということで、駅員総出で車体の下に男の体を捜し求めるが、奇妙なことにどこにも見当たらない。飛び込みの目撃証言は複数得られたが、列車は間もなく発車して営業を順次再開する。そのあとの同じホームの線路上にも、やはり人体らしきものの影はない。ところがどこから侵入したものか、大きなシェパードのような犬が立ちはだかって、去りゆく列車に向かってさかんに吠え立てる。駅員がこぞってけしかけると、あわてる様子もなく瞬く間にいずこへともなく姿を消した。それから十二時間余りがたった同じ日の深夜、同じ路線の数キロ先で、線路上に横たわる別の犬の死体にベテランの保線係が出くわしている。

この日の謎に満ちた鉄道人身事故、失踪、犬の死と相前後して、徐々に「犬死《けんし》」は拡がりを見せ始めた。工場労働者や行路病死者に加えて、オフィス街の銀行員、市民病院近くの看護師、官庁街では高級官僚から私服の警察官を装うものまで現われた。こうした推移の背後には当然のことながら意図的な組織の介在が疑われ、何やら毳立《けばだ》った綻《ほころ》びとともに朧気ながらも見透かされるようになってきた。相次ぐ犬の死はそれぞれ異なる目論みを含みながら、一様にヒトの「犬死《いぬじに》」の擬態とも受け取られる。仮想の組織には〈犬死党《いぬじに》〉なる呼称ないしは蔑称が与えられたが、実像は何ら詳《つまび》らかではない。ただ一連の出来事が力量や裁量のうえで、単なる一個人の気まぐれを遥かに超え出た所業であること、それだけが確実だった。

まもなく〈犬死党〉なるこの俗称は「いわゆる」という枕詞を冠しながらも、公けの場に持ち出されていく。担い手はもっぱらマスメディアだが、契機となった出来事は「電子レンジ洗たく機事件」、略して「電たく事件」だった。その衝撃的な映像が鉄道人身事故の翌々日、インターネット上で確認される。任意で匿名の、動画投稿サイトなどと呼ばれる夢魔の隠れ家、いうならば物議の巣窟に、きわめて類似性の高い二点の「作品」が公開された。いずれも若い母親らしき女が一歳から二歳の、一方では女児を、他方では男児を抱き上げるところから始まるのだが、格別にあやす風でもない規則的な無表情のまま（と言っても顔はほとんど映らないのだが）自宅の台所に足を踏み入れていく。彼女が片手を冷蔵庫の後ろへのばすと、画面全体をゆるがすばかりの切り裂き音《ね》がほんの一瞬どよめき、天井から明かりが点る。すると女児のほうはすぐかたわらの電子レンジに、男児のほうは突き当たりのベランダ手前に置かれた全自動の洗濯機に投げ込まれて蓋がされる。そのまま女児は調理、男児は洗浄かと思いきや、カメラは寄せられ蓋のガラス越しに改めて窺われるのはヒトの子ではなくて、すでに子犬であった。女の指先が楽団の指揮でもつとめるように、動画という名の虚空に何ものかの似顔絵を描き出すと、そのまま機器の設定を整えスイッチを入れる。無音無臭の中で子犬は弾け、子犬は回る。とくに演目が知らされるわけでもなく、二、三秒で映像自らが泡を吹いて途絶えてしまう。リピートは何度でもできるが、先に進めることは誰にもかなわない。電子レンジ版の掲示者はこの町の名前を持ち出し、その「天使」を名乗る。対して洗濯機版のほうはこの町の「鑑定人」を名乗った。誰から見ても両者は、同一の人物であることが強く疑われる。

残虐であることと残酷であることが内容の一致を掲げながらも、決して交わることのない近似曲線を描き出す。いずれかの線上には天使が宿り、もう一方で鑑定人が目を光らせる。それでもまだこの時点では、映像におさめられた犯罪行為がはたして現実にこの町で行なわれたものかどうかはわからなかった。ところが数日後、町の各所に洗濯機と電子レンジ、それぞれの犬の静止画像がこれ見よがしに貼り出された。それも調理されたものの脇には天使が翼を休め、洗濯されたものの足元では鑑定人が眼鏡を磨いている。ここに至って「電たく事件」の実行者はこの町にいるらしいことが大っぴらに疑われるようになってくる。マスメディアも「いわゆる犬死党」と声をそろえて報じるようになった。それでいて映像の内容が具体的にいつ、どこで行なわれたかについての統一した見解は確立を見ない。警察に代表される公権力はといえば、「電たく事件」を捜査し立件する構えを見せるどころか、一行の声明も出さず、情報も流さない。かれらとしてはバーチャルな次元にのめり込む前に、先ずは身内の警察官に対して直接の牙を向けた「犬死」について、ひそかに内偵を進めるのみだろう。要するに「電たく事件」をめぐってはマスメディアが突出しているわけで、かれらとて思わぬ挟撃に対し底知れぬ恐怖を感じての振る舞いだろう。その挟み撃ちとは、日夜めまぐるしく自分たちをふみこえていくインターネットと、足元にも及ばないはずのアナクロ、アナログな小メディア（チラシ）の半ば意図的な内通をさしていた。

だが、いかなるメディアを通して眺めるとしても、一連の「犬死」が二つの磁場によって象られるのは明白だった。それに応じて実行者の目論みも鋭利な対照を余儀なくされ、「犬死党」も単一の組織とは見なし難くなってしまう。磁場のひとつは告発、犬死させられることについての告発であり、犬死せし者ではなく、犬死を強いる者に対する攻撃の意思表示である。もうひとつはその対極にある侮辱、犬死せし者に対する侮辱であり、犬死せしめよとの意思表示であり、犬死を強いる者への限りのない自己同一化であって、攻撃の矛先はただひたすらに眼下の死者とその予備軍に向けられている。

もっとも「電たく事件」の場合は、このいずれの極に属するのかいまひとつ判然としない。とくに掲示された動画でクライマックスの直前、ヒトの子を子犬にすりかえた作者の意図が読み切れない。そのうえ同じ子犬と思しき画像入りのポスターが町なかに掲示されたのでは、混迷の渦を巻き起こすばかりである。そんな渦中にあって、下手人とされる「犬死党」の目論みが余りにも赤裸々にみえてくる、新たな「犬死」が現実の路上に描き出された。

そこで犬が背負わされた像は〈サイノメ〉と同年代の学徒とみて間違いがない。冬休みが終わり二週間ばかりが過ぎた週明け、現場は郊外の高校に向かう通学路、地下鉄の最寄駅を出てすぐの電信柱のかたわらだった。いけにえにされた犬は雌雄は不明にされたものの、遺骸に着せられた制服はその高校の女子に特徴的なものだった。ひと目みてそこの生徒だとわかるし、ひいては高校全体のシンボルとも見なされた。そのうえ周辺からは好感をもって受け入れられるどころか、地域をこえて折り重なる違和感の淀みに投げ込まれ、突出する敵意悪意にもさらされてきた。丈の長いスカートを切られる、ひそかに汚水だのインクだのを引っかけられる、ラッシュの人ごみを利用して異物や落書きを貼りつける、などなど……だがしかし、本物の制服を着せられた犬の惨殺体が放置されるといった例はこれまで聞いたことがない。犬死せし者は小さく背中を折り曲げる。閉ざされた目蓋に物言わぬもうひとつのまなざしを見開いた。口も半ば開かれ、舌は慎ましく巻かれる。鼻の回りには凍えた断末魔の吐息がこびりつく。スカートの先からは足も尻尾も見失われた。こうして直接の被害者である犬からは、尻尾を巻いて逃げおおせる可能性も奪い去られ、近隣にはまたひとつ新たな違和感が積み重なる。高校には尽きせぬ憤怒が渦を巻いた。

ハヤブサはと言えば翼をなくしたまま、医師でもないのに、この新たな「犬死」一体の精密な切開手術に少しでも関われないものかと模索する。そして正解は得られなくても、せめて別解のためのヒントのようなものを、あのオオカミの連なりの中に求めようかと考えた。たちまちいけにえのスカートからは、夢魔のオオカミが二本の後脚と一本の尻尾を突き出した。そこには見覚えのある女子生徒の像が佇む。住所不定の名札には「非横」の二文字が浮かんだ。こうして同じ日の夜、ハヤブサが久々にスナックウルフに電話を入れると、耳元にはあの夜と同じ婦人の声が鮮やかによみがえった。

もしもし、聞こえますか、地の底ですよ。

「わかりますよ、お元気？　それにしても、翼をなくした地上の鳥が、今ではすっかり地の底ですか」

はい、で、そちらこそ、今宵はいずこに、ですか。

「私なら、海鳴りの波止場ですよ。密航の夜の、零番地にもあたる」

ということは、ひょっとして、船ですか。

「いいえ、波打つ倉庫のど真ん中です」

と、次の瞬間ハヤブサは、〈非横〉ご指定の港の倉庫の前に佇んでいた。浪おだやかな夜の海面には黒々と、置き物のような鳥影が点在する。彼女は倉庫と言ったが、佇まいはともかく、その内部からはとてもそれだけとは思われないような作動音が伝わる。天井まで届きそうな金属の巨大な引き戸は、トリ一羽の非力ではままならないのだが、よく見るとその一角には、ごくごく普通の開き戸がくりぬかれていた。ノブを回して押してみると抵抗もなく開かれ、内部からの喧騒たるやすぐに倍化、いや、それをはるかに上回る。

音源は一面に居並ぶ高速の自動織機だった。点検をして回るような工員さんの姿さえ見当たらない無人である。織られていく布地にどれひとつとして同じ柄のものはないのだが、何やらひとつひとつがどこかの国の旗のようにも見えてくる。しかも織るのではなく、どちらかというと裁断をしていくかのような反復音の渦にのみこまれながら真ん中の通路を進むと、スナックウルフは早くも初めの突き当たりに今宵の店を構える。工員か職制の待機室を思わせる、大きな館の中の慎ましい小屋掛けにすぎなかった。

　ビールケースも一升瓶も、店の前には何ひとつとして置かれているものがない。度重なる圧政か何かの動かぬ証拠を際立たせるかのように、見渡す限りきれいに折りたたまれた。その中で黒地に黄文字、縦書きで「スナックウルフ」の看板だけがやや傾き、扉の上の板壁に直に打ちつけられている。同じ扉の左右には横長のガラス窓があり、今宵は外からも店内がよく見える。変わらぬ騒音の中、ドアは軽々と押し開かれ、真正面には早くもママの〈非横〉がお出迎え、カウンター席がドアと平行に食指をのばす。

「いらっしゃい……すぐ、わかった？」

　ハイ、ハイ……客はまだひとりもいない。ハヤブサは最寄りの席について、この夜もアワモリのロックを所望する。割り氷はすでに準備され、すぐにダブルが注《つ》がれて二度三度とかき回された。

「どうぞ」

　小魚の干物が付けてある。単なる客とママとしての四方山話もポツリポツリと交わすが、鳴りやまぬ外からの喧騒に気圧されて、とてもとてもスムーズにはいかない。それでも未成年のママ〈非横〉の後ろ、居並ぶグラスやボトルの裏側で何人ものヒトが、いや、オオカミが集って「サイノメ」を交わしていることぐらいはすぐにわかった。

　会議？

「そう……この間の作戦の総括とか、事件の評価とか……」

作戦？

「そうよ……フフ……製缶工場の、二件目の犬死体……金網を勇ましくよじ上るヤツ……アレ、〈サイノメ〉なの……私はぜんぜん評価しないけど」

ハヤブサはあえて何も応えない。

「あと、お偉いさんとか、ビジネスのもね……」

じゃ、銀行員、看護師、公務員……私服の刑事も……

「全部じゃないんだよ……言っとくけど」

議論はそののちやや白熱の模様で、「そんなの、おかしい」とか、「バカ」なんて、半ば切り込み半ば往《い》なしの文句なども時折洩れ聞こえる。

「電たく事件」は？

「アレは、私たちじゃない……でもやったのはだれか、大体わかってる」

犬死党？

「さあ……でも、あそこも一枚岩じゃないから……でも、ついこないだの、女の子の制服の着せられたやつ……あの一件で、事態は変わったわ……今夜の議題は、何といってもそっち……」

カメさんは？

「来てるよ……会いたい？」

うん……まだこの時点で本人の声ははっきりと聞こえていなかった。

「あとでね」

途端に少なからぬ拍手が起こる。それも短くはない。ハヤブサはトイレを催したが、この前の赤い扉が見当たらない……トイレは？

「今日は店の外でね、この建物の中だけど……」

〈非横〉が伝える、少しややこしいロケーションを聞きながら、そちらと思しき方向にハヤブサも振り返るが、そんな説明も耳に入らなくなる。ガラス窓の外の眺めが一変していたのだ。つい今しがたまで一連の作動音がやかましく、〈サイノメ〉の作戦会議とやらもほとんど耳に入ってこなかったのに、今では音の発生源がことごとく姿を消していた。

ちょうどそのときカメ老人の声がした。忘れもしない。前回の路地裏の店で、路からの出方についてアドバイスをいただいた声だった。何を言ったのかはわからない。かき消すわけでもなく、すぐにほかの声がかぶさってくる。「決まり」「誰にも言うな」……あとは、誰もいないかのようにまた静まり返った。

「ちょっと暗いからね。前と同じ、赤い扉だから……トイレん中は明るいんだけど」

わかった……店の扉を開けて外に出ると、わずかに静寂を破るものがある。ちょっと離れた、建物の入口のほうだった。店からの照り返しのみという薄暗がりを通しても、それが一台の手織機であることはすぐにわかった。それまでの自動織機なら一秒でこなせる仕事に、一生涯をかけるようなペースながらも、綜絖は律儀なまでに上がり下がりをくり返す。その合い間に杼をくぐらせていく織り子さん、彼女の身元についても聞き覚えのある唄声が知らしめる……機屋奉公さすような親は、親も子もない子のかたき……コップを手に鳥居をくぐるヤイト婆さんの姿が思い浮かんだが、ハヤブサはトイレを優先させた。

いささか苦労を積み重ねてやっとたどりついたトイレを、そそくさとすませて帰ってみると、婆さんの唄声もそこには聞かれず、高機の形も影も消え失せている。そればかりか反対側の奥にあったはずのスナックウルフも姿を消し、あたりは夜更けて、元通りがらんどうの倉庫に立ち戻った。波止場に出ると、冬空の星がなおも海面に浮かぶ鳥の影をことごとく釣り上げていく。ハヤブサの耳の奥にはかつて出くわした、生まれる百年前のビートルズメンバーの一節がよみがえった。

タマゴに憑りつかれ
タマゴに噛みつかれ
オイラはいつでも噛み砕かれた

いくら想像力をたくましくしたところで、あのヤイト婆さんの機織りの唄とは似ても似つかない。冬のこの夜を最後に、そののちスナックウルフに立ち寄るどころか、〈非横〉さんのダイヤルを回したこともない。たとえかけたとしても、「不通」のメッセージが返されるか、間違い電話の憂き目をみるのが関の山だと、ハヤブサ個人はとうに思い定めている。

その波止場の倉庫の夜からほんの数日ののち、またしても市内で「犬死」事件はくり返された。ただし、被害者はこれまでのようにイヌではない。れっきとしたヒトである。それはどこの学校のものかもわからない制服を身にまとい、何らかのケモノによって顔を中心に噛み切られた二人の男の亡骸が、中央駅の操車場の乾いた片すみに一体、そこから数キロはなれた自動車教習所の金網のフェンスにもたれかかってもう一体が、ほぼ同時刻に発見される。花を手向ける者はひとりもいない。彼らの身元も永久に突きとめられない。指紋は手足ともにことごとく焼き消されており、ＤＮＡもひとつ残らず組みかえられていた。おまけに、通常考えられもしない体表面の一部からは、固くつむらされたままの眼球がそれぞれに確認される。目の玉がどうしてそんなところまで移動したのかもわからない。もちろん被害者がヒトであるからには、警察当局者も公けに動き始めたのであったが。

本章の初稿が完了したのは二〇一〇年一二月三日、東日本大震災ならびに東京電力福島第一原子力発電所における重篤な事故発生の三ヵ月前である。

4

午前十時を過ぎて、冬の晴れ間がのぞく。柔らかな明かりが北西めざして注ぎ込む、そちらの方角にも部屋の窓は抜けている。街並みをゆるがすお馴染みの鐘の音《ね》も今は聞こえない。クモの巣にかかっているのはいったい誰なのかと、その時もSは考えていた。自室の扉は厳粛に閉ざされ、目の前に張られた生体網状組織、その見事な拡がりをゆるやかに見上げながら、彼は直視するのではなく、幾分かの斜視に身構えた。それも一時的な思惑の中ほどに封じ込められながら。

長年留守にしたアパート三階の一号室、南側の運河に面した西南の角部屋。先刻来、西向きの奥の窓を斜め左手にのぞみながら、彼は愛用の小さなソファに腰を下ろしてきた。広場の塔を背にこのまま昼下がりまで、肩口が日射しに照らされることはないだろう。クモの糸は、注ぎ込む陽ざしをどこまでも避けるように、狭い東北の隅っこに編み上げられた。それでも窓を完全に遮蔽でもしない限り、夕日をまぬかれることはできない。

壁を隔てて北側に連なる八号室には、かつて初老の男が住んでいた。Sが旅立つ少し前、あのフェスの昼下がり、下の中庭では劇団ミノタウロスの屋外公演が催された。Sもメンバーとして舞台に立った上演中、集う観衆の中には彼をめぐって噂話に興じる男たちがいた。八号室の住人は彼らを一喝して、無駄口を封じた。いまもあの人は同じ部屋に住んでいるのだろうか。それとももとうに引き払い、それこそ一匹のクモにでも身をやつし、どこかに息をひそめているのだろうか。目前のクモはイエグモよろしく、壁の隅を頂点に棲み処の前面を広く覆う円錐ネットの奥底に身を隠し、ひとえに獲物の到来を待ち受ける。ただし、イエグモらしい単純な絡み網ではなく、コガネグモ張りの規則正しい幾何学模様が精巧な捕獲の迷路を巡らせた。

連なる図形野のいずれにも餌食らしきものは見当たらない。クモは遠出するのではなく、自宅の前に専用のお狩り場を設け、いかなる空腹をも耐え忍んでいく。それにしても流浪のSが不在のあいだ、こんな閉め切りの留守宅で獲物など見つかったのだろうか。それがどれだけの月日にわたったものかもわからないのだが、何らかの食い扶持がなければ、部屋の主の久方ぶりの帰還に立ち会うことなどできなかっただろう。それにSが旅立つ時にはまだいなかったのだから、そもそもどこからこやつは入り込んだのか。もっとも、いまだ幼少の砌《みぎり》にほんのわずかの空き間を縫って上がり込むことぐらい、クモにとっては造作もないだろう。大人びた網を広げてわが家を構えたのち、あまりの不猟に喘ぎ、出るに出られず、ずっとおのが身の不運を嘆いてきたのかもしれぬ……

西向きのもうひとつの窓辺には、釣りえさのミミズを飼育していたガラスの小鉢が埃をかぶって干上がっている。その左手には、沈黙を守ってなおも控えるサレコウベが歯列を噛み合わせた。巣奥の主の不運を慮りながらも、Sの想いは同じクモの糸にいざない導かれるように回顧をとげる。行き着く果てはこの朝も「ベイルート」だった。もはや記憶も届かないばかりに、日夜遠ざかることをためらわない町、だけど、そこから救い出してくれた祖父の姿がよみがえるのは、後退を続ける同じ町に刻《とき》あえてわが身を委ねる場合に限られた。

あのとき重い扉に守られて、祖父の閑居、隠居、侘び住まいは一夜の隠れ家《シェルター》に身をやつした。亡命の地の片すみにもやはり抜けめなくクモの巣がかかる。あの地方だけに棲息するドクグモだと、祖父は教えてくれたが、持ち前の毒素が効くのは餌食となる「羽虫」の類いに限られた。ドクグモは八本足ではなく二本の足に支えられ、残るもう二本の足で武器を慌ただしく取り扱いながら、わがもの顔で一帯をのし歩いた。途轍もなく大きく、肝っ玉は小さな、見えざるもうひとつのネットによって町全体が蔽われていく。エサは外からいくらでも与えられるので、仕掛けられた網にかかった獲物も食用ではない。食べるために手を下すのではなく、それ以前の、それ以下の、殺戮のための殺戮の魔手にかかった、ヒト、ヒト、ヒト……の姿だけは、今でもSの目の前に浮かぶ……だからこそ確かにまだかれらはここに生きている！　むしろ私こそが死んでいるのだ。ぬけぬけと逃げおおせ、おめおめと生きながらえ、本当の生活を苦悶の裏側へと絶えず追いやり等閑《なおざり》にし、呼吸という名の犯罪に手を染めながら……ひょっとしたら、あのときあの町を蔽った見えざる網の目は、幾何学紋様ではない化学模様《ばけがく》を振り翳し、今ではこのユウラシヤの町も蔽うのだろうか。もしくはすでにあの時から、俗にいう「同時多発」の名のもとに、墓穴を掘る暇もあらかじめ奪い取りながら、手厚く蔽ってきたのかもしれない。

Sは同じ化学《ばけがく》反応に身を委ね、変質につぐ変質を耐え忍ぶ。怪物のごとき男の内面はクモの巣にかかった羽虫のように踠《もが》き泡立ち沸騰するが、自室におさまる外見は巣奥のクモと好一対をなして冬の静寂を整える。「ベイルート」の仮住まいで、祖父は本物のドクグモを飼っていた。クモは殺すな、厄介な虫を食べてくれる、が半ば口癖にもなっていた。時には自分のつかまえたハエかアブ、バッタ、カマキリを網に投じて養うことも厭わない。そんな得体も知れない祖父の背中が幼いSには怖ろしい大グモのように思われたが、いつなんどき〈駆除〉の対象にもされかねないという点では、彼らもまた羽虫と同じ境遇を分かち合っていた。

そこでSも羽虫を捜した。目前のネットにもたらすべき、現役の餌《えさ》を探し求めた。しかし留守にした期間を問う以前に、冬の真っ只中である。万物は凍えながらも春を待ちわび、多くは眠りにもついている。そんな底だまりの静けさを打ち破り、見果てぬ氷の断章を鳴り響かせるように午前十一時の鐘の音《ね》が飛び込むと、アッという間に突き抜けていった。残されたものは天涯孤独である。あらためてSの目は窓辺の小鉢の底に引き寄せられる。埃にまみれてガラス越しに横たわる黒ずんだ塊りが一個、二個、かつて飼育したミミズの亡骸であった。椅子から立ち上がり手をのばすと、残らずつまみ上げようとする。幸いにして干からびたそれぞれの体の下には、手榴弾も地雷も仕掛けられてはいないようだ。「たとえ知人でも道端の亡骸には手を出すな」。あの逃避行での祖父からの警告もここまでは伝わらない。二個三個とつまみ出すと用心深くクモの巣に近づき、ミミズの死者を中程に投げ入れた。

底知れぬ怒りを込めたのではない。なおも垂れ込めるような祖父の営みを一度は忠実にたどりたかった。かつて抱かされた怖れをここで食い止め、永く悔い改めるためにも。それでも生と死の隔たりは償いようもなく大きい。祖父は逝き、Sは生き永らえて、ということではない。往年の祖父はドクグモに生きた昆虫を与えたが、Sは栄養価の失われた数体のミイラをもたらすしかなかった。クモは巣奥にとどまり、何の反応も示さない。一瞬わずかに気配は流れたが、ネットにとらわれて踠く生き物の動態が網目を縫ってありありと受け継がれぬ限り、獲物の到来がクモに覚知されることはないのだから。

「ねえ、食べませんか……それとも、怒り心頭でしょうか……」

脳裏の空白を摘み上げるように、Sが呟きを洩らした。クモにとっては死骸に興味がないという以前に、視力の問題である。捕獲網を揺さぶる生体反応が震動となってごく身近に伝わらない限り、エサなどあってなきがごとしなのだ。ところが同じ生体でも相手が同族のクモになると、事態は熾烈を極めた。情け容赦のない縄張り争いをへて、クモの勝者は敗者を自分のお腹に収める。これが二本足のクモになると、葬り去った敵を食用に引き立てることはまずしない。共食いに至るというクモ本来の習性を例外なくかれらにも押し付けてやれば、二本足の殺戮は止めを打たれるのだろうか。ところが二本足ときたら上前を撥ねることもある。時にはクモが持つ闘争本能にもまんまとつけこみ、娯楽の道具にも転用する。あのユウラシヤの東端、空に浮かぶ断崖からの帰路、凍死寸前の彼を助けてくれた土着の人びとも例外ではなかった。氷雪に閉ざされた厳冬期の天幕の中で、限られた娯楽のひとつはめいめいが自慢のクモを闘わせて勝敗を競う〈クモ合戦〉だった。

　今のSはといえば、アンタみたいな餌食はいらないよ、だいいち食べ切れたもんじゃないからと、巣奥のクモから引導を渡されたような気分だった。すると窓辺に置かれた一本の、多年草のごときサレコウベが枯れ果てたままで何かを応えた。それもクモにしかわからない独自の音調を整え、見つめ合いずらし合う両者の思惑の彼方からあの日のクモ、れっきとした二本足のクモが群れなし押し寄せる。もう二本の足を自由に操り、貪ることも怠らない。残る四本はとうの昔に千切れ飛んだ。執拗にして勤勉なまでの悪意、許されざる「ベイルート」の空、もはやどこにも見ることのない雲の巣の果てに……

「そこに怒りが溶け去るのを見たよ」

愛の巣じゃない、雲の巣だからな……

サレコウベが呟くと、巣奥のクモが念を押してくる。すでに〈虚数の対話〉が繰り広げられた。

「怒りはそのまま雨にもなって降り注ぎ、火に油を注ぐように所構わず燃え広がる。あらゆるものが嚙み合わず、雨上がりの大地に町から町へ避難民が逃げ惑う。虫の息を絡ませ、井戸水にも似た冷たい汗にくるまれ、誰もが等しく押し流された」

私には血も涙もなかった。今では部屋の主《あるじ》にのし上がった。まんまと入れ替わった。いや、そもそもの発端から、この男はどこにも受け入れられない旅人として姿を見せた。だから巣にかかるのはこの男のほうだ。こんな大きなエサが手足をバタつかせるのを、私も待ちわびている。とても食べ切れるもんじゃない。少なくとも、この男が私を食べるのでない限り……Sを名のる、この男が……

クモは虚飾の糸を長々と吐き出し、共食いの同胞《はらから》にも永久《とわ》の禁欲を誓わせた。貪欲の霧が晴れると部屋の流れも澄み渡り、対岸のサレコウベはクモの同士討ちなどものともしない。開け放った口をさらに押し開き、二度三度と上下の歯列も激しく嚙み合わせ慌ただしくこすり合わせると、頭脳明晰にして何の信仰も抱かせないかつての肉片がいまは玉砂利となって、盛んに飛び散るのが見えた。

その数、一かける二、二〇かける三〇、三〇〇かける四〇〇、四〇〇〇万かける五〇〇〇万、五〇〇〇億かける六〇〇〇億、六〇〇〇兆かける七〇〇〇兆……と、そこには心なしか微妙に、虚数のi（アイ）も挿入される。虚実いずれも織り込んで、〈想いの数〉はサレコウベにとってもクモにとっても急激な増加をとげた。内径外径のいずれにおいても〈想いの丈〉が正確に測り取られることはない。溢れ返る数値に測り知れない規模が伴う。無限大の数に無限大の量と距たり、はたまた無限小の数に無限小の量と距たり、そんな両極に差し挟まれて当て所なく〈複素数の祈り〉が唱えられる……

「私は骸骨の頭部、ココに虚しく朽ち果てている。願わくば実《じつ》のある血と肉を私にではなく、其処なるクモの目に蘇らせ給え」

私はクモの主《あるじ》、ココに虚しく網をかけている。願わくば実り豊かな木洩れ日を、群がる羽虫とともに私にではなく、其処なるサレコウベの脳裏に蘇らせ給え。

両者の願いは聞き届けられ、餌食どもが先を争うように雪崩れ込む。サレコウベの醒めた呟きが輝きの翼を得ると、どこにも足のない虫の姿を借りて、クモの巣めがけ飛び込んだ。あとは何も語らず、クモもそちらに耳を傾けることなく、カナイカナイと機械的に手探り足探りで、虫の息に止めを刺す。研ぎ澄まされた毒針を通し、自らの血肉を注入、意味を奪われた餌食のコトバが湧き上がる。さ迷い歩く乞食まがいの様相も呈し、クモの独白に死線の彩りを添えた。ハイハイハイと、世にも稀な肯定の機運が否定の不遇と刺し違えた。朽ち果てた窓辺のサレコウベにかつての面影がよみがえる。たとえ祖父は偲ばせても遺影にはなりえない、現状のSそのものであった。

そこからも笑いは積み重なる。ははは、へへへ。密かに躙《にじ》り寄りながら耳を澄ますと、とても一筋縄では行かないことが読み取られる。情け容赦もなく市場《しじょう》では〈虚数〉が投げ売りされ、無味乾燥な〈実数の笑い〉が息を吹き返す。〈端数〉は切り捨てられ、杓子定規に霊界をめぐる〈整数の笑い〉が木霊する。サレコウベとクモ、双方の好みを引きずるように笑いは幾度も交わされる。ひひひ、ふふふ。交わされ、同時にたたかわされていく。ほほほほ。どこにも笑顔は見られない。クモは来たるべき未知の獲物に、いまだ来たらざる将来を託した。サレコウベは延々積み重なる死後の回想に、いまはなき生前を捧げる。閃《ひらめ》くものなく、冬の光が根こそぎどこかに持ち去られると、現状のSも暗闇の彼方に放逐された。ふたたび二人きりになったサレコウベとクモ、温もりの抱擁などままならず、ようやく入手した〈自然数の絶望〉に、なすすべもなく酔い痴れるばかり、一、二、三と……

……一、二、三と、あえて声をかけられるまでもなく、Sはぬっくと立ち上がった。骨董品のサレコウベは窓辺にしゃちこばり、依然失業虫《ちゆう》のクモは巣奥にとどこおる。巻く舌もなければ巻かれる尻尾も見当たらず。一度も交わることのなかった両者の語らいは、万古のいにしえに葬り去られたかのようにいずれにも届かない。それとも始めから忘れ去られてきたのか。Sには思い起こすことなど何もなく、時を新たに刻み直し、すぐ後ろの仕事机に向かった。そのままデスク備え付けの椅子の方に回ると、これまでは太陽を避けるように背中を向けてきた表通りの方角へと向き直る。八号室との境い目の壁を背中に見ながらトンと腰を下ろした。事態は逆転し、今は右手に西向きの窓が開く。運河はそこにも橋を並べて長々とのびていく。いっぽう真後ろ左手の奥すみには例のイエグモらしきが一匹、なおも虫取りの館を構える。元のままといえば元のまま、何かが違うと思えば、その変わったものが立ち所に壊されてしまう。居並ぶ橋は夢枕のように、息を凝らした往《ゆ》く水の流れを受け止めるが、それから先の町外れにまでは視界が及ばない。

南には、表通りを見下ろしながら二つの窓が並ぶ。窓辺の真下にはいずれも、全館暖房のラジエーターが熱量をたくわえ、部屋の温もりが倍加する。先程から陽射しは翳って、時雨模様が兆した。それでもSの足下は凍える思いをまぬかれた。仕事机のこちら側から眺めると、左側の窓の左端までは目に入るが、その先の簡易キッチンには及ばない。東側の壁に備え付けられた流し、かたわらにはコンロが一つある。さらに小さな冷蔵庫が今もわずかに唸りを上げるのだが、Sのすぐ左手の壁が視界を限る。壁面には飾りも掛け物もなく、外の廊下に沿って左に折れていく。すぐ先に入口の扉が身構えるものの、それもここからは目に入らない。部屋を訪れる者にとって開かれたドアの向こうは留守模様、昨夜から鍵も下ろされている。やむなく来訪者は、トントン……ハイ……ノックと応答、音声のみが悠々壁を突き抜け内外の断裂を切りぬける。ドアの先にはトイレとシャワーが身を固め契りを深め、台所ともども東側の壁面を余す所なく埋めつくす。シャワーはおろか、旅から帰ってのち、Sはいまだにコンロでお湯を沸かしたこともない。温かい飲み物なら同じ三階の六号室、あの隼の部屋で昨日入れてもらった。今朝は冷たいミルクを飲んでいる。冷蔵庫も空っぽ、寒さをよいことにシャワーもまだ使わない。さすがにトイレばかりは一度ならずで、長らく使い止《さ》しだったロールペーパーに迎えられたが、仕事は今日から新しいものに取りかかる。

机の上は昨夜遅くに仕度を整えた。ありきたりの道具一式が何やら落ち着かず、使い手の着座を待ちかね飛び交っている。めいめいが独自の予行演習にも見えるが、やがてSを介して言葉の翼を羽ばたかせる。それらの飛跡に大小さまざまの変節が訪れると、かれらはその都度どこかへ飛び去るのだろう。向かう先は、対の懐ろを開き、手招き寄せる南側の窓でもなければ、落日に耳傾ける西の方《かた》でもない。Sによって繰り広げられ、S以外の何者かに受け継がれるべき、卓上の営みそのものの渦中に姿を晦ませる。とても一筋縄では運ばない捻れが昼夜も問わず、神の手も相まって、手強く、手広く、一面に繁茂する。そこでは深さと奥行きの区別がなくなり、夢と幻の識別も蔑ろにされる。あとには一種の形見分けとして、次の作業のための道具立てが取り遺された。どう見ても複写である。瓜二つのコピーだった。本体が同じ本体に映される。

折りたたみ式の昼光色ライト、付け根はSから見て左手向こう角《すみ》に固定されながら、やすやすとパソコンものりこえ、すぐ手前まで触手をのばしてくる。そのパソコンはといえば小型のモバイルで、機種については時期尚早にも「一世代前」の烙印が押されようとしている。思えばさる年、このアパート前を出港したときには片鱗も見えなかったのに、一七、一八、一九……と世紀をまたぐ長旅のどこで仕入れたものやら、時代の趨勢には逆らいがたく、こんにち仕事によってはSもこちらに入力する。手稿をしたため、手書きのノートを作るのはあくまでも個人用で、公けに晒される時はデジタル化の〈洗礼〉を済ませている。ただしそれに見合う〈信仰〉は宿らず、ただ一途に〈グローバル〉化を唱える。私的なアナログに公的なデジタルと、Sには棲み分けが残るが、公私の両面にわたって一元化を進めるネイティヴ・デジタルも日増しに勃興する。そんな遠景を眺めるとき、Sには自分ではなくかれらこそが「電気を忘れた」もしくは「電気を知らない人間」のように思われるのだった。それとともに、当の電気はいったい何を思い、何を忘れ、また何を思い起こすのか。そもそも電気とは、消え去るいっときの感情にも過ぎないのか。かくも世上を賑わせ、自らはどこにも痺れるところを持たない、通電に放電、荷電に蓄電、の時々刻々……

卓上ライトの対極、右手前の角《すみ》にICレコーダーが横たわる。こちらも長旅の途上遭遇したようで、パソコンはやむなく入手したが、こちらには自分のほうから強い興味を抱いて飛びついた。出会ったさまざまな人びととの語らい、朗読、祈禱、音曲など、折りに触れ中に収めてきた。使い込むにつれ見開かれていく手法は、やがて即興の〈ライヴ詩〉とでも呼ばれるべきSひとりの問わず語りにたどりつく。人の多いところではさすがにやりづらいが、いたく心靡かせる眺望の中に往き交うものを、より深くより忘れがたく記憶にとどめようと、一握りの録音装置に語りかける。たとえば……

「私はいまここに生きている、と何度も思い返さざるをえない暗闇の中にこぼれ落ちながら飛び散ることもなく、私はいまここに立っている……」あるいは……

「日の出を前にした橋の上、それも水平ではなく、趣きを異にするなだらかな傾斜がここから両岸に向かってそれぞれにへり下る……ただひとつ、ただひとりの頂点にして国と国の分岐点、大河の中ほどを真っすぐ懸命に走り抜ける国境線をこえ、覆面をした車が一台、すれちがう対向車もなくて、一目散に通りぬける……」

カメラに収めた映像はせいぜい百枚にとどまるが、積み重ねられた録音は何十時間にも及ぶ。全てをつぶさに聴き直すわけではないが、音声は丁寧にファイル化されてパソコンにも収められている。いつでも開いて、その時の情景には耳傾けることができた。

南の窓に向かっては辞書の壁が遮りのびて、あと少しで卓上の両端を極めようとしている。これらの飛び交う道具の中ほどに、Sのぶ厚いファイルノートが舞い下りる。それも選び抜かれた最後の介添え役を務めるように、左右均等に開かれる。真ん中の折り目に、Sは青色のペンを一本さしむけた。ボディも青ければ、中のインクも同じく青ざめる。すでに時雨が新たな朝の火蓋を切っていた。アラレも交じって、時おり窓を叩く。後にも先にも、パラパラ、バラバラ、と。

作家が取りかかるのは自作の翻訳だった。予定では、所属する「亡命作家協会」の機関誌次号に掲載される。発行部数はささやかなものだが、組織の取り組みはつねに大陸規模から世界規模をめざしてきた。旅先のSが依頼を受けたのは一年以上前にさかのぼるが、この町に戻るまでずっと先延ばしを続けた。自作というのはほかでもない、アパートの中庭で野外公演をした、あの『蛙』の台本である。開かれたばかりのファイルノートの左ページには、匿名の作家Kからの引用に導かれて、綿密な手書きの文字で冒頭開幕の部分が透き間もなく綴られていた。

「世界の中心は、世界の吹きだまりなのであって、おびただしい数の人間たちがそれこそ塵芥のように寄り集まってくる」（K）

だから本当のことを言うと、世界の中心などというものはどこにも存在をしない。その中でことさらに国と言いたてるのも何やらおこがましく、それでも至るところに町がある。街並みがある。よく見れば、街並みばかりが見えてくる。今しもそこに風が舞うのだ。吹きつけることなく、吹きぬけることも忘れたかのようにそれは一面の、噎《む》せ返るような人びとの心の中に、どこにも顔の見えないひとりの作者からの手が指先を丸めながら、ゆっくり忍びこんでいく……

風はいっとき鳴りをひそめる。舞台の奥底にはダークグレーのカーテン地で全身をおおったひとりの人物像が浮かび上がる。しばらくは男か女かもわからない。息づかいは沈黙を支えながらもわずかに荒く、十分な時間を取りながら無声をつらぬく。すると何かを思い出したかのように、あの同じ風が吹き寄せる。風力は徐々に高まり、人影は布地の端をつかみ直して抵抗を試みるが、まもなくひと息に吹き飛ばされて上空へ持ち去られると、やむなく等身大の男が姿を現わした。名はヨシクニという。満を持して深々と、あえて観客にというわけでもなく、お辞儀をひとつくれた……

翻訳といっても、一対一の単純なピストンではなかった。編集部からは同時進行で三つの異なる言語への翻訳が求められた。無茶な要請にも聞こえるが、Sには応えられる能力がある。それでも落ち着かない移動生活の中で始めることは見合わせた。帰宅後、一息に片付けたかった。その日がいまようやくここに訪れた。ヨシクニの独白に先立つこの書き出しの部分を、Sは耳慣れ手慣れた表音文字の言語に改めながら、瞬く間に打ち込んでいく。それが終わるといったんファイルを最小化して別の窓を開く。今度は表意文字で埋めつくされた第二の言語を打ち込んだ。最初の三倍ほどの時間を費やし訳し終えると、また別の窓を開けて、同じ原文を表音・表意の両タイプの文字が混在する第三の言語に改める。さすがにこちらはやや手間どり、くりかえし卓上の辞書も参照する。二つ目のさらに二倍以上の時間をかけて訳し上げると、もう一度順番に三つの窓を開きながら通読し、改稿も加える。落ち着くべきところに何とかたどりつくと、Sは立ち上がる。冷蔵庫に残るミルクを飲み干すと、テトラパックの内壁を洗い流し、上端《うえ》の口を目いっぱいに開いた。それからまたデスクに戻ると、おもむろに手元のICレコーダーを取り上げた。

これより先の仕事は、編集部からの依頼には含まれていない。パソコンには打ち込まず、ICレコーダーに吹き込むのは、そんな仕事の性格を識別するためだろうか。だとしても、筆記を別のフォルダーに組み入れるのではなく、あえて朗読し録音するというのは、事によると表音か表意かを問う以前に、そもそも翻訳先のコトバが文字を持たないのかもしれない。それでもSは愛用のペンを執る。ファイルノートの別のページを開き、何やらメモを取る。そののちいよいよICレコーダーを取り上げ、一挙に一ブロックを読み上げ吹き込んだ。ただし、全文をあらかじめ筆記したうえで読んでいくのではない。ノートにはいくつかの単語や語句、もしくは特段の注意点でも記してあるのか、そちらには目をやらず暗唱するほうがはるかに多い。訳文の紆余曲折はもう空で仕上がっているようだ。もちろんやり直しもあるが、レコーダーの容量は十分にあるので、いちいち消去することもなかった。

コトバ持ち前のアクセントも強弱ではなく、鈍くまだらな抑揚を伴うが、一本調子と聞こえなくもない。録音のやり直しも単語の選択や構文より、このアクセントを精緻に描き出すための営みが多くを占めるように聴こえる。一つのブロックについて納得がいくと、Ｓは再生し、出来栄えを確かめながら、初めて、改めて、ノートに全てを書き取った。用いられる文字はわからないが、ごくありふれた表音文字ではないだろうか。それでも、発音の特性を克明に表わす特別なアレンジを加えるのかもしれない。

いずれにしても、この第四の言語への翻訳にパソコンを介在させることはなかった。ＩＣレコーダーに収められた音声が後刻パソコンにも送り込まれることがあるとしても、視覚上の文字情報としてはノート筆記にこだわるのかもしれない。手書きの文字と人間の声の官能的な接触のうちに、言語の成り立ちそのものを保持するために。Ｓはどこでコトバを習得したのだろうか。ユウラシヤ東方の長旅でたまたま遭遇したのか。それにしては余りに熟れがよい。幼少期から身につけ嗜《たしな》んだという推察さえ招きかねない見事な仕上がりだった。

ひと声ひと声、積み重なるごとに見えざる肩口を押されるように、部屋はどこからともなく様相を改める。内からの施錠が知らず知らずのうちに外化をとげ、容易ならざる監禁の臭いを醸し出す。翻訳の営みが異なる言語を経めぐるたび、ガラシャ、ガラシャ、と頽《くずお》れるがごとく独房は深化を余儀なくされる。四つの、いや、原典を加えると五つの言語の間にはのりこえがたい文明の真空領域が折り重なってみえる。パソコンの液晶画面が普段着を脱ぎ捨て、獄窓としての役目を請け負う。キーボードを叩き、成り立ちの違う文字を次から次へ打ち込んだところで、固く閉ざされたこの第二の窓が打ち開かれることはない。その向こうにも看守が潜んでいる。相変わらずそこから全てを見抜いてきたかのように。それに伴い、部屋の窓と外界との隔たりもまた埋めがたいものになる。ところが作業を終え、パソコンの窓を閉めると、拘禁された者が望むと望まざるとに拘わらず、それまでの独房は瞬く間に電力の中に吸い取られてしまう。

だが被拘禁者のSは液晶の窓辺を簡単に閉ざそうとはしなかった。たとえ虚しくとも開け放したまま、やがてはそちらが自分の看守を引き受けることになったとしても、積極的に独房の維持を、その発展を図ろうかと試みた。ヒトはみな役目を終えるときになって初めて、所在も不明の監獄の戸を叩くことになる。収容されるのは身元不明の生前であり、隔絶されるのは行方知れずの末期《まつご》である……四言語への翻訳がさらに進み、戯曲『蛙』の冒頭から〈オトコヨシクニ〉のひとり舞台までを見届けると、Sはようやく手を止める。あとには絶えて久しくも静かなる、架空の上演が偲ばれた。

パソコンを載せるデスクには三段の引き出しが付いている。それぞれ求めに応じ、いつでも呟きが漏れ出すような容量を伴った。Sは上から一段目を開けようとするが、施錠されているのか容易には開かない。中からは小鳥の囀りが聴こえる。そもそも引き出しに向き合うのが久しぶりで、旅立ちの前以来だろう。仕舞われた鍵を捜す素振りも見られず、鳥の唄にじっと耳を傾ける気配もない。すぐ下の二段目をやすやすと開けると、そこには使用済みのコンデンスミルクの空缶のようなものが、内側を金光りさせたまま横三列を守りながら奥までぎっしりと整頓されていた。さらに右手の透き間には、さほど使用実績のなさそうな電気コードが紅白の二色、丸めて結ばれて揃えられている。奥には多量で多彩な釘やねじ釘のようなものも見え隠れするのだが、Sは何も語らず引き出しの中身に見入っている。何かの記憶と記憶を懸命に繋ごうとするような節も窺える。例の巣奥のクモはといえば、相も変わらずその場に蹲るのだが、いまは来たるべき獲物より、Sの不可解な動向を注視する。窓際のサレコウベは、当初から引き出しの奥に目を向けていた。ひょっとすると、何かがそこから眼差しを返したのかもしれない。サレコウベは〈生の看守〉であり、引き出しの奥からの目線こそがいま〈死の看守〉を務め上げる……のだろうか。

Sは何かに決まりをつけるように二段目を収めると、合間を空けることなく三段目を引き出した。中では大きな卓上版の語学辞典らしきものが待ち受け、十センチほどの厚みを携え、右手にぴったりと身を寄せた。見たところ奥に続くのはこの辞典のみである。Sはやはり何かを思い出すように、しばらく表紙を見つめていたが、やがて意を決したように左手をのばすとそのまま本を取り上げようとした。ところが持ち上がらない。そこで右手ものばして指先をさし入れながら書籍全体を少し左にずらした。すると、引き出しの板から辞書の心臓部に向かって尖った木片のようなものがさし込まれているのが見えた途端、パチンと乾いたお仕置きまがいの音がする。同時に本全体がほんの少しばかり嵩《かさ》をなくして沈み込んだ。鳥の囀りがよみがえり、サレコウベの方から「危い！　逃げろ！」と叫びが上がると、それに応えるわけでもなく、クモの巣の方からはさらに覆いかぶさるようにして、「バクハツする」と空ろな呟きも届けられる。だが、Sはそんなことには動揺するところなく、一株《ひとかぶ》の微笑みを洩らした。

静かな辞書の内部にはプラスとマイナスの端子が仕掛けられていた。引き出しの壁からさし込まれたやや扁平な木槍一本で隔てられてきたそれらが、本自体の重みによって有無も言わせず触れ合った。両端子からのびる電線がひとつの電源につながれていたのは確かだが、長時間の放置は劣化を招くから電池である可能性は低い。おそらくは部屋備え付けのコンセントにでもさし込まれていたのだろう。その回路の一部が雷管に接続され、爆薬の中に埋め込まれていたのだとすれば、サレコウベやクモが告げた通りの惨劇を引き起こしたことだろう。爆発物の量によっては、たかがヒトひとり、もしくはガイコツ一個、虫が一匹、の命を奪うだけでは済まされない。だが現実に作動したのはそんな〈ビックリ爆破装置〉ではなく、机の裏底あたりからのどかに湧き上がってくるオルゴールの調べであった。奏でられたのは誰もが知る北国の橇の歌、トロイカ、トロイカ、トロイカと、報われぬ馭者が悲恋をうたい、トロイカ、トロイカと、地主からの横槍をうらむが、たちまちSの眼底にはさきの放浪の途上、雪原で彼を助けたトナカイの橇が思い浮かぶ。みるみるすり切れる積雪の感触がいま背中にありありとよみがえる。この追憶のもたらす温かさに施錠もゆるゆる溶け出すように、どうしても動かなかった一段目の引き出しがある種毅然として中身を打ち明けた。

Sゆかりのレンズ工房はようやく操業の再開に漕ぎつけた。引き出しの内部《なか》は年季の入った積み残しの倉庫群である。レンズそれぞれのサイズは微妙に異なるものの、均一寸法の木枠に嵌め込まれ、あの二段目の空き缶をはるかに上回る密度でぎっしり立ち並ぶ。一見して凸アリ凹あり、横四列にわたり、奥に向かって平行を整える。一列一列を意味ありげな眼差しが器用に貫き通すとき、彼方にはいかなる視像《かげ》が捉えられるのか。

レンズをのせた木枠には、寂しく慎ましい文字列で注文主の名前らしきが書き込まれる。丸括弧に挟まれた西暦の年数も添えられた。いずれも一で始まる四桁で、初めのものが注文を受けた年だとすると、「〜」のあとは完成年を示すのか。あるいは注文主の誕生年だとすれば、後ろは死亡年になるが、そこが空白になっているものは見当たらない。ということは、ここに並ぶレンズ本来の所有者は全員が他界しており、一度は本人の手に渡ったものであれ、生前完成が間に合わなかったものであれ、収納されたレンズはすべて遺品のコレクションということになる。レンズは所有者の遺影を結ぼうとするのか。それとも、やはり数字が製作年代ならば、密集するどれもが完成品であることには間違いがない。

Sはレンズを一つひとつ取り出し、同じ倉庫の一角に収められてきた専用の布切れで丁寧に磨き上げていく。まだ今日は、屈折を調整する研磨のように高度な作業には取りかからない。単調な仕事に運ばれ、レンズの一枚一枚が取り出され、また同じ木枠へ収められていく。そのうち、最上段の引き出しがガラスの墓碑を並べた木箱の霊園にも見えてくるが、一基一基に手向けられる花束などどこにもない。献花の余地も奪い去られている。

架空の霊園は収容所をめざして特有の屈折をとげた。槍も刺さらず、矛も通らず、守りの盾も見当たらない。並み居る監視員は背中を見せ、頭を抱え、骨と腕《かいな》の運勢を肉と踵の天涯に委ねる。かねてより巷では、半永久的にSが、それもSの精神だけが、どこかに囲い込まれていると噂された。そんな施設、言うところの〈精神の収容所〉が本当にあるのだとすれば、この第一段の奥行きを通してかろうじて遠望されるのではないか。死者たちが遺したオーダーメイドのレンズ、何よりも世界をよく見るための、よく望むためのレンズを丹念にかつ精巧に重ね合わせて見通すことのできる、硝子の霊界の向こう側に……ハハハ……他の引き出しとは異なる道行きの果てに、得体の知れない遺影が吊り下がる。サレコウベの両目は万を持して、そちらを待ち受けてきたのかもしれない。

骸骨の視線は、死者たちの無念を背負っていく。あわよくば身代わりにもなって、ヒトの心とヒトの世のあり方を改めて見定めようとする。〈精神の収容所〉とは、なおも捉えがたいそんなあり方をひそかに適確に指し示してやまない。だが、Sの収容先をとかく噂する人びとは、施設のありかも、ありようも、恵まれざる、それでいてごく身近な、卑近な、真実の姿にも気づかないのだ。その中にあってSは、そこへと目を向けるべき誰かの遺志の象徴として、手元の硝子玉を注文通りに受け継ぎ、保管し、組み合わせ、いつでも行なわれるべきさまざまな配置と配分にも備え、庫内に隈なく分け隔てもなく、何よりも平等をモットーに整えてきた。それだけを捉えてもすでにSは、被収容者としての汚名を着せられるが、彼は何ひとつとして恥ずべきことだとは考えていない。歳月をこえて、再びいつも通りのメンテナンスを再開した。

〈精神の収容所〉には、あえて何人《なんぴと》も入り込もうとしない。そこへ導ける者がわずかに見込まれるばかりである。エリートというわけでもなく、Sがその中のひとりであるかどうか、確かなことは誰も知らない。そして磨く、彼は磨く、硝子を磨く。そこに成り立つのは、強圧的な国家を温存する機構からはもっとも隔たり縁も薄い、徹底して逆転された自治の組織であり、自愛の機関かもしれない。

その数、一かける二十億、二兆かける三千、三十万かける四億、四百兆かける五、いや〇・五、いや五かける六万かける七億かける八兆かける九メガかける十シーベルト……封じ込められた精神は、どれもが痛ましい孤独の中で被曝した……

クモの巣にはなおも骸骨がかかり、サレコウベの皮膚には八本の手足が突き刺さる。

収容所は見えざる放射線に土台ごと絡めとられ、ガラスの礎は行き場をなくして崩れ去る。

Sはようやく引き出しを閉じた。

レンズはあとかたもなくなる。

パソコンも液晶ともども折り重なる窓を閉めた。

正午を迎え、Sはそれまでの朝の心を閉ざす。

教会の鐘が鳴る。

時雨は遠ざかり、見えざる任意のレンズひとつを内ポケットに忍ばせて、男は外出の支度にとりかかる。

ふたたび部屋に取り残されて、留守をあずかるサレコウベもクモも、もはや姿形を見ることはかなわない。

アパート前の路上に舞い下りたSは、思わず足並みを揃えると、白昼の深夜に「想念の海」を描いた。目前の運河との繋がりは定かならず、塔の見える南の彼方に無闇な傾きを伴い、津波に竜巻の試行錯誤を繰り返す。往き交う船は沈みゆく序曲を奏で、取り残された舵取りが人型の甲羅をたどり、Sはおのが生死を見究め、容赦なく事柄の終止符を切り結んだ。

だからといってその海も、Sの独想とは限らない。町の住民の無意識を取り込み、気紛れな変異をもたらすや人格の安直な再生など認めない。臓器や器官ではなく手術もできない人格の、それに伴う人生の、遺伝的な変質を導く。町は壊れず、人が毀れる。来たるべき終着のカンサア、cancer、ガン（癌）にこわされて……いや、そうではなく、待ち受けるのはカンサアではなくて、カアサン、mother……思い焦がれるべきは、カアサン、maman だと、男女の分け隔てなく誰もが人伝に呟いた。ホラ、アソコに見えるのはカアサンの海原だと、かけがえもないそのウナバラに、あのウマバラ（産原）に身を任せ、身を預け、誰もが心地良さげに……。

町から北へ十数キロのところには、単調この上ない沿岸を連ねて本当の海が拡がった。これに対して〈想念の海〉は同じ町を南から半ば取り囲むのだが、そこからの隔たりは無限大から無限小へ抜けめもない変転を繰り返す。虚実二つの海に挟まれた人びとは、北からの現《うつつ》と南からの夢幻《ゆめまぼろし》に翻弄されながら仮初《かりそめ》の陸地を生きのびる。そんな人間の生き様を尻目に、町そのものは北に背を向けると、南への展望に憧れた。それと軌を一にするように、生まれる百年前のジョン・レノンがひとり漕ぎ出したのも、同じくこちら側の海だった。

Sがめざす午後の目的地は二つだが、いずれも〈想念の海〉のはるか手前に建っていた。「革命会館」は駅に向かって右手、隼の勤め先にもほど近く、「民族会館」は反対に左手の、公立図書館に近い外堀沿いにあって、かつては印刷工場をかねた。アパートは、同じ外堀に囲まれた旧市街地を東西に貫く三本のうちの中堀北岸に面している。だから流れに沿った南向きの部屋では視界も開け、天候に伴う時々刻々の移ろいを直截に受け止めることができた。

時雨走り《しぐればしり》の余韻をなおも東に押しとどめ、一月らしくもない骨のある照り返しが川面を包んだ。その目映さを避けるように、流れに沿って右へ、西へ、Sは歩みを進めた。行く手には、窓から見下ろした馬の鞍のような橋が連なる。互いを庇い合い、深く厚みを増しながら積み重なった。人や車が渡るたびに小さく揺れる橋桁は、新たに架け直されるように一筋の流れを結ぶ。やがてたどりつくのは、逃れるすべのない同じひとつの海だった。一つ目の平板な〈星屑橋《ほしくずばし》〉を渡る。そのままSは〈三善小路〉を南下する。

彼はいま、行き過ぎる時代を測りかねた。小路《こみち》の両側には旧市街もよろしく、二階建てが押し寄せる。通りの名称「三善」をめぐる解釈は二つあって、支持もほぼ拮抗する。共によすがを〈三界の善〉に求めるが、分割をめぐっての相違が生じる。一方は、天上の善、大地すなわち現世の善、そして地下すなわち冥界の善に三分するもので、地上というひとつの此岸に天上と地下、二つの彼岸が向き合った。地下についても善を持ち出すからには、直ちに天国と地獄ということにもならないようだ。

もうひとつの解釈は、地表と地下を一括りに底知れぬ大地とした上で新たに海洋を立てるもので、ここには天上というひとつの彼岸しかなく、大地の最果てにも同じ海が出迎える。しかもこれらを空、陸、海ととらえた途端に彼岸などどこ吹く風と消え失せる。以前からSはこちらの支持者をもって自任する。路ゆく者の二人に一人は常日頃、足下の善を踏みしめ上空の善をしばし仰ぎ、遠く大海の善にも思いを馳せる。北の現《うつつ》の海か、南の夢幻《ゆめまぼろし》の海か、いずれに当たるのかは誰にもわからない。道すがら目を閉じたまま立ち止まることなく、海の調べに耳を傾ける。すると人魚の声が訪れ、足を生やして数々の扉を蹴飛ばしながら、家屋といわず社屋といわず至るところ階段を駆け上がる。天上の窓を開け、今しも飛び立とうとする鳥人の踵をつかみ、開かれる直前の翼の付け根にそっとくちびるを押しあてる。すると屋根裏は、彼岸と交わり睦み合う此岸の愛欲に満たされた。そこから産み落とされるものなど端から望むべくもなく、接吻の震え、交接の響きへ突き進むうち、ほんの少し左斜め前方に一つ目の交差点が待ち構えた。横切るのは〈裸犬道《らけんどう》〉、何年も前からこの町の商店街をかねている。

Sは四辻の中ほどに押し入った。店が連なる、はだかの犬の道沿いに東へ目を凝らすと、断絶と断層が横たわる。押し寄せる近景とはるかな遠景の合い間には、そこを繋いで広がるべき中程の部分がごっそりと抜け落ちていた。なだらかな流転が何者かの手によって、まだ見ぬ山の裾野か、とうに見忘れた海の果てにまで根こそぎ巻き取られていくようだ。道行く人びとはいったんは姿を消し、海月《くらげ》のようにゆらめきながらも、見失われるべきおのが姿にだけは蛭のように食らいつく。吸い取られるべき血潮もなく、その代償としての貨幣《おかね》にだけは、ここぞとばかりしがみつく。そこにも「いらっしゃい」と店からの声は飛んだ。

「衣筋《ころもすじ》……」

Sがふと洩らしたのは、今も目にする遠景部分の通称だった。一軒の店先では十代の店員二人の体軀に、赤と白の単彩布を長々と巻き取らせる。等身大の蠟燭も同然の風情だが、小僧たちは一周回を終えるたびに大きく頷いてみせる。不景気でもなく、二本の周りにはさも愉快そうに手拍子で囃し立てる面々が集う。ヤツらがまことの通行人か、それとも桜であるのかは見定めがたい。反対側の店頭では、大小さまざまの絨毯がこちらも巻き取られたまま林立する。その少し手前では、絨毯の森を背にした若い娘たちが、色とりどりの毛糸の玉を手に取り、品定めをかねて生ぬるくお互いの頰に押し当てる。かたわらでは抜け目のない斜視をその女たちにも送りながら、青年の店員がひとり両腕をあげ、頭上で手のひらを叩き合わせる。若さの見せ所といった、客寄せの仕草らしい。指先からは「ヒマラヤの雪衣《ゆきごろも》」なんて掛け声も流れ落ちる。さらに手前になると例の断絶断層が情け容赦もなく、手拍子、かけ声ともども、商いと賄いの一切を巻き取ってしまう。やる方なく取り残される遠景、風もなく、あとは沈黙の衣筋……

とそのとき、いまいましげに充ちあふれる近景に閃くものがあった。冬日を照り返す硝子、金属体。店の名は「一九世紀ヤン」。品揃えに余念のない店主の肩越しにSは店内を見渡す。小麦粉、パスタ、豆類、香辛料、果実に海産物など各種の干物に燻製、そこは乾物屋の類いらしい。若手の修道院長といった謹厳な佇まいで、主人が硝子のビンを積み上げる。中には胡瓜のピクルスが沈み、長方形の金属缶の面にはイワシが描かれる。ブリキの中に小さな魚体が枕を並べ横たわる……「いらっしゃい」……主人はSに挨拶を送ったのではない。近くにもうひとり、幼い娘をおぶった若い女が立っていた。足元には、木靴を思わせる大柄な黄色の革靴を履いている。

「アラ、それ、久しぶりね」「イワシの？」「缶詰ね」「そう、缶詰。安いもんじゃないし、しょっちゅう置けないさ……いいルートあったから……お入り用？　安くしとくよ」「うん……持つのね、それって……いつだか遠出の仕事に持ってってたウチのがビックリしてた……しかもおいしかったって」「ハハハ……詰めてから蓋して煮沸して空気を追い出す、っていうから滅多に腐らないらしいよ」「へーえ……色んなこと考えるんだ……そっちのビンの胡瓜のと一つずつ、いや、二つずつにしようか。旅先で重宝するって言うし」「はいよ」……二つの硝子瓶と缶詰が女の買い物カゴに吸い込まれる。

あのSの船出の時代からはすでに相当の時間が費やされたものとみえ、見たことのない感触の品々に町の食生活は日ごと新たに彩られ染め抜かれていくようだ。Sは、密封されたビンの中に立ちつくす自分が中の見えない缶詰に横たわる自分自身に重なり合う刹那を思い浮かべながら、店をあとにする。

反対側では鳥の鳴き声がして、中からは頻りに犬も吼え立てた。所狭しと表に吊るされた鳥かごの数からみて、小鳥が売り物であるのは間違いないものの、犬はどうか？……と思っていると、勢いよく店の扉が押し開かれた。当の犬が地べたに沿って首を出す。いきおい鳥の啼き声も盛り上がる。犬はとくにかまう様子を見せるまでもなく、しきりに鼻を利かせる。どうやら猟犬らしい。首輪に結ばれた頑丈な鎖を握りしめ、禿頭の老人が姿を現わした。パイプをくゆらせ、挨拶を交わす気配もなくこちらに向かってくる。

午後一時を回り、人びとは昼飯を済ませている。Sはクモは好きだが、犬にはさほど愛着を覚えない。愛好の釣魚も猟犬は要さない。老人は煙とともに、煙をこえて香りを撒き散らす。肉屋、チーズの専門店、パン工房とどこか伏し目がちに、煙を煽りながらウィンドウ・ショッピングを続ける。Sの前も通り過ぎ、そのまま四辻を右に折れ北上すると、Sが来し方へ消えた。再びSは、同じ四辻に取り残されて立ちつくす。東北の角には老舗の酒屋が店を構えた。〈三善小路〉の側にはビールの中瓶小瓶、〈裸犬道〉の側はワインを並べる。帰り道に赤と白を一本ずつ買っていこうかと思いつつ、交差点から今度は西に向き直る。右手の先には十人ばかりの行列ができていた。先頭にあるのは銀行のATMかもしれないが、Sの居場所からでは見当がつかない。左手斜め向かいの楽器店からは、ハプシコードのような鍵盤を叩く音曲がこぼれ出した。さらに行く手をうかがうと、東のような断絶層も見当たらない。東の過去から奪い去られたものが、西向きの未来に再現されるのか。だがその先の遠景にまではまだ誰も思いが及ばない。Sはここで商店街をあとにする。〈三善小路〉に吸い込まれると再び南下した。

まもなく南堀にかかる橋が見えてきた。誰かが歯ぎしりをする。忍び寄るSに対しても、橋は公平な誘いをかけてくる。〈西方顕微橋《せいほうけんびきょう》〉と呼ばれて自ら目を細める。またの名は〈拡大橋《かくだいきょう》〉。渡った向こう側を左から右、東から西へ堀に沿って、二頭立て馬車が駆け抜けた。年若い馭者の男は頭に漆黒の山高帽をのせ、投げやりなまでにしなやかな鞭を振るう。車内《なか》の人物はいまだ不可解で、対岸からでは知る由もないのだが、窓からは五本か六本の白い百合の花束が突き出した。

馬車が通り過ぎて、初めてSは〈顕微橋《けんびきょう》〉に足を踏み入れる。そこから眺め渡す世間一般の倍率は何も変わらない。常日頃露わな流れを見せることもない堀の水は折からの寒気に打たれ、すでに半分近くが凍えていた。迂闊にも、橋を渡り出してようやくSは、年齢不詳の青ずくめの男が立っていることに気づいた。男の身を包むブルーはそれほどに、疚《やま》しさを押し殺す冬の憧れと相性がよかった。冷え込む白昼の眺めをかき乱してはならじと、Sは慎重に両足を進める。右足が時を渡ると、左足が男との隔たりを縮める。声をかけてきたのは、まだ川に向かったまま一途にSへ背中を押しつけてくる青い男のほうだった。

「あの」

「はい……」

「東というのは、ひょっとしてこちらでしょうか」

男はいまおのれが向かう方角を尋ねた。その背中は何よりも問いのために複数のコトバをのせる。

「えーっと、そうですね。私も長年離れて、先日戻ったばかりで、まだ怪しいところもありますが、いまは太陽も出てますから、そうじゃないかと思いますよ」

「じゃ、あれがやっぱり〈東方望遠橋《とうほうぼうえんきょう》〉だ」

「なるほど……するとここは」

「〈西方顕微橋《せいほうけんびきょう》〉……ハハハ、なかなか人を食ってますよね、さながら〈食人種〉のお宝だ……確かあっちは通称、東の〈万里橋《ばんりきょう》〉っていうんですが」

男はここで初めてSの方に向き直った。度重なる悪事で押し拉《ひし》がれた家の扉を、いま初めて抉じ開けるように。小さな顔立ちが胡桃で作られたように硬くむくれて痛々しかった。よく見ると身体は、顕微鏡で使われるあの観察用の、しかも等身大の二枚の平板なグラスによって挟まれている。東に向けられたばかりの背中から足元にかけては、大がかりな長方形のスライドグラス、西を向く胸から腹は正方形のカバーグラス、首から上だけが設定を免れるが、男の担う青みが服装だけでなく、二枚のグラスの帯びる彩色によって倍化されるのは明らかだった。時間と天候にも応じ、晴天にみなぎる明るさは男の青みをのみこみ、影を薄める。それに対して曇天の、冬の夕暮れ時になると深まる青墨の中に溶かし込んでいく。いずれも色づいた男の姿は夢路の果てに流される。欄干も間近にセットされた男の検体を、この〈顕微橋《けんびきょう》〉を通して観察する者などS以外には見当たらない。青ざめた男の自伝が町をめぐる何本かの橋によって一筋につながれる。

「私はあなたと違ってこの町生まれ、物心ついてから週に一度はここを訪れ、この西方《にしかた》の橋の上から、まずは東方《ひがしかた》の橋を確認する。それでも今日みたいにすぐにやさしく手助けをしてくれる方に巡り合えるのは稀で、下手をすると一人で一日、いえ、ひと月、いや、ひととせ、いやちがう、一生を費やしても当の目標物は隠れてしまいます。そのあと私は〈北方展望橋《ほっぽうてんぼうきょう》〉、略称〈北方橋《きたかたばし》〉、別名〈潜望橋《せんぼうきょう》〉を捜しにいく。だけどいまだに見つからない。これでは私が死ぬのが先か、〈北方《きたかた》〉が見つかるのが先か、どちらとも言えなくなってきている……と、そうは思われませんか」

　Sには応えの返しようがない。

「その上、私が死んでから、その橋が見つかるという保証もないし、あるいは死ぬ前に見つかっても、それで万事休すかもしれない。でもことさらにそれで苦悶を感じるようなことはなくて、むしろ見えざるこの世の悦楽の泉の方へと、私はこの皹《ひび》割れた手先をのばしていくのです……というのも、実はね、こちらの〈西方顕微橋《せいほうけんびきょう》〉とあちらの〈東方望遠橋《とうほうぼうえんきょう》〉、そしてまだ見ぬ〈北方展望橋《ほっぽうてんぼうきょう》〉という三方に架けられた橋、橋、それら三本の橋が、四季折り折りにこの町を映し出してやまない水鏡のように、流されることもなくのっぺりと切り立ちながら、さらにもう一本の未知なる〈南方三面橋《なんぽうさんめんきょう》〉を守り抜くというんですから……」

　するとたちまち、橋からの眺めが一変して、男の言辞そのままの情景が現出した。西、北、東の三方には、それぞれに鏡が切り立つ。そして〈北方《きたかた》〉を真正面に、南方《なんぽう》の〈三面橋《さんめんきょう》〉が背中を見せて腰を下ろした。西、北、東、三枚の鏡の中では、青ずくめの男が二枚のグラスから解き放たれ、左右転倒した姿を映し、今わの際のお化粧に余念がない。細々と眉墨を引き、大いに擦り減った口紅一本で所構わず十字を刻みつけていく。〈東方《ひがしかた》〉と〈西方《にしかた》〉、向き合い挟み込む左右の鏡に映し取られ映し返されて果てしなく、像は奥へ、さらに奥へと連なっていく。Sからは男の実像ばかりが見失われた。「〈南方三面橋《なんぼうさんめんきょう》〉の〈三面〉というのは、その橋を守る残りの三本、つまり東と北と西の三方面にほかなりませんから」

初めてSに問いを差し挟む余地が見出された。「何から守るのです」。男が即座にこたえる。

「革命と民族です」

まだ町の誰も見たことがない北方《きたかた》と南方《みなみかた》、二本の橋が元の木阿弥を余儀なくされた。映し出すもの、映し出されるもの、いずれも等しく消え失せ、一九世紀のSの前に元通り、青い検体がひとり、グラスに挟まれ立ち竦んだ。

「そもそも革命というのはね、二百年以上も前からまるでそれまでの歴史を一新するように、といってもそんな歴史が本当にあったとしてのお話ですが、この町のあり方を何かにつけて塗り変えてきたのです。でも、実のところは何ひとつとして変わっちゃいません……だとすれば民族というのはね、こちらはもう二千年以上も前からでしょうか、お馴染みの歴史を復元するように繰り返して、大きくても必ずどこか小賢しいばかりの、そんなうねりを伴い押し寄せてきます。そのたびに肝心かなめの、変わるべきもの、変わらざるをえないもの、変わることのないもの、それらの識別が見失われていくのです。これは悲劇でもなければ喜劇でもない。そんな美学がちっとも似合わない」

このとき青ずくめの男は全身に赤い涙を浮かべた。胸にのせた正方形のカバーグラスを両手で一段と強く押しつけた。面立ちもこれまでとはたがえ、鋭利でも緩慢でもなく、いかにも譲り渡すことのできないわが事という気配を大小二枚のグラスの間に漲らせた。言葉も改め、自前の物語はさらに奥へと解きひらかれる。

「三本の橋は残されたもう一本を、革命と民族という休みなく諍い絡み合う、じつに微妙な高慢と偏見から必ずや守り抜いてみせるのです……三本に課せられたそんなノルマも、それぞれの橋脚は公平に分かち合った。以来この方、私は人間の検体を背負い、一人分の孤独にも取り憑かれてきました。そこにはいかなる相場の変動もなければ、一厘の利子たりと求められることがありません。橋と橋に挟まれたまま、私自身は際限のない水辺の安定に陥るばかりなのです」

男の言う「橋」というのはひょっとして、二枚の「グラス」とほとんど同義なのかもしれなかった。

「西から北をへて東へ及ぶ三本の橋、橋、橋が、まだ見ぬ南の橋に対して行なうように、私の孤独を守り抜くのは、見知らぬお方よ、誰にも見えないさらにもう二本の橋です。謙譲の精神と親身な志に満ちあふれた、まことに心やさしきお方よ。東方《ひがしかた》と西方《にしかた》はいまここに見えるこの実在の橋で、北方《きたかた》と南方《みなみかた》にもやはり実在は求められる。ですが、ともに未知の橋で、初めの三本がお終いの四本目を、よろしいですか、まだ見ぬ革命と民族、すでに見失われた革命と民族、そのどちらからも等しく守り抜いてみせるのです。そして、町のどこを捜しても見つからない、そもそもありえない、さらにあと二本の橋、上《うえ》と下《した》、上方《うわつかた》と下方《しもつかた》が不在を拠り所に私をあらゆる関係から断ち切り、どこまでも守り抜いてくれます……はるか真上の〈上方万華橋《じょうほうまんげきょう》〉、互いに一致するもののない私の像で満たされた〈万《まん》華橋《げきょう》〉です。足下深くに架《か》かるのは〈下方内視橋《ほうないしきょう》〉、私はそこから頭の中味と臓器の反転をことごとく見抜き、出し抜いてやろうと思うのですが、橋の下の流れは淀み、人生は私の思いが跡形もなく沈み込むところに漂着する。何も読み取ることなどかないません……」

そのとき、どうにも取り替えのきかない現実の橋の上に、芋虫のような一匹の老婆が漂着した。背中を折り曲げ、両手両足を余すところなく包み隠した容姿で、丈の低い彼女は橋の中央線をたどる。どう考えても南端から渡ってきたはずだが、Sには青虫の男が呟いた上下いずれかの、不在の橋のたもとから流れ着いたように思われてならなかった。顔を伏せたままのムシ老婆は初めに目配せを送る。同時に弛緩した背筋が蠕動する。すぐに収まるが、もたらされた僅かな脅威にも敬意を織り交ぜて、Sが道を譲った。譲られた芋虫さんは擦れ違いざまに、ヒトのコトバで囁きかける。中程には胸苦しいばかりの吐息をひとつ織り込んで。

「気をつけなさいな、お年の見えないお方、私より年上なら許しておくれ、（ふう…）でもね、いつまでもかかずらってると、ろくなことはないよ」

老婆が通り過ぎたとき、青虫の男が背筋に声をかけた。「お母さん！」

「ホラ、来た、だから言わんこっちゃない。お国の見えないお方、アンタもとっとと渡んなさいな」

芋虫はなけなしの肩を竦《すく》めて、そそくさと橋を渡った。青虫の男も初対面のSにはお構いなく本性を剝き出した。挟み込む二枚のグラスに制御されながら、ごくゆっくりと母のあとを追う。橋の北端へと渡り切ったところで、グラスは抜けめなく消え去った。こうして身軽の青虫が先走る芋虫に追いついたかと思うと、二匹はいずれからともなく差し出した手をつなぎながら、羽でも広げたように軽く足早となり、みるみる小路を走り抜けていく。東西南北に、現存する四本の橋の位置関係は変わるべくもない。それに対して、上下二本の想いの橋は芋虫と青虫ともどもも刻一刻、移動し様相を改める。そのつど内心の鐘は鳴り響いて。

遠ざかる鐘の声には耳を傾けることも許されない。Sもようよう南堀を渡ると、行く手には中央広場が開かれた。横幅は二本の橋の間隔に等しく、どちらも広場への架け橋とみなすことができる。ほぼ正方形の広場は石畳に覆われ、週末には欠かさず市が立つ。季節を問わず賑わうのだが、冬の平日ではさすがに人通りも少なく、昼下がりといえどわざわざ足をとめる者など一人もいない。めいめいが所用のために、寒風もついて横切り邁進するばかりである。足下のいずれかには今もなお、選り抜きの円形の石がただのひとつ息をひそめる。思わず知らず踏みしめた者は、時に得体の知れない放浪へ導かれる。Sと知り合って間もないころの隼もその一人だった。あの秋、勤め先での週末の宴を終えて帰宅する彼がここの丸石の上にざっくり片足をのせると即座に、変転きわまりもない一年の旅路に追放された。その一年とは猫の月から竜の月まで、現地の暦で十八ヵ月と五日に及び、ところが帰還ののちに顧みると、この町では僅か一夜の夢路にもすぎなかった。徘徊の敷石はいまも撤去されることなく、同じ石畳に宿る。

Sはいま石のことをあまり意識しない。この町に暮らす成人で、丸石の認識がない者などほとんど考えられない。白昼だからといって、その魔力をまぬかれる保証もなかった。その一方でSというこの帰還者には、かつて敷石に連れ去られた隼の何倍、何十倍に及ぶ旅路からの貯えがある。それが石の魔力そのものを消し去るに十分なものかはわからないとしても、日常の思考から別途遠ざけるに足りるものは存分に携えていた。ひょっとすると西方の橋の上で今しがた出くわしたばかりの青虫は、あの広場で徘徊への起点を踏んだまま、未だに呪縛の解かれない、誰よりも不運な一例かもしれない。だとすれば男の慕う芋虫の老女は、彼を誘い込んだ円石《えんせき》の数ある化身のひとつにして、栄えある立ち姿ではないのか。

そんな二人だとしても、Sはもうほとんど石のことを忘れていた。ほかの通行人同様、彼も一市民、一居住者として通り抜けようとする。目標は近くて、広場は中央としての趣きを永く貯えてみせる。向かって右手の西方《にしかた》には市庁舎、左手の東方《ひがしかた》には裁判所が厳めしくもなく身構える。市庁舎の上の時計台はなくなり、教会堂はどこかに姿を暗ませた。一瞥をくれただけでは区別もほとんどつきかねるのだが、市庁舎のほうが階数で一つだけ上回っている。もっとも出入りする人数によって自ずと識別はついてくる。お役所への出入りはより頻繁で人品多岐にわたるが、裁判所のほうは疎らで、中には訴訟当事者や傍聴人もいるだろうが、事務方と司法関係者らしき風貌がどうしても目立つ。それでも取り立てて厳めしい塀構えや門構えはしていないので、法廷内と連携して何らかの行動を起こそうと思えば、広場から容易に取り組めるだろう。

塔は司法と行政、それぞれの拠点に挟まれた広場の行く手にいまも聳える。町発生の起点を示す暗黙の目印ともいわれる。高さはせいぜい十階建てくらいで、町周辺の開発部分や一部の旧市街地にも、これを上回るビルならいくらでも見ることができる。それでも町の原点であること以外にもうひとつ、この塔をめぐっては見逃せない特異点が伝えられる。かつてこの塔の上からのみ、あの〈想念の海〉は展望されたというのである。もっと高いビルから、まだしも近い北方《ほっぽう》の海ならともかく、南方《なんぽう》の洋上まで望見されたという報告は一件もない。しかも前世紀の終りまでに、塔の上には四方面に時計がはめこまれた。かつての市庁舎に替わって、何の変哲もない時計台へ様相をあらため、一般の登頂など望むべくもなくなった。それでも識者に限らず、町の成立に思いを寄せる郷土愛者にとっても、塔の語り伝える〈想念の海〉への展望は眼差しに長く折り込まれ、失われることがなかった。かれらは塔を見上げ、それぞれの海に思いを馳せ、波頭にも耳を傾ける。町はあらゆる休息を投げ出し、漂い続けている。

Sもまた漂流する。疾《やま》しいところなく、塔の裏側へ回り込んだ。たちまち目に緑が飛び込んだ。芝生が横たわり、Sの腕《かいな》は力なくも垂れ下がる。北半球ではありえない方角、北からの浮腫《むく》んだ陽射しによって、後ろに立つ塔の影がSの背中をのりこえていく。目の前の地面に、焼きつけられたかのような菱形が待ち受ける。短く刈り込まれた緑の中心に、やはり小さな菱形でブロンズの記念碑が埋め込まれる。中程を横切る線分に慎ましくも彫り込まれた四桁のアラビア数字、示された西暦の年号以外に文字らしきは見当たらず、それらが静寂のうちにもお膳立てのすべてを物語る。記念碑は墓碑をかね、緑の整地は町の解放をとりまとめる。緑とブロンズ、二色二重の菱形は犠牲となって名前も失われた市民一人ひとりの無念を、同じひとつの不屈の意志にも託《かこつ》け、しめやかに弔う。長い断腸もこだまするが、聴き取れる耳はもはやこの世のものとはなりえない。四桁の数字だけが身代わりとなり、自分以外の文字とコトバがもたらす無知と頽廃を取り除く。かたわらに立つSは歴史の靄《もや》に向かって秘めやかに敬礼を捧げた。応えを寄こすものもない。行く手には旧市街地を大きく取り囲む外堀が流れる。この町でいちばん道幅の広い大橋が架かる。そこから大通りが始まり、間もなく中央駅前の広場にさしかかる。手前の旧市街への門構えも務めるこの橋は、創建当時よりハルモニー・ブリッジ、〈調律橋〉と名づけられてきた。

しかしこの日そちらに足を向けることはなかった。〈調律橋〉が奏でる出迎えと見送り、それぞれの旋律にこれ以上耳を傾けるだけのゆとりもない。Sは菱形緑地から西向きに進路を改める。そうすれば真正面には革命会館が建ち、その奥には隼の勤め先である大学の研究センターが望まれるはずだから。なるほど隼の職場は、Sの旅立ち前と何ひとつ変わらぬ落ち着いた佇まいで迎え入れてくれた。ところが「革命構成記念会」の拠点がどこにも見当たらない。代わってそこかしこには、一戸建ての住宅が点在する。

　仕方なく、それでもSは会館があった方角へ足を踏み入れた。記念碑と墓碑の静かなせめぎ合いが徐々に背後へ遠ざかり、まもなく隼の通う研究センターの方から、この町ではよく見かける研究者風の男が近づいてきた。顎鬚をたくわえた男子はSと顔を見合わせても表情を改めず、そのことが却ってSには安堵をもたらし、会館について尋ねてみることにした。男は無表情を貫いたが、板についた温厚な物腰で簡潔な答えを送り届けた。

「いえ、そういう建物について、私は聞いたことがありません」

　Sは彼がこのあと駅の方に向かうのだろうと思った。肩かけバッグひとつきりの軽装にも、ゆるぎのない旅立ちの匂いが立ち込めた。

　少し歩くと、かつては会館が建っていた辺りを占める、庭付き二階建ての注文住宅にぶつかる。臙脂色のレンガには一面、もう一世紀以上もこの地を守ってきたかのようなツタの蔓がはりめぐらされ、いきなり門扉が開くと、小型の犬を連れた初老の女性が姿を見せた。Sは努めて控えめな笑みを伴わせ、彼女にも同じことを尋ねてみることにした。

「あの、失礼ですが、以前この辺りに〈革命会館〉というのが建っていたのですが、現在どうなったか、ご承知ではございませんか」

　しかし全く駄目だった。彼女はSの話すことばが何も理解できないように、髪と耳を覆うハンカチーフの結び目を摘みながら、目をパチクリさせるばかりなのだ。一度も笑みを浮かべることなく、外堀の方に犬を連行する。それでも二度、三度とSの方を振り返ることだけは怠らなかった。

　やはり時代が変わっていた。Sの想定を遥かにこえて人びとは、一見野放図でそのじつ機密性の高い時の営みを積み重ねてきたのだ。やむなくSは菱形の緑地に戻ろうとする。と、ちょうどそちらの方向から若い男の声が伝わってきた。振り返ると、学生風の青年二人が顔を見合わせることなく語らいながら手をつないでいる。ひょっとすると隼の仕事先辺りに向かうのかもしれない。Sはためらうことなく彼らにも声をかけた。

「こんにちは」

「こんにちは」二人はほぼ声をそろえてくる。

「きみたち、お若いからご存知ないかもしれないけれど、以前ここいらに「革命構成記念会」という民間団体の会館があって、革命会館とか呼ばれていたんだけど、今どうなっているか、何か知らないですか」

二人は少し用心深く、指と指を絶えず絡ませ合いながら、彼ら以外には決して読み取ることのできない身体記号を密かに送り合っているようにも見えた。そうすることでどんな苦境にあっても、彼らはつねに相手の正確な〈自殺体〉を演じているのだと、Sはそのとき直観的に解釈した。それは彼らの分かちがたい恋愛感情にすぎないのだが、それによって現実の死は刻一刻と辛うじて先送りされる。

共通の見解でも紡ぎ出されたのか、左側の男子が代表して回答を述べた。

「あの、ボクらはここの出身じゃないので自信はないのですが、外堀沿いにある、この町で最古の城門、ご存知ですよね」

「ええ」

それは菱形緑地とはまた別の戦勝記念地だった。

「その近くに〈じんみん会館〉というちょっと妙な建物がありまして、そこの管理団体が確かさっきおっしゃった、かくめい……」

「革命構成記念会」

「そう、それだったと思うんです」

「そうですか。ありがとう。すぐ行ってみます」

すかさず今度は右側の男子が問いかけた。

「あの、この町の方ですか」

「ええ、まあ、元々は違うんですが。それに、だいぶ前に一度町を出て、しばらく離れていたんで」

「どのくらい……」

「二世紀近く」

驚く二人はなおも手を結んだまま、初めて顔を見合わせた。

「そのころ自分の著作から出てきたのです」


ようやくそれがわかったと心中模索する。自分が、自分の著作から出てきたということ。ただし、著作にふたたび戻ることはかなわない。不在を読み取る営みばかりが突きつけられる。著作そのものは様々に形状を転じながら、市場に流通するのだから余計に始末が悪い。Sは読み取りがたい活字からの寒気にも見舞われた。凍えた足下からは冬の蒼穹が立ちのぼる。青年二人はその片隅にくるまれ、なおも互いの身体記号をまさぐる。自分たちの行く末に〈じんみん会館〉からの微かなどよめきを洩らさず封じ込めるように姿を暗ました。もはやSには、元来た道をたどり直すよりほかに展望など見出されようがなくなった。

二色二重の菱形緑地から想海望見の塔をくぐると、中央広場の市庁舎沿いに進んで〈西方顕微橋〉のたもとまでひと息に立ち返った。大小二枚のグラスに挟まれた青一色の検体などもはやどこにも再現しない。消し去られている。橋も渡らず、手前を左に折れ、あの一瞬の馬車のあとを追うように堀沿いを進む。堀そのものは当初の西向きから流れを北向きへ転じていく。南堀というのも名ばかりとなり、それでも持ち前の流れは揺るがず、寄り添う道も同じく右に折れながら、やがて傾きにはひと思いに始末をつけるだろう。石畳みの道が堀から二、三メートルのところにえんえん続くが、家並みはもっと奥に引っ込んでいる。十数メートル、いやそれ以上の隔たりをおいて点々とつながる。長屋風の佇まいではなく、ゆとりのある独立家屋が、緑がかった、ひと気のない緩衝地帯によって守り抜かれた。それぞれの暖炉の炎《ほむら》が大きなガラス窓を貫いて、道行く者にも心ばかりの熱線を放射する。Sは一つひとつを受け止め、その温もりを励ましの言葉として聞き届けた。

堀があからさまに北をめざすと、まもなく対岸には東西に走り抜ける通りの先端が差し出された。あの〈裸犬通〉商店街のなれの果てだった。つい先刻、同じ街路と〈三善小路〉の十字路に立ったSの実感から推し測るに、そこは一段と先に進んだ未来に相当するのだが、人影は余りにも疎らで、時代の背景も何もかもが断ち切られたように寂れて見えた。かつても将来もなく、ひょっとすると浮かび漂うのはひとえにあからさまな現在かもしれない。立ちどころに渦巻く風が吹き抜ける。空に向かって呟きのアラレが降り注ぐ。堀のあちらはにわかに煙る。こちらは冬晴れの過酷を守り抜く。叫びを上げる者がことごとく消し去られた対岸で、商われているものはといえば、腐敗も一段と進んだ使用済みの貨幣だろうか。すると同じ向う岸から堀に向かって、何者かがそのための材料を投げ込んだ。静かな反響を描く同心円の中ほどに、投じた者自身の正体が包み隠されている。無名の商店街が無人の銀行を求める。無産の生命《いのち》を搾り取ろうとしている。交わされるのは破壊の営みであり、流通するのは破滅への恋慕にすぎない。来たるべき戦さのために自らを研磨する。

またしても渦巻く風が吹き抜けると、まもなく交差点が、それも運河の十字路が近づく。そこで北、中、南の三本の堀が終結し、一本の流れとなって西へ突き出される。そこから先の、戦勝を記念する、町で最古の城門をくぐると、数十キロ西北には河口が待ち受けた。目前にする運河の交差点は、東西南北四本の橋によって取り囲まれ、総じて〈四方橋《よもばし》〉と称された。

その四方橋を、Sはさながら発達中の低気圧のように左にめぐる。先ずは右折してすぐ手前の橋、南堀の北端を西から東へ渡る。あとは左折を積み重ねた。中堀の西端を南から北へ、次に北堀の南端を東から西へ渡る。四方橋総体の四角い中央部には、つねに複数の渦が巻く。拗《こじ》れ合い擦《こす》れ合い白く泡も吹きながら、濁流ではないが、勢いもつけて西へ押し出される。今は全開しているが、北側、東側、南側の三本の下には、可動式の堰が備わっている。時おり通り抜ける船の航行をより円滑にするためかもしれない。Sはそれ以上の左折も取らず、彼なりの四方《よも》を閉じると、そのまま西堀の北岸へ踏み出した。

眺めはまもなく一方向に傾いていく。直線に別れを告げ、南北両岸ともにここでも右へ、北へと湾曲する。持ち前の穏やかな流れがなおもつねに緩やかに、時に悠然と、それは冷ややかな海鳴りからの誘《いざな》いにも引き寄せられるかのようだ。沿道には同じ引力を受け止め、新たな磁力に置き換えるための装置も立ち並ぶ。左右の両岸に生き血を分けた同質の壁が連なる。切れ目のない衝立は至るところに窓と扉を隠し持った。

右へ逸れる地形のため、北岸の壁はいささか張り出し、そちらを川越しに受け止めるように南岸の壁は引っ込んでいる、はずであった。ところが双方の佇まいときたら、眺める者にとっては木で鼻を括っている。まるで鏡で映し取ったように同一で、ありうべき湾曲が消し去られている。どちらが実像とも言われず、むしろいずれも虚像ではないのかと、遠ざかる未来から託されたなしくずしの疑いさえ付きまとう。

三階建ての壁が路地も小路も挟まず、道行く誰もが不安を覚えるばかりに軒を連ねる。その組み立てにも両岸で違いはなく、裏庭の付いた一階で一つ、二、三階を合わせたもう一つの、計二所帯用になっている。出入口は一階で隣り合うが、右岸では左側の扉が二、三階へ通じるのに対し、左岸では右側だった。それにしても、午後のこの時間帯にしてはあまりにも人の出入りが少ない。これは空家の森か、もしくは空の見える地下水道にでも迷い込んだのかと、Sが闇雲な失意に囚われ出した、そのころになってようやく目の前のドアが開いた。中年の女性が自転車とともに現われ、見知らぬ一通行人の彼にも会釈をくれた。ところがふと対岸に目をくれると、対称的な位置取りで同じく扉が開き、やはり桃色の自転車が姿を見せている。乗り手の性別はいまひとつ確認できないが、羽織るジャンパーの色合いもごく近く、ただSに該当するような立像だけが見つからない。流れを挟んで両者は西から徐々に西北へ、同じペースで走り去る。

さらに百メートルばかり運河沿いを行くと、両岸にまた自転車が姿を見せた。乗り手はどちらも無愛想な若い男で、Sには同時代者としての所在など認めないがごとくだ。何やら気圧され、Sがまた対岸に目を向けると、あちらでも自分を想わせるような人影が男に立ち会う。鏡界の暗闇へ突き落とされるところだったが、乗り手はいずれもそんな内面には一切かまわず、向う岸がSと同じ西に、こちらは東にペダルを漕いだ。残されたSも先を急ぐ。対岸の人影はこちらに目もくれず、反対の東方面へ引き返した。

堀の川面にほどなく、四方橋からの名残りを引くように小さな渦が巻いて、対岸の上空には一羽のカラスが姿を見せた。そちらも小さな螺旋を積み重ねながら沈黙を守り、ゆっくりと舞い下りて、そのまま屋根の向こうに姿を消した。水面の渦はそののちどこにも見られず、足を運ぶと海鳴りのような呟きに導かれ、今度は彼の進む北岸でカラスの啼き声がした。思わず歩みを止め、屋根の上に目線を走らせたが鳥影はない。南岸にも目を向けると、そこには大きく旋回をとげながら、またしても徐々に舞い下りるものがある。その三羽目がようやくとある屋根の先端に降り立つや、Sの真上でも羽ばたきがした。この四羽目は啼き声を上げることなく、何やら真一文字に飛び去った。Sはなおも足を運ぶが、さすがに速度を緩めた。惧れを爪先に折り重ねる。ややあって、南岸の屋根に停まった例の三羽目が「カア」と啼くと、ついにSの頭上にも本物のカラスが姿を見せる。数えて五羽目の、こちらもまた大きく渦を巻くので、飛跡の半分くらいは目にすることができる。いちばん最後の大きな渦を閉じるように、すぐ近くの屋根へ舞い下りた。それを見届け、南岸の三羽目もやはり真一文字に飛び立つ。南北の飛跡が交わらず、羽ばたきの時を同じくすることもない。Sの思いは屋根上を離れ、むしろ引き剝がされ、屋根裏に生息するものとその営みに向けられた。だが答えなどどこにも見つからず、Sはほとほと見放されてしまう。二台目の自転車を最後に、断続するカラスの往来を除けば、沿道からは生存の気配が消し去られた。

舞い下りるカラスも慄然と鳴りを潜め、爪先に積み重なる恐怖も一段と凍りつく真冬の午後、向かい合う二枚の長大な壁に挟まれ、渦を巻くいとまも奪われ、言葉にもならない一本の流れが取り残される。流れは湾曲を引き継ぐが、両沿岸の壁はどこまでも平板に向かい合った……彼は闇に入り込む。

そのまま消え去る彼は文字通りのＳであり、それでもなお光を放つであろうＳとは、とうの昔に消え失せた彼そのものだった。消え去る者と消え失せた者、それらは合わせて一人分の分身にほかならない。

　沿岸の通路が滅入り、一世紀が過ぎたような夢見心地も付け加わると、Ｓの単調な歩行に新しい境地が開かれた。それまでの右曲りから、不意に左曲りへ川筋が切り替わる。同時に、両岸に切り立つ住居の壁は呆気なく事切れた。そんな心肺停止に引き続いて真っすぐな流れが見渡される。しかも右岸を進む彼の姿を、行く手からの容易ならざる視線が捕らえた。目配りがいかにも単調で、一本気なまでに射し込んでくる。源をたどると確かに目が見える。町を取り巻く外堀とこの西堀との交流点のすぐ向こう、その川面にぽっかりと大きく片目が浮かんだ。

　右目か左目かもわからない、いずれにもなりえない原初の、あるいは原石の単眼が瞬きをくれた。目の回りに城門らしきものの原形をよみがえらせる。死に体の町が単眼の門扉に向かって水平に息を吐《つ》く。その瞬きが単眼のものか、本当は魅入られたＳのものであったのかの識別もつかないが、町外れの一角をめざし、いよいよ歩みを進めた。涙腺を蹴破るように、夥しい雨粒が落ちてきた。単眼に魅入られたＳに向かって、群青の雨が降り注ぐ。

　ところがＳには降り注いだ一面の青が見えない。それほどまでの染め抜きがのべ広がる。足元の感触だけが僅かに、たどってきた道の連なりを告げ知らせた。目を凝らしたところで、水陸の識別もつきかねる。次なる一歩で真っさかさまに足を踏み外しても不思議のない青一色の中に、Ｓは公然と投げ出された。音もなく、雨の霧、降り注ぐ煙、立ちこめる飛沫が埋めつくすばかり。恐怖だけが彼を次の岸辺から遠ざけるが、浮かび続ける片目からの誘惑が同じ隔たりを掻き消してしまう。そんなせめぎ合いがついにSを制し、そのまま水面上に宙吊りにしようとした刹那、単眼は目蓋を閉ざして姿を暗ませた。規格外の片目が消えると時雨《しぐれ》の青雨《あおさめ》も晴れ上がり、跡には町で最古の城門が本来の姿形を見せた。

「城門」と言われるが、下を通るのは道路ではなく水路だから、本来は水門である。それが往年の戦時には強固な城門の役割を果たした。内陸の水上交通網が発達したこの一帯では、軍事上の物資ならびに人員の輸送にも水路がよく用いられたからである。城門は堰の役割も果たし、市街から西堀に沿って続いてきた両岸の道もかつては門のすぐ手前を横切る外堀で途絶えていた。侵入者の行く手には、門と外堀が立ちはだかる。解放戦争における町全体の籠城戦でも、城門は命がけで堰を閉め切った。男ばかり十人の市民戦闘員が立てこもり、粘り強く敵に足止めを食らわせ、闘いは町の抵抗を象徴する義勇として永く語り継がれた。彼らは一人の例外もなくこの門口に骨を埋《うず》めたが、半ば不意を突かれた町全体の体制の立て直しにかけがえもなく貢献した。当初、町の指導部は東側の上流方面からの攻撃に備え、そちらに主力を回し、こちらの下流側の守りは手薄にならざるをえなかったと伝えられる。そこへいきなり敵の本隊が襲いかかったのであった。城門の壁には今もなおその時の銃痕が残る。将来にわたり、それらの消失を伴うような改築改装など考えられない。ただし、城門を守る亡霊たちはかつてのように町の外部に向かってではなく、自分たちが身を挺して守りぬいた内部に目を光らせているようだ。

堰の門が不意に口を開き始めた。上にまたがる制御室ないし監視房には三つのガラス窓が見えるが、ヒトの気配は伝わらない。水路が通じても、船の行き来は見られない。Sにとって外堀の流れはあと二、三歩のところに迫る。そこにも往き交う船はないが、西堀両岸の道はかつてのように運河の交わりで途絶えるのではなかった。外堀には二本の木橋が渡され、城門の両脇から道路はさらに遠方をめざした。

　不意に風車の回るような木製の軋みが生じた。そのうねりに巻かれ、Sはすぐ右手に、永く脱ぎ捨てられたような土地の隆起が横たわることに気づいた。四方橋からの西堀の流れを蛇に例えるなら、隆起はのっそり鎌首をもたげた。盛土は見たところこんもりと強固で、二階建ての館をのせている。それが先刻、番いの青年が囁いた〈じんみん会館〉であるとしても、すでに誤解の余地は見出されなかった。


　Sはこうして一つ目の目標にたどりついた。かつての革命会館は姿を転じ、〈じんみん会館〉と名称も改め、唸り声ひとつ洩らすことのない最期の佇まいを決め込むかのようだ。新しい名前の掲示も見当たらない。見るからに河馬《かば》で、西堀に向かって芝生の上に寝そべる姿はさながら老ヒッポタムス、およそ似つかわしくもない木製のおちょぼ口が閉ざされ、痛ましくも両耳は根こそぎ削《は》がされた。だから歌謡《うた》を注ぎ込むものも見当たらない。

　横手に回って控えめに見上げると、人影のない二階の天窓の傾きが高速鉄道の運転席を思わせる。駅も、信号も、線路もなくて、乗り込むSには片道往復いずれの切符も入手しがたい。そこで思惑だけが何千里も後退りを続けると、河馬は消え失せ、運転席も溶け込み、あとはもう河岸に脱ぎ捨てられた木靴にすぎない。左か右かの識別もつかなければ履ける者とて見当たらず、あらためて正面の入口に向かって眺めると、玄関の上に差し出された屋根の先端にはここでも一羽のカラスが、翼を精一杯に広げ十字を切る。新築の教会堂も印象づけられるのだが、祈るものなどどこにもない。

ほんの気休めにと、腐り果てるものがただ消え失せるばかり。

ゆっくり足を引きずるように、導きの四段を上ったSは会館の入口扉を押し開いた。

ギイ、と一度きり、生気の途絶えた呻き囁きがこぼれ、彼の耳元にもこだまして、未知の屋内への引導を渡された。

すぐさま扉が閉ざされた。鍵はかからないが明かりも点らず、木質の匂いばかりが増殖するが、Sが身に纏うものは総じて薄暗い。

すぐ左手には会館の事務室、受付の窓が焦げた褐色の木枠に縁取られる。悄然として人影も窺われず、積み重なる年代は計り知れない。古い医院を思わせるぶ厚い擦りガラスに守られ、外堀に面した窓からの光だけが射し貫いてくる。

右手に部屋はなく、長椅子が一脚、背中を見せて放り出されていた。もう長らく誰かが腰を下ろした痕跡もない。杏子《あんず》色した革面《かわも》が生気をなくし、うっすら均等に、肌理《きめ》の細かい黄金《こがね》色の埃に被われる。

いつまでも朝が来ない、そんな想いに逃げ場もなく押し込まれる。椅子のすぐかたわらに置かれた、壁を背にした緑の棚。いつのものとも知れないチラシ、冊子、ビラ、報告集に資料集の類いが差し込まれた。その向こうの窓には厚く桟《さん》が降ろされる。目を凝らしても、異様に寛いだ影の独白以外に語られるべきものは浮かばない。

Sはここで三歩足を進めた。

それから首を振る。縦ではなく横に。すると間髪入れず打出の小槌のように、通路の左右にはいずれも同形の、会議室を思わせるような連なりが描き出される。扉も同じ角度に開かれ、中では木製の長机が三台、肌を接して凹型を描く。背凭れのある回転椅子をお腹にのせると押し黙り、歯を食いしばり、背凭れのない丸椅子を足元にすると痺《しび》れを耐え忍んだ。

そのまま象のように、部屋が歩き出す、テーマをなくし、骨董品も同然の協議、決議、動議、声のない記録、備え付けの黒板には鮮やかな紅白一対のチョークで、見たことのない文字による伝言が大小数行にわたって書き残された。

Sはまた三歩足を進める。

左手に二階へ通じる折り返しの階段が現われた。

上り口は奥で、途中の踊り場が手前に浮かぶ。

何かが持ち上がると、別の何かが投げ落とされると、そんな気配も漂う。

また三歩足を進める。

今度は啼きウサギを思わせるばかりの高くて鋭利な声が木霊を繰り返す。くぐもり、やつれ、それでもたたずむSの頭上にようやく一つ目の明かりが点された。光明は廊下だけにとどまらず、さらに伝播してゆるぎなく、突き当たりに開かれた大扉の向こうまでこよなく伝えられた。そこに照らし出された広間は常設の展示会場を思わせ、天井に円、壁面に四角を備え、床面《ゆか》は水平を保つが、閉じられた左側扉のすぐ左手の外壁に寒々とした掲示が見える。

この建物に足を踏み入れて初めて目にする、解読可能な文字だった。壁には直に刻まれるが、痛みも伴わず、むしろむず痒いばかりで、何を措いても金縛りを好み、地響きを心から待ち望み待ち受けては、洩れなく愛おしんできた。あまりに永く見放されてきた内面の表記、どこにも意味をなさない一頻りの断片が三個、短い斜線を挟み、沈黙を守り抜く。それでも文字は曰く、変革する／無意識の／彼方で……と。

Sはいよいよ両足を踏み入れる。新たな三次元に組み込まれる。見学者を取り囲むのは「無題の点描」というほかなかった。練乳色の壁面に、展示品は規則正しい比例配分で吊り下がる。同じ高さと同じ隔たりのものはどこにも見られない。立ち竦むSには空間の囁きを思わせたが、耳を澄ますとモノとモノの軋み、時を忘れた呻きも感じ取られる。二次元であることを共有しながら、どの作品からも具象性が奪い去られる。過重にして鄭重なまでに取り上げられた。

換わって、得体のしれない〈断景〉が強《したた》かに身体《からだ》を丸める。この町の旧市街地だけに残るいじましくも懐かしい〈断章〉がひそかに描き込まれるが、足を踏み入れ二十メートルにも満たない道のりによってフィルターのように漉し取られた。

Sは展示の中心から何度も回転を試みる。星ならぬ彼にとり、それは迷える公転ではなく、諦念を見極めるための醜い自転にすぎない。視線は一つの作品から非作品へ乱反射をとげる。見ているものが見られたものを見逃すと、そもそも見られる前に見放されたとの思いが募る。見られたものが見られないものに目配せを送る。そこからは何かに目配りするような思いやりなどものの見事に消え失せた。

Sはさらに回転を加える。

そのつど懐かしい町の眺めに引き寄せられる。すると正確無比に同じ尺度で、同じ眺めからの追放も余儀なくされる。

その果てに会場内部の明かりだけが消されると、元の廊下に放り出されて、外壁による冷酷な監視に晒された。

それでも片側の扉は閉まらず、薄闇の中に「無題の驚異」が描き出される。Sは全てを受け止め受け入れて、おのが信じる〈永遠の相の下に〉塗り変え塗り込めてしまいたかった。

彼はほかならぬ彼自身のために塞ぎ込む。

そのときどこかでキフ人《じん》の気配がした。

それがさっき廊下で耳にした啼きウサギの音源であり、いまだ描かれたこともない新たな二本足かもしれなかった。

いずこからともなく、とはいえSの頭蓋骨の中でキフ人は早くもしゃがみ込み、すぐに立ちくらんで息を塞いでしまう。それらの確かな源泉を、彼は階段の上あたりに感じ取る。入口に向かって廊下を少し戻った右手奥にある階段の上り口へ向かった。頭上には斜めに迫り出す長方形の天窓が見える。それこそが建物に入るとき真正面に身構えた、あの「高速鉄道運転席」のウィンドウにほかならない。そこから見下ろす間近には、こちらも入館前に見届けた十字のカラスが鎮座する。ただし先刻とは正反対に、天窓の方へ頭《かしら》を擡《もた》げる。建物を河馬に例えるとき、今や黒鳥氏はその眉間と睨み合うことになる。

これが生きた本物のカラスなら、時間が経っても立ち位置を改めないほうが薄気味悪い。彫像でも姿態の移り変わり、その動と静が自動回転というのはどこか馴染まず、むしろ何者かによる、Sの移動を見計らいながらの操作ということにもなりかねない。しかも外部から眺める限り、黒鳥氏は玄関の鼻先で今も不変の体形を保ち続けるようだ。ということは、ひょっとすると同じ彫像が何食わぬ顔をして同じ時刻に、異なる視点ごとに違うポーズを取るのかもしれない。クルスのカラスが、あるいはカラスのクルスが、同一の施設に解決も回復も不可能な亀裂を生じさせ、昼夜問わずに請け負わせていく。

そんなこととはつゆ知らず、Sは階段の踊り場を住み慣れた旧居のごとく、揺れず、騒がず、折り返した。すると目の前に天窓でもない、さらにもうひとつの窓が迫った。西側だけに開かれた片目、突き当たりにするするとこの〈奥の目〉が昇る。〈目〉とはいっても、近づく彼が見抜かれるような謂れなどどこにもない。あの消え失せた川面の単眼に呼応するものもなかった。

キフ人は単独で、他愛もなく五体を露わにした。そして〈奥の目〉の瞳に当たる部分をすぐに捥ぎ取ったのだから、聞きしに勝る横着ぶりには拍手の一つも贈りたくなる。天窓からは薄日が射し込む。Sの左頬をじっくりと温めてくる。〈奥の目〉から波立つばかりに見渡せる冬の曠原、その展望に胸を膨らませつつ階段を上り切ったSは右手に広間の所在も嗅ぎ取った。キフ人は疑いもなくそちらの方角からやってきた。横顔の凍て付きが今まさに何かが終わったこと、あるいは何かに自分から訣別してきたことを告げ知らせる。窓の外から二人を眺めれば、どちらも河馬の右目の中に佇むことになるのだろう。

いよいよ目の中に立つ。窓から見渡すと、待望の曠野は鳴りをひそめた。換わって〈奥の目〉自体の生理的な内容物が陸続として湧き上がる。語り継ぐものもないその日暮らしの表情をどこまでも一途に描き出す。心ならずも単独の目の自画像に二人は立ち合わせられた。

角膜が二重《ふたえ》に薄《うす》ら氷《ひ》の制動をかけた。眼球《めだま》の外縁《そとべり》を固め、中から眺める者たちの全身に被いかぶさ

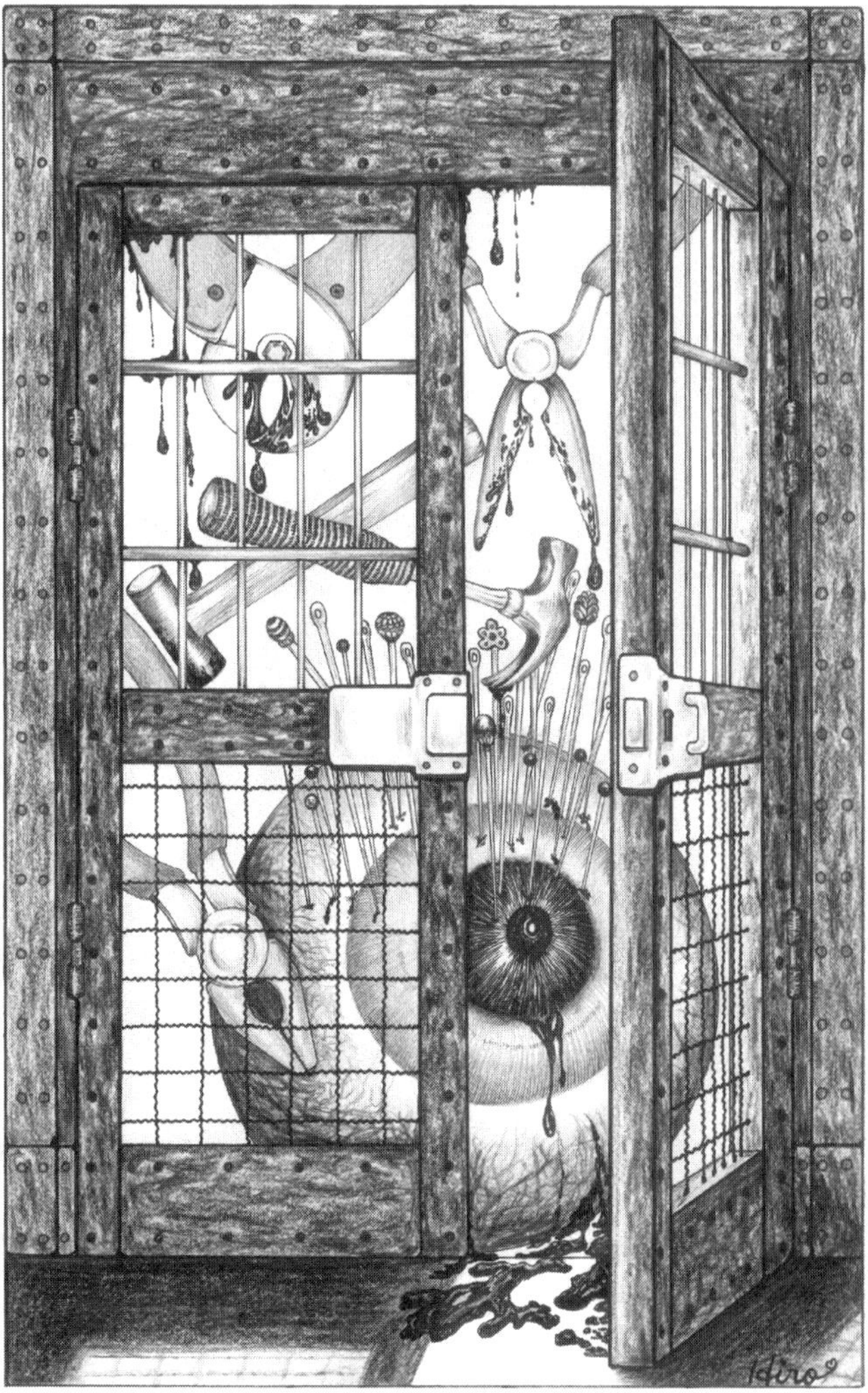

る。船乗りがめざす海路《うなじ》までの全景を被いつくすと、訪問者たちは河川も沼沢も漉し取る〈目〉の内幕が上がるのを待ちわびた。拍手もなく真冬の午後に吊るされた緞帳、その一角に丈の長い緑のスカートが巻く。かつて誰も見かけたことのない、生きた枯れ木のようなキフ人が立っていた。

腰元には、豊かな虹彩に包まれた水晶体が浮かび上がる。眼下を流れる外堀がいつの間にか小さく切り取られ加工も施され、お咎めを受けることなく悠々と持ち上がる。動きを忘れた心臓のような瞳孔は色彩を奪われ、目の前に広がるキフ人の腹部《はら》を射し貫いた。キフ人とS、出会い頭の二人を真っ向から睨みつけるのでも、やすやすと見逃してしまうのでもなかった。瞳は終始きめ細やかに、ふくよかなまでにかれらを受け止めながら、思い通りの傍観をとげる。

キフ人のクリスタルの頭《かしら》には、黒くて季節外れの麦わら帽子がかぶさった。小さく結い上げられた透明の髪を被い隠し、彼女が取り去るまでには太陽暦でまだ数日の猶予があった。視覚の滞りを蛇蝎のごとく忌み嫌い、肌には直に灰色のブラウスをつける。町全体が投げ込まれた一九世紀から見れば、それは時代を遥かに先取りした化繊地だった。そこには驚くばかりの習字も営まれ、新たな創作文字が綴られた。万民の知恵に高価な鍵がかけられて、中の一人が事を構えると、寄り添う誰もが口を揃え、来たるべき対話の書き取りにも備えた。

液体との区別を見失い、大気が一本のグラスのような肉体に注ぎ込む。一陣の風が吹き抜ける。巻き起こった僅かな硬質の軋みを聴き分けることで、抜かりのない笑みをもらす輩がいる。〈目〉の中の二人にのしかかる硝子体と、〈目〉の外で本来の姿を根こそぎ奪われた郊外の佇まい、この両者を分け隔てるものはどこにも見当たらない。それでいて、どこかに罅《ひび》が入れば責めを負うのはかれらであり、取り返しのつかない瑕《きず》を負わされるのも、かれらをおいて他には考えられなかった。

そんな弱みに付け入るように、失われた田園がひそかにのし上がる。二人の目が届かない地下の水脈を通じ、海原とも固く結び合う。唄を口ずさみ、こぶしをふるい、つつがなくも合体をとげる。定められた液状化に抗うすべなく、大気を血脈に収め、息も吹き止まった。

心臓の鼓動を打ち出す撥《ばち》もなく、見せしめを求め、不整脈を繰り返す。ようやく訪れる生命の危機も嘯《うそぶ》くばかりで、どこにも応えがない。

万事休す。

海と空と陸の区別をなくしたものは、これまでにない巨大な硝子体へ成長をとげた。

一事が万事。

そんな片すみに少女サイズの、オレンジのカーディガンが引っかかると、キフ人持ち前の豊かな胸を際立たせる。

窓のグラスの向こうに淡い剝製の膜が広がる。区別もなくした球体をおおらかに包み込むことで、天高く地下深くにいたるまで視線は平等に貫かれてしまう。情報のやりとりがなく、窓の外面に広々と映し出された網膜と、〈奥の目〉の中の本当の網膜がどちらからともなく手をさしのべ深く通じ合う。こうしてさらに巨きな、それでいて温厚な球体ができあがると、見守る二つの人物の後ろ姿をあっという間に掠め取っていった。

ようやくSに向かって、キフ人が片手をさしのばす。もう一方の手のひらには、網の目のレースを入念に編み込んだ純白の手袋を握る。すぐにも視界が晴れ、窓からは西向きに町の外部が見渡された。異様なまでに波おだやかな冬の海もかすかに望まれる。同じ窓枠に宿る〈奥の目〉を支え読みとる視神経は水平線の向こうからも虎視眈々と忍び込む。書き進むこの記述の、この描写の、隅々に行き渡ると、産み出された成果は誰に対しても公平に配分されるだろう。それらを統御する神経の中枢も、読まれる者一人びとりの末梢につながれる。〈目〉の中の二人は見えなくても、誰もが耳を傾け、コトバを見つめていた。


〈あなた、いつ来ましたか〉

〈昨夜です、たしか〉

〈そう、じゃ、一年になりますね〉

初めに尋ねてきたのはキフ人で、それに対するSの答えによって生じた一日分の誤差が、キフ人の応えによってたちまち数百倍にされた。だが、実際には反対で、初めに尋ねたのはSかもしれない。それに対しキフ人は自らのありのままを答えたのに、Sが一方的に引きのばしたのかもしれなかった。

そのSが尋ねる。

〈そこは、大広間か何かですか〉

そうね、というか、この会館でただ一つの講演室にして大規模会議場。何人でも収容可能で、私もいまの今まで渦中にいました。

〈それって、下の展示室と同じような間取りでしょうか。私はさっきそちらに入って、「無題の点描」と名づけられた容易ならぬ作品の数々に一度ならず触れてきましたから〉

そう！　それはよかった。私は今のところまだそちらは……おそらく永遠に……でもね、二階はもっと広く、というか、何よりも奥行きが深くて。

小さなくちばしが筆を鳴らしている。

〈何かの、政治的な会合にでも、ご出席でしょうか〉

キフ人は背中を向けると、それを誰のものでもない一枚の羊皮紙に見立てる。描かれるべき文字の連なりは艶《あで》やかにして芳《かんば》しいが、書き手の姿は望まれず、窓辺の巨眼が借りもののごとく衰えると、もはや光を貯えるものもない。源のない反映の中に二人は捕らわれる。見えざる手と手をあえて結び合う。遠くから、淡く忍び寄り、波立つような気配にも、不死身を折り重ねる。

いいえ、今日は文化的な講演会、といっても文学的な要素は見当たりませんがね。それ以前に芸術はことごとく排斥を受けています。それが現下の、この二階の、限られた文化、ですからね、この前提を受け入れた上での本日「満員御礼」です、あそこはね……ただし、こと立見については以前から一切が禁止です。向こう見ずな蔑ろに対しては、情け容赦もない粛清あるのみで……何も残らない。おまけに、演壇へ向かう会場中央の通路ときたら、ヒト一人が何とか通れるくらいで、おまけに直線が見られなかった。

〈それでは曲線、それとも無線……〉

というか、精確にとらえるなら、意図的な歪曲でしかありません。偏曲にも当たらず、燃えつきて、断線を余儀なくされる。座席は一列ごと、左右の分かれ目に不規則なズレが生じる。前後を貫く道筋には、入り組み絶え間もない決裂が導かれる。それに耐え抜くように、歪んだ通路を挟んで左右は、ごくありふれた折り畳みのシングル椅子が各列同数になるように揃います。整然と並び、しかもです、隣り同士、青や緑の細い紐によって厳重に結わえられる。ですから、一人が揺れようものなら、すぐに連動して列全体が、いや、少なくともその半数前後はひと息に揺れざるをえない。かかる例外行為はありえない失態で、招いた者の速やかな死を意味するとしても何ら過言にはあたらない……私は連結椅子の左側、前から数えて三列目の真ん中辺りに腰を下ろし、体を沈め、いのちも気づかい、目前の講演へ耳を傾けた……ですが、周りには演壇に注意を向けることなく、黙して省みず、傷つき眠りこける多くの人がいたのです。というか、むしろあれはヒトにかこつけた無縁の群生《ぐんせい》。そこからだれもが片づけられる。ささやかな呟きが伴って。

語らう男と女には窓の外から、永く喉を嗄らしたままの狼の鼻先が突きつけられた。飼い慣らされるまでもなく、自らを描き出す。この風景《ながめ》のなしとげる意義深さ、かけがえのなさが、キフ人の伝える議場全体の奥行きに置き換えられた。

〈そこでは、あなたお一人が演壇に向かい合った〉

だれかに仕組まれた悪夢のようにです。いまなお鞘《さや》に収める時は来ない。立っているのか、横たわっているのか、本当のところはだれにもわからない。ただ、講演のタイトルだけが、まるで入口が無色透明であったことに償いでもつけるように浮かび上がった……nirvâna et chaos……涅槃と混沌……眠れる群生はいずれへ導かれたのか。めでたくも前者か、それとも迷える後者か、あるいは、何とか見極めをつけようと努力を重ねるほどに生じる第三の、新たな後者か……つまるところかれらは見極めのつかない究極の混沌のうちに見捨てられていくしかないのか。

〈モノがなしい〉

とは、私もかれらも、たとえ眠りの中にあっても実感するところでした。ところがその前に、目の前の演壇がいきなりみるみると増殖し始めたのです。

〈まるで植物のように〉

それも食虫植物を見習い、居並ぶ群生に気を配り、悩ましくも心を砕き……演壇と言っても、よろしいこと、椅子の置かれた平面からは五センチほど上がっているだけで、最前列をのぞいたら同じ水準にしか見えてこない。だから気づかず転倒する登壇者もいるでしょう。そんな悪意さえ秘められていると、拭い切れない疑いの目が向けられる。一筋の歪んだ通路をのぞいて、あとは見渡す限りの〈椅子《いす》ケ原《はら》〉、だから演壇にはどうしても机が欲しくなる。

〈ということは、その演壇にも机が一面ですか？〉

いいえ、机はひとつね。演壇の中央、わずかに左手に円形の、いいえ、少し楕円に広がったかもしれませんが、一脚のテーブルが安置された。申し上げた通路の歪みって、むしろこちらの机の、中央線からの微妙なズレに起因するのか？……脚は木製、台は強化ガラス製、呑み込むのは軒並み失われたコトバばかり、台上の一角、講演者から見てやや左手には鉢植えがひとつ置かれた。

〈サボテンの？〉

ブーゲンビリヤしかなかった……赤紫の花弁《はなびら》の、新芽も剝き出し増殖する。講演者はひとりの男で、声だけ残して、アッという間に増殖の渦の中に巻き込まれた。ヒドイ、というか、スゴイ……演壇がジャングルみたいな、同種の茂みに被われた。根元だけが鉢植えと男の声に握られたまま、奥行きを生み出し、未曾有のジャングルジムを構成する。私たちの思惑はその立体格子に囚われ、あえてそこから会場を見返せば、それまでの何倍にも拡張されたように見えたでしょうね。

〈ジャングルジムにぶら下がるのもまたひとり……〉

いいえ、そちらは数え切れなくてね、一人びとりの見極めもつかない。群生の折り畳み椅子もこのときついに身放される。緊密に結わえてきた青と緑の紐がね、演壇の増殖に歩調を合わせるようにアトランダムな切断をとげる。断片はたちまち雲散霧消、周囲に囁きの小雨が降り注ぎ、嫋《たお》やかな冷気をもたらす。天井からはただひとつの目のような光線が襲いかかる。それもすべての方向に、会場の内外などお構いもなく重なり、広がり、降り注いだ……

聴衆の中には誰ひとりとして、その光源にあえて自分の目を合わせようとするものはいなかった。というよりもあのとき、ひとつでも合わせられるような目があったのか、そんな聴衆がいたのか、確信は持てなかった。だからといって、私が残された最後の聴衆かどうかもわからない。喜びも悲しみも始めから知らない、欲望ひとすじの光線が、これまでの慣わしに配慮でも示すように微妙な青や緑も含んで、来たるべき〈葬儀〉への円滑なる進展を図りました。こうやって、

時は訪れたのです。あなたにとっても、私にとっても、基準の見えない等しさの中で、まやかしの衣は脱ぎ捨て、館内の壁という壁が自らの喪服を描き出していく。アナ、ウレシと……誰もが講演の聴衆を脱け出し、いわくありげな弔いの参列者へ変貌をとげる……それまでの群生が、死に向かって投げられた群体を演じ、青からも緑からもとうに見捨てられた無色の花一輪を騙《かた》り出す。ブーゲンビリヤの一極支配はゆるがず、弔辞を読み上げるものはない。未完のジャングルジムがひとり先んじ、明日からの埋葬に想いをめぐらせる。それは流れをなくした水葬かもしれず、渦を巻くばかりの風葬かもしれなかった。だからといって、貴方、

〈葬儀〉で弔われるのが何ものかなんて、一体全体誰にわかるというのでしょうか。

キフ人の秘められし殺意の嘴が、失われゆく翼を庇って僅かに蠢いた。翼はSのものかもしれなかったが、彼には、自分たちが他のどこかで、時も改めながら出会っているように思われてならなかった。そんな想いを退けるようにキフ人は、〈奥の目〉につながる窓の外に目先を逸らせた。すると天窓からは斜めに、真一文字に、懐かしさの灯火が降り注いだ。ふたりは、冬の空に目覚める息吹きを

啄み、冬の大地を牛耳る吹雪に戸惑い、冬の海を渡る津波の飛沫《しぶき》へ今また思いを馳せる。もはや揺らぐものはなく、このさき頽《くずお》れるものもない。まるで跡形もなく、いずこへなりと運び去られたそのまたあとで……

ところが〈葬儀〉といいましてもね、貴方、白菊に白のカーネーションでもなく、場内はあの同じ、増殖をとげる、ブーゲンビリヤの赤紫一色に被われていく。さらに一歩ふみこんで、弔われているのが誰なのかということに改めて思いを寄せると、私はもうひとりの私に、私にとてもよく似た、それでも決してこの私ではない、もうひとりの女の幻に付きまとわれた……女は私の前後左右のどこかに腰を下ろしながら定席を持たず、私の内と外を分け隔てもなく透過し浮遊する。キフ人である私を羨み、妬み、その身は卑しくとも、私に勝るとも劣らぬ英知に恵まれた異才であることを見せつける。およそキフ人の中にあって、あのような女は見たことがなかった。だってどう見たってアレはキフ人ではないのだから……彼女は文筆をよくし、詩想を育み、なみなみと物語り書き連ねる同じ筆先で、折り折り居所を見出したかのように自画像も書き添えたものの、およそ私とは似ても似つかぬものだったわ。

〈葬儀〉は長く、絶え間もなく、密かに推し進められた。とある春先の新月の夜、来たるべき満月の宵をどうにも捜しあぐねた女は、その挙句に使い慣れた愛用のペンを右の膝頭に立てると、鋭いペン先で自分の両眼を何度も刺し貫いて命果てたのです。

〈あなたは、現場を見たのですか〉

いいえ、話に聞いただけです。口頭ではなく手書きの文書を通しまして。しかも遺骸の傍らには女の自画像が遺され、そのモデルこそはどう見てもこの私以外には考えられなかった……

このとき、天窓を揺らして吹き込む冬のすきま風が、キフ人に仕える騎士のように二人の頬を擲《なげう》った。

……手書きを見て、私は一瞬コトバを失った。その失われたコトバの全てが、この世を去った女の幻の中でよみがえる。歌を忘れて形もなくした哀悼のための輪舞をくりひろげていく。ところが、

女が命を絶ってね、自画像も遠ざけられてしまうと、私を取り巻いてきた列席の面々もまた、眠りの深さを問わずみな消え失せてしまう。そのぶん私の体は落ち着きをなくし、やたらと動くし、そのくせいきなり立ち止まりを食らわせる。そうなるとね、あの辛抱強い沈黙順守の列席者なんか、初めからいなかったのではないかという強い疑念ばかりが押し寄せる。その合い間を神妙かつ巧妙にすりぬけ、というより積極的に活用し、喪主もなければ司祭も見られず、講演者を象る進行係の声ばかりがのさばる、単独の儀式が思うがままに進行します。弔われるものがそもそもわからないという前提の下、いいですかみなさん……と、ここからキフ人の声は〈奥の目〉の外に向かって急速に突き出していく……弔われるものがわからないという前提の下、〈葬列は自らを弔う〉という葬儀本来のあり方が浮かび上がってきたのです。それも、この窓の外にやがて広がるであろう夜のメトロポリスに照らし出されるように、おだやかに、そしてしめやかに、行きつくところはケモノのごとく。

Sは静かに問う。

〈それがゆくゆくは再生にも通じると、貴女はそうおっしゃるのですか〉

そこまではまだ言えませんわ、この私にも。でも、それを境に中央の通路は直線へ姿を改めます。すると、正面を被いつくした無人のジャングルもあたふたと、告別のための貝のラッパを吹き鳴らしながら遠のいていった。まことに薄情なものです。こうして参列席には私ひとりが、砂地獄のような

演壇には元通りの円卓だけが取り残される。卓上にはブーゲンビリヤの鉢植えではなく、木製の古風な外枠に守られた、オープンリールのテープ再生装置が冷徹にして沈痛な自転を繰り返した。

思えば全てのきっかけは、「涅槃と混沌」と銘打たれた講演会でしたね。そこからの取るに足らない顛末を見届けた私は喉元から自家製の、それも祖先伝来の筆を取り出した……先触れもなく立ち上がると、同じ筆先を月並みな説教に明け暮れたテープ再生装置に投げつけた。筆先はペン軸を巻き込み深々とひと息で刺し貫き、壇上からの戯言など一瞬にして事切れた……まことに、アワレなるかな、アッパレなるかな……それでも年季の入った焦げ茶色のテープは、持って生まれた速度を落とすことなく憧れの自転を守る。弔いは今もどこかで再生を続ける。その最初にして最後の参列者となった私、このキフ人は会場をあとにしました。つい先ほどです。そんなカレに、いやカレらに、頭を下げる者など見当たりません。

キフ人は〈奥の目〉に見切りをつけると、窓の外にも背中を向けた。その〈奥の目〉は、窓の外に見渡された自らの生理的な内容物を瞳の奥へ仕舞い込んだ。誰の手も煩わせず〈奥の目〉そのものが塞がり閉ざされる。誰からも慕われず、待ち望まれることもなくなった。そのときから〈奥の目〉はあの堰の上の単眼とどこかで対をなし、独特の気脈も通じながら、キフ人と呼ばれるこの遠くて身近な人格の両眼を担った。許諾の権限を一手に握る者の姿は同じ両眼によってのみ認知される。

彼女は緑陰増したスカートを半回転させ、旅立ちの身繕いに取りかかる。黒の麦わら帽子を水平に沈め、灰色のブラウスには本来のシルクの気品を甦らせ、持ち前の暖かな陰鬱を深める。オレンジのカーディガンは胸襟の果実を際立たせるのではなく、包み隠すことによって、Sの好奇心から守り抜こうとする。積み上がる努力の最中に、あの純白の手袋だけは色を変えず、色をなさず、鮮やかに照り輝き、手首から肘へ滑らかに突き抜ける左右それぞれの鋭利を余すところなく満たした。

「わたし、もう出かけないと、表に馬車が来てますので……それでは」

結い上げられた透明の髪が薄暗い麦わら帽子の中に騒めく。近寄る蹄の音は一つならず感じ取られたが、階段を駆け下りるキフ人の靴音によってすぐに掻き消された。馬車に伴う車輪の響きもなく、表に何かが待ち受けるという気配も稀薄で、反対に険しくよそよそしいものが立ち上った。

キフ人の立ち去った〈奥の目〉の跡から、Sは外を眺める。真冬は何ほどかの暖かみを増し、かけがけのない寛ぎの中に、運河と田園の緑地を抜け目なく途切れなく縫い合わせた。馬の姿は見出されないが、放牧牛なら外堀のすぐ向こうに冬日を求めていまも草を食んでいる。Sには、先刻見かけた本物の馬車のことが、願いを忘れた祈りのように思い出された。〈西方顕微橋《めど》〉から見かけた二頭立て。典雅なキフ人はあの馬車で乗りつけたものに違いない。終了の目処さえ立たない講演様式の葬儀に備え、ゆったり座席に寝そべっていたのではないか。陰影の窓から突き出す白百合に守られ、もしくは細い生身にくくりつけ……終始ひとりで葬儀を見守り見送ると、テープの再生する典礼にとどめを刺し、ようやく自らを甦らせた。彼女ひとりを迎えに上がる馬車などもはやどこにも見当たらない。別れ際、「馬車」と口走ったのは、あの橋のたもと、Sとの最初の接触への糸口を手繰らせようとする高貴な計らいにほかなるまい。

ようやく彼女のあとを追うように階段を下り始めたS、その踵を持ち去るように耳元には蹄の音が甦る。一方的に、多面的に、満たされることのない思いを積み重ね遠ざかる。展示室に背中を向け、Sはそのまま玄関をめざす。すると馬車ではなく、何頭もの馬に跨った者たちが群飛《ぐんぴ》のごとく押し寄せ、女を連れ去ったように思われてきた。それも拉致ではなく、選りすぐりの一頭を彼女に誂え、参

上したものにほかなるまい。

　こうして立ち去るかれらが、今では総じてキフ人と呼ばれる。館の外に出ると、百合の花が落ちていた。複数の人びとに茎の部分がむしりとられ、丁寧に、後腐れなく、前庭の緑の上に捧げられた。それを追認するように、またしても啼きウサギの声がする。だがそれは、遠ざかる馬上のキフ人を偲んで、クルスのカラスが屋根の上から鳴き真似を繰り返したのだろう。なぜなら声はあまりに近く、また遠くにまで澄み渡るからだ。カラスの姿を一目見ようとSが振り向くと、天窓を象った無人の運転席が施設全体のもぬけの殻を解き明かした。二階の講演室などキフ人の物語る向こうにとどまり、消え失せた人びと、遠のいた葬列、見捨てられ取り残された砂地のような壇上は、キフ人たちの故地を思い描いたものかもしれなかった。

　半開きの扉を厳重に閉め直そうと、Sは踵を返し、玄関前の階段に立ち戻ろうとした。そのとき初めて、馬車でもない、別の乗り捨てられてきたものがあることに気づいた。それは館の西側、いま彼の左手を流れる外堀の岸辺に当り障りもなく繋留された。そこには懐かしい香も沁みこみ付きまとう。旅路の疲れと汚れを蹴破り、彼ひとり分の想い出に襲いかかる。川面に漂うのは堅固な船だった。長く町を離れることになったあの晩秋の午後、運河をたどって彼を町の外へ導いてくれた「護衛」船にほかならない。守ることも運ぶこともすでに拒んでいる。そのことが見た目以上の形強さを見せつけた。

　それでもSはまだどこかに不動の航路が眠るのかと思った。船は何も答えず、館の屋根の上ではカラスのクルスが横たわる。するとどこかで啼きウサギの肉声が甦り、姿の見えない渡り鳥の群れに呼びかけた。緑の上では百合の花が首を揃える。弔いのブーゲンビリヤに思いを寄せて、次から次へ顔を赤らめた。総じて花弁が紅潮する直前、Sは無人の館の扉を閉じることができた。入口の階段を下りながら、置き去りにされた船から目を逸らさず、一度ならず二度三度、今日《こんにち》に至る使い回しの系譜をたどろうかと思う。そのたびに堰の上の単眼が開く。噎せ返り、黒い太陽に姿改め、町の外から内へ昇り直そうとした。

そんな単眼の努力から三十分が経ち、Sは町の南北に連なる壁、誰彼ともなく分け隔てるものに直面していた。じんみん会館の前から立ち去り、行きとは反対に左へ湾曲する川沿いに四方橋まで戻ったが、そこからはまっすぐ東へ中堀の北沿いを進んだ。すでに自宅アパートの前も通り過ぎた。次に訪ねるべきは「民族更生記念会」（通称「民族会」）の拠点たるべき〈民族会館〉だった。今では名前も変わって〈民族菜館〉などと気軽に呼びつけるらしい。名称の変更と移転先を教えてくれたのは、三〇六号室の住人ハヤブサだった。彼がそちらに関与しているのかどうかはわからないが、中堀に沿って行けば必ず建物の前に出られるとのこと。自室で昼食を済ませたハヤブサはいつもの黒一色の自転車で少し大回りをして職場に戻るところだった。折りしも双方が四方橋にさしかかるところで出くわした。そこは南か東かの分岐点にも当たるわけで、彼との出会いはまさに時宜を得ている。

「アレ、どちらへ」

「お仕事ですか」

「ええ、また三時間ほど（学生の前に）立たないと」

「じゃ、ちょっとご一緒しますか、途中まで。〈民族会館〉に行くんで」

「それ、方向が違います」

二人はそこで別れたが、〈民族菜館〉の手前に待ち受ける壁については何も知らされなかった。長旅を終えたSが先ごろ町に立ち戻ったのは、夜明け前のまだ暗いうちで、おまけに壁とは反対の方面からの再入城だった。もっとも隼が何も触れなかったのかというとそうでもなく、途中道が塞がるけど抜けられますからと、ひと言だけ添えていた。とにかくこの辺りまで来ると、もはや誰にも壁の向こう側を見渡すことなどできなかった。それでも、はたしてSはそれを目にしなかったのか。同じ流れに面した自室の窓、現在地よりもっと手前の三階なら、壁の向こうも見渡せたはずだが、それもわからなかった。

壁まであと百メートルに迫る。川を横切り左右にのびている。中堀沿いの道路では両岸ともに壁の手前五十メートル辺りから建造物が撤去され、緩衝地帯が作られた。道幅もそこから半分程度に狭まり、たとえ入《はい》れても車のUターンは難しく、建物が取り払われた跡地は一様に一メートル近く掘り抜かれている。整地され舗装もされ、周囲からは跳び下りるしかなくて、これでは駐車を試みる者もないだろう。

「スイマセン……ちょっとお尋ねします」

Sに尋ねられた中年の婦人は何の特徴もない自転車に跨り、後ろの荷台に買い物用の網カゴを取り付けていた。

「何ですか」

何とか撤去を免れてきたと言わんばかりのアパート一階から、いささか気だるく大儀そうに彼女は現われた。その応えはぶっきらぼうでも、顔立ちは無愛想でもなかった。

「私、以前この町に住んでたんですが、この壁みたいなものは何ですか……そのころにはなかったたんで」

「壁って、あれ？　あそこの？　アンタあんまり見かけないけど、ずいぶんと長いことといなかったんだね。もう、今から半世紀くらい前だよ、できたの……〈一里の城壁〉って言ってね」

「一里、ですか」

「うそうそ……どこが一里よ……一キロもないのに……ここが中堀でしょ。ここからまっすぐ北堀まで、反対に南堀までで、北のほうはちょうど堀を渡ったところで終わってるんだけど、南は堀を越えてからもうちょっとのびてる。でもそっちも、外堀までは到底行かないんだけどね」

「何で、作ったんですか」

「知りません。そのころまだ生まれてないから……でも、要らないわよ、もう……それがいまだにね、どうせ撤去する費用が捻出できないんでしょうよ」

一キロに満たないということは、この町の東西を完璧に遮断するものではないのだろう。それにかつてS自身が船出したころには、壁のある辺りからもう少し進むと左右に横切る外堀に行き当たり、そこで町そのものが終わっていた。

「あの向こうは広いのですか」

「広いよ……私はまだ行ったことがないけど」

「じゃ、やっぱり（そこにも）町が……」

「うん」

女の応答には、曇りでも濁りでもない一抹の翳りが射し込む。ふたりの前に漂う中堀の淀みだけが僅かな暗がりを受け止め水に流した。

「別の町ですか」

「いえ、同じはずよ」

「それじゃ、行き来にはずいぶんと不便ですね……」

「車……馬車はもちろんね、自動車、トラックにオート三輪、祭りの山車《だし》に戦さのタンク、霊柩車も……それに二輪のバイク、この自転車だって、無理……でもヒトは通れるから」

「それなら、このまま行けば」

「抜けられる、歩いて……あそこにアーチ形の入口みたいなの、あるでしょ」

「ええ」

「右手に二つ、四角い窓が開いてるじゃない」

「ああ……監視ですか」

「いま無人よ……ずいぶん前には、常時あの中にいてね、二人か三人、人の行き来についてもいちいち検めたらしいけど……でも、私は見たことないね、この年になるまで」

「監視員？」

「通るヒト……アンタがはじめてだよ」

「えっ、そんなに、ですか」

「アア……勇気がある、というより、珍しい……でも大丈夫でしょうよ。通り抜けがご法度って話は聞いたことがないし、現に北堀とか南堀ではあるみたいだしね……この辺の人が保守的というか、まあお堅いというか、生真面目すぎるというか……あ、いけない、もう行かないと……これから行く店、いつも行くんだけど、よく二時から三時まで時限サービスの特売があるのよね。もちろん、午後よ午後、午後の二時から三時……ハハ、ごめんなさい、変なこと言って……でも、ヒト以上に物流はね、壁を回避してもずっと続いているし……だってあちらのものがないと、こちらは商売も何も、特売はおろか、みなさんの生活自体がもうあがったりよ。あなたにもすぐわかるわ」

「お急ぎのところ、お引きとめして、ありがとうございました。とにかくこのまま行ってみます。じつはさっき出会った知り合いも、そのまま行けるって言ってましたので」

「何だ、そうなの。それじゃ大丈夫よ」

ご婦人はそう言いながら、もうペダルを漕ぎ出して走りかけていた。ところが五メートルも行かないうちに停車して、とくに振り向くというわけでもなく、ひとこと、半ばひとり言のような底知れない呟きを投げ落としていった。

「そうだ、そうそう……あの壁は全体が今でも年に一ミリほど隆起を続けてるんだって……ここいらの人はみんなそう言ってるから……私もやっぱり、そう思うんだ」

ご婦人はついに立ち去り、Sは再び川沿いの道を壁へ向かった。河岸の高さは水面から一メートルもないが、堀を横切る壁の中程にはさらに低く横長に、ドーム状の水路が辛うじて口を開けていた。だから、よほど小さなボートで、乗り手は寝そべるか、無理な前屈みでも保たない限り、潜り抜けられるものではなかった。

すでに道幅は先ほどの半分以下に縮まった。Sもどこか居ずまいをし、迫りくる初見の壁へ突入した……

それからSは黙って菩提樹を見上げた。壁を通り抜けてから同じ川沿いに、これで三本目だった。川筋は少し手前からやや右へ向きを転じた。行く手から吹きつける東風を見事な枝振りが受け止める。

老翁の鬚のごとく垂れ下がる一枚一枚の葉先が打ち合い、誰にも読み取ることのならない精霊の囁きを代弁する。森の、湖《うみ》の、荒野からの一言ひとことが、積み重なる年輪の中に書き取られると、剝き出しの気根を通じ土中深く埋め戻された。颪はなおも吹きつけ、囁きは止まらず、樹木の代謝は何事も語らない。

このとき、すでにSは小さな橋を渡っており、中堀の（上流に向かって）右岸に立っていた。振り返って、今しがた壁を抜けてきた通路は冷え込み、乾いている。丸いアーチ形の入口から一歩ふみ入れると、深まる暗がりへ吸い込まれた。右手に監視員室があるものの無人で、一面の煉瓦の壁には内窓も見当たらない。思わず肩をつぼめ、ジャンパーの襟を立てた。ヨーグルトのような匂いも湧き上がってくる。すぐ前方に行き止まりの壁が立ち込め、その突き当たりから右手を見ると、体を斜めにしない限りは立ち入ることのできない別の通路が待ち受ける。隼と先ほどの女、二人の言葉を信じ、Sは体を差し入れた。すると回りは完璧な暗闇へ貶められた。

蟹歩きを余儀なくされる。監視員室はいま後ろになるが、こちらの壁には窓なり扉なりがあるのかどうか皆目わからない。ヨーグルトの匂いはいつしかチーズの匂いに転じる。何かが発酵しているのに、空気だけが異様に乾いている。背中を擦らせて横歩きをするが、やはり窓らしきものは感じ取れない。とかくするうち、不安もそろそろ頂きを望もうかとする辺りで、右の肩先が新たな壁面を捉えた。暗闇の中、すぐに右手を上げ目の前へ指し伸ばすと、どうやら突き抜けるようで、ひとつのL字が終わると同時に次のL字が待ち受けていたのか、通路の幅は入って最初のものと変わらないように思われた。ここでも用心して、右肩を壁に這わせた。一歩また一歩と前進を確保する。

ついに反対側出口の扉らしきものに右手の指先が触れた。そのままSは手のひらを押しつけてみた。

冷えた木質が仄かに伝わる。壁ではないことがすぐに読み取れた。腕に力を入れると、右手は前へ静かに押し開かれていく。わずか数センチの幅で新たな明かりも見えてくる。さらに体を傾けて開くと、突然の声がした。ドアの向こうでもこちらでもなくて、ドアそのものの内部としか言い表わしようのない不在から、

「壁東世界へようこそ」

カン高くて、ひしゃげた声だった。思わず手を弛めるとドアはまた閉ざされた。しかし施錠されず、また押してみると同じ音声が繰り返された。それでも構わず押し開くと、Sの体が初めて目にする壁東世界の一端に触れた。真冬にしては生ぬるく、湿度が激変した。それにしても扉を開いて明かりは目に入ったものの、通路の中まで光が射し込んでくる実感はどうしても得られなかった。思い返すに、二つのL字が結び合う狭隘な通路は、壁東側の扉の開け閉めに拘わらず、本物の暗闇の中、永く沈思黙行してきたのではないか……

視線を下ろすと自ずから〈民族菜館〉の正面が目に入った。左半分には菩提樹の見事な枝振りが被いかぶさり余力を貯える。一階の真ん中、ここでもドアのないアーチ型の出入口が待ち受けた。ただし、食堂街の営業が終わる深夜になるとシャッターが下ろされる。すぐ真上に横長の看板がかかり、英字で〈Restaurant Of Nations〉と記された。そのまま見上げると、大屋根には小さな天窓が開き、真下の壁にこちらは直書きで〈Pension〉とある。一階は食堂、二階は宿泊施設ということらしい。同様の掲示や出入口は反対側にもあるが、こちらが正面と呼ばれるのは、建物の事務所にして宿泊施設のフロントがあるからにほかならない。それが「民族会」の事務所もかねるのか定かでないが、当の部屋は二階で、一階の出入口のすぐ左手から外付けの階段で上がる。上りつめた右手にドアがあり、

前の手すりにはもうひとつの掲示、Vacant Room（空室あり）が見えるが、その数についてはどこにも示されない。

アーチ形の出入口のすぐ右手には、旧市街地ではついぞ見かけた試しのない汁そばの専門店がある。窓ガラス越しに中を見るとどうやらカウンター席のみで、今はピーク時を過ぎたためか客はほんの二人ばかり、店名は〈Anzan〉とあり、右手の端にはこの店専用の出入口も作られている。そこから、スープか何かを啜り上げるような音が繰り返しすぐ耳元まで漂ってくると、忘れ果ててきた昼食向けの食欲をSは一挙に掻き立てられた。ただ、店の汁そばにさしたる興味があるわけではない。だから何のためらいも見せず、彼は正面入口をめざした……

壁の通路の暗闇とともに、二つのL字型を潜り抜けてすぐのこちら、壁東世界には何も残されていなかった。中堀の左右を問わず、彼の記憶に符合するものが消し去られた。現役の住宅や事業所はおろか、廃屋もその一片の痕跡さえ見当たらない。四方橋から同じ川沿いをゆるやかにさかのぼって壁を越えてきた彼が再び外堀に交わるまでに広がる荒涼は、以前はここが旧市街地の一部であったことを根絶やしにしてみせる。草木は生えても人影はない。小鳥が舞い下りても啄むことがない。地を這う野犬に、野良猫の姿も見かけなかった。何かの見せしめかと思っても、誰による誰に対するものなのか、Sには皆目わからない。自分がそんな見せしめに晒されるとしても、今度はその理由がわからない。ただ、自分が見せしめにされることだけはくれぐれもなきようにと願う。そんな願いも込めて足取りだけは守り抜く。こんな風景の激変も、やっぱり壁の建設に伴うものなのか。だとすればだ、いや、そうとしか考えられないが、では、そのとき、このあたりで何が起こったのか。壁の向こう側で立ち去ったあの女も、そんなことは知らないと言った。自分はまだ生まれてないからと。私だって……いや、私は生まれていたとしてもたまたまここを離れており、あの隼は……Sの思考はここで見事に停止する。彼が船出したころ、壁はなくて、すでに隼も暮らしていた。ここいらは旧市街地の東の端にあたった。知り合いはいなかったが家も建ち並び、それがようやく戻ってみると、壁ができて一変した。

外堀にかかる、何の手すりもないコンクリート製の橋を渡り終える。そこもまた四方橋、ではなくて、二重橋だった。外堀の手前にも向こうにも、中堀にかかる橋がない。外堀をこえると、右手に密集した集落が見えてくる。この住宅地も船出の前には見かけた覚えがない。しかも集落はいきなり辺り一面に広がるのではなく、初めのうちは中堀に沿って僅かであったものが、前に進むにつれて厚みを増していく。その分、荒涼地帯は徐々に向こうへ押しやられた。集落と荒涼の境界は人為的としか思われない強固な一直線で示される。とはいえ、そこには柵も塀も、ましてや壁の仕切りも設けられていない。黙々と歩むにつれて浮かび上がったのは、境界線が少なくとも一つの三角形の斜辺になることだった。さかのぼる中堀はこの先大きく右へ向きを転じ、住宅地域は折れたこれら二本の川筋と一本の斜辺に取り囲まれる。荒涼地帯のほうは同じ斜辺と南下する外堀によって区切られていく。さすがにもう一本の辺については遠景に呑み込まれて、形状の見極めがつかない。そこも無人ではなくて、外堀に沿った端くれには独立した、あるいは孤立した小さな集落も望まれた。

すぐ川沿いの家屋は密生するキノコを連想させた。その合い間に異種多彩な商店、異国の屋台も埋め込まれる。同種多彩もところどころ肩を寄せ合うが、絶え間なく異種を解き放ち、異人もぞくぞく受け入れ、地域の喧騒は高まりを見せる。往き交い、立ち止まり、しゃがみ込んではまた立ち上がる三角地帯の住人たち。長旅を終えたばかりのSにも聴き取れない異言語が飛び交い、切れ切れに波打ち、川のこちら側にも流れ込んだ。

　コトバが何かを伝えたとしても、中味ともども後ろの平原へ持ち去られた。密集地と反対側の、道の左手へSは目先を転じた。海からの息吹きを感じさせるものなどどこにも見出すことができない。描き込まれた試しのないような一面の無常が行き渡る。ひとつの建物をめざす彼自身の行く手を含め、左側に命知らずの大平原が理《ことわり》のない背中を見せつけ広がった。一部には草原も見えるし、近くには水たまり程度の小さな池もちらほら、灌木も場所を選んで葉先葉脈を交わす。そうなるとはるか向こうに、馬か駱駝に跨るヒトの姿まで浮かんでくる。さりながら定住者の気配などどこからも感じ取ることができない。いよいよ川の流れは、向きを右へ変えようとしていた。その目印もかねた小さな橋が壁抜け以来初めて中堀に架かる。渡って右岸の道を二、三十歩ゆくと、あの三本目の菩提樹が枝振り広げて、ことのびやかに聳えていた。

　その頂きにも守られ、〈民族菜館〉は木陰の中にひとかどの寛ぎを見出すことができた。おしなべて誰もが平民低頭、ひそかに培われて異風滔々、淀みも明鏡止水を描き出し、曇りもまた晴天の白日を物語る。入口の階段はわずか二段で、あの〈じんみん会館〉よりも二、三段少なく、段差も半減している。そこを軽々と踏み越えアーチ型を潜ると、Sは右手の汁そばスタンドには目もくれず真っすぐに突き進む。左には印度料理に中華レストランか。右手の二軒目から漏れ漂う香りに何やら郷愁をそそられたが、行く手にかかる一枚の看板に惹かれ、建物中程の広間に向かう。そこを通り抜けた先から廊下は一メートルばかり左に身を改めるので、右手にかかる看板がいまちょうど真正面に見える。縦書きに曰く、

「民族会直営、セルフサービス・よりどりみどり　民族菜館菩提樹」

神妙な憧れに貫かれた月桂樹の枯枝でも捧げようかと思った。広間に足を踏み入れると右手にご不浄、左手にバーラウンジもかねた昼下がりのカフェが見えたが、来客はなく、替わって例の看板からはもっと詳細な情報が浮かぶ。

「営業時間のこと　一一・〇〇〜一四・〇〇／一七・〇〇〜二一・〇〇」

Sは時計を見る。愛用の腕時計、カフェの窓際にかかる柱時計も同じ一四時一〇分を告げた。ランチタイムは終了している。踵を返してすぐ左手の、入って二軒目をめざす。店名は「ジュゴン」、だからといって海産物専門でもないようで、入口には本日のおすすめ、「子羊のソテー香草ソース添え」とある。コレだ、と思った。あの掻き立てられた郷愁の源にあったものは。ドアを押し開くと、ギターか、それともウード、弦をつまびくソロがおざなりに降り注ぐ。音色もか細く切り刻まれたようで、スピーカーのありかも摑めない。左手にはメニューの見本も並ぶが、彼はもう「おすすめ」に決めている。

住宅密集地に臨む、廊下とは反対側の窓に沿って長方形の大きなテーブルと円卓が置かれた。円卓のほうの先客三人はちょうど食事を終えて帰るところだった。Sは廊下に沿って並ぶ小さな三つのテーブルのいちばん奥に腰を下ろしたが、そちら側にはひとりの先客もない。店はもう空いており、残りの先客はみな四角い大テーブルに陣取って何やら話し込んでいる。その交流は容量を伴ってあふれ出し、わざわざ耳を傾けるまでもない。

席に着いて改めて眺めると、見本の陳列のすぐ右手にはカウンター席もあって、その奥が調理室らしい。注文はこちらの見えざるところから運ばれる。

「いらっしゃいませ」

一人の店員がコップに水を入れて運んできた。メニューの一覧は各テーブルにも置かれている。

「ご注文、お決まりですか」

「あの、本日のおすすめを」

「わかりました」

店員はあと一人カウンターの中にもいて、姿はよく見えないが、その時は休憩で昼食を摂っていたのかもしれなかった。


「きいたか」

「何が」

「昨日の晩」

「どうした」

『悪魔の叫び』がきこえたと」

一度ならず
「どこから……〔山から山へと渡り歩くトリの足〕……

「さあ……きいたやついるか?……誰もが首を横にふる
「三角地帯か……人種の』

「まさか、すぐそこだろ、なら、こん中でひとりぐらい、誰かが聞いてても不思議がない……おい、昨日のんだか」

いや……その中の一人がお茶を注いで回る

ありがとう……気が利くな今日は……どういたしまして」

「そしたら……スラムか』

「スラムって、あそこか……船だまりの向こうの、干拓地」

（Sはまだ目にしていないが、その船だまりは〈民族菜館〉のすぐ向こうに広がっていた〉

スラムの干拓地だ……

「あんなとこ……悪魔だらけだ」

ハハハ……

「叫びも糞もあったもんじゃない」

じゃ、やっぱり、あちら側の……

だいへいげん
「規模が違うからな……百民族の平原だぞ』

Sは壁抜けからここに至るまで、中堀の左手にどこまでも広がってきた〈未開の〉大陸を思い浮かべざるをえなかった。

「うん、それならオレも前に、何度か耳にしたことがある……

「でも、昨日はちょっとちがうぞ、白夜のように明るかった……

実際のところ、一部では朝まで照明の必要がなかったという
「じゃ、そんなに満月が……

「いや、そうとは限らない……

でも、だったらあそこでもない。そんなに明るい深夜、悪魔はすっかりお株を奪われて、ひたすら

光に背中を向けて這いつくばるだろう。そのくちばしも差し挟んで〔むれたガチョウのごとく〕、あとは地下水を貪り飲むばかり……」

Ｓ自身も空きっ腹をごまかすために水を飲んだ。彼のコップには店員の男が必ずや注ぎ足してくれる。

「そしたら、おい……残るはもうあそこしかない……

「森か……』

ゲットーの森

これで〈壁東世界〉の、おおむねすべてが出揃ったことになる。〔人種の三角地帯〕、〔スラムの干拓地〕、〔百民族の平原〕それに〔ゲットーの森〕

Ｓはそんな森の姿もまだ目にしたことがなかった。

「だけどな、皆の者、仮に音源があの森の奥だとしたら、話もまた違ってくるぞ。断じて〈悪魔の叫び〉なんかじゃない……というと？……何だ、この青二才、新参、何も知らんのか……あそこは王国なのだ、以前から、れっきとした独立の……〔国の中の国、というよりも前に、町の中のもうひとつ別の国、クニ〕……いいか、あの森の奥に立派な領土を構えている……その奥行きはいまだ外界の誰にも知られず、王の顔を見たものはかつてひとりもいない……

「その同じ外界からだよ、等しくそこいらは『両生人の国』と呼ばれてきた……いま「等しく」なんて言ったけどな、〈両生〉ではなく〈両性〉へと誤解・曲解をとげた者も少なからずいたようだ……〔でもここはちがう〕……両生人、homo amphibians だ……homo bisexualis ではありませんから……その〈両生〉というのが、本来の水陸両棲を意味するのかどうかも定かではない……おや……おやおや……さてここで、その水というのが海であり、森の奥がやがてその海へ通じるのか、それとも海のほうからフィヨルドのような長い触角をさしのばし、懐かしい森の中へ食い込むのか、そこの詮議はひとまず措くとして……〔その途端に、旧市街地で語り継がれてきたという、あの南の《想念の海》がにわかに現実味を帯びて（われわれのもとにも……）差し迫ってくる〕……

「そのいっぽうで、両生人というのがそれこそカエルの怪物のような全くどうしようもないやつらだとしたら、外界の面々がこれまであえて深入りを避けてきたことも、それはそれでわからんでもない……〔だけど、そうではなくて〕……それとはまるで違っていて……単に陸上と水上のいずれにも暮らす人たち、くらいの浅知恵にすぎないのなら、そんなものはダ、何も危険を顧みずにわざわざあんな森の奥底まで出かけるまでもなく（ナニセ、恐るべき王が身構えてるのだから……）、森の外っ皮《かわ》の、ここでホラ、毎日だって見ることができるだろう……ハハハ……カンパイ、と当の男はまたお茶を飲み干すが、誰ひとり注ぎ足そうとしない……

（男の言うように、〈菜館〉の向こうの船だまりでは多くの水上生活者が暮らしていた）

「動機はともかくとしてだよ、キミ、外界からの惜しみない協力もあいまって、王国の鎖国はこれまで揺るぎなく貫かれてきた。それが〈政策〉と呼べるほど自覚的、意志的、なものかどうかもわからないのだが、外からの流入だけでなく、外への流出のほうも厳しく制限されてきたようだ。それに出国といっても、外交・通商・文化交流なんていう生やさしいものではなく、どれもが決まって追放だ〔亡命じゃない〕。再び入国が認められることはないという……この不帰、never return、ということでは外からの流入もまた同じことだ……というと？……森の奥からの帰還を果たした者はただのひとりもいないという……死出の旅路だから……

Sの肩口には、壁抜けの通路で繰り返し触れ合った煉瓦の感触が一枚また一枚と、初めて読まれる碑文《ひぶみ》のように湧き上がっては甦ってくる。

（群れ集う先客側の窓からは船だまりの川中湖の右岸が遠くまで望まれたが、そちらから水上生活者の姿は確認されなかった）

「喉が渇いた、喉が渇いたよ……（と、くりかえすものがわずかにひとり）……ゲットーの、森の王国にあってもご多分に洩れずだ、いまなお〈死の刑罰〉は採用されている……ところがその極刑には、外界の水準とは大きく選ぶところを異にする二つの特徴があげられる……ひとつ……その作法……といっても外界は外界で数あれどだ、話にきくあそこのやり口というのはちょっと類例を見ないからな……〔ゾウ〕……〔elephant〕……**ゾウ！**……大きな声出すんじゃない、この新米が！　ほかのお客さんもいらっしゃるんだから……（公私を問わず）死罪に値すると宣告された者は、ひとりの例外もなくあそこではゾウ、それも選りすぐりの巨象に捧げられる……必ずオスに限られるそうだが……オスは「捧げもの」を、牙で突くは、鼻で締めつけるは、脚で踏みつぶすは……残されるものはもはや一様にバラバラである……生贄だからな、文字通りの、そこには神も仏もなくて、その分また食べられることもないのだが……〔ために宮殿内の廏舎では、専用のゾウたちが何頭も大切に養われている〕……ふたつ……次なる特徴は、森の外部からの処刑依頼と有料の請負、変動相場制にして、現金現物決済のみ……要は持ち込まれた刑の執行をつつがなくも代行して差し上げる。用いられる道具は、ここでもやはり、ゾウ……ちょっと違うかな……何が？……オレが聞いたのは、その代金支払いには「小切手」、それも地元から数千キロ以上も離れたある特定の地域に入ってようやく有効になる、指定銀行（二つか三つ）の小切手が用いられるって……フーン……

「だからゲットーの森の……だよ、あそこで悪魔は叫ばん、黙って待ってる（だけだから）……内外問わずにだ（刑が執行されるのを？）……それに悪魔だって、やっぱりゾウはおそろしいから……ときどき機械仕掛けのこともあるし……情緒不安定になると、オスはもう手がつけられない……そこでコントロール……その間いわば、半獣半機の合成体に持ち込んでやる……あとは同じこと……だからあそこで叫ぶのは……わかりました……繰り返すが、悪魔ではない……了解です……昨日の夜、あそこで何かあったんだ（と、あえて話を曖昧にする）……それにしてもみなさん、よくごぞんじですね、昼なお薄暗い、あんな森の奥のお話なのに（話しかけてきたのは、Ｓに水を持ってきた店員の男だった）……何を、何だって……ナニナニ……それはキミ、そんなもの……〔ゾウではなくて〕……森の守りのあのヒグラシのクマこそが、何もかもはじめからお見通しだから……〔悪魔の叫びとやらは、こうしてあとかたもなく消え去っていく〕……

ちょうどそのころだ。〈民族菜館〉から見て〔人種の三角地帯〕の側を、だから窓を挟んで、語らう男たちのすぐそばの小路を、老いぼれた盲目の男が船だまりの方に向かってゆっくりと進んでいく。彼は折り畳まれた一枚の大きなヤシの葉か何かを杖替わりに立てていた。テーブルの一同はしばし話を収めて、男の歩行へそれぞれの注意を向ける。館の内外を通じ、彼を助ける者はどこにもいない。それでもひとりで立派に歩いていく。まるで自分のいなくなる日の天候とその正確な時刻を、光明と引き換えにすることで生まれる前から告げ知らされてきたかのように、曰くありげに、情け容赦もなく。彼らとは反対の通路側に座を占めるＳはＳで、導きの杖を務める大葉を広げると、首尾よくひとり分の傘になりすますことを看破していた。そんな一枚をさしかけ露店を営む女を彼は見ている。扱う品物はよくわからない。筵《むしろ》も一枚きりを地べたに広げる。同じ〔三角地帯〕ながら少し手前の、まだ外堀にも近いところだった。

　盲目の老人は船だまりの眺めとともに間もなく、枝葉の中へ畳み込まれていく。あとには一本の杖が取り残される。過去は問われず、小路のやがて突き当たる長い堤の近くには次なる菩提樹が立っている。

「そんな忌事《いみごと》を外から持ち込むのって、一体全体どこのだれでしょうか……〔干拓地のボスがいる〕……へーえ、よく訊いた、よく訊いたなお前、いい度胸してる、見かけによらず……複数いるのだろうが、よく知られているのは、なるほどあの干拓地のボスだ……通称〈干潟のボス〉……誰も言わないけどな、そんなこと……〔見ざる、言わざる、聞かざるで〕……みんな思ってるだけで〔今はじめてわれわれが口に出してみる〕……船だまりのすぐ向こうの〔スラムの干拓地〕、その人口には限りがあるが、人口密度にはいかにも限りがなくて、面積は一平方キロあるかなしか……そこのボスの地位は、あの森の奥の両生人の国王と実質なにも変わりません……と言いますか、森の王様が外界に対してどこまでも秘匿されるのに対しまして、彼〔ボス〕はあからさまな独裁権力を行使すると申し上げてもよろしいのでしょうか、ホホホ……〔そうしないと持たないんだ〕とも言えるのですが……ただ、そんな現われ方の違いはさておき、根本の部分で両者が大きく異なるのは、森の奥が「国権」すなわち公権力を伴うのに対し、干拓地のほうはその営みが法的な裏付けを確保できるわけではない民間権力としての「私権」に終始することである……

　船だまりの向こうの〔干拓地〕は、Ｓにとってまだ遠い。こんなことでは永久に話の中に閉じ込められてしまうのかもしれない。見たこともない、そんな〔干拓地〕の住民の顔また顔を、Ｓは目の前に置かれた小卓の隅っこに並べた。ひとり、ふたり……七人から八人目に至り、男女を問わずその顔が初めての笑みを浮かべた。

「ゆるぎのない権勢の維持を謀るべく、見方によってはそこいらの警察なんかよりもよっぽど質《たち》の悪い、手飼いの地下警察をアイツは常備している。正確な人数はここまで聞こえてこない。絶えず変動していることだろう。さらには、拉致連行した者を任意に（いいか、あくまでも任意だからな……）拘禁するための施設、文字通りの地下監獄……通称ヤドカリ……あそこに連れていかれたらお終いだ……そいつをあいつは、干拓地に建ち並ぶ夥しい数のバラック住居の下に、密かに複数用意している。そもそも公式な裁判の成り立ちようがない中で、連行された者の行く末もまたあってなきがごとしと思い定め、あとはボスひとりの強情にしてうすら寒い胸先三寸にかけられてしまう。（あそこでは〈地獄の沙汰も金次第〉などということは、万が一にも成り立たないという。いくらお金を積んだところで、それがボスの裁定に影響を及ぼすことはまずありえない。そのとき、お金だけが消えていく。それに、そんなお金を用意できる者がそもそも稀なのだ、ボスを除いては……おい、ラム酒のむか）……」


男はどこから持ち出したのか、飴色に磨かれた中サイズのガラス瓶を卓上に据える。この店〈ジュゴン〉とやらは持ち込み自由……ただし彼らに限ってのお話だが……あるいはランチタイムが終わって閉店の時間帯に入ったのか……Sは何とかぎりぎり間に合ったのかもしれなかった。たしかにカウンターの奥から調理の気配は伝わってくるのだから……だがその前に、あの店員の男が彼ら一同のために小さなガラスのカップを用意する。すぐに取りそろえられた透明の数個に、ラム酒の男が液体を注ぐ。彼をのぞいて、まだ誰も飲もうとしない……「おい、のみすぎるなよ」……こんな昼間から。

「〈干潟のボス〉からの長い魔の手は、スラムで暮らす者なら、いつなんどき誰にでも及ぶだろう……〔そこに見境というものがない〕（しかし平等でもなくて、確かな偏りが見られた）……中でも狙われやすいのは彼にとって身近な者、いみじくも側近にあたるような連中だという……〔血縁のあるなしはその際なんの関わりもない〕……業務上の横領、威信に対する背信、不服従、ひそかな裏切りにあからさまな敵対、向こう見ずな反逆に至るまで〔そのとき、どこかで読経の声がした〕……かかる嫌疑がかけられたら頃合いを見計らって必ずこれを連行し、地下のヤドカリに閉じ込めて、執拗かつ残忍な拷問を加える……（おい、こぼれてるよ）……何しろあそこは私営の監獄だから、チェックも入らず、きりもなければけじめもなくて、なぐさめもまた見出されない……一部では、それ（拷問）こそが自己目的化している、とうけたまわるのですが……一部、かな？……アラアラ（おやおや）……その具体的な作法に流儀は手順を含め数十種類を数える……もっとだ……それだけの蓄積をふまえて、ボスの「私警」は安易なパターン化も極力避けながら、責められる者のボスとの関係が近しければ近しいほど、残酷さのほうはエスカレートの一途をたどる……じゃ、ここからはもっと具体的に行きますよ……ああ、十分に気をつけて……（そこで従業員の男がこぼれたラム酒を丁寧に拭い去った）……

〔爪を剝いて、アルコールの消毒も怠らない、そのうえで指先を一本一本切り落とす、あるいは金槌で叩きつぶす……よく訓練をした犬に与えて賞味させる……（森の奥のゾウに対して、干拓地ではやっぱりイヌだ）……だがその前に、ペンチで引き千切られた体の一部分か、挙句は容疑者の全身をそのまま、特製の熱した焼き網にのせることがある……生きた目玉は「針山」に見立てる（要するに、数多くの縫い針を突き立てていく〕

もういいよ……

〔中でも効果を発揮するのが、訊問を本人ではなくその家族、とりわけ子どもに対して試みてみせることである〕

もうやめませんか……ほかのお客さんもいらっしゃるんで、まだお食事前の。

「ちょっと飲みすぎだよ」

「いやあ、そんなに飲んでないのに」

Sは文字通り、口を閉ざしたままで耳を塞ごうかとも考えた。彼にも伝わった〔読経〕は、自身の心臓の鼓動とさして変わるところがなかった。

「〈干潟のボス〉はいずれの現場にも必ず出向いて、一部始終を見届けるが、自ら手を下すことはない」という。

このようなボスからの魔の手は、特定の身内にも牙を剝《む》くことがあった……

「さっきは他人様《ひと》の〈爪〉を剝《は》いでおいて、今度は振り向いてご自分の〈牙〉を剝《む》く」のですね。

あの男はな、これまでに自分の娘たちを何人も身ごもらせてきた。そして彼女たちはみな、ひとりの例外もなく、その身ごもった子どもともども他界した。行き先はよくわからないのだが、すでにこの世のヒトではない。それも決して自殺ではなく、自然死だということになっている。自殺はボス自身が断じて許さないから……

「お客さん、そんなお話、いったい誰から聞かれたのですか」

いやあ、みんな知ってることなんだ……何しろ盛大な葬儀をもって見送ってるんだから……

「そうですか、私は全然知らなかった」

それは勉強不足……

「以後、気をつけますので」

背中を向ける従業員の男は幾許かの怒りを残し、いったんはカウンターの奥へ引っ込んだ。あとを追うように客の男が卓上の小さなカップを、まだラム酒が残るひとつだけを除いて手際よく、同じカウンターに下げてしまう。それを見ても、ラム酒の男は何も言おうとしない。飴色のビンはなおもそそり立つ。彼の目はアルコールではなく、無惨な話の中味に酔っているかのようだ。そこにいつもの男がお茶をつぎ足した……

「大切なことがいまひとつある……何でしょうか……ナニナニ……〈干拓地〉を牛耳る私警察と民間の警官たち、だからそれは言うならば「警非官《けいびかん》」ということになるのだが……（通称ネズミ）……〈ボス警察〉の最前線で、日夜身を粉にして働くのは（捜査でも取調べでも）同じスラム出身の少年ばかりだ（一部には少女も含まれるが）……ちょうど中学生ぐらいの、多感な、一二歳から一五歳の思春期……毎日が晴れ間のない真夏日のようにむしむしする……（そうなのか）……とくに身寄りのない子どものほとんどはボスの下に引き取られて、〈憎悪とともに〉手厚く養われ、一律に育てられ、必要最小限の教育訓練を施されて早々任務につく……じつによく言うことをきく、しつけのよい子どもたちだ……この年代にありがちな親（この場合は養父としてのボス）に対する反抗心というものが微塵も見られない……純粋、純潔（あるいは純血）にして、何ごとにあたっても信念が貫かれる（はたして誰の信念か、そこはまだまだ未確定な部分も多い）……いや、だからこそ、自覚もなく残酷で、さしものボスでさえ、何かの間違いでかれらの底知れぬピュアな暴力が自分に向けられた時のことを思い浮かべ、身の置き所をなくし、たじろいでしまう（アイツはあとかたもなくなるだろう……

そのとき近くで少年の声がした。それもひとりならず、少女の声も交えて。

しーっ、と先客のひとりが人差し指を立てると、誰もが顔を見合わせた（ただひとりSをのぞいて……）

間もなく、いま話題の〔干拓地〕ではなく、すぐ傍らの〔三角地帯〕から男の子が駆け出し、〈ジュゴン〉の男たちには何の関心も示すことなく、広々と自分を取りまく地面を見回した。そして老いた盲者のあとを追うように一心に駆け寄ると、転がるサッカーボールを見事な足さばきで自分たちの住みかの方へ蹴り返した。その球が消え去り、子どもたちの声がまた湧き上がり、キッカーの少年が同じ〔デルタ〕の中に姿を消したのは、どれもが一瞬の変事にすぎなかった。

それを黙って見届けた〈ジュゴン〉の男たちの顔立ちには、何とも皮肉な笑みが浮かび上がり、そのままそれらが得も言われぬ合体を試みる。Sは子どもたちの球蹴りを銜え込んだ。狭くて低くて曲りくねった路地裏の奥行きを繰り返しのない奇跡のように思い浮かべた。

「そのボスも、以前はもっとルーズで、もっと単純でもあった」

（無邪気とまでは言えないのだが……）

「地下特設のヤドカリだけではない。おそらくは見せしめの意味をこめて」

（それ以外に何の意味も見出されない……）

「地表でも同じような〈捜査活動〉を大っぴらに行なわせることがあった」

（もちろん、こっそりとやるほうが効果的なケースもある。たとえば密かに取調べを進め、何としても本星をのがしたくないようなとき……）

住民たちの目の前で特定の被疑者をきびしく、穴があくほどに問い詰めるということがある一方で、どこかで責め苛まれた挙句の没後者が、すでに息もなく、本人の身寄りの住まう近辺というか、そうでなくても狭いあの〔干拓地〕の一角に、ある朝、決まってある朝、誰にでもわかるようにして転がされていることも決して、少なくは、なかった……

そこにも朝日が照り注ぐ、あるいは稲妻とともに朝立ち模様が降り注ぐ、朝風は地上すれすれに重たい唾を吐きかける、あとは一転、軽々と流れ去る……（軽々というのはないよ）……何が？……

（奪われた命がついそこに転がるというのに……

「だけどその前に、これにはさすがに〈当局〉も目をつむりかねた……〈〈当局〉って？……壁東の？……それとも旧市街地、だから壁西の？……あるいはその連合体……いずれにしても「公権力」だ……いや、ひょっとして別の「私権」だったら、あんた、ドナイスル？）……ただし、まだ息のある「被疑者」をその〈当局〉が助け出し逃がしたかどうか、それについてはこれまでのところ何の手がかりも得られていない。

「ハイ、お待たせ、もうできますから」

若くて逞しい女の声がした。姿を見せない料理人の花一輪がそこでメニューの蕾を膨らませてきた。いつの間にかまた近づいて先客の話に耳を傾けた店員が、返事もせずにそそくさとカウンターの奥へ姿を暗ます。もうひとり若いのがその手前辺りにいるはずだが、食後の居眠りにでも陥ったのかとんと気配が伝わらない。先客たちの話を前に、聞き役一辺倒のSからは、昼食に対する実感がほとんど消え去っていた。女の声で「もうできる」と告げられたのが自分の注文であることにも真実味が伴わない。壁の向こうの旧市街地から来た彼にとって〈壁東〉は、それだけ近寄りがたいものにも見えてしまうのか。それでも窓の外からは絶え間もなくのどかで、それがまたある時は辛く、だからといってそのまま疎ましくもなりえない一抹の懐かしさが甦った。そうなると生きた人間にとって根深くも失われがたい食欲が現われ、力を増し、一度は流された彼岸のSをどうにかこの世に繋ぎ止める。〔こうしてひとり〈ジュゴン〉の客席に腰を下ろすのは、抜け殻も同然の錨（ikari）だった。なおも外の光（hikari）に向き合うのは、鋭くも研ぎ澄まされ口びるを閉ざす怒り（ikari）の漂流だった……〕

いま〈当局〉と誰かがおっしゃったのは、みなさん言うまでもない、あのすぐ近くの統治官事務所です……（ああ、やっぱり……だと思った……だってそれしかないものな、ここじゃ……フフフ……）所詮は〈干潟のボス〉もひとりの民間人ですから、その〈当局〉からのお達し（通達）にはあからさまに逆らうわけにもいかず、そこで何らかの折り合いが付けられたものかどうか、そのころから森の奥への「持ち込み依頼」が始まったようです。ボスの行為は、それが地元の〔干拓地〕で営まれる限りは〈私刑〉殺人という犯罪になるのですが、同じことを『両生人の国』王陛下に代行してもらえば、立派に〈死刑〉として合法化されるでしょう。

「だけど〔干拓地〕からは、まだ生きている者（五体満足であるかどうかはともかく）じゃなくて、ちょっと、思わず、やりすぎて、息の根を止められた者だって運びこまれるんじゃないのかい？……そうなれば「駆け込み処刑」だ……何でさ、もう執行されてるから……ふーむ……「うっかり執行」ということで、あとから形を整える……「できちゃった結婚」、みたいに？……どさくさの、どろぬまの、「政権」ももう末期……あとがない……さきがない……元はと言えばどこまでも「私権」であった……だけどそのとき、何があろうともはや森の奥地から、〈悪魔の叫び〉だけは起こりようがない……静かな「国権」に包まれ打ち砕かれたヒトが安らかに眠るところ……〈叫び〉なんて別のところで、とうに汲みつくされているだろうさ……それだけに〔干拓地〕のあのヤドカリには、防音工事がしっかり施されているときくし……そもそも時代をさかのぼれば水底だったところだからな……地下牢であるとともに水牢……だから小さなネズミぐらいしか、あそこで働ける者はいない……」

もちろん、〔持ち込みの《委託》は毎回〕有料だよ。お忘れなく……

森の国王からの請求は（頼む側の弱味にもしっかりつけこまれ……）そのつど相当の額に上るというから、〔干潟のボス〕もそんなに気軽に何度もお願いをするわけにはいかない。だから回数は自ずと制限されるが、これだけは確実に何があっても抹消しておきたいという案件については、お金さえ積めば大丈夫だ。後腐れなく安心で、ボスにも資金はあるのだから。それにこの取引については統治官事務所も、特別の利害関係にでも支えられてか、何の関心もないかのごとく沈黙を守る。

「以上の、森の奥にもまたがる数々の悪事については、何よりもあの〔干潟のボス〕、ではなくて、干潟の守りのワニさまこそが事の起こりからその全てをお見通しである」

そこにまもなく店員の男が調理室から再現する。Sのためのランチをいったんはカウンターにのせ、曲芸師もさながらの身のこなしに何かをこするような雑音も伴わず、ひとかきで真下を潜り抜けた。Sを除く男たちは、誰もがいつの間にか、見えざる淡水の底深く沈み込んでいた。

そこから浮き上がるように運ばれてきたのは、注文通りの骨付きのラム肉（lamb）が三本、どれもがSの予想を上回る大型ばかりで、「子羊」の名にはふさわしくない、大人びた健康優良児に相違ない。ほどよく焦がされたガーリック特有の芳しい香りが立ち会う者たちを引き付け、メニュー全体をくるんでもなお余りあるが、完成品にはその細片らしきものが見当たらない（察するところ、擂りおろされて肉質にしみわたり、あるいはソースにでも溶け込んだのか、それとも罅割れた塊りのままじっくりと炒められ、萌え上がる香気だけを巧みに搾り取られたのか……）アナ哀し……骨肉を問わず表面に手際もよくばらまかれた黒胡椒がもうひとつの香りを裁ち上げた。

焼き上がった肉の半分近くを、メニューにも謳われたソースが被う。いかにもこくのありそうな乳白色の広がりを、擂りつぶされた緑の香草が（とても一種類ではあるまい）埋めつくし、湯気を立てている。（料理人とウェイターの連携プレーは、かくも作り立ての妙味を送り届けた……）そこに茹で上がったばかりのニンジンとじゃがいも、それぞれの小間切れが時を惜しんで寄り添ってくる。バターで炒めたようなキノコも一通りならず、木目を写し取ってきたような斑を積み上げた。立ち上る蒸気では主菜のソースにも引けはとらない。加えて茶色のオニオンスープが小さく四角いカップに注がれ、湯気の勢いは断然の主席を占める。そしてただの一ヵ所、荒ぶる食欲も手懐《なず》けんばかりの静けさを守り抜くのが、ライ麦のパンだった。一度はカウンターの方に戻った店員が水を注ぎ足すために再来したのと、Sが灼熱の吸い物に手をのばしたのは、ほとんど同時刻と言ってもよかった。

（この時点で、先客の男たちを底深く呑み込んだものがやっぱり淡水であったのか（そうなると男はみな淡水魚だ……）それとも数千万年をへて塩分を蓄えた海水だったのか……そんなことは、あのラム酒（rum）の男にとってはもうどうでもよかった。いずれかの底に沈み込むという以前に、浮かぶ瀬もなく酔いにまかせ、どこまでも平板なまでに正体をなくし眠りこけるしかなかった……）

先客たちは眠りに落ちた〈ラム酒〉の男〉を、それでも何とかあやしながら（はやしながら！）数人がかりで立ち上がらせる。それにとどまらず見事に足も運ばせると、潜《くぐ》りの穴も間近いカウンターの右端に座らせた。〈ラム酒〉の男〉はそのままテーブルの上に両手を重ねると、そこに頭《こうべ》をのせて（口の栓も閉じて）再びがらんどうの眠りに落ちた。備え付けの丸椅子に背もたれはなく、片方の足だけが床面に固定されている。ここからはSの食事を運んだ店員が、万が一にも〈過ち〉が生じないようにと、眠る〈ラム酒〉に対する必要にして最小限の的確な〈処置〉を推し進めた。

　まずは〈ラム酒〉の足と丸椅子の脚の間に小さな直方体のクッションを挟む。つぎに革のバンドをつなぎ合わせただけの一見ジャケット様のものを〈ラム酒〉の上半身に着込ませ、そのまま締め上げる。腰元から垂れ下がる左右二本の皮ひもを丸椅子の脚に括りつけ、両肩口のひもも前のカウンターで待ち構える二つのホックに通して、こちらも適度に締めつけると、〈ラム酒〉は座席にキープされる（……ボトルキープ）。さらに店員は、小脇に抱えてきたネズミ色の外套を同じ〈ラム酒〉の肩口からすっぽりと被いかぶせて、そちらの両肩のひももカウンターの同じホックに通して蝶結びにした。これで「救命」措置への準備が整えられたことになる。

　店員男子《おのこ》は潜りの穴のすぐ向こうから、専用の道具一式を持ち出した。ボンベにパイプ、あるいはホース、それに吸入と……（たむろする先客どもは、持ち出されるそれぞれの用具にお座なりな敬意を払いつつも、この最後の装置にだけは見とれてしまう）まずはプラスチック製半透明の小型酸素ボンベを二本、両足の脛に固定する。するとそれに呼応してか、大腿部の骨が呼吸の真似事をはじめた……ヒーパー、ヒーパー、と（ヒーター、ヒーターでもなければ、ピーター、ピーターでもなくて）……さりながらそれで片が付くのなら、搬出された吸入用パイプの立つ瀬がなくなる。では……

「どこに付けるのか……口はダメ、ヨダレが垂れるだけだから……もっと下がよかったぞ……なら、臍か股間の辺りになる……へそ？　ああ、立派なもんだ……こかん？……うってつけだよ……臍は吸入、股間は排出だ……それぞれが自分の持ち分に徹すればよい……ところが取り付けの口はただひとつ、反対側の管だけが二つに分かれて、それぞれが二本のボンベに至る……そうか……分業はそもそも無理であった……じゃ、どうする……二つにひとつだ……臍か、それとも股間か……（ここからの論議でみすみす日が暮れる）……考えてみれば、臍は過去の遺物にして現役にあらずだ……とっくに詰まってるんだろ……何も通らん……埒があかない……じゃ、残るはひとつだ……この〈ラム酒〉の股間しかない……でも排出はともかく、吸入はどうする……何とかするだろ……そこが生体の神秘……臍だって生体じゃないのか（と、こだわる者がわずかに一名）……臍は過去の遺物さ……穴はとうに塞がり……一度塞がったものが二度とふたたび、自ずから開かれることはないのだから……不可逆となる……ところが股間にはいまでも穴が開いている……それも毎日謙虚に吐き出している……そこから先はやっぱり、生体の神秘が……」

いつかは吸い込む日が訪れるだろう。それを信じて店員の男は〈ラム酒〉のチャックを開き、股間から立ち昇るばかりの生体にパイプの吸入口を、忌わしくもなく即座に連結した……やや引き下がると、内懐からは一本のスプレーを取り出す。そして〈ラム酒〉の後ろ姿に向かって、十回近くも透明の液体を吹きかけた。これを目にした十人が十人ともに、消毒だと受け止めるに違いない。（ここでどうやら〈ラム酒〉のガラス瓶がしずしずと溶け始めた……）まもなく、天井からはするすると白いひもが垂れ下がる。照明灯の引きスイッチのような小さな玉が、眠りこける〈ラム酒〉の後頭部から十センチばかり上のところで首尾よく静止する。店員の男子《おのこ》がひと通りの気遣いを見せながら引き下ろすと、すぐに「カチッ」（勝ち！）と切り換えの音声が鳴り渡り、救命のための吸入装置がいよいよ作動する。窒素を忘れた純粋酸素が流れ始めると、辺りに余すところなく燃え広がり、（大腿）骨の呼吸は真似事を恥じるまでもなく鮮やかに消え去った。代わって今度は、安らかで遅くてとても深みのある腹式呼吸の調べがまことしやかに鳴り響いた。

こうして〈ラム酒〉に対する全ての処置が整うと、アルコールも抜かれた後腐れのない水浸しの中に、ヒトが一体安置され、空ビンが一本放置された。銘柄もなければ固有名詞も見つからず、誰もが名もなき生き恥を晒すしかなかった。

『……同じ眠りから目覚めたかのように……男がひとり店に押し入る、心地良さげに分け入った〈バシャーン〉……鋭い波飛沫とともに、歯のない赤子の銜《くわ》える爪楊枝が一本掠め取られる……「コラッ、盗っ人！」……が、何事もなく……おや、いらっしゃい……これはお珍しい……いらっしゃいませ、ご注文は……いま、休憩じゃないの？……ママ〈調理人のこと〉はいませんけど、飲み物だけでしたら……なら、水を一杯だけ……「お水、一丁……」と叫びながら、店員はカウンター方面をにくにくしげに仰ぎ見た……〈ラム酒〉はそこで深い眠りについている……アンタ、昨日は夜じゃないの……ヨル……朝まで？……ひょっとして、徹夜？……アア、寝てない……「そいで今日はボクの番だ……もう考えただけで今から眠いよ」……キミら、知ってるかな……何を？……昨日か、おととい、駆け落ちがあったって……駆け落ち？……それはまた古風なことで……〈とそのとき、山をも飲み干さんばかりの先客がひとり〉どこで……〈三角〉……で、だれが……あそこの、「外堀沿い」の娘っ子が、〈三角〉のぜんぜん別の人種の男と……どんな人種だ……よくは知らないが、土地柄、いつも男は三角の帽子を被って、歴代首長たちの〈戦争語録〉を朝、昼、晩と食前食後に欠かさず繰り返し朗読するやつらだって……いるな、確かにそんなの……いるよ……いるいる……その男は女より二十ほども年上らしいけど……へえー……お待たせしました、お水です……付けといて……これ、サービスです……あ、そうなの……でもアンタ、「外堀沿い」って、あの向こうの、あの反対側の、今ではヒトも住まなくなった、ここからみて右端の「外堀沿い」ってことは〔「外堀」なんて所詮は、旧市街地から見ての言い方なんだけど〕、アレか……そうだよ……あの〈キフ人〉の娘かい』……そうそう……

　このとき、落ちたコップの見事に砕け散る音がした。先客たちは、眠る〈ラム酒〉と語る新来（新米ではない）を除いて誰もが音の源に目を走らせる。そこには、体内の動揺を隠せない、旧市街地からの亡命作家Sの姿が見えた。

「お客さん、すぐに片付けにまいりますので、そのままで」

　パリーン……

〈キフ人〉？……キフ人って……いまでは、孤立した集落の住人たちだ……どこからやってきたものか、この〈壁東世界〉の誰も知らない……〔そもそも当人たちが明確にそれを心得てきたものか？〕……謎めく出自ゆえに誰からも忌避される……孤立はさらに深まり、そのぶん信仰信条の旨味が増していく……もはや病みつきの孤独を慕うしか、世を渡るにすべもなく……かつては〔百民族の平原〕の移動民であったとする、根拠のない俗説に誑かされるわけにもいかない……キフ人の娘が男と逃げた……夜も日も明けず、涙を啜《すす》り、汗を舐めるか……ゴメンナサイ……大丈夫ですか……ちょっと慌ててしまって……火傷、してませんか……いえ、べつに（どうして？）……若い男がやおら近づいてくる（あのもうひとりの店員だろう。だってそれ以外には考えられない）……テーブルには何もこぼれていませんね、じゃ、床だけ……右手前に佇む男の顔を見て、Sは声が出ない（度重なる衝撃に見舞われた）……積み重なることのない彼一人分の過去が、満ち足りることのない閉ざされた現時点を巻き込み仰天する……〉

　それにしても瓜二つだった。Sが旅立つ前のうら若きあの日、旧市街地のぬかるんだ裏道で彼に襲いかかった男に。〈殉難者〉を騙る閉鎖的セクトの若き構成員。確信に満ちた狂信者たちが差し向ける選りすぐりの冷たい刺客……そいつがいま、何と、床に砕け散ったばかりのコップの破片《かけら》を、膝を揃えるように丹念に掃き集めようとしている。

おまえは「教えの敵」。

この「背信者」が、と。

箒の先が破片を巻き込み、石畳の床面《ゆか》にこすりつける。軋みの一つひとつが改めてSに食い込む。掃除する店員と反対側の、左やや後ろの脇腹が絶妙なまでに疼き出した。あのとき以来初めて、二世紀を経てもなお、追憶はうずうずと錐揉《きりも》み、鮮やかな痛みを甦らせる。「テロル〉、突き刺さってはほくそ笑む回顧の短刀、『テロリスト》、血で血を洗う時限装置のマリオネット、ヒト殺しのマンネリスム、キフ人に〈殉難者〉だなんて、恐怖に至る二重《ふたえ》の驚愕。かたわら若い男は腰を屈め、黙々と「事故」の後始末に精を出す。それでも手にする箒はいつしか絵筆をかね、床一面を〈民族会〉のシンボルカラー、青一色に塗り変える。塵取りの籠に掃き集められたガラス片はまたしても飛び散り、やはり〈民族会〉の紋章、遠ざかる無数の星々を描き出した（現在《いま》の〈民族菜館〉からは、そんな色彩も紋章も消え失せていたのだが）……

星の行くえを追うように、今度はSが対岸の先客たちへ目を配る。かつての〈殉難者〉のメンバーに酷似した面々の姿形が切れ切れに漂った。ただし彼らからは、「敵意」も特別な「関心」も認められない。

「お客さん、どうぞ食べてください。冷めちゃ、せっかくの味が台無しですからね」

若者は俯いたままで、やさしげに声をかけてくる……アリガトウ……でも事はなかなか思い通りに運ばない……かつての〈殉難者〉の、少なくとも末裔であれば、彼らも元々は旧市街地の出身ということになる……なるほど壁東には、どんな人間でも包摂するような限界のなさが沁み渡った。

「どうかしましたか」

イヤ……

二人がはじめてまともに顔を見合わせる……切実にも甦ったばかりの古傷からの痛みが見る間に衰えていく……新しいの、すぐ持ってきますから……スイマセン……いえ……風説によれば、あのときSを襲った容疑者の青年も組織の計らいで、陸路ではなく水路伝いに逃げのびたという。その同じ彼がそののち複写を繰り返し、行き過ぎる時を待ち、〈一里の城壁〉が作られるやまた舞い戻ったということなのか。それも壁の東の、こんな〈菜館〉のこんな〈ジュゴン〉とやらで、おだやかに食客の賄いをつとめながら……およそ成り立ちようのないそんな仮説を、Sは冷える昼食《ランチ》とともに丸のみにする。

『思えばあのころは私も、私を襲った彼ら〈殉難者〉系の長老に向かって、こんな問いをぶつけたことがある……「いったいあなたたちは、亡者の手を引く亡者なのか？」と……今にしてようやく、私も思い返してみることができる……それは何も彼らの立ち振舞いが一義的一方的に無意味だったということではない……むしろ（どんな場合にあってもだが）、そのような人びとにしかたどれない、とても貴重な、かけがえのない認識の経路が用意されたのかもしれないのだから……』と（以下、ことごとく省略）

こうして、襲撃した者に対する怒りや批判から隔たりを設け、同じころの自分に対する戒めも生じた。それがある種の慰めを伴い、対等なまでに向かい合ってくる。〈民族会〉は結局「亡命」の名を借りて、Sをこの町この地域から追い払った。Sはそんな「追放」に甘んじ、切りの見えない亡命をまたひとつ積み重ねただけかもしれない。時代も移り変わり、町は自らを大きく二つの分け隔てながらも、同時に〈壁東世界〉を手に入れた。あるいは壁東へと、一見もの静かに切り開かれたのめす。

そうなればこののち、富はますます偏り燃え上がるばかり。根元は切り刻まれ、神なき土地も叩きのめす。やむなくSは、SというSは、目前に迫る〈壁の東〉に手をさしのべる。摑めるだけのものを摑みとり、はき古したオーダーメイドのズボンのポケットに片っ端から押し込んでいく。そのたびに、生きたカエルの押しつぶされるような破裂音がする（ポケットから取り出されるものはなく、それ以前に、何かを詰め込む余地など見出されなかった）。見渡せば、〈壁の東〉は淡水魚のはらわたにも等しかった。腐臭も立ち上らずおだやかに、裏返ることも忘れたポケットが生きた心臓を刺し貫く。異変を合図に群がる山師にいかさま師、その口舌のチャックまで押し開いてしまう。民族といわず、人種といわず、有権者ともいわず、投票できる者が投票できない者に引導を渡す〔撃ち込んでいく……〕以来、ヒトはみるみる衰えた。もはや亡骸もなければ墓穴も見当たらない。過ぎ去った跡地には〈壁東世界〉の残骸がひっそりと身構え、終りのない問答に明け暮れる。〔Sはいつまでもその問いの部分に晒された……〕

『これは亡命なのか、追放なのか、それは終ったのか、まだ続いているのか』と。

昼食中のSには今なおどちらの答えも知りえない。壁の向こうの旧市街地の、それも西端の〈じんみん会館〉で出会った〈キフ人〉と呼ばれる麗人の相貌も見失われ、どこにも思い浮かぶことがなかった。

「それにしてもだ、駆け落ちした男の身内は今も血眼になって行方を追ってるだろう……何せお前、いい年をした息子を〈寝取られた〉んだからな〔捉えようによってはSも〈じんみん会館〉の麗人を何者かに〈寝取られた〉のかもしれない……〕但しだ、男の身内が連れ立って、あそこの〈キフ人〉集落に踏み込むようなことにはなるまいよ……およそ近づくのもイヤだろうからさ／せっかく努力を傾け、あそこに分け隔てたのに、好きこのんでわざわざ……（と、何者かの歴史がかたる）それに、駆け落ちした男にしても、よもやあんな所に流れ込んで、入り浸るようなことはしないだろ……そこは厳格に一線を守り抜く……それだけはおおよそ察しがつくな……誰に？……誰にでも（……ハハハ）……だからさ、小娘のほうも行方を絶つ……それに〈キフ人〉たちから見ても、（中年の）オヤジに可愛い娘を〈寝取られた〉という思いに変わりはない……しかしながら立場が異なる、社会的にみて……で、駆け落ちの中年男が容易に所属すると、みなさんおっしゃるその「連中」っていうのは、そもそも何ですか。やっぱりあの〈機を織る〉人びとなんですか……（「容易に」？……）とレストラン・ジュゴンの一角にたちまち驚きと疑問が交錯した）……

「身内」とは言っても、「連中」とは誰も口走っていなかった（あえて該当するものを捜すならそれは「人種」かもしれない）。誰もがこの最後の発言者の無知に哀しげな目を丸めざるをえない。目蓋も伏せ、強ばった唇を閉ざすしかなかった。

　さてさて、駆け落ちした中年男が属する「人種」というのは、目前に広がる〈三角地帯〉に居住する。さっきも言ったが、これ見よがしに三角の帽子を被り、表記され伝承されてきた歴代首長の〈戦争語録〉を日夜朗読朗唱するという。その勤めを担うのは男子に限られる。〈キフ人〉や〈コイコイ〉（後述）など一部の例外を除いて、他の「人種」との交配婚姻もきびしく制限しているわけではないが、子息の配偶者となるべき女が異人種の場合、必ず旧縁より離脱させることになっている。「親族」

と「人種」の上での同一性の確認、それが息子の結婚を認める最低の条件とされる。子女に対しても、できる限り同じ「人種」の男子と契りを結ぶように、幼いころから有形無形の圧力や説諭の営みが繰り返される。

それにしても駆け落ちしたこの男の場合には、二重のタブー破りが行なわれている。まずは、婚姻の対象からは排除されるべき〈キフ人〉の少女と関係を結んだこと（すなわち交際のタブー）。加えて、彼女との契りを優先させ、自分がとどまるべき本来の「人種」からの離脱を図ったこと（すなわち婚姻のタブー）……こうなるともう、あとに残された家族や親族も制裁はまぬがれないわけで、だからこそ「血眼」になって行方を捜し求める……だが、〈壁東世界〉はこれまで何度も住民の想定を大きく覆し、容貌を改め、事変の膨大さを見せつけてきた……男も女も、断じて見つかることなどないだろう……また、かれらがこの世にいるとの保証もない……心中か……それとも……

「だけどこの、三角の帽子を重んじるってヤツらは、アンタの言った〈機織り〉の連中とはまるで異なった集団を構成してるんだぜ……カテゴリーが違う。分類の水準というものが両者においては少しも嚙み合わない……帽子ともども受け継がれた〈戦争語録〉を後生大事に戴くほうは、考えてもごらんよ、〈機織り〉みたいな特定の生業によって統合され、維持されていくもんじゃない……（そうか）……逆にね、めいめいの職業は千差万別かもしれないが、そこを貫き、営むかれらの生活の奥深くに「神官」じみたっていうかな、持ち前のしつこい体臭に加え、それを育む（おぞましくも）神がかりなまでの仕来りとか、生活様式の委細全般が整然と付きまとっている……ところが〈機織り〉たちは（どうだろう）、（いやあ、とてもとても）そんな「人種」にはあらず、あえて「民族」と言い抜けるに及ばず、専門的な〈稼ぎ〉の手段を共有する職能集団に過ぎない（ビジネスこそがヤツらを結び、たくましくもしてきた）……目先を転じようか……かれらの作り出す着物や敷き物、掛け物の手配先だけど……この〈壁東世界〉に暮らす民の用を足すだけにとどまるものではありえない（生み出される品物の性格がそんなことを認めないし）……どういうことでしょうか（もっと具体的に……もっと肉欲的に……）……かいつまんで申し上げるなら、受け継がれた織物の技能がそのまま祈りの場、弔いの場へ転用される……それはすばらしい……見たことないかなあ……ここじゃ、ヤツらの仕事柄は少しも高貴なものとされないんだ。

〔ここで鬱屈を極めたSひとりが、鳥の夜啼きに耳をそばだてるように隔離を深めていく〕だからね、〈機織り〉の一団が下層民とされることにはくれぐれも留意しながら……それでもかれらの「仕事場」からは、各界各種にわたるご要望にも応じ、神聖多彩な品々が弛みなく織り出される……☆……〈しもじも〉から職工の明かりは発し、どこであろうと神がかりなものの《ありか》に商品を送り届ける。かれらは住まいのほかに専用の小屋掛けをして（じつに粗末なものだけど）、いつでも仕事場を分かち合ってきた。〈人種の三角地帯〉にはかれらの営むささやかな織物工業地帯が、時代時代の交通の便にも応じ居場所を転じながら、最低三ヵ所は点在するという。

「だけどご承知のように、断じてそればかりでもない……（ホラ、やっぱり／話のきりというものがない）……作り上げる産品の担う性格が……（その言い方は違うだろう／私には違和感が伴った）……「産品の」ではなくて、ここは「産品を」と改めましょうや……ですからね、（織り物という産品を、これまで誠実に担い、拵え、世に送り出してきた特有の性格が着実に取り込まれて、ヤツら〈機織り〉自身が〈弔い〉の職人をかねるということだ……〈弔い〉の陰には〈機織り〉があり、機織る先にはいつも〈弔い〉が控えると申し上げても過言には当たらない……いみじくもひとりの男が

Hiro

立ち上がる（立ちはだかる）……ちょっと待った、〈弔い師〉というのは正確ではない、というか、いまだ全生活を際立たせた形容には届かない。ヤツらが付き合うのは、後戻りのできない〈死出〉の時間帯ばかりじゃないのだから……それだけを言い残して、同じ男はその場に座り込んだ……「と言いますと？」……問いを投げかける者がまたひとり……（さらにまた別の人物が問いの言葉を積極的に受けとめ）ヤツらは生前を偲び没後を〈とむらう〉ばかりではない。ヒトの生死の只中を行き交い、事あるごとに〈うらなう〉んだから（こんな言い回しがいかにもどこにも重みのない厚みを乗せて引き出された）……挑発に応え、いくつもの呼び名が矢継ぎ早に囁かれ耳打ちされた……「卜者」、「易者」、「占い師」、「呪術師」と……

ヤツら〈機織り〉たち、まずは暦に独自の減り張りをつけ、吉凶を明示する（性格づけて決定する）。かれらの言うところがこの地にあっては良い日であり、また悪い日にもなり、良い年に悪い年、時間帯の良し悪しから時節柄まで事細かに振り分けられ定められる。その一方で〈機織り〉たちは（この〈壁東世界〉に生を享けた）人びとの生年月日を正確に書き取り（写し取り）、天体との関わりを見究め、そこからもたらされるべき〈運命〉についても即座に判定を下すことができた。

うらないの〈機織り〉ども（あるいは〈墓掘り〉たち……）は、これら万民からの「個別情報」を暗号化した一枚の〈神聖布〉を受け継いできた。それはヒトの生死に呼応して絶えず新たに織り込まれていく（この格別な作業の奏でる音を平常の織機の響きと識別して聞き取れる者だって、まだまだ壁東には現存する……）。この〈神聖布〉を参照することで生年月日の吉相にはいくらだってさかのぼることができる。人びとの切実なる要望にも応じかれら〈占い師〉たちは、のがれるべくもないそれぞれが行く末を適確に言い当ててみせる。かれらの実務能力と実効性の高さときたら、回答を恐れ

LEO CANCER GEMINI TAURUS ARIES PISCES AQUARIUS CAPRICORN SAGITTARIUS SCORPIO LIBRA VIRGO
刑禍(陽)
福徳(陰)

て尋ねることをためらう者も少なからずといった按配で、これにはほかの人種も民族も違いをのりこえ一目置かざるをえないのだという〔もともとの「出所」の低さも何のその、威厳は高く鳴り響いた……〕

「ヤツらは多芸」……というと、ほかにもまだ何か？……（それぁ、まだまだ、もっともっとだ）……〈世界〉中のあちこちから、〈とむらい〉に〈うらない〉、ときには〈のろい〉の依頼だって承る……え、〈のろい〉ですか？……ハハハ……ナニ、キミ、それは機《はずみ》だ、ものの機《はずみ》で（もののけの機《はずみ》で）、うらなっていたものが予想外の〈のろい〉をもたらすこともある。〈のろい〉と言われても仕方のないような酷い結末を（たまたま）この世に導いてしまうんだ……それもひとえにかれらの培ってきた能力の高さゆえに（誉めすぎかもしれないが）、やむをえないことだ……とにかく依頼を受けると〈機織り〉の面々は、手織りの極彩装束に身を固める。冠を脇にはさみ、小刀を懐に忍ばせると、待ちわびる〈注文先〉へ出向く。笛に鼓、琴に弦も抱え、あらかじめ〈うらない〉で選んだ頃合いを見計らい……赴く先は寺院に社、民家に寄合所、盛大なる供え物を前にカミ・モノノケの像を奉る。〈霊験〉あらたかな合唱、合奏も伝授しながら、呪術師たるもの腰ひけるところなく円舞し、輪舞し、群舞する……

コレを〈雅なるケガレ〉と呼ぶ者がいる……当人たちは健全なる立ち振る舞いに終始する。お供え物はその場で飲み食いする。たとえ持ち帰ってでも、差し出された志はその日のうちにお腹へ収める……本業の〈機織り〉で稼ぎもあるのだから、とむらい、うらない、のろう時にも、ヤツらのほうから献金を求めるようなことはしない……が、頼みごとをするほうはあらぬ禍いを恐れ〈機織り〉人《びと》に刻みつけられてきた「身分の卑しさ」が拍車をかけるのかもしれぬ）、それより何より、念願の一日も早い成就を乞い求め、誰もが〈薄謝〉を用意する……〈呪術師たちは畏れるところを知らない。差し出されたものがどんなものでも尻込みせず平然と持ち帰り、仲間同士公平に分け合ってみせる〉……ところが、ところがいいか、そいつを捉えて口さがない連中はだ、『お供え物の選択肢が広がって助かる』だの、『〈機織り〉なんぞは安上がり』などと言いふらして何も憚るところがない……〈どこまでも見上げたもんだ〉

事ほど左様に、〈機織り〉人は〈呪術師〉にして、そのための歌舞音曲、レパートリーにも事欠かず、幅広く司るという……〈すばらしい〉……同じかれらがとても卑しい者とされることによって、それを十分逆手にも取れるのだろう……〈虚しくもなく、浅ましくもなく〉……もっとも神聖に見えるものをそれぞれが首尾よく懐中に収めると、ひとりとして容易に手放すことがなかった……〈およそ私たちの誰もが気づかない間に、「世界」はつつがなくも壁の東へと限られていく〉

『それでも、そヤツらの力が及ばぬところはあるもんで〈壁の東に限っての話だけど……〉〈機織り〉とはまるで馬の合わない輩が棲息する。立ち入りが《〈原則〉》認められない地域だってある……どこの、だれが、と問われても、戻される答えはまたしても〔スラムの干拓地〕、待ち受けるのも〔すでに耳慣れた〕〈干潟のボス〉……〔傍観者の私たちにとって〈ジュゴン〉に集う人びとは、他ならぬSにコトバをかぶせ、話を伝えるように聞こえる〕……〈干潟のボス〉には何しろ恨みが募るから……腹違いもこえて、数ある子息のひとりを助けてやれなかったという、積年の恨みだ……〈それも病魔に息子を持ち去られたというだけの恨みではない〉……そのあたりのこと、セザキさんならもっとお詳しいんじゃないですか〈と、呼びとめられたのは、〈ラム酒〉が仮初の永眠をとげてまもなく店を訪れた男、キフ人の娘の駆け落ち話を携えてきた徹夜明けの、眠気を忘れたあの男だった〉……

そもそも入店以来、Ｓの耳にとまった固有名詞はこれが最初だった……セザキさん、そのあたりのいきさつというか、若いヤツらにも是非聴かせてやって下さいな……ナンダ？……オレが？……冗談じゃない。ボクよりもっと年上ではるかに物知りのお歴々が、ざっとお見受けしたところでも最低二、三人はいらっしゃるじゃないか……セザキさん、ほかならぬその方々がね、目明かりだけで私に指図をなさるのですよ、セザキに語らせよ（語らせよう）とね……そんなら……（セザキは一座の肌合いをなおもうかがい読み取りながら、節くれた尻尾を巻きあげた）、そんなら、知ってるところだけはかいつまんで、お話するけどね……ハイハイ……ではでは……（ケダモノのような一度限りの呟きがこぼれて）

……『あれはな、今から十年も前だよ。あの頃はオレのひげだってまだ青々としてたから。ボスの野郎、長年の「身の不始末」が〈タタリ〉を招いたものか、三番目だか、八番目の「ご子息」が春雷とどろく時節、容易ならぬ病にとりつかれた。まだ三歳になったばかりの、なかなかに口が達者で、音感も人並みはずれて鋭敏な児が曇天の夜を境に、何も語らなくなった。すぐに高熱を発し、何を見ているのかもわからないまま、両眼の淵からはひっきりなしに膿汁を垂れ流し、しなやかな体の芯を見境もなく震わせた。体表には赤紫の小さな斑点が広がり、舌が二倍ほどにも腫れ上がって口唇《くちびる》の間からはみ出してくる。その合い間をぬって、水飴のような唾液がこぼれ落ちるさまを目にした者は、取り返しのつかない伝染病を疑わなかった。だけれど、まさかボスの目の前で明言する勇気を持ち合わせた者なんていない（今もいない、それに病の深刻さについてなら、ボスにだって察しはついていたから……）。とはいえ無闇に軽症を唱えて、却って〈お館さま〉のご不興を買い、言いがかりをつけられて、あらぬ病根を自分にも植え付けられることだけは避けたかった……その間にも、子どもの体は痙攣を繰り返しながら、刻一刻と強直を深めていく。瞳はほとんど動かない。漏れ出すため息だけが浮遊する。訪れる者、見舞う者もなく、本音を明かせばボスを除く誰もが罹患を懼れた（ボスには怖いものなんてなかった）……

いっぽう（草葉の）陰では、さまざまな病名が囁かれたもんだ……ペスト、天然痘、豚コレラ、狂犬病、いや狂牛病、いや、梅の毒……そもそも〔スラムの干拓地〕には医者がいない……この〈壁の東〉は慢性の医師不足で、数少ないドクターもわざわざ自分の地元を離れようとしない……（こんな病名、アンタらどれだと思う／父親の性《さが》からいえば「狂犬病」、振舞いからみれば「梅の毒」／あるいはその反対も）……看たことのない病状をめぐって、スラムの巷には憶測が飛び交った……（で、母親はどうした？）……（どちらも死んだ、産みの母も育ての母も、盛大な葬礼で見送られた）……そして見捨てられた……子が生まれてわずか三年だ……（教えてやろうか）……教えてくれよ……（どちらもボスの娘だった）……「どちらも」って？……だから、父親が実の娘に手を出したんだ……

こうして父と息子だけが取り残された。二人だけの朝、胡麻塩ひげの父親がいきなり一本の金箸を振り上げた。喘ぐ息子の喉仏をひと思いに刺し貫いて、止めを刺してやろうかと思った。だけどあいにく、残るもう一本で自分の目の玉を貫き、あるいは抉り出すだけの勇気が、アイツには備わってなかった。親父は単なる意気地なしだ。存外思いとどまらせたのは眼下に苦しむ子どもかもしれぬ。

「だれか！（助けてくれ……）」

その声におそるおそる、妻でも妾でもない女中が意を決し、扉のそばへ歩み寄る。

「〈機織り〉を呼べ。〈おはらい〉をするやつだ。あそこの〔三角地帯〕にいるだろう。できるだけ沢山だ。こいつの命を助けたら見返りに糸目をつけぬと伝えろよ」……（ハイ）

　女は少し胸を撫で下ろすと、若い下働きを走らせた。

……『知らせを聞いた〈機織り〉連中にしたところで、別段、そんな鳴り物入りのお呼び出しを心待ちにしてきたわけでもなかった。金に糸目は付けないという〈干潟のボス〉からの大取引に心動かされたわけでもない。ただかれらなりの義に感じ、義に衝き動かされただけかもしれなかった。しかしその〈義〉が結局のところ、一夜の雇い主（ボス！）に生涯とりついて、悩ませることにもなるのだが……

　連中は仲間内の動けるヤツらにはすぐさま声をかけ、取っておきの身支度を進めたらしい。扮装たるやいかにも一様で、これを律義で勤勉なお百姓が見たら……（お百姓？／はて、そんな人たちが〈壁の東〉にいたものか／そもそも農民という〈人種〉がな／おい誰か、ここいらで農地を見た者、いるかい？）その姿を真面目なお百姓が目にしたら身の毛も弥立つばかりの麗しい害悪に充ちあふれていた。派手というより毒々しいというのが相応しい。ヤツらは総じて《飛蝗《ばった》》の擬態装束に身に包んだ。

「総じて」といっても、それは形体にとどまる。彩りときたら、どいつもこいつも千差万別を尽くした。一匹たりと自分に同じものは見出されない。さすがに脚ばかりは左右一対の直立を余儀なくされるが、背中につなぎとめた二対の翅と一対の触角の先端には、豊かな鈴生りを結わえぶら下げた。大鳴りも憚らず、〈つの笛〉、〈はら鼓〉、〈もも琴《ごと》〉、〈ちん弦〉とお決まりの楽器を奏でる十数人、いやいやそれ以上が空恐ろしいばかりに足並みを揃える。一歩、また一歩と、折り重ね威風堂々、鈍重な

までに行進を演じる。奏でる器を持たない手ぶらの輩は目を複眼に転じ、呪文と祝詞を連ね繰り返し唱えた。たとえば、

　みのらず、まいらず、ねこいらず、いまとりがたつ
　いのらず、はいらず、みまからず、いまへびがなく（ときに「またへびがなく」と変化）
　かまわず、のがさず、かりいれず、いまくじらがかばう（ときに「そいつをくじらがかばう」と変化）

（それがえんえん続くのか／なるほど恐ろしくもなる）ヤツらはこの菜館の少し手前で橋を渡り、川向こうの道を練り歩いてボスの待つ〔干拓地〕へ向かった。お布施を差し出す者、それがいやで早々に姿を暗ます者（……空はいつ雨が落ちてきても不思議のない曇天ながら、よく持ちこたえた／何かのご利益《りやく》だ／ずいぶんとよくご存知ですね／当たり前だ／こちらはな、そのころからここにいらっしゃるんだから……）

　いよいよ〔干拓地〕の入口にさしかかると、先導役を務めてきた二人の〈機織り〉が進み出た。小脇には片や青、片や緑の陶器の壺を抱える。子どもの手がどうにか通り抜けられるほどの丸い口に指先を突っ込むと、中から摘み出した塩ひと握りを行く手に二度ばかり振りまいた。すると迎える〔干拓地〕の側からも、ボスの館の下人と思われるやはり二人が進み出て壺を受け取り、そこからは彼らが塩をまきながら行列の先導を務めた。

　その二人の顔を見れば、大がかりな《飛蝗》連の訪問先が〈ボス〉の館であることは沿道の誰にで

もすぐにわかる。だからなけなしの懐ろ叩《はた》き、我先に施しを差し出すが、相手の生活事情におかまいなく、《飛蝗》は「無慈悲な」までに受け取った（かっさらった）。それでも住民たちから恨みを買うようなことはない。人並みはずれた記憶力と統計能力の持ち主である《飛蝗》は将来、施しをくれた者には相応の返礼をくれるからだ。そればかりではない。即応の返礼としても間髪入れずその場で、（かけがえのない）自前の「糞」を振りまいた。行進の最後尾を固める別の〈二匹〉が鈴生りの翅をなびかせ、肩越しに後ろに向かって黒い豆粒を投げつける。沿道の者たちが駆け寄ると大粒のものから拾い集めるが、《飛蝗》の唱名はそこにも分け隔てなくふりかかった（おそいかかった）。

みのらず、まいらず、ねこいらず……いまとりがたつ

狭い路地を抜け、横二列で練り歩く〈機織り〉、住民は板壁に貼りつき、顎を引き、眉を寄せ合い出迎える。ときに屋根に上り、これを見下ろす横着もんの餓鬼がいると、ボス方下人の目にとまる前に身内の手で引きずり下ろされた（もしも見つかったら……言うまでもなくあの〈ヤドカリ〉に押し込められ、未熟がゆえに強靭なる思想改造を施され、あとはボスが配下の〈ネズミ〉に作り変えられた）。普段なら多くのカンパを募るため〔干拓地〕を隈なく巡るところが、この日はボスの子息の生き死ににも関わるので最短の道筋がとられた。《飛蝗》のご一行はものの十分もすると、〔スラム〕にあってはただひとつの広場ともいうべき、ボスの館の門前に到着した。

……さして広くもない〈お屋敷〉の門口が崩れ落ちるように押し開かれると、中からは表情のない言葉が二度ばかり（「消失」という名のオブラートに包まれて）うるわしくも（くるわしくも）差し

出された。門前にも〔干拓地〕の住民が大勢詰めかけた。おそるおそる持ち出す僅かばかりの憐れみ、思いやり、好奇心……ご一行から無慈悲に撥ねのけられたとしても、それを痛手に思う者はいなかった。邸内には三匹の《飛蝗》が迎え入れられたが、ボス方からの選別や指定を受けたわけでもない。〈祈とう師〉ではなく、かれらは義をえらび義をはかる〈義とう師〉か（だけど三人連れが館の中で執り行なったことについては／まだ何も／まだ正確には／誰にももはや／わからない……）……さらにはほかの誰かが呟いた……〈祈とう師〉でも〈義とう師〉でもなくて〈偽とう師〉だろうと（あるいは〈欺とう師〉だろうと）、自らの目蓋の裏を指差して……

　主《あるじ》の館まで〈機織り〉ご一行を牽引してきた二人の下人はそのまま門番に落ち着いた。左手に立つのは柱の上まで巧みにのし上がり、スラムな平屋の連なりをこえたさらに遠方まで睨みをきかせる。右手は柱の前を塞ぐように直立した。片手（右手）を真っすぐ横にのばして、閉ざされた扉をさらに遮断する。瞬時に積み重なる流星群が両者の感電を誘う。左右の交流が進む。蓄えられるものはなく、解き放たれた怨恨が見たところなだらかな、そのじつ浅はかこの上もない星からの流転を促す。館からは一時間ごとに、交代要員のネズミが二匹、姿を見せる。それまでの二匹と揃って警戒怠らず、大人びた勿体をつけながら瞬時に入れ換わるのだった。

　ネズミ小僧二匹に常時固められた門前を、さらに外来者が補強する。十名をこえる〈機織り〉が羽を休め、持ち前の音曲を奏でた。それとともに営まれる総出の舞いは二つのパターンを交互に繰り返す。ひとつは威圧、横一列の緩やかな扇形が館を背に前方へ膨らむ。一人ひとりが自分の定位置を守り、間もなく誰にも見えない幻の砂時計が費えると、いっせいに反転する。今度は館の外向きから内向きへ、ひるがえってまた内から外へ、大衆に背中を向けて門番に顔を見せると、次は門番に背筋を拝ませて会衆の表情に向き合った。その度ごとに翅付きの軽やかな鈴生りが身を震わせる。いまひとつが懐柔、扇が解かれ二列横隊を組む。めいめいが時計回りをくりひろげる。屋外に取り残された者たちの「舞い」は、これら二つの型を一心に積み上げた。

で、舞いを支える「音曲」のほうは？……いつもの単調な掛け声が受け継がれた……こんな具合に。

かつ、かつ、　　める、める、
むく、むく、　　はす、はす、

これだけだ。
繰り返して。
「かつ　かつ」はときに「うかつ（迂闊）」と逸脱を唱えるのがいるらしい。
「める　める」についてはは不詳。うめる、とめる、はめるの省略形か。
「むく　むく」が接着して、「むくむく」などとオノマトペに陥ることもなかった……
「はす、はす」についてもおよそ不詳。こちらもいはす、かはす、よはすの省略形か。

掛け声の四回、ときに五回に一度〈はら鼓〉が打たれる。音調は千差万別、二度と同じものはない。合い間をぬって〈もも琴〉、もしくは〈ちん弦〉が一音《ひとね》を差し込むと、耳を傾ける者はたちまち別次元へ運ばれる。〈つの笛〉の痛快なる一吹きも飛び抜ける。声と三器の協奏は切り裂かれるわけでもなく、挿入の箇所も「かつ　かつ」あるいは「むく　むく」の冒頭に限られた。その中で〈つの笛〉

の叫びだけは一度と限らない。二つ、三つ、もしくはそれ以上の吹鳴《すいめい》が群なす者たちの過剰を制す。門前ではこれらの仕儀が倦むことなく貫かれた……

（アレはたしか）日の長い時節で、辛うじて〈薄暮〉のうちであったか、深刻な事件が生じる。門前にはまだ百名をこえる、資力に欠けるが篤志家と呼ばれるべきスラムの住民が残っていた……暑い……それに狂おしい……かれらの脂汗は未舗装の路面を宥めるように、転がる石ころにも流れ落ちる。そこに火を焚きつけるばかりの志が仄見えた。その源は跪《ひざまず》く住民たちの最前列、館から見て右の端、門にもごく近いところだった（そうでもなければかくも非現実的な声を、粗雑きわまりもない門番、ネズミ小僧の耳元が捉える道理がなかろう）。年老いた夫婦《めおと》が一組、肩を寄せ合い、しきりに手を擦り合わす。視線を門口の手前、地上すれすれに折り重ねながら（祈り重ねながら）唱える（まずは耳を傾けてみよう）。

ごもっともです、ごもっともですから、
おしずまりください、どうかおしずまりください。

この文言が、この日もっとも年少で、退屈であることにも敏感なネズミ二匹に聴き取られてしまう。競い合うように声を荒げた。
「ヤイ、ヤイ」
「その、ごもっとも、って、どういうことかい」
「しずまる、って、なにか」

「おヤカタさまは」

「何かの祟りでも食らってるというのか？」

最後の糾問だけは、声が揃った。後には鳥の声もなくて、なおも陽射しが肩を落とす。だけど夫婦の呟く思いやりに満ちたこのようなコトバは（「館」だけをのぞいて）あちらではごく普通に用いられる常套句なんだ。みんな知ってるし、同意を惜しむこともない。ただし、あのときあそこであえて口にしたのは、この年老いた夫婦だけだった。それが多くの連中の口の端に上り、寄り集まって祈禱を捧げるばかりの様相まで呈しておれば、成り行きも少しは違ったのかもしれない……

いずれにしても老いたる男女の二人連れは、時の門番二名によって、単なる憂さ晴らしというのではとてもすまされない人身御供に晒された。篤志家たる住民たちのすぐ目の前でさんざんに打ちすえられ、命は残っても骨は失われた。肉は残っても血は搾りとられた。二、三日はその場をはなれることもできず、また許されもしなかった。仕方なく、誰もが見て見ぬふりをしたのだという……


……『いっぽう、館の中に迎え入れられた別の三匹のほうは、何をしでかしたものか……それに関してセザキさんは、なんにも聞いてない……いや、そんなことはない……いくつか／いくつも……耳にしてるぞ……ホウ……まず〔踏破のみそぎ〕。かれらはいかにも《飛蝗》らしく翅をばたつかせた。何の重みも加わらないようにしながら、ボスの子息の顔を、胸元を、足腰を、指先を踏み抜いた（〈踏みつけた〉では済まされないレベルで）……〔手足交換のみそぎ〕。ボスには悟られないように頃合いを見計らいながら、狂おしくも密かに、横たわる息子の手足（足首から下と脛、腿、手首より先、腕、二の腕のそれぞれ左右一対）合わせて十二部分の組み合わせを順次変えていき、またいっせいに元の、生まれつきの配置に戻した……〔天地風水のみそぎ〕と、こちらは誰もが呼ばわる。上がりこんだ三匹のうち、ひとりが天になりかわって降り注ぐ。ひとりが地になりかわって揺れ動く。ひとりは水になりかわって押し寄せる。それから力を合わせ、風もさながら吹き抜け渦を巻く……〔語謡のみそぎ〕と、こちらは私が今ここで名づける。一匹が厳かに病の源を語ると、別の一匹が大らかに病の成行を謡い、残りの一匹がいっさい口を噤んで、前二者の伝えたもの全てを打ち消した……まだまだあるけど／もうやめておこう……いくら挙げたところで、明確なものは何も見えてこない。それに私は、思うのだ……

何て?……門前に舞う『扇形』『二列の時計回り』を含め、そもそもかれらは「おはらい」をする者なのか、と……とむらう、うらなう、あるいは、のろう……それが天職であり、業務内容であって、やる気以前のお話として、ボスの求める〈おはらい〉など論外だったんじゃないかと（だからこそそこにはかれらからの一方通行の〈義〉が働いただけなのか）。これに関して〈機織り〉の《飛蝗》以外に真実を知る者は、ボスと息子の二人しかいない。それもボスひとりになってしまった。《飛蝗》の入城から一昼夜をおくこともなく、病の息子は穏やかに息を引き取った。これまでのところ《飛蝗》は何も語らない（一方通行の〈義〉は、その子の迎えた安楽な最期の中に一部果たされたのかもしれなかった）。

邸内の三匹は何の謝礼も求めず、一人ひとりが丁重なお悔やみを申し上げると、ボス方からのいかなる手出しも封じこめ退出した。予想もしなかった緊張感にすっかり打ちのめされたボスは相手を手にかける気にもなれなかった。ボスからの命《めい》がなければ、及び腰のネズミなど一匹たりと身動きがならない。旅立った「ご子息〉にも倣《なら》い、それぞれが思い思いに見かけ倒しの仮死を貫く。そこににわか雨が降り注ぐと、《飛蝗》が遠ざかった跡には、門前に横たわる老いた男女の〈人身御供〉が取り返しの効かない際立ちを見せつけた。

……でもな、〈干潟のボス〉ときたらすぐに目覚めた。最期の部屋で、〔手足を踏み抜かれた〕息子の亡骸と改めて番いになると矢庭に勘繰った。始めからあの〈機織り〉の《飛蝗》に嵌められたものと思い込み（といっても、ヤツらのほうは何の報酬も得たわけではない）、生まれて初めて、決して晴らされることのない怨恨の情を抱かされた……オッと、だからといって、ボスがそれまで〈怨恨の情〉と無縁だったのかというと、それはとんでもない読み違いになるナ……そうともさ、ヤツは心の成り立ちそのものが〈怨恨の情〉なんだ……それを抱かされたのは初めてだとしても、そもそも〈干潟のボス〉の心は、営々積み重ねられてきた複雑怪奇な怨嗟の系譜のほかにいかなる根拠も見出せない……あのボスは生まれながらに、語り尽くせぬ《恨みを抱いている》……それに、物心ついてからというもの、他人《ひと》には数限りもなく恨みを抱かせてきた（オレたちは無縁だけど）。そのことに後ろめたさを覚えるどころか、倒錯した攻撃の快楽を伴わせる……人柄以前のお話として、〈機織り〉一党の終始貫いた〈義〉など、あヤツには読み解かれようもなかった……ハハ（へへ）。

それで、どうなりました？……アイツはただちに報復に出たな……とはいえ、大して積極的なもんじゃない……〈機織り〉の住まう〔人種の三角地帯〕に手勢を差し向けることはためらった……それに代わって〈機織り〉の〔スラムの干拓地〕への立ち入りを禁じている（万が一みつけたら、命は絶たずともすぐに放逐する。訪問先が特定されたら、そちらの命については保証の限りではない）……ですから、今のところあの〈コイコイ〉たちとの間には違いが見出されません……いやいや、そうではなく、より正確を期するなら、〈コイコイ〉が立ち入ることには目をつむっても、住みつくことだけはご遠慮願っている……それに対して、〈機織り〉のほうは立ち入りも認められないのだからな……かれらの本業（つまり機織り）に発注した品物にしても、必ず〔干拓地〕のほうから取りに出向かなければならず、配達はご法度だ……「取り引き」はいいんですか……ああ、そこまでの点検はとても手が回らないらしい……体制が整わない（技術が間に合わない）……それでもなお、かれらにうらない、のろいをお願いしたい者が後を絶たない……かなりの覚悟をして夜間に招き入れ、もっぱら音のない儀式を頼みこむ……さすがにとむらいになると、死者も出ていることで特定されやすく、招来は控えざるをえない……ということで〔干拓地〕の外に出て、それこそ〔ゲットーの森〕手前の墓地か、野辺送りの道沿いに場所を移して執り行なわれる……そんなこと、〈機織り〉はどう思ってるんだろう……あの死んだ、ボスの息子をめぐっては何も伝わってこないが、「あんなとこへ足を運ぶ手間がなくなっただけでも、こっちは大助かり」なんて減らず口を叩くのが大方だろうさ。

そいでそいで……ボスの息子も、やっぱり今はその〔ゲットーの森〕方面ですか……ハハハ、おまえ何言ってる。どうにも基本中の基本がわかっとらん……そんなこと、ここにいるおまえ以外のオレたちはみんな知ってる。そこで背中を見せながら静かにこわばるあの〈ラム酒〉も含めてな（だってわれらが天職、とは言わないまでも、ヤツらに与えられた数ある業務内容のひとつじゃないか）……いいか、ボスの息子は伝染病だ。伝染病で亡くなった者は、一人の例外もなく無縁仏にされる。（あの〔干拓地〕に限らず）それが〈壁東世界〉全体の掟だ。極端に言えば、かれらは野晒し処分を受けてやまない。だがじつのところはみな埋葬されている。あの〔ゲットーの森〕の方面じゃないぞ。それとは無縁の広大な〔百民族の平原〕のどこかにな。埋葬したのは、〈墓掘り人夫〉に身をやつした〈機織り〉の、少なくとも一部かもしれない（ボス御自らは、それをご承知なのか、ご承知でないのか）……このとき、眠る〈ラム酒〉の辺りから年上のウェイターが寝ぼけたまなこをこじ開け、いつもながらの問いをセザキとやらに差し向けた……セザキさん、アナタそんなお話よくご存知ですね。いったい全体、どなたに聞かれたんですか……これに対してセザキは、唇に手指を咥えることもなく、何食わぬ顔付きで応えを返す……ナニ、徹夜勤務のとき、誰彼ともなく話し聞かせることだ、そのうち聞かされた者がこんなふうにヒトに聞かせることにもなるのだが、何よりもホラ、〈機織り〉も住まうついそこいらの〔三角地帯〕、その守りのニワトリさまが総てお見通しなんだから……それとも、あの〔平原〕の……と、誰かが口ずさむと、そこで話が途絶えた。

すでに食事を終えたSにも彼らの話は聞こえなくなったが、それになりかわるような静寂の営みが許されざる歳月のオブラートに包まれて、ひょっとすると彼のもとにのみ送り届けられたのかもしれなかった。

常連たちが集う四角い大卓のど真ん中に、土中から掘り返されてきたばかりのような少年の遺体が仰向けに横たわる。それは、小さく渦を巻く青い縁取りが施された白い大皿に盛りつけられた。体格を見定めるための尺度は失われ、月桂樹、いや、こちらにも、菩提樹の葉が五枚六枚と添えられた。衣服に付着した数々の砂粒は、いずれも風味を増すための香辛料を暗示してやまず、おかげで腐敗はほとんど進んでいない。（ですから……）いまにも起き上がりそうに見えるが、いたるところに病傷跡を残した（少年の周りを取り囲む男どもには見えているのか、いないのか、少なくとも驚いて身じろぎするようなことは起こらない）。

Sには子どもから訴えかける声が聞こえた。

「コイツら（の中の誰か）が命じていつも通り、〈機織り〉の連中が僕（ら）をあそこに埋めたんだ」

お皿の少年が起き上がり、Sの方を頼りなく見つめると、瓜二つのもうひとりの子がSの真向かいに腰かけた。

「おじさん、ぼくらも注文していいですか」

「いいよ、何が食べたい？」

「いや、とにかく飲みたい」

「ああ、何でもどうぞ」

ひとりが「ボクはでんせんびょう」と答えると、もうひとりが「ボクはおねえさん」と呟いた。ところが時を惜しむかのように初めのひとりが「おかあさんだろ」と小さくこれをたしなめ、すぐに罵りながら、誰にも読めない流行《はや》り病専用のカルテを投げつけた。この世で一枚限りの診療記録は、彼ら専用のかけがえのない特選メニューにもなりすまし、Sからの注文を待ち受けた。

当のSは、公けに口の利けないふたりの子どもになりかわり、いま耳にしたばかりの〈遺言〉のようなオーダーをそのまま読み上げていく……でんせんびょう……おねえさん……いや、おかあさん、と……

すると〔三角地帯〕側の窓の外からは野良犬ばかりではなく、あらゆるケモノの声が甦った。やっぱりそれは……でん、せん、びょうと……それに、おねえさんと、……いやちがう、おかあさんと、……おねえさん……おかあさん……と。

さらに稲妻が切り裂き、雷鳴が轟いてそのあとを掠め取り、注文主の子ども二名の〈遺体〉は跡形もなく木っ端微塵に砕け散った。

仮初の惨事を忘れ去るためにではなく、Sはこののち何年もかけて、新たな探究の時節を積み重ねる。供養や教養のためではなかった。少年ふたりのささやかな食欲を満たしてやることができればと、それだけを願いながら。

「コイコイ」……ひとりがささやき
〈コイコイ〉……それをすぐにひとりが特定すると
「キタキタ」
「イケイケ」
「くるくる……Sが
Sにしか見えない子どもたちからの粉塵に取り巻かれると
代償を支払うわけでもなく独自の論理から
（もちろん〈壁東世界〉の全体に行き渡るであろう）
大卓の男たちはセザキも何も見えなくなり
それぞれが口に出すために、思いは千切れ
おのおのが忘れ去るために、心を砕く
あとには何ものこらない……くるくる
「回る回る」
目が回る……
ホラ……打出の小槌の、〈コイコイ〉行列が、もうそこまで……くるくる
「（〈機織り〉なんて、およそ目じゃない）いよいよ上手のお出ましだ」

「そのくせいちばんの下手が現われた」

（さてもこれ見よがしに……）

するとまたひとりが、男たちの間近の窓ガラスに、何を口にしたところで痩せるしかないという、呪われた、骸骨もさながらの薄い頬骨をすり寄せる。

「ああ、やっぱり物乞いじゃないか」と、そいつは誰がどう見ても自らに呟く。

だよ……〈コイコイ〉だよ……おい、若いの、初めてだよな……オレたちだって久方ぶりだから。

こんな風にしてお目にかかるのは……話には聞いてます……われわれもな、話はよく聞いてるんだ
……だけど、蝦蟇《がま》口は滅多に開かない……あえて寄付には及ばず……そうとも。けど以前はヤツら確か……猟師だ……どこで……森で……森！……ゲットーの？……そうそう……〈コイコイ〉のご先祖は〔ゲットーの森〕に暮らし、そこを仕事場にする狩人だった（……そんな姿を見届けた者なんか、ひとりとして生き残ってないけど〔とうの昔に絶滅した……〈森の狩人〉としての体験がそっくりそのまま……〕半ばお抱えの猟師だった〉……お抱えって、誰にですか……そいつぁもちろん、まだ誰も見たことがないという、あの〈森の王者〉に決まってらぁ……でしょうね……森に生息するシカだの、イノシシだの、ウサギだのを狩り、それらの肉の極上の部分を定期的に（少なくとも月に一度）献上することが義務づけられた……ところが口伝《くちづ》てによると、あるときひどい不猟の年があって、意図せざる神隠しにでもあったかのように何も獲れなくなり、〈コイコイ〉たちは夜営の泊りがけで森の外まで獲物を捜しに出かけた……が、『神隠し』はかれらの向かうところどこまでも繋がった〔……それでも、鳥類ならいくらか確保された……すぐ身近でも……ところが〈森の王〉はトリの肉を決して口にしなかった……だから〈森の王者〉の正体はフクロウだろうとか、あるいは鳥を恐れて

止まない、水源地の主《ぬし》たるナマズにほかなるまいといった噂が絶えない〉……やがて、不猟もひと月をこえ、王からの督促もすでに一度ならず、どうにも追い詰められた〈コイコイ〉は折りを見計い、一か八かの勝負に出た……やむなく「代肉」の献上を画策する……ウシでもなければヒツジでもない……あそこにはどちらもいなくて、ウマもいないのだから……〈良質の〉ヒトの肉とならざるをえなかった……ところが、〈森の王者〉におかれましては、はじめて食したその肉の「美味」が大そうお気に召して、繰り返し奉献の下知が届けられた……狩人としても上からのご用命には応えざるをえない……

〈猟師たちが献上のためにヒトを殺めることがあったのかどうか、それについては今なお明らかでない。従来のシカ、イノシシ、ウサギが猟場に甦ると、そちらもまた大いに奉ったが、求められるがままに人肉についても献上を続けたという。王からの要求が執拗かつ残忍であり、かれらの立場に切羽詰まった状況を醸したのであれば、初回も含めて、それに応えるための殺戮も十分に想像された。その場合、犠牲者は誰か。集団の内部であれば、死期も近かろう老者《ろうじゃ》に病者、あるいは家の負担になるだけの乳児に幼児、「間引き」せざるをえない嬰児もまた……〔かれら自身の伝統には「人身御供」のような習俗はなかったようだが〕さらに集団の外部にも対象を広げると、禁断の森へ足を踏み入れた不埒な行楽客、遠来の同業者〈狩人〉にしてかれらのいわば商売敵、近親者か知人の埋葬のためにほかの土地からやってきた〈壁東世界〉の住民たち……だけど、それも長くは続かなかった……〉

愛でる「美味」の正体はヒトであると、あるとき王の耳に届いた。王専属の床屋が話のネタを仕入れたとは今日もなお語られるところだが、何ひとつ裏付けを得ていない。「浮世床」のメカニズムによって、王国内の理髪師が情報を流したことは十分に考えられる。だけどそれ以前に、果たして〈森の王〉はお抱えの床屋を持つようなヒトの類いなのか。そのことを自分の目でしかと見届けた者も、王の住まう宮殿の外部にはこれまでのところ一人も存在しないのだ。肯定も否定もされていない。

　そもそも市井の床屋筋はどこからそんな話を仕入れたのか。店の客からだとすれば、その来客はまたいずこから……たとえば客自身が、もしくは知人のだれかが、ごく秘められた「解体」の現場を見届けたのか。あるいは解体されたのちの、取り繕って棺に納められた遺骸を目にして、そこに伴うただならぬ事変を見抜いたのか。それとも、迂闊にも泥酔した狩人の誰かひとりが酒場でくだを巻き（そんな酒場があの森のどこにある……）、そいつが堪え切れずに白状したのか。だとすれば話したそやつも、運悪く聞かされた御仁も胸糞悪くしてご不浄へ駆け込んだことだろう……

　だが一方で、ようやく真相を手に入れた王からの反応は、かれがヒトであることを強くうかがわせるのだ。

〈森の王者〉は激怒したという。〔ゲットー〕の内奥からありあまる憤怒を伝え、憎悪も煽り、尋常ならざる唸りとがなりが湧き上がった。しかも時折ことばを成した。それらを聞き分ける専従者が宮殿には代々養われてきた（王の実像に迫るのはかれらだけともいわれる。本当はそんな聞き取りの専従者しかあそこにはいないと、そこまで断じる者も少なくない）。

　はっきりしているのは、〈森の王〉が自らに加えられた測り知れない侮辱（だとすれば、禁忌破りを意味するが）その侮辱について、加担した者たち全員の死罪では到底贖いえないと考えたことだ。死などまだまだ生ぬるい。とてもとても、手ぬるい処断にもすぎない。死ねば、それで全てが終わるのだから。〈森の王者〉たるこの私が身罷る前に跡形もなくなってしまうではないか。そんなことを私はこれっぽっちも望まない。仮に私が加害者だとすれば、あるいはそちらを求めたかもしれない。

後腐れを遺さないためにも、加害と被害、いずれにわたっても形跡となるものは自らすすんで根絶やしにする。ところが今は、王たる私こそが非道を向けられた被害者なのだ。さすれば加害の痕跡はどこまでもこの現世にとどめてやるというのが、より道理に適った統治の筋道ではないのか。いや、全くその通りだ。この先かれらはどこまでも生かしてやる。その上で何代にもわたって、一人びとりに祖先からの罪責を塗り込めていく。たやすく終止符の打たれない、永代受けつがれるべき体罰として……以来、〈コイコイ〉たちに下されてきた厳罰というのは、概ね以下の四点にわたる……

まずはひとつ、これまで代々、〈森の王者〉の庇護を受けて生業の場としてきた〔ゲットーの森〕から永久に追放し、二度と立ち入りを認めない（埋葬についても例外とはしない）。

つぎにふたつ、追放されてのち、広く〈壁東〉の地において、何らかの生産手段をもって商品を作り出し、さらにはその売却によって生計を立てることを禁止する。また、かれら以外の何人においても、かれらの産物を購入し、あるいは生産手段をかれらに供与ないし販売することによって、かかる定めの侵犯に加担してはならない。加担をした者は例外なく、かれらと同じ身の穢れを受けることになる。

さらにみっつ、したがってかれらに対しては、一族一団がひとり残らずこの世から消え去るというその日まで、非定住にして流浪の物乞いのみを認める。ただし、第二の場合とは異なり、施しをする者は何の穢れも受けることにはならないことをここに明証する（「王様の慈悲」か……）。

そしてよっつ、以上の処断により、厚顔無恥にして何者よりも罪深い「森の狩人」はこののちこの世にあって、もっとも卑しく、もっとも忌むべき存在として、末代まで、命ある限り晒し者となり、あらゆる方面からあらゆる角度においてとことん蔑まれるがよい。

附記の1、それゆえにかれらはもはや「狩人」ではなくて、これよりは〈コイコイ〉とのみ呼び捨てにされる。
附記の2、ここに宣する〈森の王者〉の権能は、その権威とともに〈壁東世界〉の全領域に及ぶであろう（そして今でも存分に及んでいるのだ）。

以来……〈コイコイ〉の一党は、〈森の王者〉のお定め書が命ずるところに従い、狩人を脱ぎ捨て〔ゲットー〕を立ち去った。かれらは赴くところ何者からも蔑まれる。人びとは同じ水源の水を使うことも認めないので、行く先々で遠近もいとわず、池や川から自分たちの飲み水生活用水を汲んでこざるをえない（同じ川で洗濯をすることさえ何かと見咎められる）……フツウの人びとというものは、何をおいてもかれらに付きまとう「穢れ」とやらを畏れてやまない。森の王者公認の施しを与える時でもやはりくれぐれも用心して、じかに触れることがないようにと日夜心がけている。より徹底した輩にいたっては、施し専用の金箸だの金鋏だのを常備し、毎回使ったあとには火で炙って「穢れ」を消し去り、身を「浄める」っていうのだから……いやはや、まことに畏れ入る……（一体全体、そんなにまでして施しをするだけの見返りが何かあるのだろうか……それとも、そうせざるをえなくする強大な圧迫が町邑《まちむら》を問わず、この〈壁東世界〉ではいたるところ、見定めも付けがたいばかりに永く沁み渡っているのか……その正体や、いかに）……

……正体も何も……すでにSは、注文した昼ごはんを収めるべきところへ収めていた。コップの底に忘れられてきた、深さにしてあと数ミリの水も、ここにきてようやく飲み干した……〈正体〉も何も……あそこの彼らがまことしやかに語り合う「人肉への差し替え」こそが眉唾もいいところだなどと、心中力強くもSが囁くのは、彼自身が少年のころ亡くなった祖父から、自分たちもまたこれと同じ類いの謬説を、幾重にも何世代にもわたり、容易には覆せないばかりに身にまとわされてきた、そのことを子守唄代わりに聞かされたからであった……そもそも絵空事というのは、それを編み出した者、それを広め行き渡らせた者に多分（過分）の利益を生じる。しかもその白昼夢がありもしない「悪事」を暴きたてるという性格を担わされるとき、それを作り上げた連中こそが現実に働いてきた、誰にも知られたくない本物の悪行を、闇雲に、藪から棒に封じ込める……かつて森の奥地では、今もなお姿を見せない王様と半ばお抱えの狩人たちとの間に何らかの深刻な諍いが生じた。和解も利益の分与もありえない対立から、支配者とその一派は猟師たちの所払いを企んだ。さまざまに罠をめぐらせ、欺瞞と恫喝を織り交ぜ、陰に日向にくりひろげる中から、狩人たちにとっては取り戻しのきかない弱みを握るかたちで永久追放を成し遂げたのだろう……こんな自分の推論について、Sには並々ならぬ確信のようなものが見出される……それでは、いにしえの森の狩人〈コイコイ〉が王に握られた「弱み」とは何か……さすがにそこまでの推定はならないが、あえて強く言い添えるならば、たとえ偽妄といい謬見といえども、ひとたび人為的に拡散され、消え去るどころか人びとの胸底深くに根づかされたあかつきには、必ずやそこにひとかどの伝説伝承の草木を芽吹いてしまう。そしていかにも目新しい花弁の麗質が人心を捉えると、重ねてそのこと自体が抜き差しならぬ深刻な「弱み」を醸し出す。相手かまわず突きつけ人の世を統べるための冷厳なる〈哲理〉。後戻りはならず、それらを転覆し、解消することも難事の中の難事とされる……Sは折り重なる追憶の節々からここまで思い至ると、喉元に冬らしからぬ渇きを覚えた。支払いが生じることなどいとわないので、とどこおる頭の芯を慰め解きほぐしてくれる熱いお茶を一杯所望した。

「すいません。熱いお茶、おねがいします」

でも彼の思いは、すぐには届かなかった。

「コイコイ」と……初めての撫でつける声がした。地を這い、いかなる贖いもこの世に求めない。Sを含む誰もが声のする方に目をやった。やさしく、けわしく、かけがえのない情景に投げつけたそれぞれの思いがつぶさに受け止められた。

〈菜館ジュゴン〉の入口には、いつしか男がひとりで立っていた。ソヤツは少し前屈みになって、膝のすぐ上に両手のひらをついている。脚を折り曲げ、頭を垂れて、〈コイコイ〉からの〈先回り〉を務め、そこかしこへ姿を見せて、「物乞いのための物腰」を慣わし通りに裁ち上げた。けれど……

くるくる……同じころ全く別の方角からもうひとつの声がした。それはSのすぐ目の前で、集いの男たちから見るとSの向こう側の、同じ通路際の片隅というほかはなかった。そこに顔立ちのよく見えない別の人格がゆとりを見せて直立する。やや長身のライフルを構え、銃身がまっすぐしなやかに先客たちの胸襟元を均等に捉えた。

彼らはどよめき、色めき立ちもするが、当の別の人格は一切かまわず、自らが狙い澄ました銃の中に吸い込まれた。両手に両のかいなが消え失せて、頭が砕けるまでもなく溶け去ると、残された五臓六腑と大腿骨が緊密な合体も貫き、アッという間に姿を暗ました。そんな銃一丁が宙に舞うのも束の間、装填済みの銃弾は命脈を絶たれ、呑み込まれた人格ともどもパンと弾ける。一度限りの銃声には殺意も伴わず、すえた火薬の臭いだけをばらまいてライフルは跡形もなくなった。もはや見えるものなどどこにもないかのごとく、一瞬の顚末は至極あっぱれな「出家」にも読み換えることができた。〈菜館ジュゴン〉のウェイター二名は修道僧を連想させる。見知らぬ《宗教法人》を背負いながら、半ば見下し、半ば仕えるような身の熟しで、新たな来客のもとに揃って足を運んだ。握りしめた片手の拳には、お布施の銭が丁重に包まれる。待ち受ける〈先回り〉は愛想よく控えて左の膝をついている。右の腕を折り曲げ、肘を右腿の上につき、手のひらを目いっぱいに広げると俯き加減の顎《あぎと》をのせた。両目はつむらず、いかなる仕掛けによるものか、同じ右の手首に結わえつけられた革製の、もしくは樹皮製の集金袋が大きく口を開ける。ここまで来ると二人の《修道僧》もすばやく拳を開き……見えざる純血の花片《はなびら》をいたるところまきちらし……「お布施」の数枚を中に投じた……〈先回り〉は頭《こうべ》を傾け謝意を表す。右手のひらを閉じると集金袋の口元も閉まる。よほど意図して手を開かない限りはそうそう容易には緩まないものとみえる。にわか《修道士》はお布施を授けると精気を抜かれたように、だが萎れるまでもなく、本来の務めへ立ち返る。とはいえ、ご入店の〈先回り〉から注文を承ることもなく、まっすぐカウンターへ舞い戻った。その途中、微妙な頃合いを見計って年長のほうが大卓の男ひとりに目配せをした。なぜか他の面々には気取られないようだが……しかし……

〈先回り〉は一向手を緩めない。

〈天に弔いが続く〉

態勢を戻し、体の向きは少し改め、大卓の「面々」に照準を合わせた。

〈旦那さま方、本日はお日柄もよろしいようで……〉

オトコ一同の態度はどれも余所余所しい。年配のひとりが代表して曰く、〈お生憎だが、ここのところみんな間に合ってるんだ。できるなら、もっと他を当たってもらおうか……)。この「他」というのが、Sを指すのかどうかは判然としない。ところが、

(なるほど、これはみなさまお人柄もよろしいようで)と軽くいなしながらも、熟練の〈先回り〉には抜けめがない。

〔地上の黎明に唾を吐きかけた〕

自身の来店が打ち消したも同然のSからの追加、温かいお茶の所望を〈先回り〉はのがさず心得ていた。前かがみのままカウンターに向かうと、集金袋から今度は真っ白な手拭いを取り出し、丸いポットの柄に巻きつけた(従業員も、来客の中にもこれを咎める者はない)。

世間並みのタブーは忘れ去られて、何よりもSという人物の反応に注意が向けられた。ポットを手にした〈先回り〉はようやく背筋を伸ばし、ウェイターよろしくSのいるテーブルに向かった。

「すいません」

今まで水の注がれてきたコップをSが差し出す。〈先回り〉は無言のままポットを傾ける。山吹色にも近い熱湯のお茶を注ぎ込んだ。コップは耐熱ガラス製で、何も壊れなかった。

「ありがとう」

Sが卓上に何某かのコインを並べると、〈先回り〉はお礼を言うこともなく左手に握りしめる。ここでも右の手を開くと、集金袋に相ついで投げ込んだ。

「ご主人、ポットはここに置いときますので、あとはおかわりご自由です」

しめしめ……純白の布切れも元に収めると、〈先回り〉はカウンターのところからはまた前かがみになって後ずさりした。丁重に、周到に、(おあとがよろしいようで……)と別れの口上を伝え、店

をあとにした。〈ここで〈先回り〉が店内にのこしたL字形の足跡を、丹念に「消毒」するような酔狂などいなかった〉

〈民族菜館〉の建物から見て、〈コイコイ〉の行列はもう真っ盛りを迎えている。もっとも主力はまだ中堀の向こう側にいるので、店の中からじかに姿を見ることはできない。無論かれらは川中湖をめざしたが、一部は堀のこちら側にも分かれて、男たちの集う窓際を今まさに通りぬけていく。ガラスがなければ手を握り合えるくらいの隔たりで内部と外部が透明に分断される。店内の彼らもさほど物珍しげにでもなく一行を眺めるのだが、〈コイコイ〉の分流は見向きもしない。姿を消した〈先回り〉はこちらに合流したものか、何の「ご利益」も期待できないことが瞬く間に伝送されたのか。行進には子連れの女が目立つ。幼子を背負い、もしくは前に抱え、さらに二人、三人と手を引き、思い思いに歩かせる。羽目を外すと、ときに叱咤する。きびしくもなく、手ぬるくもなく、そんな一隊の要所要所にか細い少年が絶妙に配置され、平鍋の底のような円鐘《えんしょう》を小さな小槌で、首を縦に横にと振りながら、一心不乱に打ち鳴らしていく……

本隊はもっと多彩で、ありきたりの〈物乞い〉どころでは済まされない。勇壮、華麗も相半ばするところどころには、妙技冴えわたる《奇勝》も織り込まれた。天秤棒を担いだ青年壮年の男どもが身の丈の高低にかかわらず、聳え立つように各所に配置される。何を隠そう彼らこそが〈コイコイ〉の家屋にして住まいの礎にほかならない。生活のための家財道具一式が彼らによって運ばれるのだから。家という家が天秤棒の両端に吊り下がる。中の見えない大カゴに溶け込んだ。いつでも持ち運び可能で、壺や鍋などの台所用具に日持ちのする食料も詰め込まれる。鶏、兎からイモリに蛙といった生ける食材たちも半ば諦め、鳴き声を上げるようなことは滅多にない。というか、いっせいに叫びでも聞かれる時は、人災天災を問わず不吉なるものの近接、到来もしくは発生を予告する。そんな歴史の目覚まし時計かもしれない（ヒトの側でその警告が読みとれるのは、ほんの一握りだとしても……）

身軽で元気のよい男たち、子育てにも手を取られない女たち、才気目覚める年少者も加えて、沿道の目線をより惹きつけ弄ばんと、大道芸に趣向をこらす〔その一方で、弱り果てた薄命の輩は早晩路傍に打ち捨てられるしかない。それにしても、えんえん営まれるこれらの芸事が森の王者から厳禁されたと伝えられる「職業」には当たらないのか。この素朴な問いに安直な判断を下す者は、身分をこえて壁の東のどこにもいないようだ〕。太鼓、小鼓に三弦あるいは五弦、竹笛も加えた合奏にいざなわれ、愛くるしくも喉を鳴らすソプラノ歌手、テノールの語り部、寂《さび》の効いた低い呟きもまた置き去りにされていくのがよく聞き取れた。

男ならではか、両手の人差指が力強くも演じてみせるタライ回しに、陶器作りの武者人形回し、回しながらも、回し手自らが回る時間帯も設けられる。

男女を問わず、鞠投げ師は九個を操る。七個はつねに空中にあって、円弧に楕円弧を描きながら上下する。手になり代わって足の裏が務めることもある。

そしてこちらは女ならではか、ビーズ玉の芸には沿道の少女たちが魅せられてやまぬ。演じ手はいかにも見境なさげに、五種は下らないであろう色違いのビーズ玉を丸ごと口にほおばる。一つひとつの表面に微細な徴表が刻まれているとしか考えられないが、それにしても素早く、いささかの途切れもなく順調に口先だけで同色ごとに選り分けていく。時にはハミングも伴わせ、白一色の板切れの上に並んだ専用のコップに落とし込む。それればかりではない。すべてを吐き終わるや、コップの中のビーズ玉はいつの間にか首飾りに結び合わされるというのだから、これには見物人も恐れ入る。沿道の少女も引き上げられた完成品を所望するところまでは踏み込まないが、出来上がったネックレスへの拍手は惜しみない。

ハンチングをかぶった好漢《イケメン》の鳥飼いも人気もんだ。十羽の小鳥（やはりカナリアか……）の合唱を手がけ、天候次第では一羽のオウムがブルーズ歌手顔負けの単調なフレーズを繰り返し、伴唱まで務めるというのだから……

肝心の〈物乞い〉はその他大勢のでくのぼうが務める。一部に奇行をとげるのがいる。「お札配り」だ。配り手の性別年齢は問わず、お札も紙ではなくて、もう少し日持ちのする竹の皮か何かで作られている。お札というからには文様細工が付きもので、「酷克幸行《こくこくこうこう》」だの「醜終美備《しゅうしゅうびび》」などというまじないの四文字に星印が重なる。〈星はいつどこにあっても呪文の下地を引き受ける〉が、北斗七星、オリオンの三つ星、南十字星を象り、ダビデの星をいただくものもあった。

施しをする者が数知れずいたとしても、何かを受け取ろうとする者はいない。施しに際しても体の接触だけはどんなことがあっても避けようとするくらいだから、〈コイコイ〉たちの配るお札は初めから沿道の人びとに手渡され受け取られることなど想定していない。お札は不遇である。のみならず一方的な挑戦、嫌がらせ、報われる見込みのない復讐のシンボルたらざるをえない（それにしても百枚二百枚単位で束ねられたお札は元締めのような親父たちの懐に収められている）。沿道からの受け取りの辞退という「禊ぎ」を済ませたお札の末路は意外にも多岐にわたる。〈コイコイ〉と道行きを共にする家畜や家禽の体には、骨まで沁み渡り埋め込まれるように何枚も貼りつけられた。ヒトのなかにも額に一枚つけたままフラフラと重心をなくしたように同行する者がいる。かれらは心か体か（あるいはほかのどこか）にままならぬ変事を宿命づけられているように思われてならない〔育むべき喜びも、とうに育まれた悲しみもそこからはうかがわれない」。ネズミの屍体なども含め、鳥のエサになりそうなものに堅く結わえつけて放置していくことも日常茶飯だ。住民は決して手を出さないが、お札付きのエサは一昼夜のうちに見つけ出されて運び去られる。本体が食いつくされ、ヒラヒラとお札が舞い降りる先には、思いもかけない不幸がもたらされるのか……〔だけど鳥たちにも慎みがある。意図的にお札だけを撒き散らすようなことはしなかった。だからたまたま落ちているものを、あえて拾おうとする酔狂もまた絶無だった〕

それにしても、〈コイコイ〉一行が物乞いに際してみせる執拗さたるや、とてもじゃないが一筋縄でいくものではない。あたかも〔ゲットーの森〕追放の時点で、森の王者からは〈壁東世界〉の誰彼かまわず施しを求めることのできる特権を授かり、そればかりか、万一応じない者は犯罪者とでも言わんばかりなのだ。何かをもらうまで決して引き下がらず、少しでも後ろ向きな者には透かさず人手を増やし「地道な」圧力をかけてくる。呼びかけの言葉も「旦那さま」どころか「お館さま」「閣下」「陛下」などとひたすら持ち上げ、「奥さま」どころか「お妃さま」「女王さま」「お姫さま」と煽《おだ》てて、何憚るところを知らない。人並み世間並みの慇懃無礼などとうに底が抜けて、誰も見知らぬ大海原か、地底湖の裏側へ頽《くずお》れる。そうなると大抵の者は早く離れたいという一心でやすやすと屈服してしまう（というか、初めから屈服しているのだが）……「たとえ罪は深くても、思えばヤツらにはもはやこれ以上の罰を喰らう謂れが消し去られた」

そのぶん〈コイコイ〉も一通りの礼節は弁え、施しとして出されたものならお金に限らず何だってありがたく頂戴する。お礼の言葉も丁重に添え、件のお札も差し出してみせる。相手は舌を巻き、尻尾を巻き、手もこまねいて後ずさり、足先はどこまでも遠ざかる。
それ以前に〈コイコイ〉の接近を知ると、沿道の住人はこぞって家を飛び出す。できる限り離れておく。中には姿を暗ます者もいるが（そういう連中には、決まって幸薄き未来が待ち受けるだろう）、ほとんどは道沿いでの一期一会を決め込もうとする。家にいるところで捕まると格段に厄介で、繰返し不定期の訪問を受ける「特別指定家屋」に組み入れられるからである（さらに沿道でも、成人女性のほとんどは大きなヤシの葉を傘代わりにさしかけ、顔だけは見られないようにするらしい）
いっぽう〈コイコイ〉も「施し」として受け取ったものは、何でもそのまま携行するわけではない。ときには持て余して少し離れたところに、お札を貼って放置する。「すでにみなさんご承知のとおり」、そうなるともう引き取る者など現われず、いちばんの災難は施しに供せられた当の物品が蒙ることになる……まことにご愁傷さまだ……それでも、哀れな末路をたどるのはごく僅かなものらしい……
ヤツらなりに「公共の衛生」を慮り、路上のゴミを減らした……いえ、いや、そうではなく……〈コイコイ〉というのはなかなかの曲者ぞろいだから……道々手に入れた施しの品々を巧みに再活用する……ひそかに売りさばく裏のビジネスにも長けとる（通じとる）し、あの森の狩人の時代から、ヤツらの祖先は〈森の王者〉に最高級のロープやバンドを献上しておった……上質の食肉ばかりじゃなかった……（ここだけの話）……材料にはもちろん獲物の皮革や樹皮を用いて……ロープときたらそれは強靭で、ゾウだって拘束できた……強い！……そんな技術力が今日まで受け継がれてきた……ほんの一端どころか、自在に進化もとげている……（見ての通り）……施しの品々は、そのまま再利用可能な水準まで修繕を施すか、少しアレンジを加えて別の用途を切り開くこともある……そればかりか、それぞれに解体、そこから目敏くも部分活用を編み出し、大小さまざまに新製品を産み出すというから……スゴイ……（たいていのやつはそんなこと知らないけど）……でもね、どうやって売りさばくのでしょうか。誰も触れたがらない民の手になる「作物」なのに……

そこよ、新米、誰でも気づく素朴な疑問によくぞたどりついた……そんな、バカにしないでほしい……ほめられたと思え……ここには愚弄もなければ嘲笑もない……誰にでもわかることがあえて見過ごされる……綿雲の上の、もうひとつの乾いた雲を、誰の手が摑む？……おっしゃるように、〈コイコイ〉の手に触れたものは、そのままでは何人も手を出そうとはしない。ましてや、お金を払ってまで入手しようとは。そこで、何食わぬ顔をして流通させるためには、〈コイコイ〉からの痕跡を見事に消し去る《資金洗浄》ならぬ〈商品洗浄〉、ローンダリング、laundering が求められる。いまわれわれのいる〈壁東世界〉で長らくその役割を担ってきた謎の仲買人たちを、密かに〈クモノス〉という……その正体どころか、そんな通称さえ心得ないものがこちらではほとんどだ……中には、あの〈機織り〉の介在を取り沙汰する向きもあるようだが、確かなことは何もわからない……まさに地下のマーケットだからな……（だいいち〈機織り〉は蜘蛛の巣など作らないし）……

だけどな、新米、肝心なのはここからだ……〈コイコイ〉グッズの購買層はこの半世紀ほどの間に途轍もなく拡大をとげた……壁のこちら側で〈クモノス〉たちの切り盛りしてきた伝統的な領域もふみこえ、さらに〈壁東世界〉の外部へとそれは大きく（まっとうに！）切り開かれた……〈コイコイ〉はこのところますます商売繁盛である……〈物乞い〉なんて、いまではほんの余興にもすぎない……そこで外への媒介を務めるのが、務めてきたのが、新たに入植してきたあの「小屋ビル」の連中である。

（小屋ビル！　小屋ビル！　ハハハ……）

「小屋ビル」……ですか……

そうだよ、新米、「小屋ビル」の連中はそれ以外にもな、〈コイコイ〉との間でまったく別の交易ビジネスも進めている。

アンタの言うとおり、〈コイコイ〉はずっと以前から、あの大平原の一角に隠れ処を見出し、そこで施し物の加工を試み、編み出してきたんだろう……それ以外には考えられない……〈クモノス〉とかいった、能面師みたいな謎の集団もいつしか潜り込み、こっそりと、ひょっとすると専用の道路かトンネルでも経由して、ローンダリング、通称「洗浄」を済ませるんだろうな……（能面師だって?）……《〈クモノス〉とは、仮面をつけた〈コイコイ〉の別名なのか》……

昔はあそこにも狩猟の民、遊牧の民が思い思いに暮らした。加えて次から次へ入植するのもやってきたといわれるが、ヤツらの企てる農耕事業なんて、厳しい気候条件に阻まれことごとく失敗した……先住民にしても、近頃ではとんと見かけないそうだ……それじゃ曠野といえど、「乞食」が骨を休めてこっそりと副業に励むかたわら、〈干潟のボス〉の息子みたく、伝染病の死者が葬られる、というか、打ち捨てられるぐらいですか……いや、そうじゃない。昔からの生き残りがまだいくらもいるはずで……どこにですか……それは……よくわからない……何しろ先の見えないだだっ広い平原の、きっとどこかに……一体どんな生活だよ。痩せこけた羊でも細々と飼いながら……かもしれないが、いつだって楽なもんじゃなかったし、あの干拓地に比べても、それははるかに酷いんだ。間引きだってしょっちゅう行なわれるって……干拓地はな、イイカ、オマエ、「間引き」したくてもできないんだぞ。あの絶対君主のボス野郎が固く禁じてるんだから……産メヨ、増ヤセヨ、だ……万が一にも発覚したら、たちまち〔ゲットーの森〕送りか、その前に身内の手によって「廃棄処分」だ……累は及ぼさず……まあ、あの平原じゃ、どのみち同じことか。森へ送ろうにも、外に出そうにも、その前に食べるものもなくなり飢え死にだろうし……そんなことはない……なぜわかる？　オマエに……ぼくが脱出者だから……なに？……もともとあそこの出身だから、いまの話にはとても反発を感じる。

その場の雰囲気が瞬く間にこわばった……オマエ、壁の向こうから来たんじゃなかったのか……オレたちみんな、向こうから来たんだぞ……いいや、ボクもそうだ。でもその前にまずこちらの〔大平原〕で生まれた。こちらで生を享けて、危うく間引きされるところを何とか逃れて、そのまま十歳を過ぎるころまで壁のこちらで育って、それから西へ渡った。今ではみなさんと同様、ボクも立派にこちらに「派遣」されている。ただし、見知らぬ土地に来たわけじゃない……道理でアンタは、こん中でも抜きん出てこっちの言葉に不自由することがなかったはずだ。

〈何で間引きスル〉……白々しくも唐突、物知り顔に年配の男が尋ねた。

アソコではひとりの例外もなく、赤ん坊が生まれると父親が星占い師を呼び寄せる。新生児の吉凶を見定めんがため、〔大平原〕の外からわざわざやってくる、生まれた日付に時刻、要するに暦が第一だけれど、そこに男か女か、性別の有無（ウム？）、体格と体調も加味され……オウオウ、その占星術師とやらがな、先刻〈干潟のボス〉の話ん中でも出てきた〈機織り〉らしいぞ……やっぱり……凶って出たら？……凶って出たら、すぐに処分、殺害、間引きされる……どうやって……いろいろと……星占いなんて表向きで、ほんとは子沢山だの、子どもは嫌い、面倒臭いっていうのも、ざらにあるんだろう……脱出者の男はひとことも答えず、目を輝かせながら間引きについて得々と網羅した。

まずは餓死……ひと雫の乳も与えることなく放置する。大人で言えば飲まず食わずに眠るだけ、その眠りがやがて死に転じる。逃れがたくも衰弱死をとげる。乳を求める泣き声が聞こえないように、平原の忘れ去られた片すみに置き去りにされることも多い。この飢え死にだと、少し時間がかかる……

つづくは水死……洗たく桶の水に頭をしばらく漬けておく。すぐに窒息死にいたる。あそこでは川も池も近くにないことがほとんどで、水はとにかく貴重品だから、思い切り足をのばしてここのすぐ先の、川中湖まで持ってきて投げ捨てる者もあるという。そのとき久しぶりに、あるいは生まれて初めて、ひょっとすると人生でただの一度きり、遺棄する男はドブンという豊かな水音を間近にする……

または生き埋め……相手が身動きならないのをよいことに、平原のどこかに穴を掘ってそのまま埋めてしまう。ここでも窒息死に至る。圧死する前に息が詰まる。穴は墓穴にもならず、痕跡ものこさず、あの伝染病死者の場合と変わりない。というか、そもそも〔大平原〕には土葬の墓標なんてどこにも見当たらない。飢え死にせよと野放しにされた赤子が、そののち埋められるのかどうかもわからない……

たまには湯死《とうし》……洗たくの桶には冷水ではなくて熱湯をはる。頭だけではなくて全身をつける。それとも、家族が一人ひとり分け持った、煮え湯を一気に浴びせかける。でもね、でもさ、あそこじゃお湯って水以上に貴重なもんだから、こんなことできるのは余程のこと余裕のある連中か、そうでなければ何か特別の曰くが付きまとう場合に限られるはず……

やはり簡単死……乱暴の度合いは一段と増すものの、いちばん手っ取り早い始末のつけ方で、要は命ある児の両足をつかんでハンマー投げみたく、天然の岩壁とか崖に向かって、振り回しては投げつける。一度で片が付かない場合は、二度三度と繰り返す。あるいはもうひとつ、こちらは男親が、しばしば親族の男どもも加わり勢いつけて両足でドスンと踏みつける。どちらにしても赤子は潰されて命絶える。多くの貧しいヒトはこのいずれかに手を染める、足を向ける、向けざるをえない……

そして毒殺……とはいっても、精製された薬剤を経口投与するのではなく、平原のどこにでもいる蠍と毒蛇、この二つが好んで用いられる。箱か桶、盥《たらい》の中に赤子を横たえ蓋をしたうえで同居させておくと、そののち、必ず……

さすがの皆さんも著しく顔を顰《しか》めておられるが……そんなことはない……ですか。だったらいいんだけど、ま、こんな残虐なことでも、間引きの動機が《正統なる》呪術の判断に忠実であり、それを信じるものであればあるほど、殺され消されていくのはヒトの子ではなくて、「悪魔」ということになるのですから、自らの行いには何のためらいもないのですよ。それこそ最後に出てきた、蠍、毒蛇、さらには毒蜥蜴に毒虫にでも出くわしたのと同じなんだから、誰だって身を守りますよ。そうでしょう……（同じっていうか、蠍に毒蛇は言うところの「悪魔」を葬ってくれるんだから、害虫ではなくてむしろ益虫の部類だが）……それにね、それにたとえそれ以外の、いわば此岸の、ぎりぎり一杯の苦しい生活事情が間引きを動機づける場合でも、表向きは「凶」の判断を出してもらうよう事前に工作するので、周りから咎められることは何もないんです（目出度《めでた》し、芽出度《めでた》し）……一件落着……一見落着……死後硬直……

新生児の星占いは構成員にとって逃れがたい義務に上りつめた。ここから見て壁のあちら側、西側、「旧市街地」の言い方に倣えば〈国民の義務〉にも匹敵する。〈違反者〉に対する特別の罰則規定はないものの、それを怠れば必ずやあとの生活が立ちゆかなくなる。そして「凶」、災いをもたらすもの、ひいては悪魔などと占われた子を、それでも自ら手にかけるのは忍びないと思う両親も少なからずいるもんで……何とか他所様《よそ》にお願いする……それも占星術師の〈機織り〉に頼み込んで、引き取ってもらうことがあるみたいです。それには「お布施」の上乗せも求められるのだろうが、いつも望み通りに行くわけじゃない。いくらお金を積んだところで、鰾膠《にべ》もなく断わられることがしばしばで（そのとき赤子は否応なく始末される……）。何か当てのあるときにしか、かれらも引き取るとは言わない。うまくいくのはごく限られた場合なんでしょう……そいじゃ、ひょっとしてオマエもまたその幸運なひとり……かもしれませんね。〈機織り〉も断わることが多いことの裏返しとして、お金を受け取っておきながら、手にかけるようなことは決してしない。そのあたり、かれらなりに道義には厚いみたいです。預かった子を転売するような二重の利益も追求しない……ということで、かれらが「悪魔」の子を引き取るのは、自分たちの工房に単純労働の担い手が入り用な時か、養子引き取りの申し込みが来ている時のいずれかでしょうね……ちょっと待った！……そんな「悪魔」を、みなさん平気で引き取るのかい？……オレたちゃ、そんな占い何とも思わないけど、占いをした当人たちが引き取ったり、譲ったりして……そもそもヤツらはどう思ってるのか……あん？……察するに、「凶」なるは親子の間だけのことなんだ。それとも、せいぜいが辺鄙な平原暮らしの連中だけに効力を及ぼすお話で……だからその子が消されようと、占い人ともども立ち去ろうと、いなくなってくれればどちらでもいいんだと……んだ……でも詳細はよくわからない……少なくとも〈機織り〉は自分たちにとってその新生児が悪の化身だなんて思ってないんだ……それぁ、そうだろうな……だからアンタにしても、根っからの悪魔にはあらずだ……ありがとう……いい両親にも恵まれて……いや、ボクはむしろ〈オバア〉に助けられた……そうなのか……間引き寸前のところを彼女に……ただ薄ぼんやりとそん

な記憶の秘め事ばかりが、永く付きまとって離れやしないから。

それからのオマエはどうなった？……工員か、それとも見知らぬ誰かとの、養子縁組み……ボクは小さな〈機織り〉の工場で育てられた。物心ついたらすぐに簡単な仕事もさせられて、もうひとつの、呪術占いの遊行にも猿回しみたいに連れていかれる。土地によっては好評も博すが、その途中、〔ゲットーの森〕で栗拾いをしたり、なぜか禁断の〔スラムの干拓地〕に入り込んだという感触ばかりが、こちらもまた付きまとって離れない。〔人種の三角地帯〕の作業所では、糸屑拾い、糸屑取りにはじまって糸巻き、布たたみから糸の搬入に分配、仕上がった品物の運び出しにいたるまで、朝晩の掃除もふくめて、下働きのボクひとりがおよそ全てをこなす毎日……いくつまで……まあ大体、一〇くらいまで……〈機織り〉のガキは？……アイツらは学校に行く……オマエは……ハナから行かせてくれるわけもなく、学校がどこにあるのかもわからなかった……（〔三角地帯〕の学校なんて、どんな学校だ……一体どこに……いつから……いつまで……）……それでもボクに物事を仕込んだ若い女子《おなご》が一人いた。〈アネゴ〉って呼んで、〈機織り〉の唄も言葉もその女子が教えてくれた。そのうち読み書きと算術くらいはできるようになると、眺める景色がみるみると広がった。ときどき本を持ってきてくれたからな。絵を描いたりする暇はどこにも見当たらなかったけど、本なら読めた。そしたらだんだんと、工場の中にいるだけでも、すぐ周りの〔三角地帯〕にだってわからない言葉がいっぱいあることだけはわかってきた……それに忘れられないのは、〈オバア〉と思われる年取った女が時々訪ねてきてくれたこと……

オマエの救い主だ……地に足をつけて歩いてくる……〔大平原〕から川を押し渡り……いつも仕事三昧のボクを見ると、不憫そうな顔を作りながらそっと頭を撫でて、「オマエ、命あっての物忘れだからね」（アリガトウ……命あっての、物種だけどね）……いつでも羊の肉の塩漬けを持ってきたんだけど、にぎにぎしくも受け取る〈機織り〉たちの手に渡ったままで、ボクの口に入ることなんてめったになかった……〈オバア〉の口はといえば、いちめん真っ黒な歯。話すときにはいつでも剝き出され、口いっぱいに葉っぱを頬張り、しがんでいる。顔の皺がまた別の皺を織り込んで睦み合う。見た目は黒くて、ボクにはとてもおそろしいんだけど、何だかすごくいい匂いがした……あの芳香の根元に立ち戻り、ボクは今でも芯からうずもれてみたい……

「命あっての物忘れだからね」

性懲りもない〈オバア〉の言葉がボクの脳裡に焼きついた。そのまま育ち盛りの醒めた体内へ燃え広がると、一大決心を焚きつけた。このまま壁のこちら側で一生〈機織り〉となって、それも一つも二つも格下の職工のまま生き永らえるようなことだけはゴメン蒙る。ならば早々工場を抜け出し、まだ見たことのなかった壁の西側へ「脱出」することに心を決めた。

いつだ……

たしか、一三の春（数は数えられたのだから）。

どうやって……

それは極秘……もしもバラしたら、ボクはもう壁の東にも西にもいられなくなってしまう。

ま、おそらくは、夜陰に乗じてな……

あれは夜でもなければ昼でもなかった。ボクに瓜二つの何者かが夕日のように沈むと、その何者かとは違う本物のこのボクがたちまち朝日のように壁の向こう側へ上りつめたらしい。

それからのボクは壁の西側の「旧市街地」にある、自称〈生命教会〉付属の児童養護施設に引きとられた。もう工場で働くこともなくて、同じ教会付属の学校にも通うことができた。言葉はそれまで〈機織り〉のコトバしか知らなかったし、話せなかったけれど、〔三角地帯〕にもごまんと違うコトバがあることは知ってたから、壁をこえてまた新しいものを身につけるのもさほど大変じゃなかった……ただひとつ嫌だったことは、神に仕えるっていう男たちの一人が夜になると馴れ馴れしく、ボクの寝床にもやってくることだった……（考えてみればボクはそのころ、玉蹴りが大好きだった）……それでもフットボールのプレイヤーになりたいと思ったことは一度もない。

いつまでつづいた？……

何が。

そんな生活……

壁の西側に転じて三年目の春、教会にも学校にも見切りをつけたボクはPさん、同じころ知遇を得た、みんなごぞんじの、あの「統治官事務所」のPさんのところに転がり込んだ。

だったら、オレはもういたぞ……

オレもいた……

二〇歳《はたち》をすぎたころ、みなさんのおかげでいくつかの資格をとったボクは晴れてこの〈壁東世界〉へ「派遣」となる。給料はそこそこで、（〈機織り〉工場とは比べものにもならん）、事務方もやるし、さっき誰かの言ってた通訳もこなす。

「小屋ビル」に入って、もうかれこれ七年になるかな……十分だ……お世話になります。

新米、見習えよ……ハイ……もっともこんなお話、全ては初めから、〔大平原〕を愛でてもやまない一対の守り神……キリンとシマウマにはとうにお見通しのことなんだ……

Sは〈壁東世界〉の片すみに取り残された。語りかけるものはなく、腰を下ろすところも体を休ませるところもなくて、窓もなければ屋根もなかった。そのぶん空はよく見えて、むしろ見え過ぎるばかりで、地平線などの境い目も定かではない。そんな人気《ひとけ》のない長い廊下を前に放浪の所作も忘れ、彼はひたむきに歩いていくしかなかった。よく見ると床面《ゆか》には、浮き上がり点在すべき木目の代わりに、誰かの「ヒト文字」が果てしもなく綴られていくのだった。思わず立ち止まってわかるところから読み上げてみると、驚いたことに自分の声がした。それも時に若く、時に齢《よわい》を重ね、すぐにも円熟を増していく。ところが、いくら歩いて声を上げても、その合い間をぬって自分自身に問いかけてくる本当の声がどうしても見つからない。それがなければ、読み上げていくのが自分の声だという確証も得られないことぐらい、Sにもわかっていた。優れたものはこの壁の東にあっても稀であり、それを聞き届けること、ましてや生み出すことは至難の業だと思われた。床面《ゆか》に連なるものは、S自身がもう何年も前に書き上げて世に出た長い書物の、結びの一文からの写しにほかならない。

これからたどる長い道のりが、とうに完成を見た自らの著作を読み直していく。それも初めからではなく、末尾からえんえん冒頭をめざすという、その意味でも読み返す作業になろうとは、およそ考えも及ばなかった。

周知のごとく、同著のはるか劈頭には神をめぐる一章が設けられ、三十六個の定理が系をなして提示される。たとえば、

定理一六　存在するものはすべて神のうちにある……いま見える壁のこちら側もあちら側も、だから壁の東も壁の西もすべては神のうちにある。

定理一五　絶対無限の実体すなわち神は分割されない……あの壁、高くもなければ長くもない有限の壁は、たとえこの先いくら高くても、いくら長くても、神を分割するものにはなりえない。

そんな壁の両側に分断され、思い思いの神を奉じ、競い、争い、どこにも無いものを分け合い、どこかに有るべきものは奪い合い、もしくは壊し合い、あわよくば殺し合うような人びとがいる。かれらの神ときたら、いつも、いずれも、どこにもない空、あるはずのない空、ときにはその空のさらに彼方からいつの間にか舞い下りてきたかのようだ……

定理一八　神は、あらゆるものの内在的原因であって超越的な原因ではない。

あの壁が永続するものであれば、神は二つに引き裂かれ、その引き裂かれたものがおのおの神を名のることなどありえない。生死も忘れ人びとはそれぞれの角度からあの壁に立ち向かう。誰もがそこに等身大の鏡を見出し、向こう側のことは忘れ去ろうとする。やがて努力が実り、忘却が訪れた途端に壁は消え失せ、求められていたはずの壁の永続こそがもはや永遠に保証されなくなるだろう……

定理一九　神あるいは神のすべての属性は永遠である……

思索のカラスが舞い降りた。

あそこの船だまりの、その船暮《ふねぐ》らしのヤツらん中には《海賊がいるらしいな……

「今はいませんや、そんなもの」と、カウンターの中から若いほうの店員が声を上げた。凄みもなく、お茶を啜りながら手指の爪を削っては、地道に、前のめりに、磨きをかけていく。久方の〈コイコイ〉行列も通り過ぎたいま、五時までは客が訪れる気づかいもない。昼休みに出かけた調理人もまだ戻りそうにない。年上の店員は絹のナプキン片手にナイフ、フォーク、スプーンと大小取り混ぜて磨き上げることに余念がない。

へーえ、えらく自信ありげだな……

ひょっとして、あそこのご出身かい……

「違いますがね、こんな話知ってる人は多いんで、きっとこん中にも何人かいらっしゃるでしょうに」

と持ちかけられても、店員からの話の続きを待ちわびるように誰も、何も、応えようとしない。

「今はいませんけど、昔はなるほど《海賊の根城だったらしい。船を浮かべてたのはみんな《海賊とその縁者ばかりで、時代が移り変わろうと、そんな住民の構成にはほとんど変わりがないって……あそこの水上生活者は誰もが遠からず《海賊の末裔にあたる。だからこのボク自身は、あそこの出身じゃないわけだ」

削り終えた左の手指を揃え、手首を回して二度三度、見る角度に指先の開きも変えながら、若いのは仕上がりの釣り合いを検分した。

そんなら……

ホントは今だって……

夜陰に乗じて業務につく……

「ハハ……とんでもない。だいいちどうやって海に出るんです。あの壁ができたときから、ヤツらの商売はもうお手上げなんですよ。おまけに経験を活かして山賊に転じようにもここいらにさしたる山はなし、ただの陸地ならもっと上手を行くのがどこにでもいるんだ。だから安上がりな水面暮らしだけは手放さず、ヤツらは堅気な水運を手がけてみたり、近くの〔干拓地〕でも〔三角地帯〕でも、かまわず出向いて勤めてみたりと……それでも、にんげん……」

　にんげん？……

「にんげん、どうにも忘れ難いものというのはあるもんでして」

　年下の店員はステンレスの爪磨《と》ぎを左手に持ち替えた。慣れた捌きで右手の研磨に取りかかる。背中を見せた年上のほうは、光沢を丹念に引き立てた、メタルの食器を一本一本、そのつど手元へ放り込むのだが、何の音響も伝わらない。それぞれがどこかへ後先もなく吸い込まれていくかのように。

　忘れ難いって、それは何かい……

　やすやすと手にした金銀、財宝に、生身のピチピチした宝物……

「お客さん！……あいすいません、どうかいま少し高貴な方角に目を向けて下さいまし……なるほど現役の時代のかれらは、奪い取った他所《よそ》様のお船を乗員乗客、積荷もろともあそこの船だまりに曳航したといいます。仲間内には、仕事への貢献の度合いに応じて適正に配分し、不要なものは直ちに処分する。ご多分にもれず血を洗い流した亡骸は〔大平原〕へ持ち去られ随所に遺棄された。わざわざ埋められるまでもないらしい。野晒しの果てには肉もなければ骨もなく……だけどね、そんなかれらの末裔が、海への道を塞がれてもなお思いを募らせるのは、あの壁をこえた海べり近くの、河岸に聳える〈海豚《いるか》〉という名の大きな岩塊《いわお》、跳び上がるイルカ、体をくねらせ、肉もたわませて波打たせるイルカ……先祖たちは躍動する巨岩の中に白銀《しろがね》とエメラルドの精霊をみた。人殺しの海の盗賊たちが、イルカを騙る白銀の岩に宿るエメラルドの神を惧れ、海に出るときは必ず船を停めて願をかけ、お供えも欠かさず信心をあらわにする。帰路も停船は怠らず、収穫が多かった日には感謝の祈りを捧げ、獲物の中から生死は問わず選りすぐりの供物を投げつけ……」

投げつけ……

「そう、投げつけ、獲物が少ない日は岩塊の怒りを鎮めるためにと、甲板に香を焚き、いちばん長い懇請の祈りを唱え、手持ちのものを何でも投げつけた。それなくして、水路の安全も事業の繁栄も約束されないのだからと、そこはもう血も涙もなく……」

右手の爪先を削り終えた若いウェイターは、本体の清掃にも余念がない。〈そのかたわら年上のほうが磨きをかけたナイフもフォークも音はなく、どうやら彼自身の指先へ収められた。今夜も同じ指先が分散し、来客一人びとりの手元に宿る。盛り付けられた献立を切り裂き、突き通し、掬い上げる。目を皿のようにして……〉

「霊体奇勝〈海豚岩〉への通路は断たれ、海賊たちは途方に暮れるまでもなくその日その日を無事生きぬかんがためにと、ほんの安上がりな代用品で済ませることにした。今でもあそこの船には一戸に一体、それも決まって艫の内懐に小さな鉄扉に塞がれて、人目にはつかぬようにお互い心を配りながら、氏名をなくした頭蓋骨が祀られる。かれらの祖先が代々手にかけてきた犠牲者たちの一部です。ボクはそんなもん、直に見て確かめたわけじゃないですけど、総ては船だまりの向こうに広がる〈〔干拓地〕〉の守り神、ワニというワニの親子兄弟、一族郎党が、わざわざ体をのばして見届けたことだから」

このとき若い店員が爪を研ぎ終えた。生気もなくした白銀《しろがね》の指先、〈足の指先も含め〉どれもが〈海豚岩〉の精霊を思わせるばかりのエメラルドに照り輝いた。持ち主を見失った根深い追憶の奥底へ折り込まれた。（思索のカラスが舞い上がり）若者は見境もなく合掌する。本当に磨かれ清められたものは、同じ輝きをすぐにも見出してくるという、ヒトの目に宿る疾《やま》しさ、計り知れないその疎《うと》ましさ……ジャックを見たよ。

スペード、ダイヤ……切り裂き、ジャック……

どこで？

あの〔干拓地〕のちょうど入口辺りかな……ジャックを見たよ。

ハート、クローバー……切り裂き、ジャック……

アンタが？

まさか……昨日亡くなったあそこの婆さんが言ってた、ジャックを見たって。

いつ？

十日くらい前らしい……ついこの間じゃないか……バカバカしい……いや、ちがう、よくあることだな。

その婆さん、いくつだった？……もう九〇は越えてた……ジャックって、だれですか……ほう、新米くんは、聞いたことがなかったか……いえ一度も、みなさんは？……知ってる……ひととおり……名前ぐらいはな……会ったことはないけれど……こん中の、だれひとりとして。

『というのも新米、会ってるはずがないんだよ。通称〈切り裂きの〉ジャックと言われるのは、われわれの大先輩にもあたるお方でな、かつてあそこの壁ができてから最初に（だから壁をこえて西側から）、まさに蛮勇をふるって〈壁東世界〉に乗り込んできた初代の統治官だ……〔そもそもが新米、壁ができたのはいつかな……私の祖父の祖父が結婚したころだと聞いてます……なるほどそう考えておいて、よもや見過ごすようなことはないだろうよ」……ということはだ、われわれが事務を執るあの「小屋ビル」の創設者でもある。そんな彼も元をただせば〈キフ人〉だなんて、とんだ出鱈目を言うやつもいるんだが、壁の向こうから来たことについてはだれも疑いを入れない。そして、〈ジャック〉をめぐってこの辺りでは、「切り裂き」という専用の冠詞まで誂えて、数々の「悪行」とともに抽出された恐怖がなおも拡大伝承されていく……

　でも、見たっていうのは……

『そこだよ、新米、たとえこの壁の東に、かつてそんな悪行に見舞われた人は数あれどだ、今も存命するのはほんの僅かで、それもごくごく幼少のころだよ。あとは少年のころに親や身近な古老などから繰り返し聞かされ、半ば吹き込まれたものに違いない。海賊の末裔、〈コイコイ〉、〈機織り〉よりもはるかに限られた数のお年寄りの、崩れかけた記憶の隠し扉に見守られ吟味され安置され、表舞台への花道は日に日に閉ざされ伏せられていく……だけど、老齢特有の唐突な気の緩みからか、そこに思い出をめぐる遠近法の逆転（いま言ったこと、言われたこと、起こったことはすぐ立ち去るのに、遠い昔のことになると生々しくも立ち上り、取りつき、離れられなくなる）そんな逆転現象も手伝ってナ、聞き届ける者もない遺言状の身代わりにするのか、われ知らず迷宮の扉を押し開く者がいる。

　その数ももうあと残すところ、片手の指にも届かないだろうが……

『扉は開いたものの、あまりにも年老いた心の透き間を埋めつくすべき（かつて目にした、かつて耳にしたはずの）逸話の連鎖が取り外され、打ち壊されている。もしくは〈ジャック〉の「切り裂く」荒々しい立ち振舞い、その光景が甦るや、無残に衰えた老人の表現能力を止めどもなく凌駕する。もはや損なわれるものがない代わりに、受けとめるよすがも断ち切られた。だから声もなく、息をひそめて体を震わせ、同じ心の透き間には語りえぬ者の姿形が際立ち、そうなると直に目にしたかどうかに関わりなく、そこには異人がひとりで佇んでいる。おそらくは男だ。それも〈ジャック〉だ。彼は館でも屋敷でもなく、あの「小屋ビル」に寝起きした……あヤツめ、いったい何しに戻って来たかと、老人はそう思うとやりきれなくて吐き出すように呟いてしまう。「ジャックを見たよ」……叫ぶことは何もない。ただ言い遺しておくために、臨終を目前に、生まれながらの恐怖の根元に初めて対面する。これが（最初で）最後になるともまだ知らされず、たとえ気づいても受け止めることができない。おかずのない白いパンかライスのように、流れ去った汗が残す僅かばかりの塩気を舐めるように……

〈ジャック〉が切り裂く……

『ところがな、仲間たち、同僚の皆様方よ……今日広く〈ジャック〉の行ないとして語り伝えられる悪行の数々、その実行者たるやほとんどが当人ではないらしい。それがなおも秘められたまま、学界の常識ともなりつつあるんだ。もちろん公けの職務遂行の上では、彼も初代の統治官として、この〈壁東世界〉に土着蔓延してきた旧習悪弊を断ち切り、新たな支配への楔を打ち込むために、一度ならずも冷酷な判断を下したことだろう。草木も眠る丑三つ時に、まつろわぬ者どもの寝首を掻いて討ち果たすべし……オレたちがいま、そんな〈ジャック〉の英断からの恩恵に浴し、かくも平穏に、満ち足りた毎日を過ごせることは片時も忘れず、肝に銘じておくがよいだろう……

ところが、〈ジャック〉の悪行とされて聞こえてくるのは、もっと私的でもっと邪、余りにも卑しい局面ばかりだ。だがそれを論じる前に、多岐にわたるそれらの行ないがたった一人の人物の手に余ることなど、火を見るよりも明らかではないのか。

そしたら、誰が？……

尋ねる新米が小首をかしげた。

そのうなじの右側に蠅が一匹翅を休めたが、新米は投げかけた問答の行く末に怯えたものか、声なき小動物の些細な動向など頓着しない。それをよいことに、蠅は本来の怪力を呼びさまし、「メドゥサの蛇」を何体も繰り出そうとする……

『されど本物の下手人も「小屋ビル」の部外者にあらず、さりとて今さらわれらに責もあらずだ。おそらくは、〈ジャック〉とともに乗り込んできた西側のならず者、ゴロツキの類いだろう。何しろそういう手合いはいつだって、別天地では何でも許されると思ってやがるんだからなあ……〔人種の三角地帯〕や、まだボスのいなかった〔スラムの干拓地〕をさんざんに闊歩しながら、通りかかった者には見境もなく、言いがかりをつけて暴行を加え、あるだけの金品を奪い取る。

あるいは、とくに金が目当てでもなく、ただ破壊することが目的の狼藉の限りを尽くすんだ。たとえば寝静まった夜に甲高く喇叭を吹き鳴らし、家々の扉を手当たり次第、片っ端から叩き壊す……窓ガラスなんて、はじめは「小屋ビル」にしかなかったものが、そのうち周りの民家にも普及しはじめると、今度はそちらにも目をつけて、重たい金槌を片手に割りまくる。その音をひとつひとつ楽しんで、挙句は火付けにも走る。それでも不思議と大火の話は伝わらないんだが、放火の手を休めると、のどの渇きを癒やした井戸にはお返しの毒、とまではいかないものの糞尿をまき散らす。井戸端に佇んで腰を突き出す、まんまとしゃがみこんでは臀部《しり》を剝き出す。

かと思えば、いつでもどこでも女を漁って追いかけ回す。何しろ子どもにまで、やさしそうな素振りを見せながら近づいて、あっという間に淫らな行為に及ぶというのだからまことにはしたないというか、はてしがないというか。ご当地出身の玄人の女たちにしても、はじめは恐ろしくてみな逃げ回っていた。とにかく相手が死のうが、傷つこうが、もちろん子を宿そうが屁とも思わない。そんな行状のどこからも感じ取れない理性が壁の西側の、万人共通の書庫に置き忘れられたともいうんだが、のりこえてきたならず者たちがそののち西に帰還したとしても、そんな書庫へ足を向けたとは思われない。書庫とはほんの一握りの特権者に弄ばれるだけの、飛び切り灰汁の強い慰み物。無法な越境者にできるのは浮かび漂う塵芥を丹念に丸めることぐらい。寄り添う感情もなくした渡り鳥に、そいつを餌にとくれてやる。実のところ壁を飛びこえて行き交うのは、そんな猛禽類ばかりかもしれぬ。

とはいえ暴力が向けられたのは、〈壁東世界〉の住民ばかりではない。ときおりヤツら（「小屋ビル」のヤロウども）の間でも派手な喧嘩沙汰に及んだ。そうなると銃撃戦から待ち伏せ攻撃、そればかりか遠くからの狙撃に仕掛け爆弾、毒ガスに病原菌の散布も加わって、またしても住民たちはいつ自分たちがその巻き添えとなって命を落とすかわかったものではない。〔ただし、病原菌だけは意図的な散布を待たずそれ以前に「小屋ビル」一党の肉体を介して「自然に」持ち込まれていたのだが……〕

とどのつまりが酔いも手伝ってだろうが、誰かに射ちぬかれるまでもなく自分で足を滑らせ、そこいらの流れに落ち込むのもちょくちょくいたらしい。先住者各位にとっては、いい気味だわ、ザマアミロというところだが、奇跡的に助かった者も少なからずいたらしい。というのか、あの水上生活者が居住船を差し向けて、奇特なことに助け上げたというのだから、海賊の子孫ともなると肝っ玉の太さたるやまことに感銘に値する。でもひょっとすると昔とった杵柄とやらで、荒ぶる新参者どもを引き上げてのち、上前をはねようとしただけのことかもしれないが……

『ところがかたわら、さらにもうひとり、「毛皮の男」というのがやっぱりあちらから押し寄せる。

嗄れて野太い天性の牙を約二本、荒々しくも研ぎすませてどっぷりと刺し込んできた……別名「人さらいのジョー」……「ジャック、ではないからね。だけどそんな固有名詞の識別には不案内な壁東の人びとの間ではみるみる癒着をとげ、ほとんど一心同体に語り継がれた。曰く、その昔、〈人さらいのジャック〉と呼ばれる恐るべき初代の統治官がこの地に君臨したのであった、と」……毛皮の男なんて、分離壁のこちら側ではついぞ目にした試しがないほどに、ヤツの体毛がちょっとばかし濃密だっただけの話だろう。容易ならぬ顔立ちもひげの中にうずもれ、目の玉もまた血走る茜色に転じると瞳孔の群青を痛みなく受け入れ、後を追うようにそこに善意を沈め込むと、取り残された辺り一面に悪意をまきちらす。強いばかりの蒸留酒からの酔波《よいなみ》が絶えることなく押し寄せ、額も顳顬《こめかみ》も紅色に染めぬかれる。ひげとは好対照をなし見事に禿げ上がる頭が群を抜いて紅々と、酒に溺れて汗に糸引き、芳しくも赤唐辛子のように舞い上がった。

住民はそんな〈ジャック〉〈ジャックではない、本当はジョーだ……〉の姿を見かけると、「夕焼けが脚を生やして、沈むこともならずにうろつき回る」とひとりごち、肩口を震わせた。あとは行き場もない暗闇だけを捜し求めるその男。足は金棒、打ち下ろす術もなく、毛のない手首には三つめ四つめのまなこを装着した。それで何かを撃ちぬくというのでもなく、それでも自ずから熱を帯びると、通り過ぎたばかりの「毛皮の男」の後ろ姿が蠟燭のように燃え上がった。灯心では、恨みと怒りの混ぜものが来し方行く末を告げることなく、焼きの回った年代物の尻（尾）を振る。その幕間《まくあい》からは人糞も出て来ない。僅かな小水さえ飲み干せば事足りるかのように、新たな体毛ともどもむしり取られる一方のジョー。ジャックなんかどこにも見当たらない……

果たして謎は解かれたのか……いやいや、それには程遠いといえども、〈人さらいのジョー〉こと

「毛皮の男」が〈統治官ジャック〉の奇縁をたどって、壁をこえてきたことは間違いがない。それは兄弟、家族でも、親子でもなく、師弟、同僚、上司上官と部下、もしくは雇用と被雇用の敵対野合的な結びつきでもないらしい。さらには生産者と消費者（そもそも何を産み出すというのか？……）、単なる愛人の類いでもなかったといわれる……とどのつまりは、統治官ジャックが彼を呼び寄せたのでもなければ、そののち見るに見かねた同じジャックが力ずくで追い払ったのでもなかった……（なら、どうしたらいいのだ私たちは、いまこれから）……「毛皮の男」の滞在は一年余りで、それが瞬く間に数世紀分を超えんばかりの伝説の種子（伝承への意志）をまきちらしていった……ヤツが「人さらい」とも言われるのは、その間に数十名、それどころか百名をこえる壁東の少年少女が行方不明になった（行方不明にされた！）からだよ……およそ人の世に〈蛮行〉だの、〈淫行〉などとののしられて然るべき誘拐沙汰は数多く、いつの時代にも繰り返されるが、この地にあってもこれほど多くの行方不明が出たのは、この一年のことに限られる。そのとき壁の東の長い歴史は、そこに暮らす人の営みを見放したとも言える。

そんな「人さらい」の遣り口も、コソコソと夜陰に乗じての話じゃない。嗚呼堂々というか、怖いもん知らずと言おうか、今の「小屋ビル」からは一キロ足らずの、それこそあそこの船だまりに沿った老沼《おいぬま》の跡地に赤土を運び入れて拵えた通称「毛皮屋敷」には（誰もそいつを「御殿」とは呼ばなかった……）、刻限を問わずしょっちゅう子どもたちが連れ込まれていった……これは別段ジョーの名誉のために付け加えるのでもないんだが、目に余る振る舞いとて、それを「淫行」とするには相応しからぬものが大いに目立ったようだ。というか、余りにも暴力への傾きが凄まじく、人の体を満たす数ある体液の中でもひたすら血液に純化するという部類であった。そのうえジョーが自ら手を下すのでもなくて、年少の当事者どもがくりひろげる、未熟なだけにかえって手心を加えることも知らない「蛮行」の連鎖を、飲みもの片手に眺め暮らした（それでもなお収まるところも知らず、ヤロウは血に飢えた）……先ずは素手のボクシング、それから短剣、長刀に槍も加えたフェンシング、それにも飽きると、今度は百本もの釘を埋め込んだ丸木の棒を手渡してかきむしり、はぎとり、えぐりだす。時には薔薇の茎を何本も束ねて代用する。生きた標的めがけての投擲、射撃、弓矢、ライフル、短剣、ここでも槍を競わせる、ただし的に当たった者にはその報いとして同じ苦しみが待ち受けるのだから、どれだけ近く外すのかが勝負の分かれ目になってくる……そのうち「毛皮」は賞金までくれたものだから、金欲しさに〈壁東〉中の悪ガキどもが引きも切らずに群がったという。

こうして一年余り、「毛皮屋敷」では子どもたちの喚声、罵声、毒舌、悲鳴、絶叫が、海面下を移動する烏賊の大群の呼吸のように全身全霊をかけて、かけぬけて、膨張に収縮を繰り返した。その収縮の僅かの合間をぬってジョーは眠り、翌日の英気を養ったが、子どもたちが打ち揃って眠りこける刹那は一度も訪れなかった。百名を超える行方不明者が出たとしても不思議はないのだが、大方はゲームの途中に息をすることも、血を流すことも、親の名前を思い出すこともできなくなって、帰るに帰れなくなった者たちばかりだろう（親の名を知らない子は、むしろまだその分だけ幸せだよ）……おまけに「そんな子どもの肉を食べている」と言いふらして、大人たちは誰ひとりとして近寄ろうとはしなかった……

……』と、年配の男が唇をへの字に引き結んで話を終えた。ジャックもジョーもみるみる遠のいてまた識別がつかなくなる。すると目の前の大卓にはふたたび、五、六枚の菩提樹の葉を添えた仰向けの少年が甦った。Ｓはもういない。彼の向かいにいたもう一人の少年が得がたい代役でも務めるように席を移って、Ｓの座を占めていた。大卓の少年が不意に起き上がると、半ば畳み込まれた右手中指と薬指のあわいからは、研ぎ心地のよさそうな短剣が何本もひねり出された。少年はそれらを不在の、架空の、だから彼にだけは見えるＳに向かって投げつけた。水銀メッキの厚手のナイフが互いに身を寄せ、大挙して、譲り合いの精神も見せながら、Ｓではなく、後釜の座を射止めたもう一人の少年の咽頭に喉頭を貫いた。一本一本を身じろぎもせずに受け止めながら、彼は封じられた呼吸に代わるべき入念な瞬きを繰り返す。そうやってどこにも食べ残しのない、使用済みの食器が並んだ小卓を見つめている。だから、もんどり打って倒れたのは投げ終わった大卓の少年のほうで、仰向けの口と鼻から夥しい血潮を吹き上げた。二人はいま、同じ血小板によって結合された、一卵性双生児であることを黙認した……

　同じ血潮が誰にも算定できない歳月をへて雨粒となる。それが大卓の周りにも降り注ぐと、そこに集う「小屋ビル」の男どもはネズミ少年に身をやつした。それも食堂ジュゴンの床一面に溢れんばかりの分身の系列を引き出し、鳴きわめくは、駆けめぐるは、凄まじくもぶつかり合うのだ。それでもどれ一匹として傷つくものはないのだが、よく目を凝らしてみると、細長い一本の尻尾と一対の目の玉が、生まれついての紅彩によって染めぬかれた。そいつをたまたま目にした女神、この〈菜館ジュゴン〉ばかりか、〈壁東世界〉へ天下るための糸口さえ見出せない破滅からの女帝が選りすぐりの鼠言葉で呟く。

「なるほど……だからヤツら、あんなに手広くあばれ回っても、傷つくことがないのだな」と。

　その一方で、多くのネズミ小僧を生み出し、小賢しき宴がたけなわを迎えても、大卓に集う面々は平然と原形をとどめる。それでも言葉を交わすことはない。それとも交わす言葉がない。夜の営業まで相応の隔たりが用意されているのに、みな早々と自分専用のナイフとフォークを握りしめている。そればかりか彼らのすぐ目前に仰臥し、解凍されるのではなく、血ぬられたまま凍え死ぬしかない少年の〈五体満足〉に、誰もが歯を剝き出して食らいついている。その間にも二人の従業員は、床に拡がるネズミ退治に忙殺されていたのだが……

やがて、店主にして調理人の女性がさして長くもない午後の休憩から見事なカムバックを果たす（断じて、破滅からの女神ではないのだが）。その彼女からSがもう帰ったのかと尋ねられて初めて、二人の部下は気づいたのである。

「アレマ、全然気がつかなかった」

「ヤロウ、食い逃げしやがった」

「大丈夫、滅多なこと言うもんじゃないの。あの人、ちゃんとここにお釣りが要るくらい残してるから、こっちは儲かってるんだよ」

それから店主は丸角いずれのお盆も用いず、Sの用いた食器を右手の上だけに器用に盛りつけた。

「それにしてももうとっくにお時間だからさ、そちら様にもそろそろお引き取りいただいたら……積もる話もおありだろうが、秘密の事柄だってあるんだから」

そんな女店主の独り言が耳に入ると、大卓の連中には自分たちがナイフとフォークを握りしめ、口元をパクパクさせていることが不思議でならなかった。

「そうだな」

「話の続きは、また『小屋ビル』に帰ってから……」

ということで……ハイ、それでは。

「こちらの〈ラム酒〉の御仁はいかがされますか」

間髪入れずに店員が口を挟んでくる。

「しばらくは当方にてお預かりもできますが、営業時間に関わりなくネズミも出てまいりますし、あまりお目覚めならないようでしたら、このままこちらで処分もさせていただけるのですが」と、年長の店員は口八丁手八丁に忍び込ませる嫌味の頃合いだけはよく心得て、十分に嚙みしめている。

「そうだね」

『小屋ビル』から来た年配の男はそう言ったきり、あとの言葉がつながらない。

「行きましょうや」

すぐそばに仕えてきた新米くんが繊細な指先で口髭を撫でながら、早くもいっぱしのベテラン〈帰還兵〉のような唸りも上げて促した。

「だったら警察を呼べ」

また別のひとりがぶっきらぼうに言い放つと、すかさず若いほうの店員が〈ラム酒〉の太腿に一発、蹴りを入れた。〈ラム酒〉は揺れて（揺らめいて）、危うくカウンター席からずり落ちそうになったが、そこは何とか踏みとどまる。たとえ警察を呼んでも、結局のところやってくるのはほかでもないこの連中であることは明らかなのに、同じ男がまたこだわって、なおも持って回って、同じ文句を繰り返す。「だったら、警察を呼べよ」と。

それを聞いて、若い店員はもう一発の蹴りを入れた。ただし〈ラム酒〉にではなく、その、同じ文句を繰り返す見知らぬ男に……男はニンマリと笑みを含ませたままそんな打撃をものともしないのだが、今度は、今度こそは、〈ラム酒〉が木っ端微塵に砕ける音がした。

久しぶりに皿運びをした女主人もまた、出だしはよかったが、そのあと自らの粗相で散らばった床一面の陶器の欠片を素手で丹念に拾い集めていく。

「小屋ビル」の面々はいつものように、この日の御代を全て付けにしたまま、何も残さず店をあとにする。

それでも残された二人の店員は、三匹の大きなネズミを見た。二匹はオスで、あとの一匹は板間にうずくまるメスだった……


行きずりの死が早くも間近に身構えた。

意志のないものが群がり、意欲をなくした者どもがなけなしの臍繰りを持ち寄り、どこにも宿を持たない謙虚な娼婦ひとり分の髪の毛を束ねようとしている。

顔のわかる者はひとりもいない。言葉のわかるものはSひとりしかいない。〈菜館ジュゴン〉からはすでに遠ざかる。姿を消したこの男は始まったばかりの遡行、それもかつての自らの大著を結びから始まりに向かって読み返すという、長い旅の途上にあった。そこでは論説ばかりか歴史も逆行を、もしくは逆転を余儀なくされる。ようやく第四部の定理六三にたどりついたが、その系の一文で足止めを食らう。過ぎ去った生涯に対しても、思いやりに満ちて滲《にじ》み出すものがそこには読み取られて……


「理性から生じる欲望によって、われわれは直接的には善を追求し、間接的に悪を回避する」

阿《おもね》ることも蔑むことも知らない単独行、同じ定理のすぐ手前にこんな注解が添えられた。

「徳を教えるよりは罪悪を非難することを心得ている迷信家たち、人を理性によって導くのではなく、恐れによって抑え込もうとする迷信家たち、所詮かれらは、自分たち以外の人びとを自分たち同様の不幸な状態に押しとどめようという以外の意図は持っていない」（定理六三の注解より）

生まれついての近視でもなく、どちらかと言えば遠視気味のS（とはいえ、火星の表面までつぶさに見究められないが）彼にはあらゆる共感を捨ていかなる反感も忘れ、行く手の少し先までは今どうにか見渡すことができた。たとえば同じ第四部（人間の隷従、あるいは感情の力について論じる）、定理の五〇からはこんな一文が見えた。

「理性の導きの下に生きる人間において、憐みはそれ自体が悪であり、無用である」（定理五〇）

だから〈菜館ジュゴン〉でSは〈コイコイ〉からの〈先回り〉に金を恵んだのではなかった。お茶の代価を支払ったまでのことである。

定理の四四へ視線をのばすと、弁解もなく短く鮮明にこんな一文が浮かび上がる（思い浮かんだ）。

「愛と欲望は過度になることがある」（定理四四）

過ぎたるは及ばざるがごとし、過度な欲望には不足する愛もあり、愛の過剰に欲望の欠如が伴う。ならば、と人は問う。果たしてこのいずれが人をしてメランコリアに陥れるのかと。

「爽快さは過度になることもなく常に善であるが、憂鬱は反対に常に悪である」（定理四二）

さすがにここまでが限度だった。Sがいま身を預ける定理六三（理性から生じる欲望）から、これ以上は霞んで見通しが立たない。たとえ同じ第四部の定理一八といえど、今はどこかで見かけた日常の暗闇に沈むのだった。曰く……

「人間にとって人間ほど有用なものはない」（定理一八）

有用でもなければ無用でもない、ただ不器用なだけの暗闇の中から葬列がやってくる。それもSの行く手から、音のしない瀟洒《しょうしゃ》な設いの内奥《おく》に尸《かばね》を納め、列が乱れなく同じ拍子で近づいてくる（見れば見るほどに肉迫もする）。灰色の金属《メタル》の下駄を素足につっかけ、僧侶らしきも一人付き添うが、黒ずくめの一枚布に身を包んで性別を明かさない。遺体の女は柩ではなく、最期を看取られたのであろう臨終の床に横たわる。生前愛用の寝台がそのまま葬列専用の〈魂《たま》の輿《こし》〉に転じ、二十人を下らない若い男たちによって担がれてくる。四隅には年配の女が一人ずつ寄り添い、捧げ持つ八角の盆には人の手指ほどの金の棒に銀の棒（金は三角、銀は六角の断面に整えられている）がピラミッド型に盛りつけられ花々に埋《うず》もれる。花の紫と葉っぱの緑が競い合い、金と銀の山の端を際立たせる。本来なら沿道に詰めかける市井の民へ下賜もよろしく投げ与えるのだろうが、今は受け取る者が一人も見えない（Sには何の興味も湧かなかった）。

〈魂の輿〉の臥所《ふしど》にも金箔が貼られた。横たわる女の顔、亡骸の面には銀鼠《ぎんねず》の化粧が施され、唇の紅が浮き足立って見えてしまう。髪は栗色、青白い装束に身を固め、足指のあわいには都合八枚のオリーブの葉が挟まれた。膝の間には一振りの剣《つるぎ》が立ち、切先が真っすぐ天に向かっている。あとはやはり花々に埋もれ、要所要所にココナッツの房やヤシの葉も飾りつけられた。

最先頭には、僧侶らしき者の前触《さき》れのように二人の少年少女が立って、太くて大きい二本の線香を焚く。立ち昇る煙はすぐに見えなくなるが、香りは長く尾を引いて、この日この地点を葬列が通ったことを永く後の世にも伝えようとしている。それら煙の中軸をよく心得、自らも司る黒ずくめはようやくSの姿をみとめたものか、これから葬られる者の処置について前後を問わず解読を試みた。

「この女、亡くなってまだ間もないが、これからあの〔大平原〕の一角で荼毘に付されます。私もそこまで付き添っていきますが、燃えるんです。それも自分で燃えたら大したもんだ……もちろんね、遺体は清めてあります。隠し所にだけ小さな布を一枚かけてやると、その上から浄水を注いでまずそこを洗い、ほかのところは同じ水に浸した純白の布を何枚も使って汚れを拭い取ります……それから大きくお腹を開いて、切り開いて、はらわた臓物を取り出し、こちらは強い蒸留酒でゆっくりと洗いますす。そのうえで消化器官には入口から出口にいたるまで洩れなく胡椒などの香辛料を詰めまして、それ以外の内臓器はしばらく香油に漬けてから、またすべて体の中へと丹念に戻してやるのです。さらに、お腹の中に空いたところが残らないようにと十分が上にも十分な注意を払いながら、ひと癖もふた癖もある自己主張の強い植物の葉でうずめてやります。そうやって元に戻したお腹の切り口には、酒を含ませた布切れを少しずつずらせながら何枚も当てがっておく。ただし、手術じゃありませんから、縫合はしない。また、これら一連の作法を通じて、誰も決して心臓にだけは手をつけないという不動の掟が目を光らせている……かの地にて荼毘に付されたのち、骨はひとつ残らず、私どもの鉄鉢《てつぱつ》に収めてから、同じ輿にまつられて帰路につくのですが……」

このときかなり遠方で、断続して撃ちぬかれる銃声が轟いた。おそらくその数は鬼籍に入った女の享年にも一致するのだろうが、Sには洩れなくそれを数えておこうとする配慮も意欲も失われていた(何かと多忙を極めるのだった)。

銃声が矛を収めると、黒ずくめの僧侶は、Sでもない別の見えざる声との薄暗い問答に明け暮れた。

――芳しくもかの地にて焼き上がってくる女の肉に、列なすお前たちはみな頬骨をゆるめて食らいつくのだろう。

――いやいや(そんな勿体ないことを)、逆です。いつもながらのことですが、弔いの火を点す者たちがむしろ亡者によって賞味される定めにあるんです。

折しもこのときSの背後から、別の葬列が追いかけるように近づいた。

――そんなことなら、虫に喰われる埋葬のほうがよっぽどましなのかな……

見えざる声の嘆きと諦めはもはや聴き取られることがなく、新たな葬列からの声また声に呑み込まれた。運ばれていくのはこちらも女で、それもずいぶんと年若く、一団に伴い先導する人影もなかった。粗末な吹きさらしの、柩とも言われない一枚きりの戸板には二本の長い竹が付いている。錆の目立つ強かな古釘は板の上から竹の下へ打ちぬかれ、破傷風の餌食を漁り、付け狙い、貪り投げ捨て、おのれはどこまでも生きのび、四人の男に担がれた。肩よりも高く、仰向けに横たわるこちらの女も〈魂《たま》の輿《こし》〉の亡者と同じような青白い、だがずいぶんと着古した衣にくるまれ、どこにも帯紐がなく、何かで縫いつけられている。それも衣同士ではない。覆いかぶさる衣と皮膚が直に結び合わされる。剝き出しの素足に飾りはなく、顔にも化粧のあとは見られない。辛うじて衣の合わせ目の秘部の辺りに一輪、薄紫の小さなマメ科の花が添えられたが、およそ可憐には程遠く、あるべき葉も茎も取り払われ跡形もない。腹部には柄のない小刀が一本置かれたが、それだけが錆もなくピカピカで、光り輝き、鎮魂というよりも鎮圧の象徴のごとくに供えられて、空へ奉られた。同じ衣にはところどころ少し汚れも浮き上がるが、どれもが女の遺した血痕に見えるのだった……

こちらの葬列で花形を演じるのは、その数《かず》十人を下らない女たちだった。旅立つ者に即《つ》かず離れず、絶妙の広がりを編み出し同行する。重荷を弁えたそれぞれの年月を貯える。三十路も下らず、黒白《こくびゃく》の長髪を振り乱し、流れの定まらない滝のように幾筋も折り重なる。両手は頭の後ろで固く組み結び、脇の下の体毛さえ惜しげなく、沿道に見せつけても泣きわめく……何で、何でこの娘《こ》が、華奢なその手で命を絶たねばならなかったか、世にも痛ましきことよ……と言葉巧みに憐れみを誘う。慎ましくも賢《さか》しく、麗しくも心優しい娘の生前を口ぐちに褒めたたえた。身内でもあるまいに心にもなく、その娘をなくしたこれからの暮らしの、たとえようもない寂しさを訴え、空しさを言い募る……のだが、中には強《あなが》ちためにする虚言造言とも思われない、事の真相を忍び込ませる者があった……ああ、それにしてもこんな気立てのよい娘が、いっときの気の迷いとはいえ（父親もどきのあんな禿頭との）愛欲の泥沼に身を沈め、魂を抜かれ肝をしゃぶられた。その挙句にだ、これぞ見せしめの、掟破りの汚名も着せられ、野晒しにされるのだけはどうにも口惜しくてならぬわい……などと。

貧しい戸板の女は〔平原〕ではなく〔森〕へ運ばれる。埋葬もされず、所は違えどあの〈ボス〉の息子のように晒される〈最後は〈機織り〉の手で埋葬されるのだろうが……〉。当の若い女には、いかに命をなくしているとはいえ余りにも表情がなかった。板を担ぐ静かな四人の男も同じ顔をしている。とてつもない強力《ごうりき》によって同一の顔立ちへ整えられた。それこそ本当の罪びとのものである。性の求めに応じ、若い女と幾たびともなく契りを結びながら、自分一人のあるまじき救いだけを探し求め、愛の務めを果たすこともなく、挙句は相手を死に追いやった野郎《おのこ》の、来たるべき末期《まつご》の表情に、瓜二つの、生き写しの、恥さらしだった。

ここに亡くなり看取られた二人の女は、どちらも〈キフ人〉である。たとえ生前は一方がかの地、すなわち壁の西側の町における一握りの階層を指し示し、もう一方が〈壁東世界〉に生きる数ある民族のひとつを表わすとしたところで、没後の今となっては個体としての死者だけが残された。

運ばれてゆき、また運ばれてくるもの、Sにはその二人の顔がまざまざとよく見えた。共に去りゆく、ゆるぎないものと、荒れすさみ朽ち果てるものが新たに手を携えて、明かりもなく誰もいなくなった、Sひとりのさかのぼるべき一本の道を支えあう。戦さを避けるのだという共通の思いを拠り所にして。

Sとその二人、あるいはその二体……かれらは生者と死者であり、男と女であり、静止と移動であったが……描き出す三点はいつの日にか一つに重なるのだろうか。だがそれを問う前に、三点の隔りには何の関わりもなく、それらが同じ一つの直線上に並び立つことが何度も繰り返されてきたはずである。

おそらくその可能性は星の数よりも多い。いや、総数をはるかに上回ってなお余りある。限られた三点がそれほどに数え切れないものを必ずや探り当てて導き出してくれる。それでもSには、この〈壁東世界〉へ迷い込み、擦れ違う女ふたりの葬列に立ち会った自分の姿が逃れようもなく、砂文字のように消えてしまうのがとても口惜しく思われた。それに比べれば見渡す限りの殺風景など、恐ろしくも物珍しくもなくなっていた。

死ぬのか眠るのか、夢見るのか目覚めるのか、そこにけじめをつけるべき遺伝子の鍵束に、生きた人格という名の鍵穴が添えられる。そこには始めから差し込めるものなどなかった。見知らぬ誰かに押し開かれることがないように、暗証番号も伏せられて。

同じころ、客のいなくなった〈菜館ジュゴン〉もまた、じっと息をひそめて扉を閉めていた。再開される夜の営業がいつになるのか、まだ誰にもわからなかった。

人の知らないところから町が現われて、誰にもわからないところへ消えていく。

誰かが消去したのではなく、自ら姿を暗ました。

いつもの、いつも通りに、営みという営みが蔑ろにされる。

夜も更けてからSは部屋に戻った。

日付の変わるころになって、壁の東から、壁をこえて、壁をまたいで。

詳細な経過についての自覚と記憶が剝げ落ちている。アパートに近づいてからの成り行きはよく覚えていたのだが。

5

それにしても書籍型をした自分の姿にたじろいだ。通りかかった家の窓ガラスに映ったのは、ほとんど移動する文庫本と言ってもよかった。手軽にして身軽、四角四面に手足が欠けている。頭がなくて、顔もわからない。見えるのは背表紙のタイトルのような、狭くて読みにくい字面にすぎなかった。カバーもなければ帯もない。それでいて裸にもなれない人の本体が、収まるべきケースを探し求めるように三階の自室に倒れ込んだ。

さいわいアパートでは誰にも出会わなかったが、深夜でも路上で誰かに目撃されないというのは腑に落ちない……おそらくは出くわした誰もが目を丸くして体を丸め、とにかく関わらないようにと寝静まる旧市街地に潜り込んだのだろう。そんな中、ふとした弾みから二人で一組のパトロールが、身分証明も携行する警察官が職務質問を試みたが、何しろ相手は初めて目にする〈夜の書物〉だから何を尋ねても、さあどうぞ、ご自分の指先でめくって読んでおくんなさい……と、積み上げられた想像回路を温めながら無言の合図を送って寄こした……懺悔なされよとばかりに……

そののち自室の北西角、Sはベッドで朝を迎えた。何とか旧に復したが、人型を取り戻すのに一晩が費やされたことになる。

前夜の壁をこえる直前まではよくわかっていた。主著の再読行為、それも書き出しからではなく終結からたどり直すという長旅の途上にあった。昼夜の別もなくなり、それでも同じ日付のうちにあることは証明済みだった。Sにも、S以外にも……

Sを焦点に擦れ違ったあの二人の女の葬列も通り過ぎ、あとは彼ひとりとなり、声もなく、旅はいつ終わるものか、いつになったら冒頭へとたどりつくものか、見当もつかない。次の一頁をこれまでと変わりなくめくろうとすると、それに伴って町中の壁ものりこえられたとしか言いようがなかった。だから壁とは半ば架空のひとめくりにすぎない……

壁をこえるとその時点で〈書物の旅〉はいったん途絶を余儀なくされた。読み手にして書き手のSのほうが書籍型へ歪《ゆが》められ貶《おとし》められて街路に放り出された。再開のめども立たないが、再読の意志は損なわれていない。

朝起きてみると天候に変わりはないものの、時雨模様の襲来は昨日よりもいくらか前倒しになるように感じられた。Sが戻ってくると、クモとサレコウベ、ふたつの従者も再現を果たした（それを再臨、もしくは降臨と言い改めてもさしつかえない……）。クモは形のないエサを待ちかね、仮死の冬眠まがいに身を委ねる。サレコウベは瀕死の仮眠をとりながら、それをお気に入りの仮面へ転じる備えにも怠りがなかった。ただし、ここに申し上げる髑髏の〈瀕死〉とは生から死へのベクトルではなく、自著を逆読みするSの旅程をなぞるように、死から生への反対のベクトルで近接を試みた。

仕事の段取りも昨日と入れ替わった。翻訳で用いるパソコンを閉じたまま、レンズ畑の扉が開いた。昨日のように引き出し二段目の仕掛け（書籍爆弾！……）を経由することもなく、一段目はそのまま片手で引き出されたが、オルゴールによるトロイカの伴奏だけは前日の作法が踏襲された。凍えて張り詰めていたものを、霊界の法悦から地上の躍動へといざなうような調べに運ばれ、ガラスの墓碑群はことおだやかに起きぬけの暗がりを露わにした。Sは合掌することもなく全体を見渡し、作業に取りかかろうとした。透きとおる専用の液体に柔軟な布切れを浸しながら、この日も一枚また一枚と丁寧に磨き上げていく。ただそれに先立ち、眼前の拡がりにクモの巣ではない人工のネットを張りめぐらせた。

その網は卓上ライトの根元を基点に、Sからみて右手の前方、ちょうどサレコウベが安置される西向きの大窓に向かって、その窓の上、天井近くの板壁に打ち込まれた二本のL字釘へ渡される。細かい目の、それも一様ではなく、青みがかり、日射しの具合に寄っては浅海に漂う大水母《おおくらげ》もさながらの眺めが広がる。広く架け渡された三角《みすみ》は、Sの後ろのクモの巣にも似通うが、〈冬眠〉中のご当人には何も気づかれないし、天然の網状組織に人工のネットが淡き翳りをもたらし、待望のエサは一段と遠ざけられてしまう。

そんな海月《くらげ》に向かって一枚ごとに、Sは磨き上げたレンズをのぞき込むのだった。凹凸を問わず、何かの焦点が合うところを捜して移動するのか、あるときは机の上に這うように体をのばし、またあるときはややのけぞるようにして、視線は右手の遠方をさ迷う。そのつど何かを読み取ったようにメモを取っていく。筆先に広がるのはレンズとともに引き出された古いノート。そんな作業のくりかえしを予定の半分ばかり済ませたところで部屋を出て、エレベーターに乗り込んで地上に戻る。運河を挟んで斜め向かいにある小さなカフェに入り、朝食と昼食をかねた定食メニューを注文する。スープはないが、食後のコーヒーも付いている。だけど空が怪しくなったので、コーヒーもそこそこに走って戻り、レンズの残る半分を磨き上げてノートを畳むころには、午後も一時を回っていた。

部屋にはまだこれといった飲み物の貯えがない。先ほどカフェで買った瓶入りの飲料水を飲むと急に眠気がさして、そのままベッドで一時間ばかりの午睡をとる……教会の鐘で目が覚める。あわてて起き上がり、卓上に残された水をまた口に含みながらパソコンを開いた。

前日の朝から翻訳に取りかかった、アリストパネスを想起させる自作の戯曲『蛙《かわず》』はかつて秋の祭り（フエス）で上演された。携わった劇団の名は〈ミノタウロス〉、会場はこのアパート中庭の特設舞台で、そのときは作者自ら主要な人物である〈ヨシクニ〉役を務めている。

言葉を移し変える先は四次元にわたる。三つはオフィシャルな仕事で直ちにパソコン上の書記言語へ、残る一つがプライベートな愉しみとして音声言語に記録した上で、こちらは手でノートに書き取っていった。

昨日の朝は、冒頭の〈ヨシクニ〉による口上の場面に取り組んだが、少し訳し残したところがあった。口上のしめくくり、手にした青いメモ帳を読み上げたうえで観客に向かって問いかけるような下りである。「いかがですか。まだ、それでも、この戦さ続けますか、アンタ、そこのアンタ……」と。

場面全体の中程あたりから、台詞の中に言葉遊びが目立つようになった。同音異義語に同音異文字の多用も組み合わさり、それらの細かなニュアンスや遊戯の成り立ちを含む適確な訳出には自作とはいえ手こずらざるをえない。おまけに下腹部や臀部をめぐる話題（要するにシモネタ）も適宜、放縦なまでに挿入されると、正直四苦八苦するようになってきた。それでも何とか初発の勢いにまかせて大方をのり切ったものの、締め括りの部分だけは午後以降に先送りしてSはいったん町に出ていた。ところが午後は帰宅することもままならず、それどころか刻限は大はばに過ぎ去っての深夜、電灯も点せない自室の寝台に書籍の自我を、製本の私《わたくし》を横たえるしかなかった。

　それでも一晩おいて原文と各訳稿を見直したSは細部はともあれ、よくもまあ限られた午前中のひとときで、長旅の疲れもものかはこれだけを訳し終えたものだと自我自賛も惜しまない。だがよくよく思い返すとこの部分については、すでに相当のところが頭の中に出来上がっていたのだ。というのも亡命旅行の間、異なる言語環境を通してSは、いつもどこかでこの場面のことを心にかけてきた。あるいは、半ば意識して半ば演じてきたのだとしても過言には当たらない。

「彼の地では、打ち砕かれしわたくしの、誰にも見えざる、（いのちの）カケラのようなものまでが、いともたやすく、物語の始まりから繰り返し、一度ならずも立ち上ると、麗しきデモクラシイという名の、恐るべき本物の爆発物を組み上げる。それは自由の代償とやらを、ひときわ激しく、おどましくも突きつけて、見せつけて、（所狭しと）植えつける。それでも、ヒトは絶望することがない。希望のないところには絶望もまたありえない」（文中括弧は上演後のS自身による挿入）

　昨日の午後迷い込んだ〈壁東世界〉の小さな菜館で、思えば戦さの話はあまり耳にしなかった。それに対して自身の〈ユウラシヤ〉の放浪では、絶えず戦闘の合間を駆けぬけるしかなかった。事の大小を問わず、それらは情け容赦もなく恥知らずを貫いた。しばしば現われる〔同族相食む〕とも言われるべき行状もおよそとどまるところを知らない。累積する旅の体験に裏づけられたものを、Sは新たな三つの訳稿として眼下の鍵盤に叩きつける。残る一つを（ひそかに）手書きする。いよいよたどりつく〈ヨシクニ〉口上の結びの場面、台詞は観客をめざすようでいて視線は頑なまで、彼の手にするメモ帳の内側へ注ぎ込まれた。

「いかがですか。まだ、それでも、この戦さ続けますか、アンタ、そこのアンタ、だって（この）メモの中から見てるでしょ、（よく）見えるんでしょ。ひとつの戦さが終わりますと、それからすぐに次の戦さ、（あの）本当の戦さが始まった。ということは所詮皆様には、（端から）分別が足りぬっていうわけだ」

〈ヨシクニ〉がゆっくりメモ帳を閉じると、顔面からあらゆる表情が消えていく……それを受け止め受け入れ、掘り起こしてもなお四つの訳稿に改める作者のSにして演者のS。だから表情の喪失は生々しく、今でも我が事として実感されてしまう。しかしそれを鏡に映して確かめることは、前夜の変事、あの〈書籍我〉の記憶も加わってなおのこと恐ろしく、とても勇気の持ち合わせがなかった。それを時間がないことにどうにかすり替えて、Sは当面の窮地を脱した。

舞台は兎と蛙……呼び名はソウダイナ・ウサギにイダイナ・カエル……の場面に移るが、いよいよ翻訳も未開の領域に足を踏み入れて、作業のペースも必定落ち込まざるをえない。この日進めたのは始まりのト書から一つ目の問答をへて二つ目のト書までが精一杯だった。両名それぞれの被る仮面の鼻が妖怪天狗もよろしく、生々しくて、生めかしくて、膨張から収縮をくり返し演じてみせる。その前にまず、ウサギは白い、カエルは赤いドラム缶を舞台に運び入れた。カエルのものには猫の糞が山積みにされ、悪臭を放つこと甚だしい。当のカエルにはその一つひとつを素手で、空っぽのウサギの缶に移し入れることが「逃亡罪」への刑罰として課せられていた……とはいえ、取り組むSの作業を完全に中断させたのは、直面する困難や甦る臭気ではなく、新たなレンズの注文だった。そんなものが先触れもなく、訳業営むのと同じパソコンの沈鬱なディスプレイに舞い込んだ。

「新しいレンズを一枚作って下さい。仕上がる断面の凹凸は問いません。正しく事柄の焦点を結ぶのであれば、そこに描き出される事象の大きさ、製作にあたって用いられる素材の新旧は問いません。あふれ出る事物の底の、(そのまた)あふれ返る事物の果ての、およそ人知られぬ、〈ミノタウロス〉より」

〈ミノタウロス〉? この名の下に、こんな発注のできる者が今なおいるものだろうか。だいいちこれだけでは町の内か外かわからない。それどころかこの世かあの世かという見極めもつかない。さしあたりすべては虚構の中に止め置かれてきた。たったひとりで現実の中に取り残されたSから眺めれば、この注文はどう見ても忘れ去られた自作戯曲の舞台から送りつけられている。だとすれば架空の注文主〈ミノタウロス〉を騙るのは、自分が演じた〈ヨシクニ〉以外の登場人物にほかならない(単数か複数かはこの際問われず)。

壮大な兎と偉大な蛙は(端から戦さにのまれ)、戦争犯罪を裁く翁と二人の若者は(三名の若い女に転じ)、相次いでドラム缶の中の鏡の水面に身を投じた。(あとの更地には)人身売買のてでごが来たる。ミナミノ・イサオシを名のり、二つの大切な商品、生身の我が子二人を引き連れ、息子がエグイ、娘がリグイ(共食い、盗み食い、初物食い!)と、揃って仔豚の装束羽織らされ、揃って〈ヨシクニ〉の好意に与る。(取りを務めるのが)武器商人の女、果ては戦争の化身……

こうして仕事の手も止まり、早くも夕闇迫るころ、今宵も芯から冷え込んできた。それでもしろがねの静かに落ちるものがまだどこにも見当たらない。

ふとSは思い出した。この町に舞い戻った自分が生きた人間にほかならないことを。やむにやまれぬ空腹を覚える。生存のために、空っぽの冷蔵庫を僅かでも埋めてやる。こんな肝心要のことに、生前結ばれた契約のように思い至ると、Sは立ち上がった。眼下の運河は流れを抑えて、この三階の男を見上げた。

Sは「帰郷」後はじめて、まとまった買い出しに出かけようとする。あの長旅を共にした空っぽのボストンバッグを引きずりながら。

一号室のドアが開き、同じ出入口がすぐにまた閉ざされる。

いつもながらの一歩手前である。リーランにはもう永久に出られないのかと思われるばかりだった。アパートのエレベーターの中、大学帰りの彼女はそれでも驚くばかりに恐怖に囚われることがない。アルバイトを前に女子留学生はその種の感情からも見放され、突き放されていると言ってもよいくらいだった。夜の勤め先はいまでも彗星通りの菜館《シン・マーライ・タンカ》で、ただ出かける前に少しは体を休めて、半時間ばかりの仮眠を取ろうかと思っている。

エレベーターに乗り込むと、まだ動く気配もなく内部の電光表示だけが1から0へ転じた。あるいは1ではなく、はじめから0を示していたのかもしれない。いずれにしても相前後して、ひとつ上の階の2は行方不明となり、代わって〈0＋∞（無限大）〉が差し出された。同時に中庭側の見晴らしもみるみる遠景をとげて形をなくし、夕暮れを新たにしてみせる。そこにも方角違いの時計台がのぞいた。さっき見かけた本物のネオンサインは紫色だったが、ここでは緑に変色して再現される。おまけに今日の日付とは異なる午後五時一七分なのに点滅も繰り返す。リーランの視覚野にこの情報が畳み込まれると、耳元深くから外界に向かって決まり文句が吹きぬけた。

夜の闇に光はもたらされて、我らが町の名は永久《とこしえ》に輝けり
その名はなおも知られず、その名はいずこにももたらされず
およそ語りえぬものをめぐっては、誰もが沈黙を守りぬく

すると、〈0＋∞〉からは鰾膠《にべ》もなく、ただの1が差し引かれた。〈0＋∞－1〉、この新たな表示に伴ってチン、と停止を告げるような音がする。それに先立ち下降するような実感もなかったが、中庭が消え失せた夕闇は〈カエイラ〉へ結ばれる。かつてこの地の先住民が建造して空に浮かべた人工の物件、かれらともども姿を暗ましたと伝わる空中都市……リーランは足を踏み入れたものか思い惑う……〈カエイラ〉、神への捧げ物にして、神そのひとのみすぼらしい自殺体よ、と呼びかけてみた。応答はなく、そこがアパートの秘められたワンフロアにもつながっていることに彼女は気づかない……さらに1が差し引かれた。あるいは奪い去られて、もはや地上でも空中でもない〈0＋∞－2〉へ切り換わる。チン……
待つのは深夜の町外れ、雑木林の一角に佇む四、五階建ての、煉瓦の館の門前に彼女は佇む。「精神収容所」の観音開きの扉が近づく。右手の掲示板に彫り込まれた碑文はここでも自らを読み上げるのだった。

出る者はこれを拒まず、去る者はここに満ち足りて
訪ねた者に問い質し、入るべき者には行く末を教え諭す
われらが精神の祠にして、かりそめの収容施設、ここにあり
再会の日は近く、再開の日は遠からず

だけど初めて館を訪れた夜、この〈読経〉を引き継いだ声は聞こえない。その持ち主、だから三階一号室のSは亡命旅行に出たまま戻らない。少なくともリーランはまだ帰還を知らなかった。

そして新たに、チン。〈0＋∞－3〉では、同じ三階二号室の扉が大きく切り開かれた。彼女の閉じこもる昇降箱の中からは、どちらが廊下側でどちらが中庭側かという方向の見究めがつかなくなる。部屋の中では借家人の女ではなく、もうひとつの影の居住者、鳥人が暮らしを立てていた。背中の翼を見せながら愛用の絵筆を握る。その前でマネキンが、今ではヴィーナスというよりも仁王のごとく立ちはだかった。その局部に鳥人は新たな彩りを添える。取り返しのつかない茨の刺繍でも施そうとしている。ヴィーナスと鳥人、いずれからも分け隔てられた、それぞれに異なる方角から時おり嗚咽が洩れる。呻きの源泉が忍び難くも舞台の閉幕を告げた。チン。

賃労働。時を掻き分け、アルバイトが待ち構えた。〈0＋∞－4〉に停まるが、先立つ移動感はここにもなくて、仕事先の菜館《シン・マーライ・タンカ》の扉が開かれた。女主人の姿はなく、厨房シェフの安否もつかめず、ただこの夜も三人の音楽家が集い並んで、貝笛、角笛、鼻笛を唄い奏でる。すぐ近くでは、リーランの同国人ケン＝チョムが総じて私服の捜査関係者数名に取り押さえられてい

た。声を上げるべくもなく、彼はひとかどの許しを請うように、赤味がかったアルコール漬けの目線をリーランに送る。彼女がひと足踏み出そうとすると機先を制し、公安部門の刑事がひとり、振り向きざまに暴言を吐いた。

「土民は引っ込んでろ」

彼女は声も出ないし、足の置き所が見当たらない。そヤツ以外の下っ端もそろって勢い凄みを利かせる。アオレ、消去せよ、とばかり、迷い込んだ異物は片っ端から根絶やしにしようとする。三人の音楽奏者は一瞬手を止め、片時の沈黙に貢献したが、葬礼用の竪笛に持ち替えると同じひとつの低音を重ね合わせた。

思い余ってリーランは、何とか扉を閉めようと試みるものの、どこにも手がかりがない。あえなくもチン。そこに楽師の誰かがもうひとつ、思うがままに、トライアングルからのチンを折り重ねる。あとはケン・チォムの歌声だけが聴こえる……「この世の生まれるその前に、世界で最初の人がいた」……さらに無声のチンが連なり……〈０＋∞－５〉……

困り果てた彼女の背後に、階も移ってまた人の気配がした。引き込まれるように振り返ると、視覚の器官そのものをなくした盲目の少年が立ち尽くした。リーランはその子を導き、見たことのない経路をたどって町の広場をめざす。尖塔の天辺には赤い旗が翻ったが、エレベーターに入ってから二度目に見えた時計台は明かりが全て落とされ、掲示も後腐れなく見失われている。赤旗とともに健在なのは、足元の任意の敷石一枚に記された碑文だった……「ここは町の中心にして、世界の中心からは最も隔たるところなり」……目を伏せ、疲労困憊の女子留学生がどうにか見つめ直すと、盲目の少年はかつての夜のように青年から老年へ進化や退化をとげるのではなく、鳥人に姿を改めた……そこに生涯最良のチンが舞い降り、階は〈0＋∞－6〉に転じる。

鳥人は当てこすりの気ままな男である。使い古しの絵筆を収めた鞄を片方の足首に結わえつけ、ぎこちもなく引きずっていく。同じエレベーターの中でリーランが発した言葉に、鳥人は義理堅くも応答怠りがなかった。「そうやって歩いてくの？」「いいえ、今日は壁をこえるからね、ごく普通に飛んでいくんですよ」と言うが早いか別れのひと言もなく、アッという間に雲よりも高く飛び上がり、荷物ともども視界の外側に消えた。鳥人にとってはこれらふたつの〈普通〉、すなわちごくふつうに飛ぶことと、まだふつうに歩くことが見事に使い分けられた。あとには彼女の愛息の足型、クニの母から届いた陶器製のプレートが立てかけられたが、支えるための壁が見当たらない。だから焼き物は仰向けに倒れ、いともたやすく、そこで、チン。

〈0＋∞－7〉につながると、横たわった焼き物のプレートに埃がたまるので、思わずリーランは手に取ろうとした。そのとき初めてエレベーターが目に見えて上昇を始めた。さすがに彼女も様子をうかがう。内部の電光表示は〈0＋∞－8〉もしくはただの〈0〉をへて、そのまま通常の〈3〉に転じた。昇降機が止まると、ややあって廊下側のドアが固定され明示もされた。同時に中庭側の展望も甦り、途中階の〈2〉は瞬く間にすっぽかされた。一人息子の足型などエレベーターのどこにも見当たらない。実物は三号室にあるが、このところ気づかわれることもないまま、東方窓辺の薄暗がりに半ば置き忘れられたも同然であることにいま思い至る……

ドアが完全に開け放たれるのを待った。素早く廊下に渡るや、三号室めざして左に折れた。そのとき後方で、別の扉が開いた。それは確かに一号室で、背中を見せて住人が姿を現わした。旅行カバンも引きずっている。リーランは思わず振り返った。そこに見覚えのある男が立っている。男も彼女に

気づいて言葉を用意した。うらぶれることもなく声をかけてくる。

「お久しぶりです」……アレ、Allez……S、さん？

彼女がすぐに応えた。内心〈スピノザ〉と呟いて。

「そうですよ、見違えましたか？」なるほど無精髭が目立つのだが、その下の顔立ちは旅立ちの時の静寂な身構えを守っていた。

「リー、ラン、さん？」ハイ、でもそんなにあいだ、空けませんよ。もっとひと息にね、吹きぬけて、リーランです。リン、ラン、でもなくて。

「わかってますよ、それは……ちょっと不安もありましたがね……」

はにかみも付け加わるSからの〈不安〉が、さっきまで宙吊りにされてきたリーランの束の間の不安を打ち消してくれる。「そうでしたね。よく間違える人がいるんですね。かく申し上げる私だってそのひとりであったか」いや、Sさんは最初から正確に、リーランと……だからこちらも安心して……「それは恐縮です」Sは施錠する。お出かけ？「ハイ、買い物にね。まだ帰ってから行ってなかったので、もうさすがに限界で」……鍵を懐ろに収めたSが、リーランを閉じ込めてきた同じエレベーターに向かってくる。いつ、こちらに？「三日前、いや、もう四日になりますか。ひっそりと、目立たぬように戻りました。でも、もう大丈夫なんで」それはよかった。ふたりがいよいよ近づいてみると、厚みを増した男の髭が、いささか安らかに過ぎた親愛への傾きを遠ざけた。

かれらの頭上、足下、側壁のどこを見てもクモの姿はない。同じこの場所で、初めてふたりが出会った時に見かけたヤツは一号室めざして消え失せた。Sの居室で堂々と巣をかけるのは末裔かもしれなかった。血は争えず、血で血を洗う泥沼も潜りぬけ、それでもまだほかに本物のクモが生きのびるとすればそヤツはとてつもなく大きく不可視で、私たちがいかに落ちのびても緻密な網の目に捕らえて逃さないだろう。あるいは反対に、そヤツはとてつもなく小さくて、限られた遣り場のないこの現人《うつせみ》から小さな針穴を潜りぬけた彼岸にひっそりと網の目を張りめぐらせ、私たちの行く末を見守り、行状も見極める。いわば大きいものが捕縛して小さいものが監視する。あるいはごくごく小さく見張られる中で、際限もなく大きく捕えられてしまう。これではどこにも逃れることができない……

お変わりないですか？　リーランのコトバがいみじくも問いかけ、そのまま僅かに跳ね上がった。「年は取りましたが、変わったといえば、この町のほうが」アア、それはそうですね。何と言ってもアチラに壁ができまして……あなたが行かれてから、ですよね。「ええそう、はじめて見ました、あんなもの、話にも聞いてなかったんで、さすがに驚いて」それはそれは……もう近くまで行かれました？　「ええ昨日……でもその前に、〈革命会〉に出かけまして」アラ、私、知らない。いまどこにありますか？　「このアパートの前の運河沿いにずっと右……西の方に向かって、だいぶ歩いて二つ目の水路、ですからいわゆる外堀と交差する、すぐ手前です」もう、町外れね……

そのときリーランは、かの「精神収容所」ではあるまいかと施設の正体を訝る。あたかもその中に、Sの魂をいつまでも押し込めておこうとするかのように、心ならずも……どんなところでしたか、そこ。

「姿形ときたら、どう見ても巨大な河馬です」

河馬？

「はい、呼び名も改まり、革命は消え失せ、今では〈じんみん会館〉とか言うようです」

じゃ、容量が増えましたのね。

「どうでしょうか。段を上って入口の扉を押し開き、そのまま押し入るとまっすぐ一本の廊下がのびていた。館の内部、少なくとも一階の部分には人の気配がなかった」

死出の旅路もかくありなんと？……

「生きた心地はします。廊下の突き当たりには大広間です。常設の展覧会が開かれていました。タイトルが入口の左手の壁面に猛々しくも刷り込まれて。『変革する／無意識の／彼方で……』とね」

え、なに、もう一度。

「ですから、いいですか。はじめに〈変革する〉、そのあとに斜線が一本入ります。次に〈無意識の〉、そこにも斜線が入ってから〈彼方で……〉。しめくくりに点線が幾分なりとも尾を引いて」

変革する／無意識の／彼方で……

「お見事」ハハ……「思えば一つ目の斜線によってわからなくなる。いったい誰が、何ものが、変革をするのか、変革の主体がわからなくなってしまう。斜線がなければね、それは十中八九、あとに続く〈無意識〉でしょう。無意識が自らを変革する、あるいは何ものかを変革する……それに対して二つ目の斜線が引かれても、〈無意識〉と〈彼方〉の結びつきにはほとんど揺るぎがない。展覧会のタイトルは訳の分からない正体不明の彼方ではなくて、いつも無意識の彼方へ開かれている……主催者は二本の斜線によってそんな識別と捩れの効果を見込んだのか……宙吊りの変革、遠ざかる無意識、斜線の向こう側……」

（会場《なか》には）入りまして？……「ええ、確か……でも、忘れました」アラ……「全てがタイトルにのみこまれて、壁の中から〈彼方〉に向かって解き放たれたのでしょうか。痕跡が見当たりません」

二階には？

「行きましたよ。すぐそばの階段を上って……途中の折り返しに踊り場がありました。二階にたどりつくと町の外部《そと》に向かって窓が開いている。建物自体を河馬にたとえると、そこは目玉、あるいは瞳孔かもしれない。いずれにせよ河馬はなぜか隻眼で、おまけに外を見るためのものでもなかった。窓辺の視野に、眼球としての自らの内部構造を映し出す、いとも精妙に描き上げる……」

不意に訪れた静寂をぬって、足下を自動二輪の唸りの肉声が駆けぬけた。

「そこではじめてヒトに会いました」館は無人ではなかった……何やらリーランには〈生まれてはじめてヒトに会いました〉と告白されているような気がしてならなかった……「キフ人です」

女の人？

「淑女が一人で私を勾引《かどわ》かし、おまけに忌々しくも階段を上ったところへ釘付けにした。私もそんな窓辺の目の一部に収まり、窓から視界の銀幕へ映し出される、映像の私、想像の僕《しもべ》、そのとき貴女は、実像の」土民……「それは虚像でしょうに……二階の大広間では講演会が行なわれました」活動的なところなんだ……「しかしいったい何が活動的なのか、私は理解に苦しみます。講演会にもタイトルは付いていて、確か〈涅槃と混沌〉、キフ人ときたら今の今まで出席してたって言うじゃありませんか」……だったら彼女に続いて、もっとヒトが出てくるんじゃありませんか……「イエ」と、Sは強く制動をかけた。「彼女から長々と様子を聞かされましたが、結局誰も下りてこなかったし、話の内容というのが何とも要領を得ない。肝心の講演者は早々に消え去り、相前後して壇上は増殖するブーゲンビリヤの花によって埋めつくされた」赤い花……「でしょうね。おまけに聴衆ときたら初めから彼女ひとりだったように聞き取れてしまうんです」

私ならむしろ、青い花が欲しくなるでしょうに。

「そうこうするうちにも同じ講演会が葬儀に身をやつす。先刻は赤い花にのみこまれた講演者が、今度はオープンリールの音声テープ再生装置となって甦る。祈りを唱えた。ヒトからモノへと、そんな弔いの中で彼女、キフ人は、何て言うか、おのが分身の天晴な自死に立ち会う。最期を見届けると腹を括り、死せる分身の喉元から先祖伝承の筆を抜き取る。そいつを壇上の再生装置に向かって投げつけ、貫き、息の根を止めた！」

だったら殺人ではなく、器物損壊です。

「私自身は二階には上がらずじまいで、というか大広間の方には終始一歩たりとも踏み出せず、話の真偽も確かめようがなかった」

で、そのキフ人は？

「表に迎えの馬車が来ていると言い残して館を出ましたが、車輪の軋みも響きも伝わらない。何頭もの馬の蹄の音だけが折り重なって立ち去りました。その中の一頭に、彼女は跨っていたのだと思う。彼女はキフ人だけれど、群れなす者たちもまたキフ人で、それらは今も失われゆく固有の民の名前かもしれない」

リーランは、何やら語られたのは自分のことかと思い惑って、やにわに言葉が浮かんでこない……土民のかれらと、土人の、わたし？……

「外に出るとキフ人の姿はどこにもなくて、すぐ近くの水辺には、かつて私が町を出た時に乗り込んだあの船が長らく繋がれたままになっていたんです」

それって〈民族会〉の、あのいかめしくも、どこか人なつっこいおじさんたちと、あの日このアパートの前から乗り込まれた船ですよね。

「ええ、そう、よくご記憶で」まだ何年も経ってませんから……あのあと、どこまで？「いちばん最初に鉄道の線路が見えたところで降ろされました。私ひとりが言わば陸揚げされて、見たところ自由で、彼らはそこからまた水路を引き返して……」その同じ船が〈革命会〉の、〈じんみん会館〉とやらの川のほとりに繋留されていた。どうして〈民族会〉じゃなくて、〈革命会〉なんだろう。「それは当事者に尋ねてみないと」……それに〈民族会〉というのも、今ではすっかり様変わりをして……「行きましたよ、昨日」どこに？……「その〈民族菜館〉」……行ったって？……「だから壁をこえまして」

それはスゴイ。

「行くときは白昼堂々、川沿いに進んで、壁の中のL字二つが連なる真っ暗な抜け穴をこわごわ潜ったのですが、帰りはどうなったものか、いまだにさっぱりわかりません」

そこで食事、されました？

「菜館一階のお店に入って、他の客の長話も聞きながら、昼食をゆっくり」

じゃ、飲みすぎたんだ。川に落ちて溺れなかっただけ、運がついていらっしゃる。

「イエイエ」と、Sが初めてうっすらと色をなした。「お酒は一滴なりともいただいておりません。私は正真正銘の素面だった、から、訳がわからない……」

それもありがちなことです。もともとはね、〈民族会〉って、壁のできる前からあちらにも移転して、というか、菜館ビルをあちらに構えて多角経営をめざしたのですが、やがてこちらを畳んで全ての機能を移した。私も一度行こうと思っているうちになかなか機会がなくて、そしたら壁が築かれてもう行こうにも……

「それが五十年前、ですか」アラ、何おっしゃるの、そんな……あなたが町をいっとき離れていた、その間のお話ですよ。

「そうですね……いや、昨日ね、穴を抜ける手前で道を尋ねたオバさんがそんなことおっしゃって」

それは性質《たち》が悪い。きっと見かけたことのないあなたをよそ者だと見なしてからかったんです。そうでなくても、偏狭で矮小な人たちが近頃ますます増えてますから、この町でも……あの壁はね、ひと晩でできたのです。

「ひと晩！……たったの？」前夜、仕事だったからよく覚えてます。帰り道、途中で日付変更線を跨いだとしてもやはり同じ夜が続きます。橋を渡る時も、川沿いに進んだ時も、見慣れた街並みに変わったところはなかった。底冷えのする冬の夜に月はなく、よく晴れて、すぐ近くには流星群が迫っていたのです。音もなく、往き交う車など絶無に等しく、見えるもの全てが静寂の渦巻に取り込まれていきます。眠気を奪われて、正気を抜き取られて、夢見る者が立ち去ると、息をすることだけが認められた。私を包む一連の暗闇、つとめて艶やかに私を受け入れてくれる白昼の怪奇にも繫がる。履歴の全てが水に流された。痛みも感じられないままお腹の喇叭が鳴り響いた。太腿の鼓《つづみ》も叩きながら、撥を持つ両足の指先がみるみる悴《かじか》んでいく。手のない私、胎児の姿勢を思い起こして毛布にくるまるや、ほんの一時意識をなくした。夢をたぐり寄せるにもすべはなく、市民平等に夜明けを迎え、新聞配達、タクシードライバー、中央卸売市場《しじょう》出入りの業者に仲買人、ほかにも夜勤明けの工場労働者、早寝早起きの高齢者もいち早く壁の出現に気づいて騒ぎ出す。近くの住民だけではなく、旧市街地のあちこちから人が集まってくる。警察官は初期の段階から各所に配置されたが、住民からの問いには何も答えない。度重なる追及に動揺する者はないが、いずれの顔つきにも困惑の色は隠せない。

水陸を問わず、身近な通い路を断ち切られた市民の中には激高する者も稀ではない。堪忍ならずと、掘削機を持ってくる者、ユンボを連ね突破を図る者、ダイナマイトの爆破を企てる者など、いずれも蹴散らされ、実力で阻止された……ですから想定済みの対応であったことを十分にうかがわせながら……

その日、午前十時も回るころには、ラジオや新聞の号外が市の当局者の非公式、ついで公式な見解を伝え始めたのですが、今もって、全くもって、私だって釈然としません。その要点は二つでした。

ひとつ、壁の建設について市当局は、事前に何の情報も入手していなかった。

ふたつ、壁を出現させた者たちの詳細についてもいまだ不明だが、少なくともこちら側の旧市街地ではなく、壁の向こうの、どちらかといえば東側の連中だということについてはほとんど疑いの余地がない。

事前の情報がなかったにしては、申し上げたように警察当局の対応と行動に説明のつかない手早さ、手際のよさが付きまといます。二点目についてはもっと不可解で、壁建設の当事者は不明などと言いながら、壁の向こうの人間の仕業と断定する根拠は何も示されていない。

「こちら側にはいないいから向こう側だろう、っていう、消去法ではありますまいか」

Sはリーランの手の届く〈領域〉に入ってくる。そのまま身だしなみも整えて佇んだ。ふたりはエレベーターのすぐ前にいる。リーランは、オブラートに包まれたようなSからの微笑みに救いを見出してしまう、もうひとりの自分にはにかんだ。すかさず彼女がたしなめるようなまなざしを向けると、もうひとりの自分は蛹をめざして一歩踏み出す。まだ薄っぺらな、湿り気もある、溶岩流の被膜にくるまれた。

「消去法」と言いましてもね、こちら側でそれに見合うだけの十分な捜査が行なわれたとも思われません。たったのひと晩という、神技にも等しい仕事の手早さから考えて、すでに他の場所で完成させたものを一挙に運んで設置した、連ねて繋ぎ合わせた、とする見方がこちらでは支配的です。だとしても、相当に厚みと容量のある……「厚みはありましたね、昨日私がくぐりぬけた時も」……ね……そんなものを、それもあれだけの長さ分、一夜で運んで数時間、近在住民の誰もが気づかない間に完成させたというのはやっぱり俄かには信じがたい。ですから、こんな考え方もありますよ……最初の夜はただのパネル、見せかけの一枚板、とまでは行かないものの、大した厚みも容量も伴わない際物に、特殊な仕かけの視覚効果を組み込んだ。そののち警備も徐々に解かれ、世間の動揺も和らいで落ち着きを見せ始めた頃合いを見計い、深夜（あるいは、白昼堂々かもしれない。そちらのほうが周辺の物音も高くて、何かとまぎれやすいから）、連綿として補強の工事が受け継がれたと、そう考える専門家がかなり多いようです。

この意見には私も大方同意するんですが、工事の現場を目にした者、それればかりか物音さえ耳にした者がないのなら、完成に向けた作業はごくごく極秘のうちに進められたのでしょう。それにしても、たとえば工事用の資材とか、使われる道具、機械が搬入されるところも目撃されないというのは……どう考えてもありえないことなので、いずれの現場も〈壁東〉側から用意され、人夫も現地で調達されているという可能性が高くなります、が、だからと言って、この旧市街地の業者や当局が一切関与してこなかったとは言い切れません。それに、作業をたまたま目にし、折悪しく耳にしただけの人が誰かに消された可能性だって排除はできない……こうして増壁プロジェクトの根元については、当初から宙に浮かび上がってきました……

「〈カエイラ〉のように……」

ふたりはありもしない上空を見上げた。そこには雲の代わりに、蜘蛛もいなくなった天井板が一枚吹き流された。

いずれにしても、分離壁は一夜にして全容を顕わにした。完成にはさらに数年を要したかと思われるが、その姿が景観の中に受け入れられ、確固たるものとして認知されるには数十年どころか、世紀単位の歳月が求められるだろう。人間の営みの中で、洋の東西、陸の南北を問わず、すでに消え失せた同種の壁なら枚挙にいとまがない。建造物の一部分となって一棟を守り支えることなど初めから眼中にはないような壁の自己目的化は、脆弱な宿命を背負わされ、よしんば生き残ったとしても身寄りのない一本足のかかしとなって人目に晒される。

音について付け加えると、ここ最近夜中に壁の周辺から奇妙な、発泡スチロールを連想させる小さな高周波の軋みが聴こえてくる。補強のための工事の音かと速断もされかねないが、伝えられる音色には建設的な性格が伴わない。そもそも工事が終わっているはずの今ごろになって耳にする者が後を絶たなかった。

壁の向こうで工事などしていましたか?

「いえ……でもたった一日の、それも午後だけの滞在で断言はできませんよ。ただ、私が見たものは、こちら側にせよ、あちら側にせよ、すでに十分な年輪を感じさせてならなかった。何かを突っ込み、積み上げていくのではなく、剝ぎ取られることに対し固く身構えているように見えてきた……そんな剝奪に手を染めるのは抜け道のない移り気か、歳月のもたらす非情でしょう。壁はかくも硬直化している。安易に溶け去ることも許されない。救いの手をさしのべる者などいずれの側にもなくて」

だから、棘にまみれて泡を吹くような軋みは、ヒトを虜にしながらも耳障りで、生来の弱さを存分に示し見せつけてくれる。あらゆる人格、ヒトの形、形跡からも見放された嘆きのように受け取られた。

あの壁が町の心臓部を貫いて、交通を遮断しましたね。陸路にしても、水路にしても。陸路には、あなたが昨日くぐりぬけた秘密の通路があるのかもしれないが、船はどうしようもありません。壁はどこにも水門がないのですから。

それでもこの町で、それらを深刻に受け止める人はもういないし、誰も気にもかけていないがごとし、です。だって既存の壁は分離の壁としてはあまりにも不十分で、全長で一キロにも満たない両端から先は限りなく開かれているのですよ。壁には増築や延長の兆しもなくて、ヒトもモノも、必要に応じてそちらの〈無制限〉へ立ち回っていくらでも自由に行き来ができるのです。

壁はこの小さな町の景色を切り取り、見果てぬ苦界の中へ自らも追い詰めてしまう。あなたが昨日ひと目で読み取られたように、このままでは拠所ない遺物としての未来が待ち受けるばかりでしょう。だからと言って初めから手足も捥がれた一枚壁では、自分で自分に決着をつけることもままならないのです。

もう今では、この町の出入口のことで頭を悩ませる者もありません。

その中で、私はまだ出ようにも出ることができない。でも片やそれとは反対に、出たくなくても追放される人がいる。

冷血非情にして歳月無情だとは、私も思います。

いったい一つの町なのか、二つの町なのか、誰にもわからなくなった。

それこそが壁のもたらした最大の効能にして最小の恩寵でしょうか。

長旅はいかがでしたか。この惑星はあなたの思惑を汲みながら、どんな道筋をつけてきたのですか。あなたをめぐる衆生の親和と相克は、目まぐるしい変転を繰り返しながら休みなく、来し方行く末のいずれに向かっても、つねに一本の旅路を守りぬいたのですか。

「楽しかった。道はいつどこでも用意されたし、同じひと筋の街道によって私も守りぬかれたのですからね」

追放され、亡命を余儀なくされながら、みごと帰還も果たされた。そのことを羨む連中はいても、憎しみの刃を向ける者はないのですね。よかった……このうえは、あなたの身の上に起こったことを「亡命記」「亡命紀行」にでもまとめて、不特定多数の読者のみなさんにも伝えて下さいね……

「ハハハ、そんなふうに期待を寄せられて光栄です」

いまでも私、あなたが出かけるひと月ほど前でしたか、〈ミノタウロス〉という劇団といっしょに、白昼の月の明かりに照らし出されこの中庭で、フェスの最中に上演された……何という題名でしたっけ。

「〈蛙〉、ですね……アリストパネスからのパクリです」

そう！……でも中味はオリジナルの新作で……あの舞台のことは今でも覚えていて、いらっしゃらない間にもよく思い出していました。

「ちょうど昨日からか……依頼があって翻訳してるんですが、それも一つじゃなく複数の言語《ことば》に……ア」

何かが閃き、こぼれ落ちた。

どうしました？

「ひとつはたぶんあなたにもよくお分かりの言語《ことば》だ……と思うけど、もう少しまとまったところで一度目を通して下さい、お差し支えなければ。チェックしていただけるととても助かる。もちろんそれなりの……」

はい、はい、喜んで……どこかに発表されるんですか。

「所属する『亡命作家協会』の国際版の季刊誌の次号（春）か、その次の号（夏）に……ご存知ですか」

団体名ぐらいは。季刊誌のほうは一度も見たことありませんが。

「基本的に会員のほかには、図書館や研究機関、人権団体とか、関連のＮＧＯなどに送るだけですから。市販にはほど遠いが、宛先だけは世界中です」

そうか……そしたらここの大学の図書館で見たことありますね、きっとアレだ……Inter PEN dent……「そう」

ようやくSはエレベーターを呼び出す機会を手に入れる。当該のボタンを弾き出し、獲物を軽々と仕留めた。いつの間にか最上階に待機していた夕闇の幻想箱は特製の飾り紐に吊るされたまま、黙々と移動を始めた。

協会と言えば、私は『亡命者協会』に入っているんですよ。似たものは世界中にあるんでしょうが、この町だけの組織で、それも今のところは壁のこちら側だけです。あなたがお出かけの間に、旧〈民族会〉所属の有志が中心になって立ち上げました。もとより国籍は問いません。代々この町の人であっても、オブザーバーで参加できる……

ゆるやかに落ちてきた夢見のボックスが新たな照明をも伴っていま間もなく停止する。

「それは有意義ですね、この時節柄からみても」

設立当初ね、Sさんがいたら絶対に主要メンバーなのに、と言ってました。

「誰が？」全員です。

ハハハ……

扉口を開き、目前で笑う男をひと息に回収しようとする。ためらわず滑り込むSの背中に向かってリーランがまた話しかける。

一度来てください。会議か、催しにでも。

内部《なか》からSが応える。

「はい、ぜひ」

ドアが閉まっても明かりは消えず、箱はすぐに下がり始めて姿をかき消した。リーランも後を追うようにして三号室に向かった。その頭上にのびる天井の長さが下を往く廊下の長さを、どこかで頻りに上回ろうとしていた。


先刻来、隼もまたアパートの三階で、階段から廊下への出口に佇んでいた。

躙《にじ》り寄るのでなく、はにかむのでなく、最後のステップは叩き終えていた。

いつもの仕事帰りで、今夜は自由。

凍結を深める異国の夜に、誤解に満ちて平等に与えられるべき飲み物に、節度も弁えありつかんと、寄り道もせずに帰ったばかりだった。その名称はあえてここに記さない。

迫りくる雪景色を前に、冬枯れの水路には友愛の艀《はしけ》も通わない。冷え込みがさらに強まると、氷結を終えた川面には粉雪が敷きつめられて、明日からは橇《そり》が往き交うのかもしれない。若者は自転車をスケートに履き替えて氷の原野を切り開く。踏みぬけば命の保証もないが、厳冬の悦楽に立ち勝る恐怖は気取られず、白一色の努力を積み重ねる。

朝の出がけに階段を下りるのはしばしばだが、上がってきたのは久しぶりだった。そのまま三階に着いたときから、隼は廊下に出る手前の壁のかげに身を隠してきた。進んで階段の方に立ち回ろうとしない限り、通り過ぎただけでは気づかれにくい位置に身を置いている。そもそも階段を上ったのは、最上階に停まっているエレベーターを下からいくら呼んでも応じなかったからである。夜の仕事前のリーランを載せ、迷走の果てにたどり着いた三階からいつの間にか五階に呼び上げられたままになっていた。待っても埒の明かない昇降機を見限り、隼が徒歩で三階に着くと少し離れたエレベーター付近から〈壁〉のことで話し合う男と女の声がした。

階段はアパートの奥座敷に初めから刳り貫かれてきた。自閉し、動かず、窓がなく、通る者も忘れられがちに、各階の廊下に向かって口を開いた。外には閉ざされ、ひとえに内へと開く。いずれの階でもすぐ南に八号室、北には七号室、途中折り返しの突き当たりには西向きの壁が立ちはだかる。当初は東側にも階段があったものを、エレベーターの増設で取り除かれたと聞く。折り返しと各階の出入口、それぞれの天井には電灯が埋め込まれ、平板の擦りガラスに被われた。窓がないので、折り返しでは二十四時間点される。階段は内側にだけ手すりが付いていて、折り返す二本の間を誰にも身を投じることのできない僅かの透き間が貫く。下から上へ風がゆるやかに吹きぬける。支柱はアルミか何かの軽量金属材で、黒光りする、それこそ漆のような塗りものに守られた。木製の手すりは利用機会の減少に応じ摩耗も進まず、壁は剝き出しのコンクリートで、飾りもなければ表示も見当たらない。うかうかしていると利用者は、自分が何階へ向かっているのかという正確な認識を見失ってしまう。所在をなくした階段が辺りかまわずのび上がると、そのまま天国にも至らんと夢見る者が現われる。いついかなる時も、そこには人工の結晶体に封じ込められたガラスの墓碑群が待ち受ける。

ここを通ると、隼はいつも学校のころを思い起こす。今では遠く離れた小学校に中学校、いずれの階段にもこれと同じような竪穴が抜けた。たとえ小学一年でも転落はまず不可能で、新生児がすりぬけることもありえなかった。

学校にエレベーターはなく、エアコンもまだ論外で、子どもたちの下敷きが色とりどりに扇風機の代役を務めるようになると、夏休みが諸手をあげて出迎えてくれた。冬のストーブだけはさすがに欠かせなかったが、それとても石炭をくべていた。当番の子が毎日繰り返し、半地下の貯炭場に出かける。手提げのバケツに〈採炭〉して戻ってくる。着火のみならず室温を管理する火加減の機微についても子どもなりの熟練が求められた。

朝と午後の行き帰り、中間休み、食事が終わってからの昼休みと、階段の界隈も騒がしかった。授業中を支配する静寂とのコントラストには、底知れぬ深淵の驚異も付きまとった。そちらの時間帯に上へ下へと通り過ぎるのは、年齢を問わず何かしら強ばった非日常を抱え込む者がほとんどだった〈生理上の〈用足し〉なら、同じ階の所定の地域で決着がついたのだから〉。

そんな動静には関わりなく、学校の階段の折り返しには画一的な窓があった。横長に透視ガラスを嵌め込んだだけの覗き穴で、風通しはできても身をのり出せる余地がなかった。学童があふれ、堰を切って流れ込んでくる喧騒と、大人が統括し支配する静粛、この昼間の対照を夜の暗黒が一途にのみこんでしまう。

大人ばかりの暮らすこのアパートは、昼となく夜となくエレベーターに顧客を奪われる。時代遅れの階段は日ごと口をつぐんで黙り込む。

自分の頭で考えるとき、人は初めて地獄に直面する。

自分の頭で考えることのないものは、初めから地獄に堕ちている。

二つの地獄の間には何も架け橋がない。


階段の出口から耳を傾けると、男女の会話はなぜかジパン語で営まれた。少なくとも「当事者」の隼にはそのように聞き届けられた。だからと言ってリーランとS、いずれの母語にもそれはあたらない。読み取られるべき現象は汲みつくされることもなく予めひしゃげており、とてもとても一筋縄ではいかない。隼にしても彼らのすぐ傍らにはいないわけで、やりとりが鮮明に伝わるのではない。それでも交わされる話の中味はどうなのかといえば、これが驚くばかり明確にとらえられていく。東西分断の壁が成立する縁起から、Sの属する『亡命作家協会』、リーランの属する『亡命者協会』、そこに戯曲『蛙』の翻訳のことなども取り交ぜ余すところなく、両人いずれからの話しかけも隼にはジパン語で聞き取られてしまう。格別に奇妙、ある意味逆説的、というのでもない魔性のメカニズムが浮かび漂い、軽々にはとどまるところも知らされていなかった。

二人と隼との隔たりによって、明瞭に聞き取れない部分が目立ったとしても不思議ではない。ところが隼にとってのジパン語は第一の母語にあたる。もたらされた意味によって、音声の隔たりが多少なりとも縮められたことも考えられる。あるいは……こぢんまりとしたこのアパートの三階、廊下一本分のフィルターが刻一刻とジパン語に改めていくのか。ご当地出身でもない男女が、その場凌ぎの媒介語にジパン語を選んだのか。なるほどかれらは語学には抜きん出て堪能だと言われる。

予期せぬ事態を前に、それまでの階段とこれからの廊下の境界線上に佇む隼が身動きをなくした。思わずジパン語に惹かれると、まっすぐ進んで自室に戻ることはかなわず、同じジパン語が聞こえることで、右手のエレベーターの方に気軽に歩み寄ることもできなくなる。

投げつけられた母語の一巻が越すに越されぬ障壁を押しつける。隠れるように自室へ転がり込んでジーンズを脱ぎ捨てるまでもなく、凍える隼には長く忘れ去られてきた鳥類の本性が甦る。そこには昇降機の中でリーランが再会した、あの鳥人との矮小な錯誤さえ生じる。

隼もここでは異境の住人であった。いっしょに渡ってきた妻や一人娘からは隔たり久しいものがある。二人は北方の町に暮らし、彼は独り住まいゆえ母語からも遠ざかる一方で、大学では使うことがあっても、それは学ばれるべき「外国語」であって、始めから次元を異にする。同僚との話でも使われないことのほうがはるかに多い。職場を離れれば、外向きにはもう使うことがない。昨今では内向きにもゆらめいて、どっちつかずの玉虫色になっていることがある。この前提の下、新しい〈ジパン語〉が産み出されるとしても過言には当たるまい。

それでも妻となら母語として共有できるのだろうが、それとてもジグソーパズルのような思わぬ罅割れと忘失に足元を掬われないとも限らない。そうなると組み合わせを一から見直さねばならず、もはや悪夢を見るどころではない。自ら隠してきたもうひとつの夢路を暴き、これまで誰もが見たことのないものを目の前の現実に何とかすり替えようとする。

年端も行かぬ長女はどうだろう。

彼女はこの地で育つ。

隔絶はますます大きなものとなってのしかかるだろう。

いや、いかなる重みも感じられない薄っぺらな、だからこそ生身を引き裂くばかりに鋭利な境界が姿を見せる。話は至る所とどこおり、切れ切れに文脈をなくした母語が散在する。

発信する者がいても、受けとめる者がいない。

受けとめる者はいても、発信した者がわからない。

同じ一人の内部でも、発信と受信、二つの極が重なることなどありえない。


とめどなくおそろしげな表情も浮かべ、無形の硬直を伴うひと塊が隼の背中を押すと、彼を後ろにも前にも均等にのけぞらせた。雪煙はいまだ遠く、仄かに漂うものが胸底の温もりをさらう。男女二人の会話は途絶え、ふたたびエレベーターの動く気配が伝わった。ここは病棟にあらず、獄舎にもあらず、ごくありふれたアパートの三階である。北側六号室の住人はいよいよ廊下へと身をのり出し、何ものかに乗り移ろうとする。どこにも物音がしない。それゆえ自分の足音に不意をつかれることもなかった。その前に、見境のない夜の強ばりが憑依して、このユウラシヤの地に〈一瞬の隼〉を刻印する。

いま正面に見える自室の扉と見えざる右手先の昇降機、二つの前方に同時に進もうとしてこの〈一瞬の隼〉は金縛りの鳥を味わう。すぐに思いは遠のき、今度は遙かなる後方をめざす。その手前にあるのももはやこの館の階段ではなかった。

そのまま凍結することを受け入れたわけではない。冬の冷え込みにしても、この夜はまだ、そこまでのレベルには達していなかった。誰もいなくなったエレベーターの前では、絶対零度が蒼ざめたそれ自身の夢を見る。告げ知らせる予兆もなく、ひと気のない空っぽの箱がなおも下降を続けた。計測不能な温度は言葉巧みに絵を描いて、湿度のない枯れ果てた骨組みだけを招き寄せる。置き去りにされたものは、誰にも開かれたことがないという、小さな無名の社会だった。二〇世紀も、二一世紀も、まだその中に微睡《まどろ》んで、小さく折りたたまれていた。

あとがき

「生まれる百年前のジョン・レノン」は、連作を最初に構想した02年から姿を見せた。地道に生き残り、彼が現実の世界で命を絶たれてから40年を迎える節目の年に出版される。私は彼の音楽の愛好者だが崇拝者ではなく、彼も神の類いとは絶縁、そんな生身の人間であるからには誰であれ、探ればネガティヴな側面も痕跡として伝えられよう。資料の中で若い頃の彼自身の言動に触れたとき、私にとって安直に是としては受け入れがたい表現にも出くわした。そちらも熔融させた架空のオマージュとして、第1章を作品の中のジョンに捧げる。

本著は08年3月15日に着工、13年7月24日に初稿を完了。『子どもと話す 文学ってなに？』（08）を書き上げ、まもなく取りかかり、さらに10年まで同時に2つの著述を手がけることになった。この『ゲットーの森』は長篇ユウラシヤの第2作にあたる。連なる4つの作品はいずれも5章立てで、第3章だけが設定を違え、一種の後日談を形作る。それ以外の4つの章に共通の舞台は「ユウラシヤ」西端部の大学町で、登場人物のひとり隼も暮らしたことがあった。そこでの体験が叙述の基盤になっていく。章によって描かれる地域が転じても、この時空の枠組みは原点として維持されるが、ひとり3章だけが町を離れ、隼が故国に戻って以降の展開となる。

河出書房新社からの刊行は数えて4冊目になるが、今回は初めて主な参照文献を添えた。ほとんどが私の草稿ノートに明確な軌跡を残したものである。ただ、フランス語の３点は執筆の最中に読み抜いたもので、影響も否定しがたいと考え、あえて組み込んだ。併せて20点を数える。

その中で Gilles Deleuze, Félix Guattari, *Qu'est-ce que la philosophie?* は11年秋からの半年間、パリを拠点に海外を放浪した際に持参した１冊である。第２部では、哲学、科学、芸術の３つの思考様式が論じられるが、創作にとってても良質な糧を得た。言語を用いながらも、哲学とは異なる考察としての文芸、という視点をあらためて確保する。第４章後半の起源はそこに求められるかもしれない。〈民族菜館〉に集う男たちが〈壁東世界〉をめぐって奔放なエピソードを遣り取りする場面である。常道を逸した括弧の乱舞も演じられるが、背後には別なる運用の法則が控える。とはいえ、実際の記述によってたちまち打ち破られるために立てられたようなものだが、12年の３月、モンパルナス近郊のカフェに腰を下ろして、あれこれと組み上げたことが思い出される。

今回も風間博子さんに挿画をお願いした。描かれた14点のすべてを掲載している。共作はこれで３冊目になるが、彼女は今なお東京拘置所に収監される。一貫して冤罪を主張しながら再審を請求する死刑囚である。塀の外で仕事を共にする日がいまだ来たらぬことには、いかに尽くしてもなお言葉が届かない。しかも今年に入り、東京昭島市にある法務省の施設で手術を受けたのち、また拘置所に戻されて闘病中である。一人でも多くの方が彼女の置かれた苛酷な現実を変えるために立ち上がっていただきたい。本著でも開示される稀有な才能に心動かされるのであればなおさらのこと。インターネットで「ふうりん通信」と検索をかけると道がひらく。風間さんを支援する通信誌であり、彼女からの訴えと現況が刻々詳らかにされる。毎年10月に開かれる死刑囚表現展にも応募して、審査員からの瞠目ともども声価は年を追うごとに高まる。平野啓一郎の『ある男』（18）でも、彼女の代表作との出会いが綴られる。

作品集『新たなる死』（13）を書き上げてからふた月ののち、10年の12月に『ゲットーの森』の３章が完成、そこに「原子力人間」という営業マンが出現する。そして年が明けた11年3月、東日本大震災とその津波により、福島では重篤な原発事故が発生した。

ここまで独自の光芒に飄揺《ひょうよう》も織り込みながら、第1作は17世紀、今回は19世紀を経めぐった。次回はいよいよ夢の現代に突入する。

末筆ながら、今回もご尽力いただいた河出書房新社の小川、滑川の両氏、装丁を担当された岡本デザイン室をはじめ、編集と制作に携われた諸兄姉に心からの謝意を献じ、この著作を結びたい。

二〇一九年一二月二二日

蜷川泰司

参考文献

『ジョン・レノン　魂の軌跡』アンソニー・エリオット著　前田真理子訳　青土社　二〇〇〇（第一章の冒頭に引用したジョン・レノンの詩は、本書三二頁からの引用である）
『回想するジョン・レノン』ジョン・レノン著　片岡義男訳　草思社　一九七二
『文藝別冊［総特集］ジョン・レノン』河出書房新社　二〇〇〇
『ジョン・レノン　レジェンド』ジェームズ・ヘンケ著　野中邦子訳　河出書房新社　二〇〇三
『ジョン・レノン　ラスト・インタビュー』池澤夏樹訳　中央公論新社　二〇〇一
Bob Gruen, *John Lennon: The New York Years*, New York; Stewart, Tabori & Chang, 2005
『アイルランド　歴史と風土』オフェイロン著　橋本槇矩訳　岩波書店（岩波文庫）一九九七
『グアヤキ年代記　遊動狩人アチェの世界』ピエール・クラストル著　毬藻充訳　現代企画室（インディアス群書13）二〇〇七
『悲しき熱帯』上下巻　レヴィ＝ストロース著　川田順造訳　中央公論社　一九七七
『シベリア民話集』斎藤君子編訳　岩波書店（岩波文庫）一九八八
『サテュリコン　古代ローマの諷刺小説』ペトロニウス著　国原吉之助訳　岩波書店（岩波文庫）一九九一
『日本民謡大観　第1-［4］巻　第4巻（近畿篇）滋賀県（近江国）製糸唄、機織唄』日本放送協会編　日本放送出版協会　一九五二-一九六六
『スピノザ往復書簡集』畠中尚志訳　岩波書店（岩波文庫）一九五八
『日本の原爆記録20　原爆詩集　長崎編』山田かん／新編　日本図書センター　一九九一
『新・日本現代詩文庫　64　新編　原民喜詩集』土曜美術社出版販売　二〇〇九

『ゲリラ戦教程』アルベルト・バーヨ著　世界革命研究会訳・編集　レボルト社（「世界革命運動情報」第16号所収）一九七一

『完訳 ファーブル昆虫記（九）』山田吉彦・林達夫訳　岩波書店（岩波文庫）一九八九

『デューラー 人と作品』フェディア・アンツェレフスキー著　前川誠郎・勝國興訳　岩波書店　一九八二

『神学・政治論　聖書の批判と言論の自由』上下巻　スピノザ著　畠中尚志訳　岩波書店（岩波文庫）一九四四

『シナの長城』カフカ著　前田敬作訳　新潮社（『決定版カフカ全集2』所収）一九八一

『パルムの僧院』スタンダール著　生島遼一訳　河出書房新社（『世界文学全集11』所収）一九六一

『セイロン島誌』ロバート・ノックス著　濱屋悦次訳　平凡社（東洋文庫578）一九九四

『アブドゥッラー物語』アブドゥッラー著　中原道子訳　平凡社（東洋文庫392）一九八〇

『浮世の有さま　二　御蔭耳目第一』安丸良夫校注　岩波書店（日本思想体系58　民衆運動の思想）一九七〇

『被差別部落一千年史』高橋貞樹著　沖浦和光校注　岩波書店（岩波文庫）一九九二

『現代アイヌ文学作品選』川村湊編　講談社（文芸文庫）二〇一〇

Gilles Deleuze, Félix Guattari, *Capitalisme et Schizophrénie / Mille Plateaux*, Paris, Les Éditions de Minuit, 1980

Gilles Deleuze, *Différence et Répétition*, Paris, Presses Universitaire de France, 1968

Gilles Deleuze, Félix Guattari, *Qu'est-ce que la philosophie?*, Paris, Les Éditions de Minuit, 1991/2005

『エチカ』スピノザ著　工藤喜作・斎藤博訳　中央公論新社（中公クラシックス W48）二〇〇七

蜷川泰司（にながわやすし）

1954年京都市に生まれる。大学院修了後、出版社勤務をへて、海外をふくむ各地で日本語の教育と関連の研究にたずさわる。

2003年に最初の長篇『空の瞳』でデビュー。死刑囚との面会に出かける主人公の叙事詩的な一夜を描き出す。2008年には対話的文芸論『子どもと話す 文学ってなに？』を上梓（いずれも現代企画室）。2013年の作品集『新たなる死』は全国学校図書館協議会の選定図書に選ばれる。2015年長編『迷宮の飛翔』（いずれも河出書房新社）。

今世紀に入ってからは、第二の長篇『ユウラシヤ』（全４部）に取り組む。第１部が2017年の長篇『スピノザの秋』、本書は第２部にあたる。

『新たなる死』をひきつぐ作品としては、〈群章的〉な中篇となる『ヒトビトのモリ』を構想中。

ゲットーの森

2020年３月20日　初版印刷
2020年３月30日　初版発行

著　者　蜷川泰司
装　幀　岡本洋平（岡本デザイン室）
発行者　小野寺優
発行所　株式会社河出書房新社
〒151-0051　東京都渋谷区千駄ヶ谷2-32-2
電話　03-3404-1201（営業）　03-3404-8611（編集）
http://www.kawade.co.jp/
組　版　KAWADE DTP WORKS
印　刷　モリモト印刷株式会社
製　本　小泉製本株式会社

Printed in Japan
ISBN978-4-309-92184-6